U0061331

讀城記

易中天

目錄

第一章

城市與人

城市為什麼可讀呢？當然是因為它有個性，有魅力。

城市的個性和魅力是我們讀城的嚮導。

的確，城市和人一樣，也是有個性的。有的粗獷，有的秀美，有的豪雄，有的溫情。因此，就像喜歡品評人物一樣，人們也喜歡議論城市。否則，就不會有那麼多的“城市民謠”了。但是，也正如有的人個性鮮明，有的人不太出眾，並不是所有的城市都會受到關注。中國的城市畢竟太多，其中大同小異的不在少數。顯然，只有那些個性特別鮮明的才會受到關注，因為個性鮮明才會有魅力。

城市是一本打開的書。
不同的人有不同的讀法。
我喜歡讀城。

　　由於種種原因，我多少到過國內的一些城市。每到一個城市，我都
要打探一下它的歷史沿革、建築文物、風土人情，品嘗一下那裡的地方
小食，在街面上逛逛，學幾句方言民諺歇後語之類，然後回來向別人學
舌。每到這時，便總是不乏熱心的聽眾。而且，他們也往往都不滿足於
只當聽眾，也要參與討論，發表他們對那些城市的看法，並同自己居住
的城市作比較。於是我就發現：讀城，其實對許多人來說，可能都是一
件有趣的事情。

　　的確，說起城市，差不多每個人都有一肚子的話要講。

　　中國歷來就有關於城市的各種民謠，比如 "生在杭州，死在柳州"
就是。與之配套的則還有 "穿在蘇州，吃在廣州" 兩句。後來，這個段
子又被改成了 "吃在廣州，穿在上海，說在北京"。這是因為上海的
服裝早已超過了蘇州，而北京在衣食住行、生老病死諸方面都乏善可
陳，可以誇耀的只有一張嘴，正所謂 "京油子，衛嘴子，保定府的狗腿
子"。這也是關於城市的老段子，只不過已經由城說到人了。其實讀城
也就是讀人。所以關於城市人性格的說法也很不少，比如武漢人是 "九
頭鳥" 而南京人是 "大蘿蔔" 等。這些民謠和說法，都無妨看作是民間
版本的《讀城記》。它們實際上說明了這一點：中國的城市，實在是極
其可讀的。

　　中國的城市極其可讀，中國可讀的城市又是何其之多！光是我們平
時經常掛在嘴邊的，就有不少。比如偉大首都北京，國際化大都市上

海；古都西安，舊邑洛陽，特區深圳，聖地延安；石城南京，泉城濟南，花城廣州，春城昆明；"白雲黃鶴"的武漢，"龍興之地"太原，"窗含西嶺千秋雪，門泊東吳萬里船"的成都，"暖風熏得遊人醉"的杭州，"惟楚有才，於斯為盛"的長沙，"天下三分明月夜"佔了兩分的揚州，"滿街都是聖人"的泉州等等。這些城市，都風姿各異，個性鮮明，極具"可讀性"。就連一些小城，如城池完好古色古香的興城、平遙，山青水秀民風淳樸的麗江、鳳凰，徽商的根據地黟縣、歙縣，晉商的大本營祁縣、太谷，還有"西北望長安，可憐無數山"的贛州，"萬川畢匯，萬商畢集"的萬縣，也都是可讀的。如果你有條件，不妨通讀天下城市：春天到洛陽看牡丹，秋天到北京看紅葉，冬季到哈爾濱曬太陽，而夏季到台北去看雨。當然，如果你和我一樣，並沒有這個條件，那麼，你還可以讀書。比方說，讀我這本《讀城記》。

一　中國的城市

　　城市為什麼可讀呢？當然是因為它有個性，有魅力。

　　城市的個性和魅力是我們讀城的嚮導。

　　的確，城市和人一樣，也是有個性的。有的粗獷，有的秀美，有的
豪雄，有的溫情。因此，就像喜歡品評人物一樣，人們也喜歡議論城
市。否則，就不會有那麼多的"城市民謠"了。但是，也正如有的人個
性鮮明，有的人不太出眾，並不是所有的城市都會受到關注。中國的城
市畢竟太多，其中大同小異的不在少數。顯然，只有那些個性特別鮮明
的才會受到關注，因為個性鮮明才會有魅力。

　　中國有個性有魅力的城市很多。

　　1998年，廣州的《新週刊》出版了一期專輯，叫《中國城市魅力
排行榜》，列舉了他們認為最具魅力的17個城市：北京、上海、大連、
杭州、南京、蘇州、武漢、成都、重慶、拉薩、廣州、深圳、珠海、西
安、廈門、香港、台北。另外，還列舉了8座"前途遠大"的城市和10
座"最值得去"的小城。它們分別是綿陽、張家港、北海、三亞、九
江、萬縣、惠州、綏芬河和麗江、平遙、延安、鳳凰、西昌、吐魯番、
憑祥、澤當、瑪多、興城。我們知道，到1997年5月，中國共有城市666
座。《新週刊》從666座城市中拈出35座來評說，掛一漏萬是在所難免

的了。比方說，一些風情萬種獨具魅力的城市，如昆明、哈爾濱、烏魯木齊等等，就沒能列入；而同為邊疆小城，喀什和伊寧也許比吐魯番更"值得去"。吐魯番當然也是很值得一去的。不過，吐魯番最值得一看的卻不在城內，而在城外，比如葡萄溝、千佛洞、高昌和交河古城等，而喀什和伊寧卻有着作為城市的自身魅力。這其實不能怪《新週刊》。中國有魅力、可閱讀的城市實在是太多了。無論誰來做這個課題，都不可能說全。

1982年，國務院公佈了首批24個歷史文化名城。它們是：北京、承德、大同、南京、蘇州、揚州、杭州、紹興、泉州、景德鎮、曲阜、洛陽、開封、江陵、長沙、廣州、桂林、成都、遵義、昆明、大理、拉薩、西安、延安。1986年，又公佈了第二批名單，即上海、天津、瀋陽、武漢、重慶、南昌、保定、平遙、呼和浩特、鎮江、常熟、徐州、淮安、寧波、歙縣、壽縣、亳州、福州、漳州、濟南、安陽、南陽、商丘、襄樊、潮州、閬中、宜賓、自貢、鎮遠、麗江、日喀則、韓城、榆林、武威、張掖、敦煌、銀川、喀什，共38個。第三批公佈的名單則是：正定、邯鄲、新降、代縣、祁縣、哈爾濱、吉林、集安、衢州、臨海、長汀、贛州、青島、聊城、鄒城、臨淄、鄭州、浚縣、隨州、鍾祥、岳陽、肇慶、佛山、梅州、雷州、柳州、瓊山、樂山、都江堰、瀘州、建水、巍山、江孜、咸陽、漢中、天水、同仁，共37座。這樣一來，中國666座城市中，就有99座歷史文化名城，是"六六大順"又加"九九重陽"了。

我們完全有理由相信，這些城市無疑都是極具魅力的。它們的歷史是那樣的悠久，它們的文化是那樣的古老，該有多少故事可以向我們訴說啊！即便"年輕"一點的，如上海，又是那樣的內容豐富不同凡響。然而有魅力的城市卻遠遠不止這些。一些古老的城市，如太原，就不在名單之中。太原的前身晉陽，建於三千年前，曾經做過趙國的國都，也是唐高祖李淵和五代李存勖、石敬瑭、劉知遠起兵發家的"龍興之地"，後來被宋太宗趙光義火燒水淹，毀得一乾二淨片瓦無存。現在的太原城，是在晉陽廢墟北面重建的，也有一千年的歷史，而且有晉祠等名勝古跡，應該說也還是古韻猶存的。另一些新興的城市，如香港、台北、深圳、珠海，如蘭州、長春、大慶、石河子，則又有着另一種氣質和風采。何況還有美麗的濱城大連、廈門，神秘的邊城和田、景洪，幽靜的山城吉首、都勻，崛起的新城張家港、惠州，等等，等等。有誰能讀遍天下城市，閱盡人間春色呢？中國的城市，是讀不完的。

那麼，先匆匆忙忙地說個大概，如何？

中國最有魅力的城市大體上可以粗略地分為八種類型，即古都、名邑、聖地、邊關、濱城、重鎮、商埠、特區。當然，這種分類只有相對的意義。比如大同，就既是雄踞雁門關外的"塞北重鎮"，又是著名的"煤都"，還是名勝薈萃古跡繁多的歷史文化名城，也是蒙漢兩個兄弟民族和平共處的北部邊關，中原與草原的交通孔道。這樣"身兼數任"的城市實在很多。我們的分類，也只是為了解讀的方便，鑽不得牛角尖的。

這些城市中，最引人注目的是西安、洛陽、開封、南京、杭州、北京六大古都。

古都的魅力當然毋庸置疑。作為千年帝國的政治文化中心，它們往往也是我們民族文化的精華所在。儘管這些精華的聚集是皇家特權所致，但聚集本身卻是不爭的事實。這些精華因歷史的積澱而愈加厚重，因歲月的磨洗而愈見輝光。即便它們散落在斷壁殘垣尋常巷陌，流落於街頭，蒙塵於市井，也不會沉淪了它們的價值。因此，這些城市中往往有太多的陳跡可供尋覓，有太多的故事可供傳說，有太多的遺址可供憑弔，也有太多的線索可供遐想。就連那裡的民風民俗，也會有一種古老而悠長的韻味。

　　名邑同樣有着這樣的文化內涵。所謂"名邑"，無妨看作是資格稍微差了一點的古都。比如江陵，原本就是楚的郢都；大同，曾經是北魏的京城；成都，其實也是當過帝都的。只不過那些政權或非"正統"（如公孫述的"大成"），或非"一統"（如劉備的"蜀漢"），又沒成什麼大氣候，就擠不進"古都"的系列，只好屈尊為"名邑"。從字面上講，所謂"名邑"，也就是"有名的城市"。一個城市，只要出了一點名揚四海的事情、人物或東西，就有了名氣，卻不一定是"名邑"。比方說，"蘇三離了洪洞縣"，上饒出了集中營，都挺有名的，卻不大好算是"名邑"。這裡說的"名邑"，主要是指那些"歷史文化名城"（包括六大古都在內）。它們都有着極其燦爛的文化和極其悠久的歷史，比如揚州3000年，江陵2600年，蘇州2500年，景德鎮1700年。其中最絕的是紹興。從公元前490年在今紹興城內龍山南麓建城起，2400年間就沒挪過一次窩，實在算得上是城市發展史上的奇跡了。

　　一座城市之所以成為"名邑"，顯然不僅因為它資格老、歷史長，還因為它有着獨特的風采，有着一些家喻戶曉名滿天下的東西，比如長沙的水，昆明的湖，景德鎮的瓷器，蘇州的園林，揚州的炒飯，紹興的花雕，泉州的洛陽橋，大理的蝴蝶泉，大同的雲崗石窟，承德的避暑山莊，當然還有桂林那"甲天下"的山水。這些東西也許並不一定就能代表這些城市，這些城市也並不只有這些東西，只不過它們最為膾炙人口罷了。事實上，這些城市的名聲和風采幾乎是人人皆知的。有誰不知道"才飲長沙水，又食武昌魚"、"腰纏十萬貫，騎鶴下揚州"或"朝辭白帝彩雲間，千里江陵一日還"呢？只要吟誦着"姑蘇城外寒山寺，夜半鐘聲到客船"（蘇州）、"小樓一夜聽春雨，深巷明朝賣杏花"（杭州）、"二十四橋明月夜，玉人何處教吹簫"（揚州）、"丞相祠堂何處尋，錦官城外柏森森"（成都）、"停車坐愛楓林晚，霜葉紅於二月花”（長沙）等等名句，這些名城的風采，就浮現在眼前了。

聖地其實也是名邑。在國務院首批公佈的二十四個歷史文化名城中，稱得上是“聖地”的有四個，即遵義、延安、曲阜和拉薩。“挽救了革命挽救了黨”的遵義和孕育了新中國的延安是革命聖地，曲阜是影響了中華民族和中國文化兩千多年的儒學發祥地，而拉薩則是藏民族“聖者的樂園”。在藏語裡，“拉”是神，“薩”是地，所以“拉薩”就是神地或聖地。這些聖地當然也是風采各異的。遵義的雄奇，延安的質樸，曲阜的古雅，拉薩的神秘，構成了它們獨特的魅力。有趣的是，除曲阜外，它們也都是邊關和重鎮。比方說，“北依婁山，南近烏江，近控五城，遠眺巴巫”的遵義，就歷來是黔北重鎮。一曲“雄關漫道真如鐵，而今邁步從頭越”，不僅唱出了遵義的豪情，也唱出了中國人的豪情。

的確，邊關有着獨特的風情。

所謂“邊關”，並不一定就是像山海關、嘉峪關、婁山關那樣的“關”。這裡指的，其實是那些遠離中央政權和正統中心的邊地城市，即邊城。這是一些“天高皇帝遠”的地方，再強有力的政權和文化，往往也鞭長莫及。由於它們在地緣上是那樣的遙遠，主流文化的影響便總是要打折扣的。中原地區的城市季風，不管是什麼風向，颳到這裡也都會變成強弩之末。何況這裡的自然地理山水風光也不一樣。雪山、莽原、瀚海、冰川、峻嶺、雄關、叢林、險灘，無不與中原大相異趣。一方水土養一方人，一方人築一方城。邊地城市風貌的千姿百態，原本就是順理成章的事情。更何況，它們又往往是少數民族的聚落，或漢民族與少數民族文明共建的地方。這就為原本異彩紛呈的邊地城市，平添了萬種風情。

甚至就連它們的名稱，也有着明顯的異國情調。想想這些地名吧！

烏魯木齊、呼和浩特、額爾古納、齊齊哈爾、霍林郭勒、察布查爾、阿爾泰、阿克蘇、阿圖什、庫爾勒、牙克石、海拉爾、佳木斯、扎蘭屯、日喀則、德令哈、格爾木，你難道不會有一種異樣的感覺？

不過，雖然異樣，卻也親切，而且會產生很想去看看的衝動。事實上，許多邊地城市我們雖然沒有去過，但它們的大名卻早已如雷貫耳，至少也有所風聞。請問，誰不知道"萬方樂奏有于闐"（和田）呢？誰不知道"瑞麗三月好風光"（瑞麗）呢？誰又不知道吐魯番的葡萄哈密的瓜、英吉莎的小刀和田的玉呢？即便我們方位感不強，地理學得也不好，但好歹總歸聽說過漠河、伊春、圖們、丹東、憑祥、阿壩、景洪，喝過通化葡萄酒或普洱茶，唱過"康定情歌"吧！至於"羌笛何須怨楊柳，春風不度玉門關"或"秦皇島外打漁船，一片汪洋都不見"，就更是人人皆知了。

邊關往往也是重鎮，比如昆明、蘭州、銀川、西寧、南寧，比如張家口、錦州、武威、張掖、酒泉。當然，重鎮不一定都是邊關。重鎮有三類。第一種是區域性政治文化中心。這主要指那些省會城市，如哈爾濱、長春、瀋陽、濟南、太原、福州、南昌等。它們獨當一面，舉足輕重，當然是重鎮了。至於拱衛京畿的天津和雄踞天險的重慶，自然更不在話下。

政治重鎮中的某些城市，還兼另一類或另兩類重鎮的功能而有之，比如武漢就是。這另兩類重鎮，一類是軍事要塞，比方說大同、遵義、襄樊、徐州，當然還有武漢。由於那裡地勢險要，地形獨特，或依天塹，或踞雄關，或扼咽喉，或處要衝，或"鍾山龍蟠，石城虎踞"（南京），或"風聲鶴唳，草木皆兵"（淮南），歷來就是所謂"兵家必爭之地"。不知有多少血性男兒在那裡橫刀立馬，揮戈上陣，與守城之軍或來犯之敵一決雌雄。所以這類城市往往有一種豪雄之氣或強悍之風，甚至可能會像徐州那樣，背上"窮山惡水，潑婦刁民"的黑鍋。其實徐州人是很熱情豪爽的。《太康地記》說他們"其氣寬舒，秉性安徐"，並不刁蠻。只不過那地方仗打多了，便難免多了點粗獷，少了些文雅。戰爭，畢竟是一件"玩命"的事情，無論如何也雅致不起來。"葡萄美酒夜光杯，欲飲琵琶馬上催。醉臥沙場君莫笑，古來征戰幾人回。"一讀到這樣的詩章，我們就不免熱血沸騰豪氣沖天，甚至"恨不遺封向酒泉"了。

另一類重鎮是工業基地，如煤都撫順，錫都個舊，鋼鐵城鞍山、包頭，汽車城長春、十堰，石油城大慶、玉門、克拉瑪依，當然也還有武漢。這裡又是另一番風貌，是另一些男子漢的"用武之地"。新中國的建設者們，在這裡創造了一個個讓全世界另眼相看、中國人吐氣揚眉的英雄業績。林立的鑽井，齊整的廠房，喧鬧的工地，繁忙的運輸，構成了一道迥異於巍峨城闕、燈火樓台、百年老店、十里洋場的風景線。在這裡，我們看到的是現代化工業文明。

所謂"濱城"，顧名思義，也就是"水邊的城市"。濱城又有兩種。一種是濱江之城，如萬縣、宜昌、岳陽、黃石、九江、安慶、蕪湖、南通，當然也包括重慶、武漢、南京、上海。另一種是濱海之城，如大連、煙台、青島、連雲港、寧波、溫州、廈門、汕頭、湛江、北海、三亞。這些城市，不是港灣、口岸，就是門戶、要塞，或二者都是。這就使得這些城市差不多都兼有吞吐攻守之功能。戰時是前線，平時是前沿，總是"得風氣之先"。所以，一旦實行改革開放的國策，首先活躍起來的，也往往是它們。它們是中國城市中得天獨厚的寵兒。

水邊的城市也多半美麗。俗云："嬌不嬌，看吊橋；美不美，看秀水。"近水之人，往往更有愛美之心；濱水之城，也往往更加風姿綽約。"氣蒸雲夢澤，波撼岳陽城"，是一種氣象；"鷺江唱歌唱亮了漁火，南海唱歌唱落了繁星"，是另一種風韻。美麗總是令人嚮往的，這些城市也就因此而名揚天下。尤其是那幾座最為美麗的濱海城市——大連、煙台、青島、廈門、三亞，從來就是中國城市選美競賽中難決高低的最佳選手。事實上它們也都是旅遊勝地，是度假和休閒的好去處。在這裡，我們能得到最開闊的視野，呼吸最潔淨的空氣，享受最美好的時刻，體驗最放鬆的心情。因為這裡沒有什麼遮攔，也沒有什麼污染，而只有陽光、沙灘、海浪、仙人掌，只有永遠蔚藍的大海和永遠蔚藍的天空。

這當然要感謝江海。海，有容乃大；江，奔流不息。所以濱城往往也是商埠。商埠也有兩種。一種是老牌的，如廣州、寧波、揚州，早在唐代就是對外開埠的三大口岸；泉州則是曾與埃及亞歷山大港齊名的世界貿易大港。此外，如"夜市賣菱藕，春船載綺羅"的蘇州，曾與湖北漢口鎮、江西景德鎮、河南朱仙鎮並稱為"四大名鎮"的佛山，也都是。這些城市，往往是南北樞紐所在，水陸輻輳之地，自然車馬紛至，舟楫絡繹，販夫奔走，商賈雲集。另一種則是近代以來開埠的都市，如上海、香港。它們純粹是出於一種商業的需要而建設發展起來的。所以剛一"上市"，就迅速地壓倒和蓋過了那些"老字號"（也許只有廣州還勉強可以與之抗衡），成為中國城市中的佼佼者。

如果說，古都更是"城"，那麼，商埠就更是"市"。沒有哪個城市比廣州、上海和香港更像一個大市場了。這些城市，差不多都主要是由金融機構、商務中心、星級飯店、摩天大樓，由寫字樓、事務所、交易廳、拍賣行，由時裝店、精品屋、咖啡館、海鮮城，由霓虹燈、立交橋、名品街、連鎖店，由一家家銀行、公司、商場、超市，由數不清的契約、合同、債務、談判，由做不完的生意和講不完的價錢來構成的。不難想像，如果有一天，突然沒有了夜市、股票、廣告、招牌，沒有了開張關門和討價還價，這些城市還會剩下什麼？

因此，走進這些城市，撲面而來的是濃濃的商業氣息。事實上，人們走進這些城市，也多半不是來旅遊，而是來購物。這些城市好玩的地方不多，卻有着永遠逛不完的街和買不完的東西。只要你有錢，在這裡幾乎什麼都能買到，包括最新潮的商品和最周到的服務。如果錢不多，也不要緊。因為它們也提供廉價的商品和服務。作為標準的商埠，這裡的商品和服務從來就是多層次和全方位的。每個人都能在這裡心甘情願地掏空自己的腰包，然後滿載而歸。

這差不多也是特區的特點。作為經濟特區，深圳等城市相當自覺地把市場經濟當作了自己的經濟模式。這也是我們把特區和商埠看作兩類城市的原因：傳統的商埠是歷史的遺產，而新興的特區則是改革開放的產物。總之，特區（我這裡主要是指深圳）是一種迥異於古都名邑、也不同於重鎮商埠的全新的城市。這些全新的城市還包括某些無特區之名而有特區之實的"明星城市"，如順德、中山、江門、東莞、惠州，以及同時是歷史文化名城的佛山。它們的共同特點是經濟發展水平高，城市公共設施好，展示着中國城市現代化的美好前景。

看來，人文薈萃的古都名邑和生機勃勃的商埠特區，可能是中國城市中風格迥異但又同時最具魅力的一族。在這兩極之間，其他類型的城市都表現出不同的風姿而異彩紛呈。

二　男性的和女性的

不過，這"茶"喝到這會兒，只怕也該喝出點味兒來了。

這個"味兒"，就是城市性格。

事實上，城市和人一樣，也是有"人格"或"性格"甚至"性別"的。有的人類學家還極為生動具體地描述了不少城市的人格形象和性別特徵。一個比較一致的看法是：中國北方的城市大抵是"男性"的，比如北京是威嚴而慈祥的父親，西安、蘭州、太原、濟南、洛陽、開封，不是"漢子"，便是"大哥"。的確，中國最男性化的城市只可能在華北、西北和東北，而且只會在那裡的平原、高原、草原和林海雪原。那是大蒜生紫皮，辣椒掛燈籠，高粱紅了一地，苞穀黃了滿山的地方；是朔風勁吹，紅日高懸，城頭旌旗獵獵，大道塵土飛揚的地方；是慷慨悲歌，壯士遠行，哥哥走西口，好漢上梁山的地方；是強人落草，響馬劫鏢，梟雄逐鹿問鼎，豪俠比武論劍的地方；也是架起燒鍋大塊吃肉，粗瓷海碗大碗喝酒，不以成敗論英雄，卻以酒量論英雄的地方。這樣的地方，當然是男性的；這些地方的城市，當然也多半是男性的。

南方的城市則多半是"女性"的。有人還言之鑿鑿，說得活靈活現，說什麼杭州是大家閨秀，蘇州是小家碧玉，南京是侯門誥命，上海是洋場少婦（當然是舊上海）；或成都是寶釵初嫁，重慶是徐娘半老，廣州是文君賣酒，武漢是木蘭從軍，而廈門則是純情少女，並且似乎還情竇未開等等。總之，南北之分決定了男女之別，北方的粗獷和南方的靈秀，造就了兩地城市不同的風貌。

當然也有例外。比如貴陽雖然也在南方，卻怎麼看怎麼不像是女性的。顯然，這裡還有另一條 "原則" ：水邊的城市多少會有些 "女人味" ，而山裡或平原上的則多半是 "漢子" 。其實這與前一條 "原則" 並不矛盾：北方原本多山多平原，而南方則多半是水鄉。當你騎着駿馬或開着快車在豫西冀中魯南蘇北大平原上馳騁，或站在八達嶺上雄視天下時，你的感受與駕着小船在江南小鎮裡穿行絕對兩樣。 "古道西風瘦馬" ，山野和平原總是有着陽剛之氣； "小橋流水人家" ，河流和湖泊則總是有着陰柔之美。所以，夾在成都和昆明之間的貴陽，就只能是 "男性的" 。 "貴州的老子雲南的媽，四川的耗子駝鹽巴" ，多山的貴州，總是不乏男兒的豪雄。想想也是，那 "天無三日晴，地無三尺平" 的地方，怎麼會有 "女兒的嫵媚" ？有的，也只能是 "貴州小老虎" 的彪彪虎氣，或者既有幾分 "虎氣" 又有幾分 "猴氣" 吧！

照這樣說來，某些北方的水邊城市，就似乎應該被看作 "北地胭脂" 了。比如，有着舉世聞名的服裝節，而且又乾淨洋派美麗可人的大連，便不妨看作是一位豪爽而不失嫵媚的北國姑娘。然而不少人說 "不" 。他們堅持認為，大連是具有陽剛之氣和男性魅力的。只要比較一下大連和廈門的海岸線，就不難看出冷峻與溫馨之別。北方大海畢竟不同於江南水鄉，赫赫有名的大連海員俱樂部更讓人聯想到擊風搏浪的男兒豪情，何況大連人又是那麼地酷愛足球。大連的英雄氣質，使這座城市更被看作英俊帥氣的北方小夥。

大連、青島和煙台的魅力也許正在於這種 "剛柔相濟" 。正如 "南人北相" 或 "北人南相" 被看作是 "貴相" （成功之相）一樣，這些北方的水邊城市總是那麼令人神往。老實說，連那裡的人都很漂亮。北方人本來就比較高大，常常下海游泳，又使他們的身材勻稱，結果自然是姑娘健美小夥帥氣。青島的年輕人，甚至是可以坦然地穿着泳衣穿過街市走向海灘的。那是一種美的展示，也是一種美的享受，而他們的城市，也像他們一樣，健康美麗，落落大方。

相比較而言，貴陽的情況就不那麼樂觀。不管怎麼努力，貴陽似乎都很難進入中國城市魅力的排行榜，儘管它也應該說是"南人北相"的。然而貴陽似乎運氣不佳。這個建在大西南高山壩子上的城市，好像哪一頭都沾不上：作為高原，它沒有拉薩神秘；作為盆地，它沒有成都富庶；作為民族地區，它又沒有昆明那麼多的風情。這使它很委屈地成為西南甚至整個西部地區的"灰姑娘"。但，作為一座典型的高原山城，貴陽其實有着它自己的風采和特色。聳立的山巒，不大的規模，使它頗有些南方精壯漢子的味道；靈秀的黔靈山，綺麗的花溪，又使它很有些山地俊俏姑娘的風情。

貴陽還是值得一去的，雖然它並不是最男性化的城市。

中國最男性化的城市只能在北方。

北方是男子漢們建功立業逐鹿問鼎的地方，也是中國最早建立城市的地方。伏羲的事情不好說。說涿鹿是黃帝建立的都邑，則多半有些可能。至少，夏商周三代的京都和主要都邑是建在北方的。這無疑是中國最古老的城市了。事實上，北方的城市，大多有着悠久得令人咋舌的歷史，而且不是帝王之都，就是聖人之鄉。就連一些現在看來毫不起眼的縣城和縣級市，當年也是諸侯國，是威風八面的地方。如果不是"六王畢，四海一"，秦始皇統一了中國，咱們現在要到那些地方去，沒準還得簽證呢！

這些城市中，"男爺兒們"想必不少，而西安似乎算得上一個。

有句話說："米脂的婆姨綏德的漢。"西安，是"米脂的婆姨"還是"綏德的漢"呢？恐怕還是漢子吧？的確，西安這座城市，是很難被看作婆姨的。秦俑、碑林、大雁塔，鐘樓、鼓樓、大差市，都和女人沒什麼關係。有關係的是驪山腳下的華清池，它記錄了一個女人最風流浪漫的故事，可惜這些故事又發生在這座城市的輝煌歷史快要謝幕的時候，所以她的名聲也就遠不如杭州的白娘子那麼好。當然，西安還有那位讓日月都為之一空的則天皇帝。但她統治的，卻又是一個男人的世界，她自己也因此有些男人作派。而且，到最後，她還不得不把政權向男人拱手相讓。何況她並不喜歡西安，她喜歡的是洛陽。看來，西安只能是男性的。

把西安看作"最男性化的城市"之一，除了它曾經是男權政治的象徵外，在民間這邊，也還可以有三條理由：喝西鳳，吃泡饃，吼秦腔。這是賈平凹總結出的"關中人的形象"，當然也是西安的風尚和習俗。西鳳性烈，泡饃味重，最能表現男子漢的"吃風"。別的不說，光是盛泡饃的那隻粗瓷大海碗，就能讓南方人看得目瞪口呆，驚歎如果沒有一隻足夠強大健壯的胃，怎麼能容納和消化那麼多又那麼硬朗的東西。

如果說，能吃能喝，乃是北方人的共性，那麼，吼唱秦腔，便是西安人和關中人的特徵了。很少有什麼地方，會對自己的地方戲像關中人對秦腔那樣癡迷，也許只有河南人對豫劇的酷愛才能與之媲美。想想看吧！"八百里秦川黃土飛揚，三千萬人民吼唱秦腔"，那是一種怎樣恢弘的氣勢和場面，一點也不比世界盃足球賽遜色的。秦腔，就是關中人和西安人的足球。

事實上，秦腔和足球一樣，是很雄性的。裡裡外外，都透着一股子陽剛之氣。它實在是中國最男性化的劇種，就像越劇是最女性化的劇種一樣。豫劇雖然也很硬朗（聽聽常香玉唱的"劉大哥說話理太偏"就知道），但好歹是"唱"出來的。秦腔卻是"吼"出來的。民諺有云："麵條像腰帶，泡饃大碗賣，辣子也是一道菜，唱戲打鼓吼起來。"

這最後一句，說的便是秦腔。作家高亞平說得好：“秦腔的境界在於吼。”無論是誰唱秦腔，也無論是唱什麼段子，以及在什麼地方唱，“都要用生命的底音”。這聲音經過陽光打磨、冷風揉搓，發自肺腑，磨爛喉嚨，便有了一種“悲壯的肅殺的氣勢”（《秦腔》）。

這種肅殺之氣也是屬於西安的。依照中國傳統的五行學說，西方屬金，本多肅殺之氣，何況又是一座有着青磚高牆的“廢都”！的確，提起西安，我們已不大會想到新蒲細柳，曲江麗人，而多半會想到夕陽殘照，漢家陵闕。往日的繁華早已了無陳跡，在我們這些外地人心目中，似乎只有“秋風吹渭水，落葉滿長安”，才是西安的正宗形象。西安和北京一樣，都是屬於秋天的。但，眼望香山紅葉，我們想到的是秋陽；撫摸古城青磚，我們想到的是秋風。歷史上的西安，當然有過嘹亮的號角，有過慷慨激越的塞上曲、涼州詞、燕歌行，也有過輕歌曼舞，霓裳羽衣，如今，聽着那喇叭聲咽，我們感到了世事的蒼涼。

然而，站在西安保存完好的城牆下，看着那洞開的城門，巍峨的角樓，齊整的垜口，你仍會感到一股豪雄之氣從歲月的谷底升起，霎時間便沸騰了你的熱血。是啊，面對西安，你會覺得是在和一位老英雄對話，並深深感到那是我們民族的魂魄所繫。

西安是很男性的，只是老了點。

中國北方的城市都有點老，很需要冒出個棒小夥子來，才能重振雄風。

中國最女性化的城市當然是在江南水鄉。其中最典型的似乎又是杭州。

提起杭州，我們首先想到的是女人，西施啦，白娘子啦，蘇小小啦，馮小青啦。即便想到男人，這男人也是女人氣的“小男人”，比如許仙。“湖山此地曾埋玉”，杭州這“天堂”似乎是由女人，而且是由

"名女人"和"好女人"構築的。

同樣，提起杭州的景物，我們也會聯想到女人：平湖秋月是女人的含情脈脈，蘇堤春曉是女人的嫵媚動人，曲院風荷是女人的風姿綽約，柳浪聞鶯是女人的嬌聲嗲氣。"雲山已作蛾眉淺，山下碧流清似眼"，這難道不是女人的形象？的確，杭州的花情柳意、山容水貌，無不透出女人味兒。難怪晚明才子袁中郎要說見到西湖，就像曹植在夢中見到洛神了。此外還有越劇，那個曾經只由女人來演的劇種，也不折不扣是女性化的。杭州，從風景到風俗，從風物到人物，都呈現出一種"東方女性美"。

於是我們明白了，許仙和白娘子的故事為什麼只會發生在杭州，而那個會讓別的地方的男人覺得丟臉的"小男人"，為什麼不會讓杭州人反感，反倒津津樂道。的確，杭州是女人的天下女人的世界。女人在這裡幹出轟轟烈烈的事業來，原本就天經地義，用不着大驚小怪。相反，誰要是出來擋橫，或者出來橫挑鼻子豎挑眼，那他就會像法海那樣，受到人們普遍的仇恨和詛咒。當然，男人相對"窩囊"一點，也就可以"理解"而無需"同情"。誰讓他生在杭州城裡呢？再說：有這樣好的女人愛着護着，還有什麼可抱怨的呢？

所以，這樣的故事只可能在杭州，在那西施般美麗的西湖上演。不要說把它搬到燕趙平原、秦晉高原、哈薩克草原或閩粵碼頭根本就不可能，便是放在與杭州齊名的蘇州，也不合適。蘇州當然也有水，也有橋，然而卻沒有西湖，也沒有那"斷橋"。蘇州是水墨畫，杭州才是仕女圖。蘇州那地方，不大可能有敢愛能愛為了愛不惜犧牲生命的白素貞，也不大可能有愛憎分明俠氣沖天的小青蛇，頂多只會有"私定終身後花園"或"唐伯虎點秋香"。這大概因為雖然同為女性，也有大小不同。"上有天堂，下有蘇杭，杭州西湖，蘇州山塘。"杭州西湖雖然沒有武昌東湖那麼大，好歹也要比蘇州山塘和園林大氣。所以蘇州的女人有好心腸，杭州的女人卻有好身手。一齣"水漫金山"，讓多少女性揚眉吐氣！在一個男尊女卑的國度裡，有這樣一座尊崇女人的杭州城，是應該拍案叫絕的。難怪魯迅先生要對雷峰塔的倒掉大喊"活該"了。

杭州讓女人大出風頭，南京卻讓女人背上惡名。這當然多半因為那條秦淮河。"煙籠寒水月籠沙，夜泊秦淮近酒家。商女不知亡國恨，隔江猶唱後庭花。"這下子，南京和南京的女人，可是跳進黃河也洗不清了。事實上，由於南方的城市往往被看作是"女性的"，所以，六大古都中，南京和杭州的命運和名聲，都遠遠不如在北方的西安、洛陽、開封、北京。北方的四大古都也有亡國的記錄，然而卻不會被看作是城市本身的罪孽，或被看作是女人帶來的"晦氣"所致。南京和杭州就不行了。它們必須承擔王朝覆滅和政權短命的責任，至少在民間是有這種說法的。就像我們慣常把亡國的責任推到女人身上一樣，這些偏安王朝和短命政權的背時倒霉不走運，也被說成是不該在這兩個女人氣的城市建都。

只要比較一下南京、杭州和開封，就知道輿論有時是何等的不公。南京固然有"千尋鐵鏈沉江底，一片降幡出石頭"，杭州也固然有"暖風熏得遊人醉，直把杭州作汴州"，但，開封難道就沒有"靖康之難"麼？"靖康恥，猶未雪，臣子恨，何時滅"，可惜，這筆賬，最後還是算到杭州頭上去了，沒開封什麼事。好像徽欽二宗的被虜，不是在開封倒是在杭州；也好像問題的嚴重不是那兩個昏君丟失了江山，而是他們的膽小鬼子弟躲在杭州不思進取不想報仇雪恨。杭州無端地替開封承擔着罪責，而提起開封，人們津津樂道的是鐵面無私的包大人和倒拔垂楊柳的魯智深。有這兩位黑臉漢子在那裡坐鎮，開封是掉不了價的。只要凜然一聲"包龍圖打座在開封府"，開封便豪氣沖天了，誰還敢說三道四？

南京和杭州可就得由着人數落，就像長得漂亮的女人總會有人來品頭論足一樣。其實，南京不是女人氣太重，而是文人氣太重。與杭州不同，南京從來就不是一個有脂粉氣的城市。我們只能說"六朝金粉，秦淮風月"，而不能說"六朝脂粉，秦淮風月"。說"六朝脂粉"，不但南京人無法接受，我們自己說着聽着也彆扭。金粉其實也就是脂粉。但用一個"金"字，便多了些陽剛氣，少了點女人味。這就像"巾幗"，原指女人的頭巾和髮飾，與"粉黛"一樣，也是用服飾指代女人，但"巾幗"就比"粉黛"要硬朗一些。

南京並無多少女人氣，卻多文人氣。自古江南出才子，而才子又多半喜歡南京，即便這些才子不是南京人。這大約與所謂"六朝人物"和"魏晉風度"有關。對於文人來說，自由散漫，吊兒郎當，不愁吃喝也不必負責，又能講些高深玄遠的道理，發些嫉世憤俗的牢騷，比什麼都過癮。南京便最能滿足他們這種心理需求，所以文人都喜歡南京。南京，其實是最有希望成為一座儒雅的城市的。

文氣一重，就沒多少"王氣"了。秀才造反，三年不成。別說是逐鹿中原，便是守住那半壁江山，也不容易。中國的事情很有趣。同樣是戰爭，往哪個方向打，說法便不一樣：南下、北伐、東進、西征。南方攻打北方總那麼艱難，北方拿下南方，卻像喝小米稀飯似的，呼呼啦啦就下去了。於是南京和杭州，便總是處在一種挨打的地位。實際上，南京建立的第一個政權東吳，就差點在它的創始人手上丟掉。"東風不與周郎便，銅雀春深鎖二喬"，可不玄乎？然而，躲得過初一，躲不過十五。孫皓最後還是自個兒在石頭城上搖起了小白旗。"降孫皓三分歸一統"，一部原本可以讓南方人問鼎中原的《三國》，便這樣灰溜溜地收場，只留下一段"生子當如孫仲謀"的佳話。可惜，在南京建立政權的，似乎沒有幾個像孫權。於是以後的南京，便是接二連三地為中國史貢獻亡國之君，而且其中不少是才子。"最是倉皇辭廟日，教坊猶奏別離歌，揮淚對宮娥。"不是才子，哪裡寫得出如此絕唱？

事實上南京也是一個屢遭刀兵的城市，而且南京保衛戰也似乎從來就不曾成為軍事史上的成功範例，倒是那些斷壁殘垣新亭舊地，一再成為文人墨客憑弔的對象。在南京懷古是最合適的，而最值得去的地方恰恰是那些陵園：南唐二陵、明孝陵、中山陵、盤谷寺、雨花台。有時你會覺得中國最好的陵園都集中在南京了。這使得我們走進南京會有一種蕭穆之感，也會有一種悲壯之感。南京當然也有過輝煌時代和英雄業績，但人們卻往往記不住。"吳楚地，東南坼；英雄事，曹劉敵。被西風吹盡，了無陳跡。"留下的只是歌舞弦管，文章詞賦，是烏衣巷的傳說和桃花扇的故事，以及"為愛文章又戀花"的風流儒雅。略帶女人味的文人氣掩蓋了英雄氣，使得南京有點"英雄氣短，兒女情長"，有時還有點傷感。

重慶的性格同樣複雜。作為南方城市又在水邊，重慶似乎應該是"女性的"。何況，還有重慶是"徐娘半老"的說法。但是，作為西南山城，它又和貴陽一樣，有着男性的特徵。尤其是和成都相比，這個特徵就更為明顯。"重慶崽兒坨子（拳頭）硬，成都妹娃嘴巴狡。"代表着成都的是伶牙俐齒的妹娃，代表着重慶的則是尚武好鬥的崽兒，男女之別已很分明。事實上兩地人的性格也不相同。成都民性柔順而重慶民風爽直。成都人覺得重慶人太粗野，重慶人則看不慣成都人的節奏緩慢和講究虛禮。

把重慶看作"辣妹子"，也許是合適的。事實上，重慶這個城市的特點是"火辣"或"火熱"而非"火爆"。有名的"麻辣火鍋"就是重慶人的發明，後來才風行四川風靡全國的。在國內任何城市，只要一看到"山城火鍋"的招牌，我們馬上就會想到重慶。重慶也正像這火鍋：剛一接觸，火辣辣的叫人受不了。然而，慢慢地，就會覺得"味道好極了"，而且會感到一種柔情。這樣的城市，你說是男性的還是女性的呢？

三　我們到底要讀什麼

　　其實，把城市區分成"男性的"和"女性的"，只不過是一種帶有文學性的說法罷了，甚至只是一種朦朧的感覺，不是也不可能是科學的結論。比方說，杭州就不但有小青墓，也有岳王墳；不但出過美豔絕倫的蘇小小，也出過一身正氣、寧願粉身碎骨，也要"只留清白在人間"的于謙。杭州人素有"杭鐵頭"之稱，則其硬朗也就可想而知。何況還有錢塘潮。"弄潮兒在船頭立，手把紅旗旗不濕"，豈非男兒氣概？同樣，人們耳熟能詳的"長安一片月，萬戶搗衣聲，秋風吹不盡，總是玉關情"，不也是西安女性的柔情麼？

　　顯然，"男性的城市"或"女性的城市"云云，不過"姑妄言之"又"姑妄聽之"的事情，當不得真，而且很容易被證偽。所以，這些說法準確與否，我們可以姑且不論，也不妨各執己見。但城市像人，則應該不成問題。我甚至還認為，城市就像人一樣，也是有"體味"的。這個體味，就是城市的"文化味兒"。敏感的人，只要走進某座城市，一下子就聞到了。

　　所以，讀城，也就是讀人。城市並不僅僅是房屋和街道、店舖和城牆。如果沒有人，再好的城市，也不過一座"死城"，又有什麼好讀的。

那麼，城市裡的人又有什麼可讀的呢？

可讀的是他們的"活法"。

城市是人的生存空間。這個生存空間，是由每一個城市的地理位置、周邊環境、街道建築、歷史傳統和人文氛圍構成的。因此，不同城市中的人，就有不同的活法，即生活方式；也有不同的個性，即文化性格。比如北京人大氣，上海人精明，杭州人閒適，成都人灑脫，武漢人直爽，廈門人溫情等等。這，便正是我們這些讀城者特別關注的。

生活方式和文化性格，是互為因果的兩個東西。比方說，北京人大氣，所以北京人活得瀟灑而又馬虎。在先前，臭豆腐就貼餅子，再加一鍋蝦米皮熬白菜，就是好飯。如果那臭豆腐是"王致和"（中華老字號）的，上面又滴了香油，就簡直能招待姑奶奶。現在，則一包方便麵，兩根火腿腸，便可打發一餐。如果一時半會找不着開水來泡麵，乾啃方便麵就涼水，也能對付。但，即便是這種簡單的生活，也不乏樂趣。北京人是很會"找樂子"的。"壇牆根兒"和"槐樹小院"都是"樂土"，"喊一嗓子"和"聽一嗓子"都是"樂子"，而且越是眾人喝彩，越是神情散淡（不是裝的）。即便不過是小醬蘿蔔就窩窩頭，或者素炸醬麵拌黃瓜絲兒，也能吃得有滋有味。沒有水果麼？"心裡美"蘿蔔就很好。寒冬臘月裡，在大白蘿蔔根兒上挖個小眼兒，塞一粒菜籽兒進去，再澆上點兒水，等那嫩芽發出來，綠盈盈地掛在家裡，粗糙簡陋的日子便情趣盎然了。

上海人的活法又不一樣。上海人精明，所以上海人活得精緻而小巧。他們的住房多半面積不大，功能卻很齊全。不少傢具都是多功能的，而且擺放得恰到好處，既不佔地方，又錯落有致，顯然是經過了精心的設計。衣服也是不多不少的。既不會多得穿不了，壓箱底，或開春時沒法晾曬，也不會捉襟見肘，弄得沒有出門的行頭。反正一年四季，都能有體面的一身。這些衣服也不一定要買。不少家庭主婦或"主男"，都是能工巧匠。別人做兩條褲子的面料，他能裁出三條來，那款式和做工，也都是專業水平。吃飯當然也不會馬虎。即便尋常人家過小日子，每頓飯也得"燒幾個小菜吃吃"，而且有葷有素，營養齊全。隔三岔五的，還會上街去，找一家偏僻（因此價格也較便宜）的冷熱飲店喝一小杯咖啡或吃一客刨冰；或是在一家乾淨而又實惠的小店裡點幾樣小菜，喝一杯啤酒；或是在逛街的時候，買一小塊奶油蛋糕或一隻蘋果邊走邊吃。花錢不多，卻照樣享受了都市生活，既快樂又實惠，謂之"小樂惠"。

顯然，上海人的這種活法，北京人是看不上的。什麼"小樂惠"？簡直就是"過家家"。同樣，北京人的活法，上海人也不以為然。"找樂子"？"窮開心"吧！

這就是城市和城市之間的差異了。這種差異，說到底，也就是文化的差異。什麼是文化？文化就是人類生存和發展的方式。說得白一點，就是"活法"。不同的人有不同的活法，不同的城市也有不同的活法。這些活法，就構成了文化。讀城，也就是讀人，讀文化。

就拿"小樂惠"來說，原本是江浙一帶的地方方言，本義係指普通老百姓的日常飲食之樂。日常飲食嘛，何況又是平民百姓的，當然不會是大吃大喝，無非蝦油鹵雞、蔥烤鯽魚、蒿菜豆腐乾、毛豆雪菜煸筍之類，甚或只不過茴香豆、花生米，再加一杯老酒，而且決不會是茅台或XO，故謂之曰"小"。然而小則小矣，其樂也無窮，其趣也盎然。更何況惠而不費，所以叫"小樂惠"。老作家汪曾祺寫作"小樂胃"。江浙一帶地方人說話，惠胃不分，而寫作"小樂胃"，大約是因其主要表現於飲食方面吧？即便如此，我以為也不能叫"小樂胃"，而應該叫"小樂味"。因為它追求的，不是"腹之飽"，而是"口之樂"，快活的是嘴巴而不是肚子，是一小口一小口品茶品菜品酒時的那種自得其樂和有滋有味，怎麼好叫做"小樂胃"呢？

江浙一帶早已有之的"小樂胃"或"小樂味"，到了上海人那裡，就成了地地道道的"小樂惠"。江浙人的"小樂味"，多半還是農業社會的田園之樂；上海人的"小樂惠"，則是現代社會的都市生活。當然，並不是所有對都市生活的享受都好叫做"小樂惠"。比方說，到"百樂門"去揮金如土，就不是；在小攤點上將就着吃一碗陽春麵打發一餐，當然也不算。不算的道理也很簡單，前者太"大"，而後者又並無多少"樂"可言。顯然，所謂"小樂惠"，必須是"小"而"樂"者。一般地說，它要有以下幾個特點。一是小，是"小弄弄"、"小來來"；二是精緻，喝大碗茶就不算；三是必須屬於物質享受，"喊一嗓子"也不算；四則必須是精心計算安排策劃的結果，是以盡可能少的代價獲得的盡可能多或盡可能好的享受，比方說，質量既高樣式又多價錢還便宜等等。所以，不假思索地買一隻燒雞大嚼一頓不算"小樂惠"，用同樣多（甚至更少）的錢，不但吃了一小碟白斬雞，還吃了有葷有素好幾盤菜外加一小杯可樂或啤酒，便是地道的"小樂惠"。在這裡，第四條原則最重要。如果吃得（或玩得、穿得）雖然好，錢卻花了許多，被"斬了一記"，當了"冤大頭"，心裡"氣煞"，哪裡樂得起來？

第四條原則最重要，還因為它是上海人的"小樂惠"不同於杭州人或其他江浙人"小樂惠"的緊要之處。杭州有民諺云："工人叔叔，螺螄吮吮（音"縮"）；農民伯伯，雞腳掰掰"，正是典型的杭州"小樂惠"。吮螺螄，掰雞腳，是很費時間的，然而樂趣也就正在這裡了。就那麼一點東西，只要你慢慢地啜，細細地品，品到精細處，就不難砸出鮮味來。這滋味既是小菜老酒的，更是人生的。人生在世，有如匆匆過客，難得的是那份自在和悠閒。螺螄吮吮，雞腳掰掰，便正是對悠然人生的自我陶醉。也就在這悠然自得中，什麼塵世的喧囂，世道的滄桑，便都忘得乾乾淨淨了。正所謂"老酒天天醉，毛主席萬萬歲"，杭州人也天天都活得有滋味，所以還是叫"小樂味"好。杭州"小樂味"既然以自得其樂和與世無爭為旨歸，就顯然與上海"小樂惠"的精心策劃算計安排大相異趣。

這就頗有些類似於北京人的"找樂子"了。北京人的"找樂子"，也是對人生的一種享受，也是一種自得其樂和與世無爭。會鳥、票戲、下棋、擺弄花草，不在乎東西好壞，也不在乎勝敗輸贏，圖的是那份隨意、自在、可心、舒坦，看重的是做這些事時的悠然自得和清淡雅致，是那份心境和情趣。在北京人看來，"樂子"到處都是，就看你會不會"找"。顯然，這和杭州人那種"一飲一酌，一醉一醒，一丘一壑也風流"的人生態度是正相一致的。這也不奇怪。北京和杭州，畢竟都是鄉土中國的田園都市，而且是有着上千年歷史的文化古城。這樣的城市，總是會有些散淡和儒雅的。這裡的人們，也總是容易把歷史和人生看穿看淡，從而變得心氣平和、滿不在乎和隨遇而安。只不過，由於歷史和地理的原因，北京的平民更多"京都氣派"和"燕趙俠骨"，而杭州平民則不免多少會有點"吳越餘韻"和"魏晉風度"罷了。

上海就不一樣了。上海不是"田園都市"，因此沒有那份"散淡"；上海也不是"文化古城"，因此難得那份"儒雅"。上海是一個擁擠的、嘈雜的、五光十色而又貧富懸殊的現代化商業性城市，上海人大多是生活在這樣一個城市中、為奢華享樂所誘惑而又為貧窮窘迫所困惑的小市民。他們的生存環境比北京人差得多，他們的生活要求又比北京人高得多，因為他們受到的物質誘惑也比北京人大得多。這就使他們更加注重實實在在的生活內容和生活質量，也會逼得他們精打細算，盡可能地找竅門、鑽空子、走捷徑、撿便宜，變得"門檻精來兮"。可以說，佔上海人口半數以上的小市民，差不多都是這種活法，而上海的市政管理和商業服務也樂意於為這種活法提供方便，比如印發半兩一張的糧票，小吃可以搭配着買，雪花膏可以“零拷”等等。這些做法就保證了收入低微的小市民們也能過上方便、實惠、舒適而又不失體面的生活，而且還能和他們的城市一樣雅致。

當然，要過上這樣的生活，也有一個條件，那就是必須“精明”。事實上，每個上海人都明白，只有依靠個人的聰明才智和精明能幹，才可能在這個社會求得盡可能好的生活，也才可能在這個社會裡活得如魚得水。所謂“小樂惠”，就是對這種如魚得水狀態的自我欣賞。順便說一句，這種活法在上海，甚至還能受到別人的尊敬。我的一個上海朋友告訴我，上海最有名的西餐館“紅房子”裡有一位常客，每次點的菜點花錢都不多，地地道道的“小樂惠”。然而那裡的侍應生對他卻極為敬重，服務也極為周到。上海人不是很“勢利”嗎？怎麼會尊重一個沒有錢或捨不得花錢的人？不錯，上海人也許很在乎你有沒有錢，但他們更看重“精明”，更尊重“在行”。事實上，一個大手大腳胡亂花錢的外地人，在上海是不可能得到真正的尊重的。他只會被看作是“戇大”而被上海人在背地裡嘲笑。

顯然，北京人的“找樂子”也好，上海人的“小樂惠”也好，或者杭州人的“小樂味”也好，都是那些收入不多、家境不寬、手頭不富裕而又想活得好一點的普通人的活法，是對單調貧困生活的一種補充和調劑。要之，它們都是“享受人生”，也都是對自己“活法”的一種欣賞。所不同者，在於北京人欣賞的是自己的“大氣”，上海人欣賞的是自己的“精明”，而杭州人欣賞的是自己的“閒適”。北京人，生活在天子腳下，皇城根兒，萬歲爺這一畝三分地上住着，什麼世面沒見過？哪在乎生活的粗細，又哪兒不能找到樂子？上海人是國際化大都市裡的小市民，外面的世界很精彩，家裡的日子很無奈，不算計也得算計，不精明也得精明。何況機會又比較均等，競爭又相對公平，再蠢的人，久而久之，也就磨練出來了。至於杭州人嘛，沒得說，“上有天堂，下有蘇杭＂，還有誰能比他們更貼近自然，更會享受人生？又還有誰能比他們更慵散，更悠閒？不一樣，就是不一樣噢！

甚至就連這三種活法背後透出的無奈，也不一樣。說白了，北京的平民是皇宮王府見多了，又進不去，只好到壇牆根下去＂找樂子＂；上海的市民則是燈紅酒綠看多了，又得不到，只好給自己來點＂小樂惠＂。至於杭州老百姓，生活在＂人間天堂＂，日子卻未必真那麼好過，便只好＂螺螄殼裡做道場，小酒杯中當神仙＂。無妨說，北京人的＂找樂子＂是苦中取樂，杭州人的＂小樂味＂是忙裡偷閒，上海人的＂小樂惠＂則是實實在在地調劑和充實自己的生活。相比較而言，上海人更＂務實＂，而北京人和杭州人更＂審美＂；上海人更＂現代＂，而北京人和杭州人更＂傳統＂。

這是人與人的差異，也是城市與城市的差異。

因此，讀城，就像讀人一樣。你要想認識一個人，就得把他當作和自己一樣的人來看待，將心比心地和他交朋友。認識一個城市也如此。我寫《讀城記》這本書，目的也在這裡：我想通過這本書，像認識我的朋友一樣來認識我所到過的這些城市。當然，也想和生活在這些城市裡的人，成為朋友。

那麼，讓我們走進城市。

第二章

北京城

北京不僅是新中國的首都，它也是遼燕京、金中都、元大都和明清的京都。不難想見，在這塊土地上，書寫的是什麼樣的歷史，上演的是什麼樣的活劇，集聚的是什麼樣的人物，積澱的又是什麼樣的文化啊！這裡的每一個街區、每一條胡同、每一座舊宅，甚至每一棵古樹，差不多都有一個甚至幾個值得細細品味慢慢咀嚼的故事。那些毫不起眼的破舊平房，可能是當年的名流住宅；那些雜亂不堪的荒園大院，也可能是昔日的王府侯門。更遑論聞名遐邇的故宮、景山、天壇、雍和宮、頤和園、圓明園了。即便是那些民間的東西，比如老北京的五行八作、時令習俗、工藝製作、風味小吃、兒歌童謠，也都是一本本讀不完的書。

北京是城。

北京城很大很大。

北京城大得你不知從何讀起。

　　不必一一列舉有關部門的統計數字,比如轄地面積多少啦,市區已建成面積多少啦,常住和流動人口又有多少啦,等等。在經濟建設飛速發展的今天,這些數字年年都在變,未必比我們的感覺更可靠;而不管是過去,還是現在,幾乎所有人對北京的共同感覺都是"大"。差不多每個到過北京的外省人都有這種體會:初到北京,蒙頭轉向,簡直"找不着北"。一天跑下來,腰酸背疼,腿肚子發脹眼發直,能辦成一兩件事,就算效率不錯了。因為北京實在太大太大。一個立交橋繞下來,你打的的士肯定跳表,不折不扣的"看山跑死馬"。北京人自己就說得更絕:除非在家貓着,只要出門,就會有一種"永遠在路上"的感覺。

　　其實,北京的大,還不僅僅大在地盤。作為新中國的首都,北京是一個集政治、經濟、軍事、外交、科技、文化、教育、體育、信息等各種中心於一身的全能型城市。這裡有最大的黨政軍機關,最大的金融商業機構,最大的科研單位,最大的大專院校,最大的信息網絡,最大的體育場、出版社、報社、電台、電視台和最大的國際機場。世界各國的大使館都在這裡,世界各國的精英人物和重要信息也都在這裡出出進進。別的地方有的,北京都有;別的地方沒有的,北京也有;別的地方出不去進不來的,在北京就出得去進得來。光是這容量和吞吐量,北京就大得讓別的城市沒法比。

　　更何況,北京不僅是新中國的首都,它也是遼燕京、金中都、元大都和明清的京都。不難想見，在這塊土地上，書寫的是什麼樣的歷史，上演的是什麼樣的活劇，集聚的是什麼樣的人物，積澱的又是什麼樣的文化啊！這裡的每一個街區、每一條胡同、每一座舊宅，甚至每一棵古樹，差不多都有一個甚至幾個值得細細品味慢慢咀嚼的故事。那些毫不起眼的破舊平房，可能是當年的名流住宅；那些雜亂不堪的荒園大院，也可能是昔日的王府侯門。更遑論聞名遐邇的故宮、景山、天壇、雍和宮、頤和園、圓明園了。即便是那些民間的東西，比如老北京的五行八作、時令習俗、工藝製作、風味小吃、兒歌童謠，也都是一本本讀不完的書。

這就是北京：古老而又鮮活，博大而又精深，高遠而又親切，迷人而又難解。它是單純的，單純得你一眼就能認出那是北京。它又是多彩的，豐富得你永遠無法一言以蔽之。而無論久遠深厚的歷史也好，生機勃發的現實也好，豪雄浩蕩的王氣也好，醇厚平和的民風也好，當你一進北京，它們都會向你撲面而來，讓你目不暇接，不知從何讀起。你可能會驚異於現代都會的日新月異（有人說，三個月不到北京，就會不認得它了），也可能會留連於千年古城的雄厚深沉（有人說，即便在北京住上一輩子，也讀不完它的歷史遺跡），可能會沉醉於文化名邑的清雅蕭遠（有人說，只要在北京的高等學府各住上一個月，就等於上了一次大學），也可能會迷戀於民俗舞台的色彩斑斕（有人說，北京整個的就是一個民俗博物館）。所有這些，都會對每一個初進北京的人產生神奇的魅力，使之心旌搖盪，神志癡迷，不知所以。可以這麼說，任何試圖讀懂北京的人，一開始，都會有一種不得其門而入的感覺。

我們必須找到進入北京的門。

也許，北京的那些氣勢非凡的門，就是我們應該翻開的第一頁。

一　北京的門

北京有很多的門。

打開北京地圖，你的第一印象，也許就是北京的門多。儘管這些門大多“徒有虛名”（門被拆掉了），然而那“虛名”卻也“永垂不朽”。有幾個老北京人不記得這些門呢？即便是外地人，從未見過它們的，也會知道它們的名字，甚至有些模糊的感覺。因為北京中心區域的主幹道，幾乎大多都是以這些門（加上東西南北的方位）來命名的。比方說，前門大街、前門西大街、前門東大街，復興門外大街、內大街、南大街、北大街，建國門外大街、內大街、南大街、北大街，阜成門外大街、內大街，南大街、北大街，朝陽門外大街、內大街、南大街、北大街，西直門外大街、內大街、南大街、北大街，東直門外大街、內大街、南大街、北大街，德勝門外大街、內大街、東大街、西大街，安定門外大街、內大街、東大街、西大街，此外，還有崇文門東大街、宣武門西大街、廣安門內外大街、廣渠門內外大街等等。所以有人說，到了北京，要找地方，先要找門。如果你知道自己在哪座門周圍，要找的地方又在哪座門附近，那麼，你就怎麼也不會迷路。而且，你在北京問路，北京人也常常會說在某某門附近或奔某某門去。因此，雖然我們現在在北京已看不見多少門，卻對北京的門並不“陌生”，反倒有幾分親切。

事實上，不少的中國人，都首先是通過北京的門，尤其是通過兩座特別有名的門認識北京的。這兩座門，就是天安門和大前門。"我愛北京天安門，天安門上太陽升"，是幾乎每個新中國人都耳熟能詳的歌曲；而那些從未到過北京的人，也至少在香煙盒上見識過大前門。記得小時候，大前門還是一種名貴的香煙。能抽大前門香煙的，大都有錢，或很有些身份。能夠收集到大前門香煙盒，也是一件有面子的事。當然，能夠到北京去，親眼看看天安門和大前門，在它們前面照一張像，那就更是夢寐以求了。

　　如果說，天安門是新中國的象徵，那麼，大前門便是老北京的門面。1984年，侯仁之教授在為一本重要的瑞典學者著作的中譯本所作的序中，還這樣激動地回憶起半個世紀前他第一次見到大前門（正陽門）時的心情："當我在暮色蒼茫中隨着人群走出車站時，巍峨的正陽門城樓和渾厚的城牆驀然出現在我眼前。一瞬之間，我好像忽然感受到一種歷史的真實。從這時起，一粒飽含生機的種子就埋在了我的心田之中。"

　　這是極為真實而又極為深刻的感受。只有那些對於中國歷史和中國文化特別敏感的人，才會有這樣的感受，也才會深刻地意識到，北京的城門對於北京這座城市和它所代表的文化，有着什麼樣的意義。難怪侯仁之教授為之作序的那本重要著作——《北京的城牆和城門》一書的作者、瑞典學者喜仁龍，要說他之所以寫這本書，是因為北京的城門了。在喜仁龍看來，北京的歷史和文化，是和它的城門還有城牆連在一起、不可分割的。這些城門和城牆"佈滿着已逝歲月的痕跡和記錄"，隨時都會向我們講述那些古老而神奇的故事。

　　喜仁龍是一個外國人。然而他的感受，卻和我們如此相通。我確信，儘管喜仁龍是一位嚴謹的學者，也儘管他做了大量的調查和考證工作，但如果沒有這種感受，他的書就不可能寫得那麼生動，那麼感人，也不可能寫得那麼深刻。

我們必須有這種感受。有了這種感受，你才能進入北京，也才能讀懂北京。

因為北京是城，而且是真正的城。

北京作為城的歷史，說起來是很久遠的了。

北京城起先叫做"薊"或"薊城"。現在我們至少可以肯定它曾是燕國的國都，其址位於現在北京的西北一隅，公元前221年被秦始皇的軍隊所毀。公元70年左右，東漢王朝在今北京西南角，又建了一座新城，叫"燕"，三國時又改名"幽州"。公元938年，遼太宗耶律德光將幽州升格為"南京"，又叫"燕京"，作為他的四大陪都之一。金貞元年（公元1153年），擊敗了遼國的金人，將燕京定為他們佔領的北部中國的政治中心，是為金中都。又過了一百多年，即公元1272年，統一了中國的元世祖忽必烈，決定將此地作為他龐大帝國的中樞所在，這就是元大都。至此，中國的首都終於由"面東背西"一變而為"坐北朝南"。在此後數百年的漫長歲月裡，除短暫的變動外，這個格局基本上沒有被打破。

薊城、幽州、遼燕京、金中都和元大都，這些輝煌一時的巍峨城闕，早就已經"被西風吹盡，了無陳跡"了。現在人們能夠記起說起的，實際上是明清時代的北京城；而明清時代的北京城，則是由裡外三層的"城"構成的"城之城"。這個"城之城"的裡圈，是通常稱為"紫禁城"的"宮城"，城牆周長6里，開有四門，即午門、神武門、東華門、西華門。中間一圈是"皇城"，城牆周長18里，也開有四門，即天安門、地安門、東安門、西安門。它的外圍是"京城"，分內外兩城。內城城牆周長46里，開有九門。正中即正陽門，最為高大雄偉。在過去的年代，它是僅供皇帝出入的"正門"。正陽門的東西兩面，是崇文門和宣武門，又叫"哈達門"和"順治門"，也叫"景門"（光明

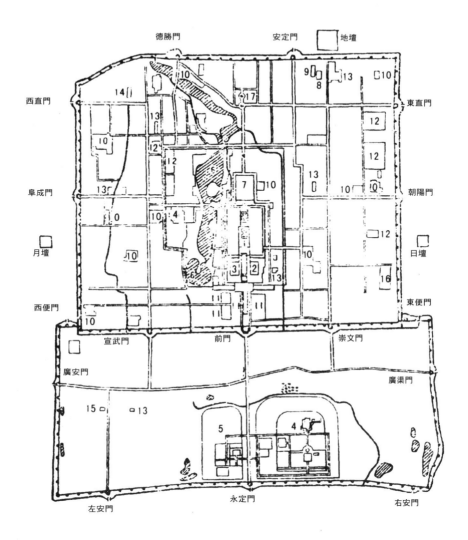

德勝門　安定門　地壇

西直門

14

13

10

12

東直門

12

12

9 10

8 13 10

17

13

7 10

13

阜成門

13

12

5

10

朝陽門

10 0

10 4

3 2

6

10

10

16

月壇

10

10

16

日壇

西便門

11

東便門

10

宣武門　前門　崇文門

廣安門

15 13

廣渠門

5

4

左安門　永定門　右安門

　　　1 宮殿　2 太廟　3 社稷壇　4 天壇　5 先農壇　6 太液池
（三海）7 景山　8 文廟　9 國子監　10 諸王府公主府　11 衙
門　12 倉庫　13 14 15 寺廟　16 貢院　17 鐘鼓樓

明清北京城示意圖

昌盛之門）和“死門”（枯竭不祥之門）。景門人人可過，死門則多半
走送葬的隊伍。北面二門是德勝門和安定門，又叫“修門”（高尚之
門）和“生門”（豐裕之門）。皇帝每年一次從生門出城，到地壇祈禱
豐年，也祈禱王朝政權穩定、國泰民安，所以叫“安定門”。而凱旋
的軍隊則要從修門班師回城，以宣示皇帝的聖德終於戰勝了敵人，所
以叫“德勝門”。東邊二門是東直門和朝陽門（齊化門），又叫“商
門”（交易之門）和“杜門”（休憩之門）。那裡曾經河水漣漪，岸柳
成行，無疑是運輸和休閒的好去處。西邊二門是西直門和阜成門（平則
門），又叫“開門”和“驚門”，前者意味着“曉喻之門”，後者的得
名據說是因為附近居民常被皇帝詔令驚擾之故。總之，這些城門，多少
都有些特殊的含義和象徵。所以，老北京人說起它們來，總還是津津樂
道。

　　正陽、崇文、宣武、德勝、安定、東直、西直、朝陽、阜成這九
門，就是嚴格意義上的京師之門。所以清代的“首都衛戍司令”，便叫
“九門提督”；而九門當中最南端的正陽門，便是京城內城的正門、前
門。它是北京最重要的城門。它的北面，是壁壘森嚴的皇城和宮城，是
金碧輝煌的王府和皇宮，是老百姓可望不可及的地方。它的南面，是北
京城的門戶地帶，擁有最大的交通中心和商業中心。那裡的婆娑楊柳、
絢麗牌樓、繁忙店舖、喧鬧街市，曾是“北京最美妙、最誘人的街景之
一”。那裡也是帝王禁苑與平民市井之間巨大的中間環節，因此老百姓
把正陽門叫做“大前門”。

　　其實，真正的“前門”，說起來應該是永定門。它是京城外城的正
門。1553年修建的外城，原來是要環繞內城的，後因經費不足，只修
了南城一方，結果整個京城就變成了一個“凸”字形。京城外城周長28
里，開有七門。南端正中為永定門，左右兩邊為左安門、右安門，東西
兩邊則是廣渠門、廣安門，東北和西北角與內城相接處，又開有兩門，

即東便門和西便門。"外七內九皇城四"，如果再加上圍繞外城的護城河和城外嶺上的長城，北京城真可謂"門開八面，固若金湯"。除此以外，在天安門外長安街上原有左右長安門（又稱青龍門、白虎門）。民國時期，又新闢了和平門（始稱興華門）、建國門（始稱啟明門）、復興門（始稱長安門）。這些都是大門。至於那些不大上得了"枱盤"的中門、小門，就數不勝數。

這就是北京，這也就是北京城。要言之，所謂"北京城"，實際上就是由這些一重一重的"牆"和一道一道的"門"構成的。其中，"門"顯然又比"牆"更重要。沒有牆，固然城而不城，但如果沒有門，則城也就是死城。門之於城，不但是出入之口，而且是方位所在，功能所在，意義所在。可以說，把握了北京的"門"，也就差不多把握了北京。

北京諸門之中，最重要的當然是天安門。

天安門是北京的象徵。

只要一提起北京，我們中國人，尤其是新中國人，首先想到的便是天安門。每個初到北京的人，第一個要去看的地方，也差不多都是天安門。的確，在中國，又有哪座門，能像天安門那樣和北京緊密地聯繫在一起，並且在中國人民的歷史畫卷和政治生活中有着舉足輕重的地位，起着無可替代的作用呢？舉世矚目、揭開了中國新文化第一頁的"五四運動"，就是在天安門廣場上爆發的。中華人民共和國的成立，也是毛澤東主席在天安門城樓上宣佈的。本世紀許多重大政治事件，也都在天安門前的廣場上演出。天安門在每一個熱愛祖國、尊重歷史的中國人心目中，不可能不地位尊崇。

天安門的地理位置，也很特別。明清時代北京城市規劃和城市營造之最突出的特點，就是由一條18里長的南北中軸線貫穿全城。它的南端起點，是永定門；北邊終點，則是地安門外的鐘鼓樓。從南到北，依次有永定門、正陽門（前門）、中華門、天安門、端門、午門、神武門、地安門等等，天安門恰恰正在這條中軸線的正中。它是京、皇、宮三城中間那個城即"皇城"的正門。門外，南北大道是"御道"，東西大街是"天街"，其地位之重要、特別，已毋庸置疑。如果說，北京的門是我們解讀北京的"入門之門"，那麼，天安門便是"門中之門"。

其實，即便在封建時代，天安門的地位也非同一般。

天安門原名承天門，清人入關後改為天安門。但不論"奉天承運"也好，"敬天安民"也好，作為皇城的正門，它都是國脈所繫、國威所在、國家權力的象徵。事實上，天安門歷來就是封建王朝舉行國家大典的地方。那時，皇帝如果要頒佈詔書，就在太和殿登極用寶。用寶後的詔書，要置於"雲盤"中，用彩亭奉送天安門城樓，交宣詔官宣讀，文武百官則在金水橋南排班聆聽。宣詔完畢，詔書用木雕的金鳳銜着由城樓上放下，交禮部謄寫，詔告天下，謂之"金鳳頒詔"。可以說，從那時起，天安門就以其不同尋常的特殊地位而為眾望所歸。

不過那時的廣場，可比現在小得多，只有11公頃，比作為現在天安門廣場配套建築的人民大會堂（佔地15公頃）還小。1949年，為舉行開國大典，新中國的奠基者們曾對廣場進行了拓展修整。1959年，為慶祝建國十周年，又進行了大規模的改造：三面紅牆全部予以拆除，東西兩翼拓為通衢大道，革命歷史博物館和人民大會堂分立廣場東西兩側（取"左祖右社"之意），人民英雄紀念碑屹立中央，並向人民群眾開放。過去專屬帝王使用、嚴禁庶民涉足的皇家禁區，真正成了"人民的廣場"。

於是天安門廣場便成了世界上最大、最無與倫比的大廣場。它佔地面積54公頃，可供50萬人進行集體活動。每一個到過那裡的人，都無不驚異於她的莊嚴、肅穆、雄偉、博大。和她相比，西方許多城市的所謂廣場，便只好叫做"路口"。北京的"大"，在天安門和天安門廣場得到了最好的體現。

天安門的南北，分別是正陽門、中華門和午門。

午門是宮城的正門，正陽門是京城的前門，中華門卻不是城門。這是一座單簷歇山頂的磚石結構建築，與明十三陵和清東西陵的大紅門相同，雖然看起來不如內城九門那些"城門樓子"壯觀，卻最能體現"城頭變換大王旗"的意味。因為中華門是真正的"國門"。咱們的國名叫什麼，它就叫什麼。明朝的時候，它叫"大明門"；清朝的時候，它叫"大清門"；到了民國時期，就叫"中華門"。換名的辦法也很簡單：把刻有門名的石匾翻個個兒，重新刻上字，"大明門"就變成了"大清門"。可惜，當民國的人也想用這種省工省料的好辦法來更換門匾時，卻發現努爾哈赤的子孫早就用過了這個高招，便只好放棄了"顛倒歷史"的念頭，重新刻了一塊木匾，掛在了簷下。

中華人民共和國成立後，為了表達對革命先烈的感激和崇敬，在天安門廣場建立了人民英雄紀念碑。紀念碑就建在中華門內天安門前。正如姜舜源在《滄桑天安門》一文中所說，這可正好應了陳毅元帥的一句詩："此頭應向國門懸"了。二十多年後的1976年，在中華門舊址上，又興建了"毛主席紀念堂"。至此，整個天安門廣場，已是"舊貌換新顏"。國門拆除了，午門退隱了，前門告老了，人民的廣場取代皇家的宮城成了北京的中心，而由東西長安街及其延長線構成的新的中軸線橫貫東西，則似乎象徵着北京的開放與騰飛。

中華門（或大明門、大清門）的故事，再清楚不過地告訴我們，門對於一座城尤其是一座京城有着一種什麼樣的意義。它不僅是出入的孔道和防衛的關口，也是一種象徵——國家的和政權的象徵。所以，在清代，除正陽門外，其餘八門便由八旗分掌：德勝門正黃旗，安定門鑲黃旗，東直門正白旗，朝陽門鑲白旗，西直門正紅旗，阜成門鑲紅旗，崇文門正藍旗，宣武門鑲藍旗。八旗分掌八門，既有共享天下之意，也未嘗沒有相互牽制的用心在內。

的確，"山河千里國，城闕九重門"，沒有城牆和城門，是不好叫做京城的。唐代長安和北京一樣，也有京、皇、宮三城，不同者在於宮城不在皇城裡面，而在皇城北面。這三座城，京城十二門，東西南北各三門；皇城七門，南三東二西二，北面無門；宮城南面五門，正中為承天門（明代北京宮城正門也叫承天門，想必即承唐制），北面二門，正門為玄武門，是唐太宗李世民發動政變的地方。漢代洛陽京城內，有南北兩座差不多一樣的宮城，都開有四門，而且門的名字也都一樣，即南朱雀北玄武東蒼龍西白虎，京城則開有十二門。宋都開封也有城三重，外京城叫羅城，也叫國城，因其土築又叫土城，開有十三座城門，七個水門，共二十座門；內京城又叫舊城或闕城，四周共開十門，正南門是朱雀門；宮城亦即大內，又叫皇城，開有六門，正中為乾元門。開封城一共三十六座門，差不多是門最多的一座古都。南宋的都城臨安（杭州）只有內外兩城，內城又叫子城，開有四門，乃大內所在；外城又叫羅城，開有十三座城門，並不呈對稱狀。杭州城門的特點，是它們的名字，多不似北方古都的典雅莊重，而更多山川靈秀。"候潮聽得清波響，湧金錢塘定太平"，這兩句詩中，就包括了杭州五座城門的名稱。明初首都南京，規模極為宏大，裡裡外外共有四城。外郭城周長180里，開有十六座城門；應天府城周長67里，是當時國內第一大城（次為北京），也是世界第一大城（次為巴黎），共有十三座城門；此外皇城六門，宮城十二門，加起來比開封還多。

顯然，這些城市，也都是由"牆"和"門"構成的。

這是中國極具典型意義的一類城市。

它們的秘密，是中國文化的秘密。

當然，也是中國城市的秘密。

二 城與市

城牆和城門把我們帶進中國的城市。

事實上，在漫長的古代社會，幾乎所有的中國城市都是由那一重重的"牆"和一道道的"門"來構成的。在中國古代，人們無法設想沒有城牆和城門的城市，就像無法設想沒有屋頂和門窗的房子一樣。任何一座真正的城市都必須有城牆和城門，而且這些城牆和城門越是高大越是多，則這座城市的地位和規格也就越高，人們也就越承認它是"城"。因此，像上海這樣沒有什麼像樣城牆城門的城市，就不能叫做"城"，而也許只能叫做"市"。

在中國，"城"和"市"不但意義不同，而且地位、大小也不同。

什麼是"城"或"城市"？從文化人類學的角度看，所謂"城"或"城市"，無非是人類社會三種主要的社區類型之一。這三種主要的社區類型是國家、城市和鄉村。這三種社區，都可以叫做"邑"。上古所謂"國"，範圍不大，數量很多。在諸侯林立的時代，不少的所謂"國"，也就一"邑"而已。"邑"這個字，上面是一個"口"，下面是變體的"人"字。有"人"有"口"，當然是社區。也有人說上面那個"口"是圍牆、圈子、範圍的意思："有土有人，斯成一邑。"不管怎麼說，這個既有一定範圍，又有一定人口的"邑"，就是"社區"。

中國古代的社區（邑）有許多種，也有許多名稱，比如邦、都、鄉，以及郊、鄙等。其中“邦”相當於國家（故又稱“邦國”），“都”相當於城市（故又稱“都市”），“鄉”當然就是村落（故又稱“鄉村”）。此外，“郊”就是附庸於城市的社區（郊區），“鄙”就是遠離於中心的社區（邊鄙），而社區與社區之間就叫“鄰”（鄰里）。所有這些字，都從“邑”（“鄉”字、“邸”字也是從“邑”），可見“邑”就是社區。不過，一般地說，“邑”主要指城市，比如“都邑”一詞，就是大小城市的總稱（大曰都，小曰邑；或“二年成邑，三年成都”）。由此又可見，城市乃是最重要的社區。

然而城市卻不是最古老的社區。最古老的社區是鄉村。鄉村是從原始氏族的集聚地轉化而來的。“鄉”這個字，無論金文甲骨文，都是像“兩人相向對坐共食一簋”之形。也就是說，“鄉”的字形，就是兩個人面對面坐着，當中放一個飯桶。所以楊寬先生在《古史新探》中說，鄉這個字，“是用來指自己那些共同飲食的氏族聚落的”。

後來，階級分化了，氏族變成了國家，尊貴的老爺天子、諸侯、大夫們也不再和自己的“子民”們共一個飯桶吃飯。他們（當然要帶上自己的奴僕）另擇“風水寶地”而居，或在原居住地劃出一個圈子，形成一個新的社區，並用高高大大的牆把這個新的社區和舊社區鄉村隔離開來。這個用牆劃出的社區，就叫做“城”，也叫“都”或“邑”，而那牆就叫城牆。要之，就起源而言，所謂“城”，就是古代的王朝國都、諸侯封地、大夫采邑。或者準確一點說，是它們的中心區域。城牆之外的地方，就叫“郊”，就叫“野”，更遠的地方則叫“鄙”，是鄉村社區的所在地。一牆之隔，尊卑判然；大門內外，貴賤不一。這就是傳統意義上的城市。或者準確一點說，就是傳統意義上的“城”。它一開始就是和門和牆共生的。沒有城牆和城門，也就沒有所謂“城”。恰如喜仁龍所說：“正是那一道道、一重重的牆垣，組成了每一座中國城市的骨架或結構。"因此，當我們突然發現一座圮敗的廢城時，能夠看到的往往只有城牆，比如吐魯番郊外的高昌和交河古城就是。

　　當一座座城邑或城堡被高高的牆和大大的門圈圍起來時，城與鄉，就成了中國古代兩種最主要的社區。介乎其中的則是"市"。所謂"市"，就是集中進行買賣交易的場所。因為老爺大人們雖然高貴，也要吃飯，而且要吃好的、新鮮的，光靠進貢，似乎不夠；鄉民小人們雖然卑賤，也要零花錢，也想買點城裡的好東西。城裡的精品要出去，鄉裡的時鮮要進來，這就要"城鄉互市"，也就要有"互市"的地方。這個專門用來做交易買賣的地方，就叫"市"。

　　毫無疑問，這種交易買賣，是必須一方遷就於另一方的。老爺大人們當然不會屈尊下鄉去採購，他們的僕人也沾光不會屈尊，自然只能由鄉裡人進城來交易。鄉裡人原本"卑賤"，擺不起譜；鄉裡人又很"好奇"，願意進城。何況，鄉村廣闊分散，也不便於集中貿易。所以，"市"便主要設在城的周邊，成為城的附庸和派生物，以及溝通城鄉的中介。它的地位，當然十分卑微。可見，城與市的高低貴賤之別，幾乎可以說是"從娘胎裡帶來的"。

　　開始的時候，作為"城"之附庸和派生物的"市"，並不是什麼社區，而是一種臨時性的場所。上古的商業，並非經常性的行為，或三日一市，或五日一市。這時，四方鄉民紛紛趕來交易。交易的場所，就成為"市"。交易一結束，這個地方也就什麼都不是。直到現在，中國許多鄉鎮還保留着這種習俗，叫做"趕集"。但後來，貿易成了經常性的行為，也有了專門從事貿易的商人，臨時性的"集"就變成了常規性的"市"，不但供交易所用，也供商人居住，而且也和"城"一樣，有了自己的"土圍子"。於是，"市"便成了社區。

　　不過，這個社區，是不敢望"城"之項背的。圍"城"的是

"牆"，圍"市"的則是"垣"。垣也就是矮牆，叫："卑曰垣，高曰牆。"城牆高大魁偉，裡面居住着王公貴族、高官名士；市垣低矮簡陋，裡面充斥着工匠商賈、販夫走卒。這樣的兩個社區，當然也就不可同日而語。甚至"市區"的位置，在中國古代城市規劃中也有一定之規：或在城南，或在城北，總之是不能進入中心地段，只能卑賤地匍伏在"城"的腳下，仰"城"之鼻息而生存。但，卑賤的"市"好歹總算進了"城"。這樣，"城"與"市"就終於合為一體，變成了"城市"。

然而進城之"市"卻仍然保留着它的個性。這使我們一眼就能把"城"與"市"區分開來：城區的建築是封閉型的，不是院落，就是高牆，要不然就是一張張緊閉的門。在這些院落、高牆和大門之間，留出的是僅供通行的道路。這些道路除了行走別無用處，因此只能叫"通道"，不能叫"街道"。市區中的街道卻不同。它不但供人行走，更供人瀏覽。街道兩旁的店舖，也都一律開放着自己的門戶，敞開着自己的門面，以確保裡面陳列的商品一覽無餘。只有在收市打烊以後，才會關上活動的門板，有的（如藥舖）還隨時可以叫開。當然，這些店舖也絕無封閉的圍牆。相反，有的店舖門口還會搭起遮陽避雨的屋簷，或竹架葦席的涼棚，更加具有開放性。這就是"城"與"市"的區別，也是"街"與"路"的區別。所以，我們只能說"逛街"、"上街"、"趕街"（趕集）或"街市"，不能說"逛路"、"上路"、"趕路"、"路市"。"上路"、"趕路"是到別的地方去，"上街"、"趕街"才是去買東西。

事實上，城中之路不但是通道，也是界限。它們和院牆一起，把一個一個的圈子劃分隔離開來。可以說，城區是由路和路旁的院牆構成的，市區則是由街和街邊的舖面構成的。因為"市"乃因商業的需要而建立，所以市的名稱總是表現出商業性，比如米市、菜市、肉市、煤市、花市、鳥市、騾馬市等。它們也能用來做地名，比如北京就有菜市口、燈市口、東西花市大街和花市東斜街等。建"城"的需要卻多半是政治性或軍事性的。所以我們說起城來，便總是說京城、省城、縣城，或冠之以地理、歷史、文化的特徵，如山城、江城、古城、新城、石城、龍城等等。城與市，不一樣，就是不一樣噢！

其實，不但"市"與"城"不可相提並論，而且"城"與"城"也並非就可以等量齊觀。

前已說過，上古的城，主要是王朝國都、諸侯封地、大夫采邑的中心區域。顯然，它們的地位，也不可能一樣。《左傳》稱："天子之城方九里，諸侯禮為降殺，則知公七里，侯伯五里，子男三里。"不但面積規模有大小之別，而且名詞稱謂也有尊卑之分。也就是說，儘管王朝國都、諸侯封地、大夫采邑都可以稱為"都邑"，但一般地說，只有諸侯的封地才可以叫"都"（國都），大夫的封地則只好叫"邑"（采邑）。"都"之中，又只有天子之城才可以稱為"京"。所謂"京"，也就是"人工築起的高丘"。（《說文》："京，人所為絕高丘也。"）天子之城曰"京"，無非取其"絕高"之意，當然其地基和城牆也會特別的高。這樣的大城，普天之下當然只能有一個。所以，當年國民政府定都南京後，即沿明初成例，改"北京"為"北平"，便是表示"京"必須"獨一無二"的意思。

"京"只能有一個，"都"則可以多一點。所謂"都"，也就是通常說的"大城市"，叫"邑之大者曰都"。它們往往也是舊的京城，或王朝祖廟所在地，叫"有先君之舊宗廟曰都"。當然，也有自然而然形成的，叫"一年成聚，二年成邑，三年成都"。不過，"都"再大，也不能大過"京"，若依周制，最多也就只能相當於"京"的三分之一那麼大。因為"京"是"首都"，也就是"第一都邑"，當然得如北京人所說是"蓋了帽"，或如上海人所說是"一隻鼎"了。

北京是"城"，又是"京城"，而且有差不多連續八百年的"京城首都史"，所以北京不大也得大。當然，作為中國最大的城，它也必須有最高的牆和最大的門。事實上，北京的門不但多，而且大。北京內城九門和外城七門，都是由箭樓和門樓構成的雙重城樓的巍峨建築。箭樓有如城堡居高臨下，門樓卻大多是雙層三簷的巨大樓閣或殿堂（惟東西便門例外）。兩樓之間，則是一個由城牆圍成的巨大甕城。甕城面積很大，不少甕城裡面建有寺廟或寺院，也多半有街面、店舖和樹木。這可真是城外有門，門內有城，實在堪稱建築史上之奇觀。

可惜，這種奇觀現在我們是再也看不到了。幾乎所有城門連同它們的那些甕城都已先後被拆掉，只剩下正陽門城樓和德勝門箭樓在一片車水馬龍中形影相弔。但即便是這樣"殘缺"和"孤立"的門樓，也足以讓我們歎為觀止，更何況它們當年是在一片式樣相同的低矮建築之上拔地而起？七十多年前，喜仁龍曾這樣描述永定門的壯觀和美麗："寬闊的護城河旁，蘆葦挺立，垂柳婆娑。城樓和甕城的輪廓線一直延續到門樓，在雄厚的城牆和城台之上，門樓那如翼的寬大飛簷，似乎使它秀插雲霄，凌空欲飛。這些建築在水中的倒影也像實物一樣清晰。但當清風從柔軟的柳枝中梳過時，城樓的飛簷就開始顫動，垛牆就開始晃動並破碎。"我相信，無論是誰讀到這段文字，都不會無動於衷吧！

難怪喜仁龍對北京的城門和城牆充滿了敬意。他在寫到西直門時曾這樣說："乘着飛馳的汽車經由此門前往頤和園和西山參觀的遊人，到了這裡會不由自主地降低車速，慢慢駛過這個脆弱易逝的古老門面。因為，這些場面比起頤和園和臥佛寺來，畢竟能夠提供關於古老中國日常生活更為真切的印象。"他甚至還認為，北京的城門和城牆，是最雄偉壯觀和最動人心魄的古跡。因為它們"幅員遼闊，沉穩雄勁，有一種高屋建瓴、睥睨四鄰的氣派"。

喜仁龍實在太敏銳了。他在這些城牆和城門那裡看到的，便正是北京的氣派。

　　北京的城門樓子是拆得掉的，北京的氣派是拆不掉的。

三 有容乃大

北京的氣派，一言以蔽之曰"大"。

北京並不是中國惟一的大城市。除北京外，中國的大城市還有天津、成都、武漢、瀋陽等。但這些大城市，不管是論人口，還是論地盤，都比不上北京。惟一可以和北京"較勁"的是上海。上海的人口就比北京多。而且，隨着浦東的開發和建設，地盤也不見得比北京小。更何況，上海的"大"，還遠遠不止於此。比方說，它是（或至少曾經是）中國最大的外貿口岸、金融中心、工業基地、商貿市場、利稅大戶，甚至全國最大的文化城和人才庫。1949年前上海的報刊和出版社之多，1949年後上海向外地輸送技術力量之多，可都是全國第一。正因為上海如此之"大"，所以才被稱為"大上海"。在中國，有幾個城市的市名前曾被或能被冠以"大"字呢？也就是上海吧！

然而，上海再大，也"大"不過北京。上海還得在自己的市名前冠一個"大"字，才成為"大上海"，北京卻大得根本不必自稱什麼"大北京"。你什麼時候聽說過"大北京"這種說法的？沒有。北京人不這麼說，外地人也不這麼說。可見在全中國人的心目中，北京之大，已不言而喻，實在不必添此"蛇足"。這可真是"大音希聲，大象無形"，大城不"大"。北京，大概是中國惟一一座"不必言大而自大"的城市。

難怪“大上海”在“不大”的北京面前，也不敢“裝大”。一般地說，上海人都不大看得起外地人，卻惟獨不敢“小”看北京人。上海作家王安憶就說得更絕。她說就連北京上海兩地的風，都有大小之別。“颱風的日子，風在北京的天空浩浩蕩蕩地行軍，它們看上去就像是沒有似的，不動聲色的。然而透明的空氣卻變成顆粒狀的，有些沙沙的，還有，天地間充滿着一股鳴聲，無所不在的。上海的風則要瑣細得多，它們在狹窄的街道與弄堂索索地穿行，在巴掌大的空地上盤旋，將紙屑和落葉吹得溜溜轉，行道樹的枝葉也在亂搖。當它們從兩幢樓之間擠身而過時，便使勁地衝擊了一下，帶了點撩撥的意思。”（《兩個大都市》）

的確，北京不管怎麼看，都讓人感覺比上海大。

首先是“容量大”。初到北京的人，幾乎無不驚異於它的容量。那麼大的廣場，那麼寬的街道，那麼多的空地方，該可以裝多少人哪！上海雖然也大，但卻太擠。不要說擁擠狹窄的街道里弄，便是人民廣場，也顯得擠巴巴的，好像人都要溢出來了，哪裡還能裝下什麼東西？所以有人說，到了上海，除了看見看不完的上海人以外，什麼也看不到。

北京就不會給你這種感覺。北京雖大卻不擠。北京的交通雖然也堵得厲害，但最擁擠的地方也仍能給你開闊之感，因為那地方本來就很大。其實，這也正是北京城市規劃和城市建設的一個特點：寬鬆、疏闊、大處着墨、縱橫揮灑，充分表現出帝都京師獨有的那種“大氣”。不要說9平方公里偌大一個宮城才住了皇帝“一家人”（所以金庸小說《鹿鼎記》那個妓院長大的韋小寶一進皇宮便驚歎：“這麼大的院子，能裝多少姑娘”），便是最不起眼的“四合院”（當然不是現在看到的），也疏落有致、頗多空間。老舍先生說：“北平的好處不在處處設備得完全，而在它處處有空兒，可以使人自由地喘氣；不在有好些美麗的建築，而在建築的周圍都有空閒的地方，使它們成為美景。"這是說得十分地道又十分在理的。北京和上海（浦西）城市建設最大的區別，就在於寸金之地的上海，首先考慮的是盡可能地利用地皮節約成本，而滿不在乎的北京，則"透氣孔"特別多。景山、北海、什剎海，天壇、地壇、日月壇，陶然亭、紫竹院、龍潭湖、玉淵潭，哪個城市能有這麼多公園哪！甚至你根本也用不着上什麼公園。過去自家的小院，現在小區的街心，就足夠你遛彎兒、會鳥兒、練功夫、找樂子的了。住在這樣的城市裡，不管怎麼着，也不會覺得"憋氣"。

但，更重要的，還在於北京固有的"兼容性"。

這一特點同樣體現於建築。北京，可能是中國城市中建築樣式最多的一座。城池宮殿、壇社苑林、部院衙署、廟宇觀寺、府邸宅園、市井民居，次第排列，縱橫展開，錯落有致，就像一支和諧的樂曲。以皇宮為中心、縱貫南北的中軸線當然是"主旋律"，但文人墨客、市井小民也並非沒有自己的樂土和家園。甚至那些在別處多半會躲入深山老林的名寺古剎，在北京也進了城。北京是那樣的疏闊、大氣，任何存在都不會在這裡找不到自己的空間。所以，不但人力車和凱迪拉克街上跑沒人感到怪異，便是騾馬大車進了城，也不稀罕。

北京的容量不僅在於建築空間，更在於文化空間。北京從來就是漢胡雜糅、五方雜處的地方。三教九流、五湖四海、漢滿蒙回藏、儒道釋景（基督教）回（伊斯蘭教），各路人馬都在這裡出入、匯集、發展，各種文化都在這裡交流、碰撞、融合。北京對此，都居高臨下地一視同仁，決無文化偏見，也沒有種族偏見，甚至沒有其他地方通常都會有的那種執拗頑固"不可入"的"區域文化性"。相反，江南的絲雨北國的風，西域的新月東海的波，都在這裡交匯、集結、消融，共同構成北京博大雄渾的非凡氣象。北京當然是等級森嚴的，但因為空間大、距離遠，彼此之間，也就不會覺得有什麼"擠兌"。王侯勳貴、鼎輔重臣、學子文士、販夫走卒，各有各的活法，而且在各自的"圈子"裡，也都活得既自在，又滋潤。直到現在北京也仍是這樣：一個外地人，只要他不是"太差勁"，那麼，他到了北京，也就不會感到彆扭，感到"格格不入"。如果他很隨和，還會說幾句普通話（不必太標準），那麼，用不了幾天，他幾乎就會覺得自己也是北京人了。

北京，幾乎是可以容得下全中國人甚至全世界人的。

其實，這也是"城文化"的特點。《說文》曰："城以盛民也"，正是突出了它容量上的特徵。作為可以"盛民"的人工生存環境，城市與鄉村最大的區別，就在於它的"兼容性"。鄉村雖然地域遼闊、沒有城牆，似乎是一個"開放"的體系，但其實，鄉村的開放度和兼容性都很差。異質文化很難在這裡得到傳播，外來人口也很難在這裡落腳謀生。鄉村幾乎只相信"土生土長"和"本鄉本土"的東西，對於"外來戶"和"外鄉人"總是持懷疑態度。頑固地保留鄉音土話，便是證明。

城市就不一樣了。城市是這樣的一種社區，它的職能和功能從來就不是單一的。而且，城市的職能越多，功能越齊全，它的"城市化水平"就越高，城市也就越"大"。上海之所以"大"不過北京，就因為它的職能沒有北京那麼多，它不是也不可能是全國政治文化的中心。同理，城市的職能越是多樣，功能就必須越齊全；功能越齊全，城市就必須越能兼容。其結果，便正如天津人所說，"嘛大的林子，嘛鳥都有"，連"市"也最終搬進"城"裡，並與"城"合二而一，成為"城市"。

所以，城市從來就是開放和兼容的，儘管城市與城市之間，開放程度和兼容程度並不一樣。但再封閉的城市，也比鄉村開放；再保守的城市，也比鄉村兼容。中國古代的城，雖然無一例外的都有城牆，但是這些城牆卻並不妨礙城市的開放，而且似乎更有利於它的兼容。這就好比盤子裝不了什麼東西，而碗卻更能"容納"一樣。一個完全沒有空間間隔的地方是無所謂容不容的。城牆的建立，恰恰正好為人類提供了一個具有"可容性"的空間。從這個意義上講，所謂"城以盛民也"，便說得十分到位，儘管它僅僅只說到了"盛民"。但文化是人創造的。城市既然能夠容納人民，當然也就能夠容納人民創造的文化。

城市之所以必須開放和兼容，還因為城市的主要文化功能是"交往"。

的確，沒有哪個社區能像城市這樣充分地滿足人們交往的需求了。因為城鄉這兩個社區的重要區別之一，就在於其居民的異質性程度。鄉村居民基本上是同質的，可以稱得上是"同祖同宗，同種同文（方言）"。而且，鄉村居民還特別看重這種"同質性"，看重"鄉里鄉親"、"土生土長"，或者"吃一口井的水長大的"等等。城市居民則大多沒有這種心態。他們既不可能只吃"同一口井的水"，也不可能只買"同一家店的布"，當然也不會"幹同一樣的活"。他們籍貫不同，出身不同，來歷不同，職業不同，活法也不同，卻共生共存於城市。於是，城市便為不同的人共同地提供了表演的舞台和交往的機會。

也許，正是這種交往的機會，誘使一批又一批的人"離鄉背井"，來到城市；也正是這種交往的機會，使城市的文化水平和文化氛圍遠遠優於鄉村。

有機會，還要有條件。這個條件，就是作為交往重要工具之一的語言，必須具有開放性和兼容性，這才有可能成為人際交往的"硬通貨"。"城裡話"比"鄉里話"好懂，原因就在這裡除北京外，中國各大城市都有自己的"方言"。但細心的人不難發現，省會的方言總是相對地、縣的方言好懂，而地、縣的方言又總是相對鄉村的方言好懂。也就是說，由於城市的開放性和兼容性，連社區的語言也相對開放和兼容，這才讓外地人覺得相對比較 "好懂"。

北京是全中國人表演交往的舞台和場所，或者借用日本學者鈴木榮太郎的概念，是全中國人 "社會交往的結節機關"，當然是可以而且應該兼容全國的。所以，一來二去，北京話便幾幾乎成了咱們的 "國語"（普通話）。

同樣，開放也是城市的天性。從古到今，城市從來就是作為 "中心社區" 而存在的。它們或者是全國的中心（首都），或者是區域性的中心（省會、州府、縣城等）。既然是中心，就必須向它的周邊區域開放，既吸收又輻射，既統領又兼容。所以，北京不但 "包容量" 大，而且 "吞吐量" 也大。有一個數字頗能說明問題：現在的北京人，有四分之三是1949年以後才進入北京的外地人及其子女。也就是說，不到半個世紀，所謂 "北京人" 這支隊伍，就換了四分之三的 "血"。至於北京向外地 "輸" 了多少 "血"，似乎不好統計，但相信也不在少數。

然而，北京的這種開放和兼容，似乎還不是或不完全是現代意義上那種城市與城市、人與人之間自由平等的交往與交流。它似乎還更多地是以一種 "天朝帝都" 的雍容氣度或 "政治中心" 的文化特權，居高臨下地吸收和兼容着外來文化和外來人口。較之上海和廣州，它更像一個開明的君主或寬和的老人，以一種無所不包和見慣不怪的從容、淡泊、寬舒和自信，集天下之大成而蔚為壯觀，但當其絢爛之極時卻又歸於平淡。我們在後面還會看到，"大氣" 與 "平和"，正是北京文化的一個顯著的特徵，它甚至幾乎遍及於每個北京人，成為北京人的一種 "文化性格"。

但不管怎麼說，北京畢竟是文化生態環境最好的城市。它很像一個自然形成、得天獨厚的大森林，喬木、灌木、奇花、野草，共生於其間，層次分明而又相得益彰，錯落有致而又渾然一體。它是帝王之都，也是文人之鄉和民眾之樂土。如果說，雍容華貴的皇家氣派，勇敢自尊的學人風範，敦厚樸實的民俗風情，曾經共同形成了老北京那種既“典麗堂皇”又“幽閒清妙”的文化品格；那麼，高瞻遠矚的改革開放，居高臨下的兼收並容，獨一無二的文化優勢，便構成了新北京的非凡氣象。

　　北京的“大氣”，就大在這裡。

四　大氣與和氣

　　北京的“大”，幾乎使每個到北京的人，都會覺得自己“小”。

　　有句話說：“到了北京才知道自己的官小，到了廣州才知道自己的錢少，到了深圳才知道自己的人老。”其實，到了北京，又豈止是覺得自己官小，簡直是連人都很小。那麼大的北京，一個兩個人走了進去，就像水珠融進了大海，看都看不見，影兒都沒有一個。這其實也是北京容量太大所使然。一個空間，如果容量太大，納入其中的事物就顯不出“體積”來。不要說人了，就連摩天大樓立交橋那些龐然大物，在北京也顯不出有多大。

　　更何況，北京，又是怎樣一個藏龍臥虎的地方啊！那個衣着樸素、神態安詳、滿不起眼的遛鳥老頭，沒準是大清王朝皇族後裔，大小是個“貝勒爺”；而那個坐在小攤上喝豆汁、吃火燒或者炒肝兒，吃完喝完一抹嘴就騎上自行車去上班的中年人，也很可能是一位什麼重要部門的什麼長，大筆一揮就能批個十萬八萬甚至上百萬。這些人，在北京都很普通，就像他們說的話都是“普通話”一樣。北京，畢竟太大太大，再大的人物，在北京也不大容易“大”得起來，久而久之，自然也就會變得普普通通。

　　北京的官們大多“不大”（真正的“大官”你見不到），北京的市民卻多半"不小"。有人說上海是"大城市，小市民"，北京卻絕對沒有"小市民"。北京的市民都是"大市民"：派頭大，口氣大，架子也大。"大氣"，可以說是北京人的一種普遍特徵。他們的生活方式，幾乎無不帶有"大"的味道：幹大事，說大話，講大道理，討論大問題。就連聊天，也叫"侃大山"（先前則叫"神吹海哨"，也有"大"的意思）。就連喝茶，也鍾愛"大碗茶"。他們對於小打小鬧不感興趣，對於小模小樣看不上眼，嚮往的是成為"大腕"、"大款"，當然最好是"大官"。就連找媳婦，也不大喜歡"小家碧玉"式的。至於喝啤酒，當然更得論"紮"。如果一小杯一小杯地來，一小口一小口地抿，那還叫喝酒嗎？

北京人的大氣，與燕趙遺風，或者說，與北中國的豪雄之氣不無關係。這種豪雄之氣以山東、東北兩地為最多，而在全國，最喜歡北京人、最容易和北京人認同的，也恰恰是山東人和東北人。山東出響馬，東北出鬍子（土匪），"大碗喝酒，大塊吃肉"的豪爽是少不了的，"為朋友兩肋插刀"的義氣也是少不了的。這些北京也都有，只不過大碗喝酒僅限於喝啤酒，大塊吃肉一般是涮羊肉，兩肋插刀則多半是豪言壯語。但不管怎麼說，北京人畢竟是崇尚豪雄和講義氣的。他們推崇的是"不吝"、"豁得出去"，古道熱腸和俠肝義膽在北京也總是受到好評。"不吝"並不簡單地只是"不吝嗇"。依照楊東平的解釋，它至少還有滿不在乎、敢做敢為、超拔灑脫、大大咧咧甚至不修邊幅等意思在內。在各地方言中，大概只有武漢人的"不啫"與之相似。不過武漢人的"不啫"重在"直"，北京人的"不吝"則重在"爽"。所以武漢人極其憎惡"鬼做"，而北京人的"不吝"則很可能具有表演性，變成一種"作派"。

這種作派常常被稱作"狂"或"匪"。這是一種由服飾、舉止、口氣、派頭等綜合因素構成的氣勢。它既以"狂匪"名之，就不能有"奶氣”，因此不但不能精巧雅致，反倒要“粗”一點才好。事實上豪爽往往是和馬虎難解難分的，精緻則難免因過分注意細節而顯得“小家子氣”。“小心翼翼”則不“豪”，“精雕細琢”則不“爽”，簡單粗疏反倒自然灑脫。北方人（尤其北方農村）的生活原本就比較粗放，這種粗放經過北京文化的洗禮，就變成了“大氣”。而“大氣”一旦成為北京人的標誌性品格，粗放就會變成一種刻意的追求。所以，諸如摳門、松貨、軟蛋、面瓜之類統統都是貶義詞，不拘小節馬馬虎虎則不會受到惡評。於是，為了追求大氣豪爽的效果，就要裝得大大咧咧、隨隨便便、滿不在乎，甚至不修邊幅。

顯然，北京人不是不講究，而是特講究。他們講究的不是我們通常所謂的“生活質量”，而是“份兒”和“派兒”。怎樣做“有派”，能夠“拔份”，他們就怎樣做。比方說，在滿街“藍螞蟻”的年代，穿一身將校呢的舊軍裝，是“派兒”；當滿街都是西裝革履新潮名牌時，着圓領汗衫翻毛皮鞋反倒“拔份兒”。這種服飾符號背後的潛台詞是：我就敢不隨時尚，就敢對着來，怎麼着？因此是“特狂”、“特匪”、“特不吝”。

這恰恰是一種京都意識。“京都人”與“地方上”的，如果說有什麼不同，那就是“京都人”是超群脫俗、高人一等、與眾不同的。這種“卓異”或“特異”，表現於老北京，是恬淡平和、見慣不怪；表現於知識界，是俯視天下、語驚四座；表現於小青年，則可能是狂痞匪氣、街頭拔份。無論何種表現，其背景都一樣，即北京人特有的大氣。因為他們是這個全國最大的城市中之一員，他們不大也得大。

的確，北京市民的“大”，是以北京的“大”為依託和背景的。

不管在明面兒上是否表現出來，幾乎每個北京市民都無不以自己是一個“北京人”而自豪。最老派的北京人會以一種“華夏”看“夷狄”

的眼光看外地：除了北京，"天津、漢口、上海，連巴黎、倫敦，都算在內，通通是鄉下"。即便不把北京看作惟一的都市，自豪感也不會因此而稍減，因為只有北京人，才"能說全國遵為國語的話，能拿皇帝建造的御苑壇社作為公園，能看到珍本的書籍，能聽到最有見解的言論"（均為老舍作品中人物的觀點）。在他們看來，就連北京的熬大白菜，也比別處的好吃。為什麼？五味神在北京嘛！五味神是何方神聖？沒人知道。但萬歲爺既然在北京，那麼，不管他是誰，也得到駕前伺候。

這種自豪感因為北京成為新中國的首都，又在新一代北京人身上得到了加強。他們都是"中央的人"，相對"地方上的"，優越感也就自不待言。這裡說的新北京人，也包括那些出生在外地工作在北京的年輕人。他們之所以能夠在北京工作，多半是大學畢業後因"品學兼優"留京或分配來京。優秀的大學畢業生原本就是"天之驕子"，而他們所在的單位，又多半是大專院校和國家機關，比起老北京人中那些"引車賣漿者流"來，還更為貼近"中央"，消息的來路也更可靠。所以這些人聚在一起，沒有一個不"牛皮哄哄"。

其實"板兒爺"們又何嘗含糊！他們聚在一起，高談闊論的同樣是國家大事，消息也同樣是國務院部委辦傳出來的。好歹都在中央這地面上住着，怎麼也聽得到一點風吹草動吧？不妨這麼說：上海人是人人都很體面。也許他晚上要在亭子間架床，早上要早早起來倒馬桶，但只要走在街上，就一定是衣冠楚楚人模狗樣。北京人是個個都很牛皮，也許他根本就沒有什麼正式工作，一日三餐不過棒子麵窩窩頭，但只要一開口，就一定是國家大事世界風雲，而且話裡面決沒有窩窩頭味兒。

對政治的空前熱情，正是北京人"大氣"的一個重要表現。外地人對北京的一個相當一致的看法是："北京人人都是政治家。"對於政治生活中的大事，從海灣戰爭到王府井的改造，從克林頓訪華到科索沃衝突，差不多每個北京人都有自己一整套看法，而且說得口若懸河頭頭是道，讓人覺得他們不是的士司機、店員、鞋匠或賣西瓜大碗茶的，而是中央政治局的顧問或智囊。北京的政治民謠和政治笑話也特別多，你往往能一下子聽到好幾種版本，讓你忍俊不禁。但如果要說"正格的"，他們也能慷慨陳詞，說理充分，使用政治話語或引用名人名言也嫻熟自如，讓你不能不佩服他們的政治抱負、政治理想、政治敏感和政治才能。這實在是北京人"大氣"的最好注腳。是啊！天底下，難道還有比政治，比天下興亡、民族盛衰更"大"的事嗎？可以說，正是對政治的空前熱情，使北京人成為"大市民"。

北京的"和氣生財"來自北京文化的"大氣"。也就是說，老北京生意人的"和氣"，根本就不是什麼"服務態度"，而是一種"文化教養"。它是天朝大國的雍容氣度，是世紀老人的閒適安詳，是"大人不記小人過"的仁和謙讓，是一個正宗北京人應有的教養或者說"禮數"。一個有教養的人是不該生氣的。即便對方無禮，有教養的北京人也不該失禮，反倒應該更加和氣。自己越是和氣，就越是顯得對方沒有教養。這不是"丟份兒"，而是"拔份兒"；是寬以待人，也是自尊自重。不管是做生意，還是做別的什麼，都這樣。有人說，北京的各行各業"咸近士風"，便正是看到了這種"和氣"不但普遍，而且與"知書達禮"相關，有一種儒雅的底蘊，甚或是一種"書卷氣"。所以，一旦這種"禮數"、"教養"或"書卷氣"沒了，事情也就會變成完全不同的另一個樣子。

北京人的這種禮數、教養、儒雅風範和雍容氣度，可以從他們對待外地人的態度上看出。

一般地說，北京人，尤其是老派正宗的北京人，是不會歧視和欺侮外地人的。比方說，你在北京，如果向老北京人問路，得到的幾乎必定是極為清楚、詳盡、和氣而又有人情味的回答。那神情、那口氣、那份熨帖，就像對待一個迷路的孩子。然而這種“和氣”的內涵，恰恰是惟獨北京人才會有的“京都意識”：咱北京是“天子腳下，首善之區”，北京人在“禮數”上，當然應該是全體國民的表率。北京人最值得自豪的，不就是比別人更懂禮麼？如果咱們禮貌不周，那就是在全國人民面前“丟份兒”啦！再說了，咱北京是全國的首都，外地人不過是分家出去單過的小兄弟罷了。現在他們回家來，不認路了，咱當大哥的，不幫他一把，行麼？

　　所以，在北京，我們不大容易明顯地感受到對外地人的歧視和不屑一顧，而這種感覺我們在上海、廣州等地卻時有體會。北京人其實是自我感覺太好了，好得不必擺出一副惟我獨尊的派頭，就像不必在北京二字前冠以“大”字一樣。

　　顯然，北京人的自豪感，毋寧說是一種民族自豪感，而非地域或社區自豪感。北京人，可能是中國人中最少“地域文化心理狹隘性”的一群。因為他們不是某個地方或某一區域的人，而是“中央的人”。中央只不過高於地方，卻並不與地方對立，更不排斥。所以北京人並不“排外”。既不排斥外地人，也不排斥外國人，甚至也不（像上海人那樣）鄙夷鄉下人。他們不大在乎別人說自己“土氣”、“鄉氣”（儘管北京也有“土老冒”之類的詞兒）。相反，他們對於鄉村還天然地有一種親切感。足以讓他們感到自豪的是，富麗堂皇、雍容華貴的北京城內，也不乏鄉情野趣之地。那裡野曠人稀、風物長靜，可以體味到人與自然的親近。這當然是一個農業大國的京都人才會有的情感。

五　貴族精神與平民趣味

的確，北京城在本質上是屬於"鄉土中國"的。

和中國其他古都一樣，北京城也十分樂意地保持着它與廣大農村的密切聯繫，而不是像上海灘那樣，把自己和農村對立起來。儘管北京有着高大的城門和城牆，但它們與其說是城鄉之間的界限，不如說是城鄉之間的紐帶。在北京城城牆大體完好、城樓巍然高聳的年代，古樸的城門把莊嚴的首都和恬靜的鄉村渾然一體地聯繫起來。巍峨的城牆下，是"我們的田野"，是河流和湖泊，是羊隻和鴨群們的天地。那裡濃蔭密佈，岸柳低垂，蘆葦叢生，荷花盛開，充滿了田園詩般的情調，而這種情調"在北京各城門附近是屢見不鮮的"。登上箭樓遠眺田疇，一馬平川的華北大平原盡收眼底，古老帝國的悠長韻味便在你胸中迴腸盪氣了。難怪喜仁龍要感慨萬千。是啊，"世界上有幾個古都可以提供如此開闊的無建築地面，可以在其城區內看到如此純粹的田園生活"呢？

這種田園風光我們現在是不大容易看到了。儘管我們在北京的某些街區還能看到進城的農民，看到他們拉來的新鮮蔬菜和瓜果，看到拉這些蔬菜瓜果的木頭車子和拉車的騾馬（不知還能不能看到駱駝），但總的來說，我們已只能從一些老街老巷的名稱那裡尋覓當年"田園都市"的蛛絲馬跡。北京的地名是很有風味的：三里屯、四眼井、竹竿巷、釣魚台、櫻桃斜街、煙袋斜街、香餌胡同、石雀胡同。不管這些地名是怎麼起的，都有濃濃的鄉土氣息和人情味兒。事實上北京的地名大多非常生活化，比如柴棒胡同、米市胡同、油坊胡同、鹽店胡同、醬坊胡同、醋章胡同、茶兒胡同，連起來就是柴米油鹽醬醋茶。又比方說，拐彎多的街巷，就叫它八道灣九道灣，或者駱駝脖兒胡同、轆轤把兒胡同；圓圈形的，叫羅圈胡同、磨盤院胡同；口小肚兒大的，叫悶葫蘆罐兒、驢蹄胡同、茄子胡同；扁長條的，叫扁擔胡同；細長條的，叫筆管胡同、箭杆胡同、豆芽菜胡同、狗尾巴胡同；彎曲狀的，叫月牙兒胡同、藕芽兒胡同；一頭細長一頭寬的，叫耳挖勺胡同、小喇叭胡同；如果胡同較短，就乾脆叫一溜兒胡同或一尺大街。

讀着這些地名，我們不難體驗到一種親切感。《北京的胡同》一書作者翁立認為，胡同名兒之所以如此通俗化和世俗化，一是因為"北京人直爽實在"，所以起名也實實在在，直截了當；二是因為一個地名只有通俗、上口、好記，讓人一聽就明白，才叫得響、傳得開。這當然並不錯。但我同時也認為，它們恰好證明了北京是一個"田園都市"。否則，就不會有扁擔胡同、椿樹胡同、轆轤把胡同、磨盤院胡同了。這些帶有濃濃的鄉土氣息的胡同名，被認為是上口好記叫得響的，豈非恰好說明北京人的內心深處，有一種"鄉土情結"？

北京人的這種心理和這份情感，更像是"平民的"，而非"市民的"。平民和市民是兩個概念。市民是"工商城市"的小民，平民則是"田園都市"的小民。所以，平民更接近農民。老北京的平民，是相當"農民化"的。他們愛吃的是硬面餑餑蕎麥餅，是冰糖葫蘆豌豆黃，而不是奶油蛋糕冰淇淋；愛喝的是二鍋頭和大碗茶，而不是威士忌和咖啡；愛過的是清明端午重陽節，正月十五掛紅燈，而不是聖誕節和情人節；愛玩的是養魚養鳥養蛐蛐兒，是逮蜻蜓、黏知了、放風箏，是那些讓人親近自然親近土地的娛樂活動。甚至他們愛聽的也是那些帶有泥土味的吆喝聲："栗子味兒的白薯"，"蘿蔔——賽梨"。

北京人生活中的這些平民味兒現在是日漸稀薄了。但是，幾乎所有人都認為，只有這種平民味兒，才是正宗的北京味兒。它也是北京最讓人懷念和難以忘懷的東西。沒有太多的人在乎北京的皇帝、官僚和學者（個別特別有名的例外），也沒有多少人記得滿漢全席（也許根本就沒吃過），但記得天橋的把式、廠甸的廟會、隆福寺那些可心又便宜的東西，記得八月十五的兔兒爺，記得豆汁兒、灌腸、艾窩窩和炒肝兒。北京，在某種意義上其實是屬於平民的。

平民的北京之所以風味醇厚讓人懷念，不僅因為其中保留着大量城裡人久違的鄉土氣息和田園情調，而且因為其中有厚重的文化積澱，有着其他城市沒有的貴族氣派和貴族精神。

平民，是王朝時代的概念，係相對"貴族"而言者。北京是貴族集中的地方，當然也是平民最多的地方。所以北京的貴族派頭最足，平民趣味也最多。作為明清兩代的京都和當時中國最大的城市，北京給這兩大階級都設計和安排了足夠的空間。貴族們固然能在這裡養尊處優作威作福，平民們在這裡也如魚得水活得滋潤。現在，貴族階級和平民階級作為歷史雖因革命而消失，但貴族精神和平民趣味作為一種文化，卻並不因此而消亡。反倒是，"舊時王謝堂前燕，飛入尋常百姓家"。革命以後，大批的貴族帶着他們的文化修養和文物收藏流落民間，大大拉近了這兩個階層的距離，在使自己平民化的同時，也增加了平民文化的貴族氣和書卷氣。

其實，北京的平民，原本就非同一般。帝輦之下，皇都之中，萬歲爺這一畝三分地上住着，沒吃過豬肉，也見過豬哼哼。耳濡目染，潛移默化，自然就會有幾分華貴，幾分儒雅。這差不多也是西安、南京這些古都的共同特點。不過西安因歷史故，較之北京更為古樸厚重；南京則因地理故，較之北京便多了幾分雋秀水靈。北京的民風是“大氣”：粗獷、豪爽、質樸、落落大方、小處見大而又禮數周全。老北京人就尤其如此。他們的生活大多十分簡樸，甚至可以說是粗陋，但卻決不會因為貧窮而失了身份，丟了體面。即便不過一碗老豆腐，二兩燒刀子，也會慢慢地喝，細細地品，一點一滴都咂了下去。那神情，那氣度，那派頭，有如面對一桌滿漢全席。就是這樣簡陋的酒菜，如果來了朋友、熟人，也要禮讓，然後坐下，慢慢品嘗，一面悠然而又不失文雅地“海聊”。要之，他們更看重的不是那酒那菜那茶水本身，而是飲酒喝茶時的悠然自得和清淡典雅，是那份心境和情趣。

　　無疑，這是一種文人情趣和貴族派頭。事實上，中國的“貴族精神”中從來就不乏“平民趣味”。孔子無疑是貴族（儘管也許是“破落的”）。但孔子激賞的審美境界，卻是暮春三月，與三五友人、六七童子，沐浴於沂水，在舞雩台上吹乾了頭髮，唱着歌兒回來。賈府無疑也是貴族（而且是“皇親國戚”）。但為迎接貴妃娘娘而修建的“大觀園”，也不忘設一“稻香村”（倘無此村，則枉曰“大觀”）。儘管賈府的做法未免“矯情”，但即便這“矯情”，卻也是文化所使然。因為傳統的中國是“鄉土的中國”，而中國文化的美學原則是“白賁無咎”、“反樸歸真”。所以，北京城裡最可人之處，不是巍峨富麗的城闕宮殿（儘管它們關乎朝廷體制，不可或缺），而是不經意地流露出野趣的城西北角和什剎三海，甚至四城之外的那些廢宇頹基、荒園古廟、老樹小橋。同樣，鐘鳴鼎食、海味山珍、輕車暖裘也不是真正的排場，“粗茶淡飯布衣裳，這等福老夫享了；齊家治國平天下，那些事兒輩承當”，才是最大的排場。

　　這樣一來，最尋常處往往也就是最不尋常處，而要在最尋常處看出不尋常來，是要有文化教養的。這種文化教養當然並非只是北京人才有，但似乎只有北京人（當然是老北京人），才會表現得那麼大方和自然。如前所述，北京人是很會"找樂子"的。對於北京人來說，"壇牆根兒"和"槐樹小院"都是"樂土"，"喊一嗓子"和"聽一嗓子"都是"樂子"，而且越是眾人喝彩，越是神情散淡。有誰能像老北京人這樣深得中國文化和中國美學之神韻呢？我們實在很難說這種心境和情趣究竟是貴族的還是平民的，毋寧說是一種"貴族氣的平民趣味"或"平民化的貴族精神"吧！

於是，在老北京人這裡，我們看到的是平靜安詳、寬和禮讓、恬淡閒散、詼諧幽默。他們在茶館裡聽戲，在園子裡會鳥，在皇城根兒溜彎，在大槐樹下納涼，全都有一種不緊不慢的節奏。比方說，納涼，講究的就是"沏一壺不濃不淡的茶，聚幾個不衫不履的人，說些子無拘無束的話"。再比方說，溜彎兒，講究的也是從容不迫。北京人的"溜達溜達"，與上海人的"逛街"、"壓馬路"是大相異趣的。"逛街"和"壓馬路"不是為了享受都市生活，就是沒地方可去，只好在街上走，溜彎兒卻是為了享受那份怡然自得，純粹是散步和散心。

這顯然是一種講究，而且是一種"窮講究"。大城市裡的人，多少都有些講究。沒有這些講究，也就和"鄉下人"差不多了。事實上，農民進城，最不習慣的也正是這些講究，比如進門要換鞋，飯前要洗手，吃飯要用公筷，睡覺前要洗腳，不可隨地吐痰等等。這些講究，即便最普通的平民和市民，也有。而且，窮歸窮，講究歸講究，所以叫"窮講究"。但，各地的講究，也不大一樣。比方說，北京和上海就不一樣。北京更講究"禮"，上海則更講究"貌"。上海人是"不怕天火燒，就怕摔一跤"，最怕"衣冠不整"，被人看不起。北京人的講究則是"倒驢不倒架"，最怕因"丟份"而被人"小瞧"。所以，"四十來歲的下崗女工去菜市場買菜，跟相熟的攤主還是不好意思太斤斤計較。不過，主張和氣生財的攤主也會給一點小小的優惠。這些北京近郊的農民很快就知道了應當怎麼同北京人做生意，就是‘人敬我一尺，我敬人一丈’”（靜言《最大氣的城市：北京》）。

所謂“人敬我一尺，我敬人一丈”，就是禮。或者說，禮數。我在《閒話中國人》一書中說過，禮的一個重要內容，就是人情及其回報，即所謂“禮尚往來，來而不往非禮也”。這種往來，不僅是指物質上的，比如你送我醬黃瓜我還你醃蘿蔔之類胡同四合院裡常有的人情禮數，更是精神上的，即對對方人格的尊重。這就是禮。如果“失禮”，不但別人不“待見”，自己也“跌份兒”。可見要得到別人的尊重，首先要尊重別人；而要尊重別人，又首先得學會尊重自己。如果自己先丟了“份兒”，也就沒有資格敬重別人了。

自重，正是北京平民的貴族精神，包括不自輕自賤，不妄自菲薄，不見風使舵，不見錢眼開等等。生活在一個飯要錢買的社會裡，儘管誰都知道“一文錢難死好漢”，但既然要堅持貴族精神，就得堅持“人窮志不短”，不能因那麼一點蠅頭小利而讓人小瞧了去。這正是前述下崗女工儘管生活窘迫，卻仍不肯顯得太“摳門”的心理原因所在。這裡面固然有“貧賤不能移”的品格，也未嘗沒有一點“打腫臉充胖子”的矯飾，當然亦不乏北京人固有的大氣和大度。不過，直接的原因，還是“抹不開臉”。臉面，對於北京人來說，實在是太重要了。

什麼叫“抹不開臉”？也就是落不下架子放不下身份。北京的平民又有什麼身份架子呢？也就是那麼一點精神吧！人是要有一點精神的。正是這種精神，使人高貴，並提升着北京平民的人生境界。說實在的，上海人缺的，正是這“境界”二字。上海人的不足，是有風度無境界，有教養無底蘊，正如北京人的毛病是過於看重身份面子和過分強調精神作用，因而喜歡擺譜、講排場、充胖子和誇誇其談一樣，都無關乎他們的個人品質，而是他們城市的性質所使然。的確，過分地強調精神難免變成空談，過分地講究禮數也可能變成繁文縟節，變成“臭規矩”和

"矯情"。但，大氣的北京畢竟不是夜郎。它能賦予北京的平民以一顆平常心，也能教給他們以種種人生哲學和處世方法。這些教導往往都是實實在在和可操作的。因此，如果你運用自如，得心應手，技巧和教養就會變成趣味。我們通常說的北京味兒，便多半是指這種趣味。

六　世故與幽默

　　因此，上海和北京就有兩種不同的世故。

　　世故，是中國人的生存之道。生活在現實中的中國人，是不能一點世故也沒有的。不過同為世故，也不盡相同。大體上說，北京人的世故是悟出來的，上海人的世故則是算出來的。在北京，沒有人教你世故，全看你有沒有悟性，會不會悟。會悟的人，渾身都是機關都是消息兒。眼皮子微微一抬，眼角不動聲色地那麼一掃，周圍人的尊卑貴賤、遠近親疏、善惡好壞，就能猜個八九不離十。然後，該熱乎的熱乎，該冷淡的冷淡，該應付的應付，總不會吃了虧去。這正是一個禮教社會的世故，也是一個官僚社會的世故。官場上那些老謀深算或老奸巨滑的不倒翁們，都有這種察言觀色的本事。即便是再愚鈍的人，如果久歷官場，也多半會磨練出來。北京人雖然並非都是官，但官場既為 "場" ，就有 "場效應" 。北京既然是一個大官場，則場效應也就小不了。北京人生活在這樣一個官氣瀰漫的世俗社會裡，耳濡目染是免不了的。只要在皇城根下轉個圈，聽聽那些街談巷議飛短流長，那世故也就幾乎用不着學了。

　　在這樣一種氛圍裡啟蒙開悟的北京人，首先學會的是如何處理人際關係。一個人，在官場裡混得好不好，靠的是什麼？是人緣。只有上司賞識、同僚捧場，才混得下去，並獲得升遷和提拔。其實，不但官場，其他地方也一樣。所以，學會世故，首先要學會"處人"，而處人之道，又無非面子人情。北京人最懂這一套。比方說，溜彎兒時見了熟人，都要請安問好。"老沒見您哪！""多謝您哪！""回見您哪！""多穿件衣服別着了涼您哪！"這就叫禮數，也叫和氣，因此不會有人嫌囉嗦。這種禮數也是胡同四合院裡訓練薰陶出來的。老北京人都講究"處街坊"。街坊里道的，誰家有個紅白喜事、婚喪嫁娶，都要隨個"份子"，道個喜或道個惱。自家有個什麼新鮮好吃的，也願意街坊鄰里嘗一口，"是個心意，也是個禮數"。雖然有時不免有些程式化，但仍透出濃濃的人情味來。

這禮數是人情，也是世故。人情世故，在老北京人這裡原本是俱為一體的。"您來點什麼？""您猜怎麼着？""您在這兒聽是不？""您又棒錘了不是？"都說北京人說話委婉，其實這委婉正是北京人的人情世故所使然。因為只有這麼說，才顯得對對方尊重，而且尊重裡還透着關切，透着親熱，這就是人情。同樣，也只有這麼說，聽的人才不覺得突兀，也才聽得進去。即便說的是不同意見，也不會惱怒，說的人也就不會得罪了對方，這就是世故。畢竟，"拳頭不打笑臉"，"禮多人不怪"，多點兒禮數，沒什麼不好沒什麼錯。

所以，老北京人是不作興像上海人那樣直呼其名，也不作興像上海人那樣直統統地問人家"儂幾歲"的。只有對懷裡抱着的小娃娃，才可以這麼問。即便問這樣的小娃娃，語氣也不會是直統統的，而多半會笑眯眯地問："小朋友，告訴爺爺，幾歲啦？"如果是問上中學的孩子，就得問"十幾啦？"問中年人，得問"貴庚"；問老年人，得問"高壽"。這裡面講究大了。這講究，也是世故。中國傳統社會是一個尊老的社會，最怕的，是把人家說"小"了，同西方人生怕被說老了正好相反。"幾歲"，是"十歲以下"的意思。這麼問，豈非把人家當成了

"毛頭小囝"？長輩對晚輩尚且不可有此一問，如果晚輩這樣問長輩，那就真是沒大沒小了。

沒大沒小，也就是不懂禮數，而不懂禮數，也就是不會做人。正宗的北京人，是不能不懂禮數的。他們的一舉一動，都歸禮數管着，包括說話，也包括別的什麼。所以，即便發生衝突，也不能罵人，只能"損"。比方說，騎車撞了人，在外地，就會罵起來："瞎眼啦！"或者說："不會騎車就別騎！"北京人就不會這麼說，而會說："喲，別在這兒練車呀！"都說北京人說話"損"，或說話"藝術"，卻不知這藝術是禮數造就的。因為禮數規定了不能罵人，可不罵心裡又憋得慌，於是"罵"便變成了"損"。或者說，變成了罵人的藝術。

的確，禮數這玩意，是多少有些藝術性的。比方說，懂禮數的人，都有"眼色"。所謂"有眼色"，也就是懂得什麼事可做什麼事不可做，什麼話可講什麼話不可講，以及什麼事該什麼時候做，什麼話該什麼時候講等等。掌握其中的分寸，是一門大學問，也是一門藝術。北京話的特點，就是分寸感特強。蕭乾先生在《北京城雜憶》中就曾談到這一點。比方說，"三十來歲"和"三十幾歲"就不是一碼事，和"三十好幾"就更不一樣。它們分別是二十七八、三十出頭和三十五六的意思。同樣，勞駕、費心、借光、破費，雖然都是"文明用語"，都用於向人道謝或道乏，用處和用法也都不一樣。這種細微的區別，就是分寸感。

實際上，人情世故，都要適度，才合於禮。過度的客氣顯得生分，過度的關切則難免諂媚，而恰如其分則是一門生活的藝術。這就要費心思、勤琢磨，還要有教養。不過，最重要的，還是要知道天有多高地有多厚，知道自己有多少斤兩，然後可着尺寸做人過日子。

顯然，北京人的這種生活藝術，是有他們的人生哲學來打底子的。

這種活法講究的是心眼兒活泛，心裡面透亮。活泛就不死心眼兒，透亮就不缺心眼兒。當然，也不認死理。老北京人相信，天下沒有不散的筵席。沒有一個人吃得完的飯，也沒有過不去的橋。無論好事壞事，還能一個人包了圓啦？所以，露了臉，用不着揚鈴打鼓；背了時，也不必蔫裡巴嘰。三十年河東四十年河西，老黃河還興改道兒呢，人世間的事，哪有個準數？風水輪流轉，沒準明兒個轉到哪，瞎折騰什麼呢？消停些吧！就是瞪着兩眼數星星，也比折騰那沒譜的事兒強。

別折騰，也別較真。較真，就是死心眼兒。天底下，哪有"真事兒"？不過"湯兒事"罷了。所以，不管幹什麼，也就是個"對付勁兒"。北京人有句口頭禪，叫"混"；還有個常用的詞，叫"不賴"。在他們看來，人生在世，也就是個"混"字。比方說，混日子、混事兒、混口飯吃等等。所有的人都是混，所有的事也都是混。要說有區別，也就是"一個人混"還是"哥幾個一起混"，混得好還是混不好。混得好的，能混個一官半職；混得差點，也能混個肚兒圓。但不論好歹，能混下去，就不賴。難怪北京人吃喝不講究，活得那麼馬虎了，對付嘛！

顯然，這種世故，是古都的智慧，也是農民的智慧。農業生產週期長，要能等；京城官場變故多，要能忍；而面對風雲變幻、世事滄桑，要能對付。京都之中，帝輦之下，人們看得最多的是"城頭變幻大王旗"，看得最透的是仕途險惡、天威難測、官運無常。今兒個，新科狀元金榜題名，"春風得意馬蹄疾，一日看盡長安花"；明兒個，菜市口人頭落地，大觀園底兒朝天，"眼見他起高樓，眼見他樓塌了"。這就不能不讓北京人世故起來。北京人的世故是他們久歷滄桑的結果。這種久歷滄桑使他們"身居颶風眼處而能保有幾分超然"，使他們在靜觀中養成了"多看兩步棋"的世故和通達，也使他們學會了忍耐。專制體制畢竟太強大，這種體制下的小民也畢竟太微不足道。強大的皇權要消滅他們，比碾死隻螞蟻還便當。他們不能不學會忍耐。忍耐，正是老北京式的世故的要害和精義。"窮忍着，富耐着，睡不着瞇着。"有這份世故和耐力，就沒有過不去的坎兒，也沒有活不了的人。

正是這忍耐造就了平和，而平和的背後是信命和認命。老北京人的信條是："命裡只有八尺，就別攀着一丈。人，還能大過天去嗎？"既然"命裡有的躲不掉，命裡沒的求不來"，那麼，就沒有必要去爭、去搶，也沒有必要因為別人怎麼怎麼了而自己沒能怎麼怎麼，就渾身不自在，一肚子的彆扭。這就是自個兒和自個兒過不去了。要知道，"一個人能吃幾碗乾飯自己清楚，別人也清楚"，而"和年頭兒叫勁，簡直是和自己找彆扭"。再說，就算怎麼怎麼了，又怎麼樣呢？也不怎麼樣。"做得人上人，滋味又如何？"當老闆，來錢多，事兒還多哪！還是混吧。顯然，正如趙園所說，正派北京人的世故裡，有着"閱事太多見事太明的悲憤沉痛。看透了，又無可奈何"。於是，無可奈何到了極點，反倒變成了平和。

平和也造就了幽默。

詼諧幽默，幾乎是北京人的標誌性品格。誰都知道，北京人說話特"逗"。普普通通的事情普普通通的話，到了他們嘴裡，就可笑、可樂。比如臉上有雀斑叫"灑了把茶葉末"，就又形象又生動，怎麼想怎麼可樂。難怪有人說聽北京人說話就像聽相聲了。要論說話俏皮，北京人可真是沒得比的。

北京人為什麼特別會說話呢？這就說來話長了。我想，除了北京是個古都，歷史悠久積澱深厚，宮廷語言和市井語言雅俗兼備外，長期保持着和周邊農村以及少數民族的聯繫，也是一個重要原因。我們知道，農村語言、民間語言和少數民族語言，往往比官方語言和文人語言更生動鮮活，而這也正是北京話的特點。比如，說"窩心"就比說"難受"

好；說"蒙席蓋井"，就比說"隱瞞"生動得多；說一個人不愛回家是"沒腳後跟"，就不但生動，而且俏皮了。事實上，北京話當中那些最形象生動、鮮活來勁的詞彙和說法，比如擦黑（黃昏）、攛掇（慫恿）、保不齊（無法預料）、牌兒亮（臉蛋漂亮）等等，便不是來自農村，就是來自少數民族。比方說，打發、巴不得、悄沒聲兒，就是滿語；而找茬兒（挑毛病、找麻煩）、護犢子（袒護自家孩子）、車軲轆話（來回訴說），則無疑來自農村。蕭乾先生曾激賞"瞧您這閨女模樣兒出落得多水靈啊"這句話，認為"出落"帶有"發展中"的含義，"水靈"則除了靜態的美外，還有雅、嬌、甜、嫩等素質。但，不難看出，出落也好，水靈也好，都是農民的語言。尤其是"水靈"，馬上讓人聯想到帶着露珠的鮮嫩瓜菜。也許正是因為善於向人民群眾和少數民族學習，所以，儘管北京是中國最大的官場，可北京人說起話來，卻並沒有官氣。

如果說生動鮮活是向農民和少數民族學習的結果，那麼，詼諧幽默則源自北京人的世故與平和。幽默是要以平和為前提的，浮躁的人就幽默不起來。因為幽默是不緊不慢的。它需要鋪墊、打底子，"包袱"才抖得開。會說笑話的人都知道，說笑話時，不能緊張，必須他急你不急，他笑你不笑。如果別人還沒笑，你自己先笑起來，那就叫犯傻。如果心急火燎，打機關槍式地把話一口氣說出來，別人聽不清楚，反應不過來，又怎麼會笑？

更重要的是，幽默是一種心態。這種心態，就是平和。只有心平氣和，坦然面對人生，才會產生幽默，也才幽默得起來。我們無法想像一個整天愁眉苦臉的人會幽默，無法想像一個事事斤斤計較的人會幽默，也無法想像一個時時處於提防狀態的人會幽默。說到底，幽默也是一種"大氣"。只有大氣的人，才能微笑着看待一切，包括苦惱和不幸。同樣，也只有大氣的人，才能含笑向自己的過去告別。總之，只有大氣才會幽默。北京人大氣，所以北京人幽默。

其實，北京式幽默中的大氣是不難體會到的。它往往表現為大大咧咧、嘻嘻哈哈、滿不在乎甚至沒大沒小。比方說，稱鄧小平為老鄧，稱戈爾巴喬夫為老戈，就像稱呼自己單位上同級平輩的同事；稱倒騰商品的小販為"倒爺"，稱騎平板車拉客者為"板兒爺"（其車則被稱為"板的"），就像稱呼"王爺"、"萬歲爺"。這可真是"掉了個兒"。如果說，前者和天安門廣場上打出"小平你好"的標語一樣，多少表現出一種"民主意識"和"平民意識"，那麼，後者就多半是一種調侃了。但，不管怎麼說，這種不合禮數的"倒錯"，都只能是北京式的。它表現的正是北京人什麼都無所謂、什麼都敢說的"氣度"，而所謂"什麼話都敢說"，則是不但包括"說什麼"，也包括"怎麼說"的。事實上，正是在這種調侃中，北京人消解了神聖。禮數不是最神聖的嗎？如果禮數可以消解，那還有什麼該在乎？

但，似乎很少有人想到這裡面還有苦澀、無奈和世故。

北京人的幽默，大體上可以歸結為三種類型，或三種手法，即調侃挖苦、裝傻充愣、玩世不恭。前面說過，北京人是很會"損人"、"擠兌人"的，比如"別以為全中國三分之二的男性都憋着娶你，多晚你走在大街上也不會出事"等等。然而問題在於，他們不但損別人、擠兌別人，也糟踐自己。比如葛優就曾說自己"脫了衣服跟一條反動標語似的"。最典型的還是楊東平講過的一則笑話：一個小夥子因為犯規，被警察扣住不放，情急無奈之中，竟冒出這麼一句話："您就把我當個屁給放了吧！"結果，圍觀者哄堂大笑，警察也只好放人（《城市季風》）。另一個有異曲同工之妙的故事是：一個平時怕老婆的人，偶然和老婆頂了起來。老婆大怒："反了你小子！"該人馬上賠不是："哪敢呀！這兩天，也就是有了兩個臭錢，就像耗子腰裡別了桿槍，起了打貓的心思。"老婆也只好一笑了之。顯然，在這裡，兩個當事人都表現出一種裝傻充愣自我作踐的態度。這種態度，用王朔的話說，就是"千萬別把我當人"。

這就是世故了。事實上，只有世故的人，才能裝傻充愣。因為裝傻充愣的背後，實際上是玩世不恭：人生在世，也就那麼回事。誰也別太當回事，誰也別叫真。所以，誰也別太把自己當人。何況，我不是人，你也不會是人。當我不把自己當人時，我其實也沒把別的什麼人當人。想想看吧，一個連自己都不看作是人的人，還會把別人當人看嗎？就拿前面那個笑話來說，便推敲不得。表面上看，那個小青年是在作踐自己，仔細一琢磨，卻又不知道是在作踐誰。因為"我"固然是個"屁"，然而這個"屁"卻是警察"放"的。說了歸齊，還是"警察放屁"。結果，誰都挨了罵，也就誰都不吃虧。因此，當一個北京人（尤其是王朔式的北京人）在你面前"裝孫子"時，你可千萬別上當，以為你真是"大爺"。

當然，這個小青年當時也許並沒有想那麼多。他的話，不過脫口而出。但，他的脫口而出，又顯然有北京人世故的耳濡目染和長期薰陶作背景。而且，這種世故也完全是平民的。咱一介平民，沒權沒勢的，誰也糟踐不了，那麼，自個兒作踐自個兒，還不行嗎？

於是我們就品出苦澀來了。北京平民的幽默中，是不乏苦澀的。就拿把雀斑說成是"茶葉末"來說，便透着苦澀。因為只有貧窮的小民，才喝這種末等茶葉。其實，就連北京平民的幽默本身，也是"苦惱人的笑"。平民嘛，一無所有，要啥沒啥，既沒什麼可樂和的，也沒什麼可得意的，就剩下一張嘴，再不讓它快活快活，那日子還能過嗎？再說，要貧嘴又不要錢，也就不說白不說。即便不能損別人，拿自己開涮總是可以的。只要嘴巴閑不下，就不賴。

顯然，正如"長歌當哭，要在痛定之後"，苦澀也只有經過平和的過濾才能變成幽默，而平和的背後則是世故。也就是說，只有一切都看穿看透，才會滿不在乎。於是，無奈到了極點，反倒心氣平和。因為一切都無所謂了。比方說，不就是找不到單位找不到工作嗎？那就"練攤"唄！順便說一句："練攤"這兩字，也表現出一種世故和人生哲學：哥們不過是操練操練，玩一把罷了，較什麼真呀！

正因為不必較真，所以，在北京式（尤其是王朔式）的幽默裡，越是正兒八經的東西，就越要弄得荒唐可笑；而越是不當回事，則越要一本正經。比如，在王朔的一部小說中，一個名叫馬青的人就這樣"語重心長"地對他的"哥兒們"說："你就別一個人混了，咱們還是一起混吧！人多力量大，敢教日月換新天。人心齊泰山移，螞蚱還有四兩肉，一個蘿蔔一個坑，咱們怎麼就不能從無到有，從小到大，由弱變強呢？"（王朔《一點正經沒有》）這種把豪言壯語和俚詞俗語糅在一起混說，而且說得不動聲色的說法，最得調侃之神韻。而且，這段話，還非得葛優來說，才能說得風味純正，說出王朔式的"語重心長"來。

總之，北京人的幽默，表面是風趣，內裡是世故，這才有了如張辛欣所說的那種"經蹬又經拽，經洗又經曬"的韌勁兒。

七 官氣與痞氣

北京人的霸氣，說穿了就是官氣。

讀者如有興趣，不妨讀讀龍應台的《吵架》一文。這篇文章原載1993年10月31日《文匯報》的"筆會"版，同年12月10日《北京晚報》轉載，現在收在《啊，上海男人》（學林出版社1998年版）一書中。這本書一共四輯，即上海、北京、星洲、思路。《啊，上海男人》是"上海"那一輯的核心，《還好我不是新加坡人》是"星洲"那一輯的核心，而北京這一輯的核心竟是《吵架》。

龍應台的確沒法不吵架。

按照龍應台自己的說法，她這個因"生氣"而出名的中國人，動身之前就一再告誡自己"到了北京不要生氣"，因為至少有三條理由告訴她不能生氣不該生氣而且不必生氣。可惜，"樹欲靜而風不止"。一到北京，北京人就給了她一個下馬威，使她不得不起而應戰。"你！"一個淩厲的聲音高亢地說，"就是你！"這時人潮正擠過檢疫口，坐在關口的公務人員，一個穿着制服的中年婦女，手指穿過人群直指龍應台："過來過來，你給我過來！"牽着孩子的手，龍應台乖乖地擠過去，只覺得那個女人說話的聲調、氣勢，就像一條抽得出血的鞭子。"才踏上北京的土地就來了"，龍應台想。"證件！"女人不多浪費一個字。龍應台遞上證件，那女人立即像泄了氣的球，鬆了下來。可是，龍應台的孩子，七歲多的安安，臉都白了。

這一架好歹沒吵起來，但後來，龍應台終於忍無可忍。

問題是，檢疫口的那個女人，為什麼偏偏要和龍應台過不去？也不為什麼，就因為她是中國人，而她乘坐的是德航班機。於是，那女人便輕而易舉地把她從一群白人中挑出來了。

是中國人就可以兇，這就是那個女人的邏輯。

這種“禮遇”我們在北京可是受得多了，以至於一位讀者寫信給《北京晚報》說，龍應台這“氣”生得實在不值當。因為這些事情咱們早就司空見慣，想氣都氣不起來。這位讀者還說，其實顧客並沒有那麼大的野心想當什麼“上帝”。“要求低的也就想當個街坊鄰居，要求高些的也就想當個熟人朋友。”但照我看來，這位讀者真是“癡心妄想”。當街坊鄰居？當熟人朋友？沒門兒！

為什麼沒門兒？因為她是“官”呀！而且是“檢查官”。要想“官兒”同你當街坊鄰居熟人朋友，除非你也是官。或許有人會說，那個女人其實也不算什麼官。是不算什麼官，可她有權是不是？有權就行了。她既然有權決定你通過還是通不過，走過去還是停下來，那她就有資格在你面前要態度抖威風。沒聽說過“不怕官，就怕管”嗎？管，有時候比“官”還厲害。所以，即便是真的官（比如地方官）來了，她也會這樣。除非官大得可以坐專機，或者可以走特別通道，否則，就算你有個縣團級、司局級的職務官銜，也得聽她喝斥：“你！就是你！你給我過來！”

或許還會有人問：好吧，就算她是官、她有權吧，也用不着那麼兇呀？這你就不懂了。像她那樣的“弼馬溫”，不兇，怎麼顯出是個人物來？要不，怎麼叫“拿着雞毛當令箭”呢？

那麼，北京一些“官氣”十足的售貨員、服務員呢？也是官麼？當然不是。可他們是"北京的"售貨員、服務員。不但是"官商",而且那"官"還是"京官"。有句話說:"廣東人看外地人,都是北方人;上海人看外地人,都是鄉下人;北京人看外地人,都是下級,都是小地方人。"這就叫"長安的和尚潼關的將"。北京人在外地人面前都是官,而且"見官高三級"。

官氣流落到市井,就變成了痞氣。

什麼是官氣?說到底,官氣就是驕虛之氣。驕,因為是官,高人一等;虛,則多因底氣不足。為什麼底氣不足呢?因為官們自己也知道,官也好,民也好,都是人,都要吃飯穿衣拉屎放屁。如果不是頭上這頂烏紗帽,他和平民百姓也沒有什麼兩樣。所以,為了表示自己高人一等,就必須擺譜。比方說,出門時鳴鑼開道,打出"肅靜"、"迴避"的牌子等等。

痞氣亦然,也是驕虛之氣,只不過驕不足而虛有餘。因為痞子比官員更沒有資格驕人。但為面子故,又不能不驕。結果,擺譜就變成了耍賴。

事實上,王朝時代的北京城是"官痞不分"的。朝廷裡固然有"韋小寶",市井中也不乏"高衙內"。"高衙內"仗勢欺人,靠的是官威,擺的是官譜;"韋小寶"官運亨通,則無非因為油嘴滑舌外加死皮賴臉。封建社會的官場作為最骯髒齷齪的地方,從來就不乏痞氣,只不過多有遮掩而已。一旦淪為平民,不必遮掩,那痞氣便暴露無遺了。

所以,北京"官商"中態度惡劣者"霸","私商"中態度惡劣者"痞"。比如龍應台在"官商"地盤裡(首都機場)體驗到的便是霸氣,在"私商"地面上(日壇市場)體驗到的則是痞氣。不過表現雖不同,性質卻一樣,即都是蠻橫無理。而且,這種蠻橫無理心理內容也是一樣的,即都是因處於權力中心而產生的對他人(尤其是外地人)的蔑視：你算老幾？你有什麼了不起？我就不把你放在眼裡，你又能怎麼着？如果你不能怎麼着，這種蔑視就直接表現為霸道；如果你還真能怎麼着，這種蔑視就會轉化為賴皮。不要以為耍賴就是服輸。它的深層心理仍是不把你放在眼裡：我連自己都不放在眼裡了，你又算什麼東西？

　　這其實又是封建社會的官場病毒。封建社會的官場鬥爭，從來就是"打得贏就打，打不贏就賴"的。表面上的認輸服軟，是為了東山再起、捲土重來、報仇雪恨。而長期的"奴化教育"，則養成了不以作踐自己（比如自稱奴才自打耳光）為恥的變態心理。因此，北京城內不但有着精忠報國的凜然正氣，慷慨赴難的燕趙俠骨，憂國憂民的志士情懷，雍容華貴的大家風範，平和恬淡的貴族氣度，溫柔敦厚的京都民風，也有驕虛的官氣和鄙俗的痞氣。事實上，只有那些遠離城市的地方才會有純樸的道德，但卻又不會有雍容氣度和開闊眼界。

　　當然，痞氣更多的是一種市井氣。因為市井小民無權無勢，沒什麼本錢與人抗爭，也沒有多少能力保護自己。為了求得老小平安，也為了找個心理平衡，他們不能不學會世故和圓滑，甚至學會損人和耍賴。北京的平民比誰都清楚"硬抗不如軟磨"的道理，也深知嬉皮笑臉有時比義正詞嚴更管用。久而久之，無奈就變成了無賴，圓滑就變成了油滑。同時，粗獷和粗糙也變成了粗魯和粗俗。再加上北京人的能說會道，就構成了痞氣。

　　痞氣本是一種病態："脾之積名曰痞氣。"但在北京，它又是一種生存之道。所以北京人甚至不忌諱痞。北京的孩子在自家陽台上看見街上自行車帶人，會高聲唱道："自己車，自己騎，不許公驢帶母驢。"遇到這種情況，上海的家長會把孩子叫回來，訓道："關儂啥事體！"北京的家長則會不無欣賞地笑罵一句："丫挺的！"

　　因此，北京人的痞氣甚至能"上升"為藝術，比如紅極一時的"痞子文學"就是。這種文學的產生，除這裡不能細說的時代原因外，與北京城的城市特徵也不無關係。即：一，北京本來就是一個大雅大俗的城市，再俗的東西，在這裡也有容身之地；二，北京的大氣和厚重，使任何東西都能在這裡得到昇華；三，北京人本來就多少有點欣賞痞氣，如果痞得有味道還有內涵，那就更能大行其道。

如果說，官氣在朝痞氣在野，那麼，又有官氣又有痞氣的，就在朝野之間。

這個介乎朝野之間的所在，就是學術界。

北京的學術界無疑是全中國最優秀的。北京有國家科學院和社會科學院，有全國最好的高等學府，那裡精英輩出，泰斗雲集；有國家圖書館和博物館，那裡館藏豐富，積累深厚；有國家出版社、國家電視台和最權威的學術刊物，能為學術成果的發表提供最好的園地；何況北京位居中央，居高臨下，四通八達，消息靈通，發言權威，總能得風氣之先，居全國之首。北京的學術界，不能不優秀。事實上，中國最權威的學術成果出在北京，中國最傑出的學術人才出在北京，"五四"以來一直被全國視為楷模的學術傳統也出在北京。

然而，北京的學術界並不是世外桃源。它同樣未能免俗地有着官氣和痞氣。

魯迅先生說過："文人之在京者近官，沒海者近商，近官者在使官得名，近商者在使商獲利，而自己也賴以餬口。"（《"京派"與"海派"》）所以，北京學術界歷來就有"近官"甚至"進官"的傳統，而於今尤甚。如果說，過去北京學術界尚有"高士"，那麼，時下則頗多"官迷"。表現之一，便是特別熱衷於操作各類學會協會。為學術交流故，成立學會，展開討論，從來就是必要的。可惜，不少人的心思，卻是"醉翁之意不在酒"；他們的做法，也"項莊舞劍，意在沛公"。"沛公"者何？學會協會中會長理事之類"一官半職"是也。先師吳林伯教授曾總結概括各類學術討論會的四項任務，曰"封官、辦刊、會餐、爬山"，於是它便往往變成一種為少數人蟾宮折桂提供舞台，為多數人公費旅遊提供機會的活動。所以，每到學會換屆之時，你便總能聽到一些喊喊喳喳的聲音，看見一些上竄下跳的影子，而這些聲音和影子，又多有京味。當然，說有此念頭的只是北京學人，是冤枉的；說北京學人只有這種念頭，也是冤枉的。他們的標的，可能並非區區理事，而是"學界的領袖地位或人民大會堂的紅地毯"（凌宇《從"京派"與"海派"之爭說起》）。

我十分贊成學者科學家參政議政，甚至並不反對"學而優則仕"。官總要有人做。做官並不丟人，就像做工、種田、教書、做買賣並不丟人一樣。但，"在商言商，在官言官"，在學就該言學，不能吃着碗裡想着鍋裡，更不能做着學者卻想着擺官譜過官癮。然而北京學術界卻真有這樣的人，我就曾親眼目睹。1997年，我在北京海淀區某民營書店裡偶遇一場民間舉辦的作品討論會。民間活動，又在民營書店舉行，應該頗多"民氣"吧？然而不，官氣十足。巴掌大的一塊地方，竟安排了主席、列席、與會、旁聽四個區位。主席台上，依官方會議例，擺了寫着姓名的牌子，幾個文壇領袖、學界泰斗、社會名流彷彿登壇作法似的，嚴格按照左昭右穆的序列對號入座，一個秘書長之類的人物則煞有介事地宣讀官腔十足的賀信賀詞。說實在的，我當時真有哭笑不得的感覺。也許，會議組織者的本意是好的，是為了表示討論會的鄭重其事和對那幾位頭面人物的尊重，但實際效果卻適得其反：嚇！他們竟然跑到民營書店過官癮來了，這同在街頭撿煙屁股過煙癮有什麼兩樣？

當然還有更甚者。比如賣論求官、落井下石、拉幫結派、自吹自擂等等。總之是登龍有術，治學無心，因此投機取巧，見風使舵，東食西宿，朝秦暮楚。"前數日尚在追趕時髦，鼓吹西方當代文學思潮，數日後即搖身一變，大張批判旗幟，儼乎東方真理之鬥士"（凌宇《從"京派"與"海派"之爭說起》）；或者東拼西湊抄抄剪剪炮製"巨著"，被人發現硬傷又厚着臉皮死不認賬，還要倒打一耙。這就不是官氣，而是痞氣了。這些毛病，自然並非北京學術界的"專利"，但，似以北京為尤甚。

北京學術界的這種毛病，說到底，就是浮躁之氣。

許多人都發現，現在的北京人，已經少了許多儒雅，多了幾分粗俗；少了許多平和，多了幾分浮躁。就拿和龍應台"吵架"的那個"着汗衫的年輕胖子"來說，人家不過是用帶上海腔的普通話叫了一聲"同志"，就大為光火，挑釁地問："稱呼誰呀？誰是同志呀？"犯得着嗎？

如果說粗俗多見於市井，那麼，浮躁便多見於學界。早就有人指出：浮躁，或者說，表面化、輕浮、躁動，是八九十年代京師文化的特徵。浮躁之風改變了北京學術界風氣。一些人急於成名，大部頭的"專著"頻頻問世，但只要輕輕一撢，那水分就會像打開了自來水龍頭一樣嘩嘩往外流。一些人熱衷於當"主編"，實際上不過是邀集些"槍手"，或招集些學生，"編輯"（實為拼湊）有"賣點"的"叢書"。另一些人則被各種飛揚浮躁的東西沖昏了頭腦，"項目、資金、論著量、引用量等形式化指標滿天飛，取代了對真正學術目標的追求，真正關心人類命運、宇宙本質和學術真理的頭腦為浮躁的學風壓倒"（鄭剛《嶺南文化的風格》）。

我不知道現在還有多少人信守"板凳要坐十年冷，文章不寫半句空"準則，只知道北京的學術舞台上隔三差五就有鬧劇開場，隔三差五就有新星升起。新名詞、新概念、新口號、新主張、新提法被頻繁地製造出來，然後迅速推向全國，而外省那些做夢也想"跑步進京"的風派學人們，則趨之惟恐不及。但如果我們對這些年北京學術界張揚的種種新名詞、新概念、新口號、新主張、新提法一一推敲一遍，便不難發現其中固然有思想解放觀念更新，同時也不乏嘩眾取寵標新立異。一些新名詞、新概念、新口號、新主張、新提法，其實不提也罷，並不妨礙學術研究的深入進行。甚至可以說，某些新名詞、新概念、新口號、新主張、新提法，根本就沒有多少新內容，例如像北京某學人那樣把孟子（Mencius）譯成了“門修斯”。相反，倒是一些老名詞、老概念、老口號、老主張、老提法，很需要有人進行一番認真的清理，因為它們幾乎從來沒有真正弄清過。但沒有人來做這種工作。因為做這種工作出不了風頭出不了名，與“學界的領袖地位或人民大會堂的紅地毯”也沒什麼關係。

看來，北京學術界由平和而浮躁，並非完全因為這座城市變化太多太大太快所致，而是這座城市原本就有的官氣和痞氣在作祟。就拿前面提到的由“追趕時髦，鼓吹西方當代文學思潮”一變而為“大張批判旗幟，儼乎東方真理之鬥士”來說，就決非膽小怕事或見風使舵，而是認準了一條道兒：“要做官，殺人放火受招安。”

明白了這一點，我們就不難理解“新京派”為什麼有點像“老海派”了。“海派文化與京派文化的反置”，確乎是一個值得研究的現象，而且也已經引起了學術界的注意，比如顧曉鳴在《上海文化》1995年第1期上發表的文章便是以此為題的。所謂“反置”，表現在學界，大約也就是北京學人變得浮躁，有些嘩眾取寵；上海學人則相對沉穩，顯得治學嚴謹。不過，在我看來，那其實不過是一塊硬幣掉了個面而已。骨子裡透出的，還是這兩座城市固有的文化性格。正如楊東平所說，上海學人在研討會上發言講話極有分寸，就“不僅是為了政治保險，有時也是怕自己的觀點被別人剽竊”（《城市季風》）。這顯然是上海人特有的那種謹慎，即商業社會中人不想在政治上惹是生非和不願洩露商業機密的習慣所致。北京的學人則相反。他們當慣了中心當慣了老大，

習慣了"登高一呼，應者雲集"，"號令一出，天下披靡"。因此一旦
"群雄割據，諸侯林立"，風光不再，眾望不歸，便不免失落。而一些
新進人物又功利心切，急於"嶄露頭角"，巴不得"立竿見影"。失落
感加功利心，就使得他們不甘寂寞，急於重建中心地位和正統地位。這
就要製造熱點，製造話題，製造明星人物，製造轟動效應，甚至不惜為
此動用當年的"海派手法"。所謂"新京派像老海派"，原因便在於
此。但，在京者近官意在名，沒海者近商意在利，"新京派"並變不成
"老海派"。更何況，老海派除"商業競賣"之外，畢竟還有"名士才
情"，是"名士才情"再加"商業競賣"，新京派卻是"商業競賣"再
加"政治投機"，一點才情和趣味都沒有的。

八　我愛北京

　　我愛北京，這是許多中國人都會說的話。中國人對北京和上海這兩座城市的態度也是微妙的。我們會說"我愛北京"，卻不大會說"我愛上海"，只會說"我喜歡上海"。說"我愛上海"，說的人彆扭，聽的人也彆扭。說"我愛北京"，說的人順口，聽的人也順耳。

　　這當然首先因為北京是新中國的首都，同時也因為北京是中國人的根，是中國和中國文化的象徵。愛北京，也就是愛中國，愛中國文化。

　　北京也許是最能代表中國文化的城市了。西安太老，洛陽、開封、曲阜、江陵太小，南京和杭州總讓人聯想到偏安江左、紙醉金迷，況且屢遭兵火，也元氣大傷。只有北京，曾經是元明清時代帝國京都和民國時期文化首府的北京，才集中了中國文化的精華，最能代表中國。

　　因此，任何中國人，尤其是上了點年紀的人到了北京，都會有回家的感覺，不像在上海那樣感到陌生，在廣州那樣感到怪異，在深圳那樣感到不屬於自己。這種感覺會使你忍受甚至寬容北京各窗口行業明顯劣於上海、廣州、深圳的服務態度（也許這也是這些行業屢教不改的原因之一）。同樣，那些在北京學習工作過的人，儘管總在抱怨北京風沙大，氣候乾燥，空氣污染嚴重，服務態度惡劣，街上找不着電話，不管上哪兒都遠；或者總在抱怨北京變得越來越不像北京，茶館、胡同、四合院以及院裡的金魚缸石榴樹肥狗胖丫頭一個個都不見了，CHINA變成了"拆哪"，而門臉兒都"恢復"了舊時模樣的前門大柵欄又怎麼逛怎麼覺着彆扭，名滿天下的"京味小吃"也都是"民工味兒"；但他們一旦離開北京，就會想念北京，有時那思念竟會超過鄉愁。

　　說來也是，有哪個城市能比得上北京呢？西安是歷史悠久的，卻少了點兒生氣；深圳是生機勃勃的，又少了點積澱；成都是積累豐富的，卻少了點兒氣度；武漢是氣吞雲夢的，又少了點兒風味；廣州是風味獨異的，卻少了點兒情調；蘇州什麼的倒有情調，可又不成氣候。何況它們都沒有北京"大"。上海倒是國際化大都市，卻又沒多少歷史，很難代表中國文化。只有在北京，你才會真正感受到中國文化的不同凡響和氣勢磅礴，悠遠凝重和博大寬宏，並找到一種既在世界又在中國、既能與先賢交往又能與未來對話的感覺。如果說，在二十世紀前半葉，沒有哪個城市能比北平"更能慰藉處在社會和文化劇變中的知識分子那種迷惘失落的情懷"（楊東平《城市季風》），那麼，在今天，也沒有哪座城市比北京更能讓人感受到新中國跳動的脈搏和前進的步伐。難怪有那麼多文化人都希望到北京去發展自己了。只有在北京，他們才能確保自己根深葉茂。

　　的確，北京是中國知識分子的精神家園。正如在所有的城市中，北京最像首都，北京的大學也最像大學。以清華北大為代表，這些建在王府舊址或廢園的京師"大學堂"（如中國大學鄭王府，民國大學醇王府，華北大學禮王府，協和醫大豫王府，燕京大學睿王園，清華園則是淳王的"小五爺園"），有着最純正的學風、最高雅的品味和最自由的空氣。左邊紅帽子（陳獨秀），右邊黃馬褂（辜鴻銘），國子監、翰林院的傳統和牛津劍橋、哈佛耶魯式的教育奇妙地結合在一起，使北京的大學一度成為精英文化的大本營、思想學術的制高點和社會發展的思想庫，也使北京成為最有學術氛圍和人文精神的地方。儘管北京的大學已幾經變遷，清華國學研究院四大導師（王國維、梁啟超、陳寅恪、趙元任）和眾多大師、名士的風采我們已無由瞻仰，但蔡（元培）校長時代的北大卻仍是中國知識分子心中的精神偶像，發軔倡導於北京的、以科學和民主為號召的新思想和新風氣也仍是他們的精神支柱。同樣，儘管近些年來，由於個別人（即所謂“新京派”）的原因，北京學術界已顯得有些浮躁，但北京仍有許多真正的讀書人。他們靠微薄的薪資維持貧寒的生活，居陋室，着布衣，粗茶淡飯，家徒四壁，卻將學術研究作為生命之寄託，堅持着極為罕見、難得和可貴的書生意氣，守護着我們的精神家園。顯然，有北京在，中國數千年的學術傳統就會薪盡火傳。

我不知道這種書卷氣是否也像胡同四合院裡的大爺氣一樣在北京的空氣中日見稀薄，也不知道席珍流布的木鐸之聲是否也會像“小小子兒，坐門墩兒”的歌謠一樣隨風飄逝。古老的文化如今秋陽般暖暖也懶懶地灑落在京城不起眼的各個角落裡，任憑有心人去撿拾那些碎寶流金。新生活和新文化正雨後春筍般帶着濕漉漉的春意拔地而起，早已不是“草色遙看近卻無”。但我卻更迷戀北京的秋天。我總以為，北京是屬於秋天的。北京是秋天的詩，是秋天綿長、醇厚、博大、雄渾的詩。郁達夫先生曾用他美妙的文筆描繪過北京的四季：冬季有戶外呼嘯的北風和室內堪戀的溫軟，春天有城廂內外“洪水似的新綠”，夏日有葡萄架下藤花陰處的冰茶雪藕、盲人鼓詞和柳上蟬鳴，而秋天則更是一部“百讀不厭的奇書”。尤其是京郊那草木搖落金風肅殺之感，真能讓人感動至極而涕零（《北京的四季》）。的確，北京最壯觀的是門，最耐看的是秋。只有在秋天，你才能真正體味華北平原的遒勁雄風，燕山腳下的浩蕩王氣，文化古城的蕭散悠遠，田園都市的恬淡平和。同樣，也只有在北京，你才能真正體味到秋天的成熟與豐滿、爽朗與澄明、靜謐與深沉、悠長與雋永、色彩斑斕與碩果纍纍，體驗到“蕭瑟秋風今又是，換了人間”的意境。

“庾信文章老更成。”換了人間的北京，當會更加詩意盎然吧！

第三章

上海灘

上海文化的優越性恰恰是被人承認的。儘管有那麼多外地人同仇敵愾地聲討、譏諷和笑話上海人，但決沒有人敢小看上海，也沒有人會鄙夷上海，更沒有人能夠否定上海。要言之，他們往往是肯定（儘管並不一定喜歡）上海，否定上海人。但上海人是上海文化的創造者和承載者，沒有上海人，哪來的上海文化？所以，上海人對外地人的譏諷和笑話根本就無所謂，當然也無意反駁。你們要譏諷就譏諷，要笑話就笑話，要聲討就聲討吧！"阿拉上海人"就是這種活法，"關儂啥事體"？況且，你們說完了，笑完了，還得到南京路上來買東西。

上海是灘。

上海灘很開闊。

開闊的上海灘有着非凡的氣派。

　　的確，上海不但是中國最大的城市，也是中國最好最氣派的城市之一，或者說，是中國最 "像" 城市的城市。和北京一樣，上海也是全國人民最響往的地方。在全國許多地方，差不多都有所謂 "小上海"。這種稱號無疑是一種 "桂冠"，只能加冕於那些比較富庶、新潮、文明的城鎮、街道和社區頭上，就像當年把上海稱為 "小蘇州" 一樣。不過，"小蘇州" 好像只有上海一家，"小上海" 卻遍佈全國，到處都是。今日之上海，畢竟比當年的蘇州，要風光得多。

　　上海，在全中國畢竟是深得人心的。幾乎每個中國人都知道，正如美國不能沒有紐約，中國也不能沒有上海。上海是長江流域的龍頭，而長江流域則是中國經濟的脊樑。更何況中國的現代化正是從上海起步的。1953年，美國學者羅茲·墨菲在他的一本關於上海的著作中，把上海稱之為 "現代中國的鑰匙"，認為現代中國正是誕生於上海。現在，越來越多的外國投資者則用他們的實際行動，表明他們更加看重看好上海。這不僅因為上海的投資環境好，比方說勞動者和管理者的基本素質和整體文化水平較高，在長期的經濟社會生活中養成了一整套適合市場經濟的價值觀念、行為規範和文化準則等等，還因為上海能給他們以 "家園之感"。對於許多外國人（不管是投資者還是觀光客）來說，北京讓他們感到神秘，而上海讓他們感到親切。靜安寺對面的萬國公墓（現已遷走）裡，埋葬着他們的先輩和同胞；而開在過去歐式老房子裡的酒吧，又讓他們想起百十年前的歐洲。上海，不論在中國人還是外國人眼裡，都是好地方。

　　總之，上海實在是太重要了。它不但是中國首屈一指的“國際化大
都市”，是足以影響國民經濟的“大龍頭”和“排頭兵”，是反映中國
政治經濟變化的“大窗口”和“晴雨表”，也是完全不同於北京的一類
新型城市的典型。

　　上海的秘密，是城市的又一種秘密。

　　為了弄清這些秘密，我們還是從外地人對上海的看法說起。

一　外地人與上海人

在外地人的心目中，上海雖然"老嗲咯"，上海灘的名聲卻似乎不大好。

對於上海，人們習慣性地有兩種說法。當他們要對上海表示好感時，便稱它為"大上海"；而當他們要對上海表示不滿時，則稱它為"上海灘"。因為一提起"上海灘"，一般人馬上想到的便是流氓、阿飛、小開、妓女、殖民者、暴發戶、青紅幫。人們形成這種概念，不知是因為上海灘原本就是這類人物的世界，還是影視傳媒的着意渲染所使然？大約是兼而有之吧。

但不管怎麼說，上海灘的名聲不太好，卻總歸是事實。它被稱為"十里洋場"（最早則被稱為"十里夷場"）、"冒險家的樂園"，此外還有"東方魔都"、"千面女郎"、"洋場蕩婦"、"鬼蜮世界"等"雅號"。以後又被稱為"資產階級的大染缸"，被看成革命和改造的對象。比起北京之被稱為"帝都"、"京師"、"偉大的首都"、"紅太陽升起的地方"，那名聲可是差遠了。

人們對待北京和上海的態度也不一樣。在改革開放以前的那些年代，能夠到北京去，是一件很光榮的事。這種光榮往往只屬於戰鬥英雄、勞動模範、先進人物或政治上特別可靠、組織上信得過的人。人們懷着崇敬和羨慕的心情目送他們登車而去，期待他們帶回可以分享的光榮，比如和中央領導的合影或毛主席握過的手。即便沒有這份光榮，能去看看天安門，看看慕名已久的故宮、頤和園，也是令人羨慕的。如果有人到上海出差，情況又不同。他的親朋好友會一齊來看他，一面掏出多年的積蓄，託他買這買那，一面又諄諄囑咐，叫他小心謹慎，不要在那個"花花世界"迷失本性，上當受騙，吃了壞人的虧。去上海的人也會不虛此行。他會肩挑手提地帶回許多在內地買不到的東西。這些東西不但質量好，樣子新，而且價錢便宜，讓人實實在在地感到上海到底是大上海，是足以讓自己那個"小地方"自愧不如的大城市。當然，他在帶回對上海嘖嘖讚美的同時，也會帶回對上海的種種不滿和抱怨。

的確，外地人對上海的態度是複雜和矛盾的。幾乎全中國人都公認北京好，但卻只有蘇州、無錫等少數幾個地方的人才會說上海好。其他地方人雖然心裡也承認上海好，卻不大願意公開說出來。或者即便認為上海好，也是有保留的。他們寧肯對上海採取一種敬而遠之的態度，而不是像對北京那樣敬而親之。要他們喜歡上海，就更難。許多從外地考入上海的大學生、研究生在畢業離滬時會這樣說："其實我並不怎麼喜歡上海，可沒能留下來似乎還是有點遺憾。"同樣，外地人雖然有點畏忌上海，但如果讓他們到上海出差，則多半也會興高采烈。總之，正如《上海：記憶與想像》一書編者馬逢洋所說，上海既是眾望所歸，又是眾矢之的。

上海很早就是眾望所歸。早在1904年，蔡元培等人主編的《警鐘日報》便發表題為《新上海》的社論，盛讚上海是黑暗世界中"光焰奪目之新世界"；1911年，資產階級革命黨人主持的《民立報》也發表署名田光的文章《上海之今昔感》，認為上海"為全國之所企望，直負有新中國模型之資格"。1949年以後，上海因產業工人最多和對國家經濟貢獻最大而卓有威望，只是由於後來出了個聲名狼藉的禍國殃民小集團，又弄得有點灰頭灰臉。黨中央作出開發開放浦東新區的英明決策後，上海再次成為眾望所歸。包括國內外商業精英和文化精英在內的眾多有識之士，已越來越看好上海。他們認為，上海是最具有成為“國際性現代化大都市”資質和條件的城市。

上海也很早就是眾矢之的。早在五四運動前後，陳獨秀就一連發表四篇評論文章，力陳上海社會之醜惡、黑暗、骯髒（《獨秀文存》）；傅斯年則說上海臭氣熏天，竟以模仿妓女為能事（《致新潮社》）；後來周作人也說上海只有“買辦流氓與妓女的文化”（《上海氣》）；錢鍾書則用挖苦的口氣說，如果上海也能產生藝術和文化，“正像說頭腦以外的手或足或腰腹也會思想一樣的可笑”（《貓》）。總之，在他們的眼裡筆下，上海灘是一個藏污納垢之所，為非作歹之地，而沈從文等人所謂“海派”，則誰都知道是一個惡謚和貶義詞。熊月之在《海派散論》一文中曾透徹地分析過這種觀念產生的原因，比如民族主義、階級分析、西方文化價值受到懷疑等等，但不管怎麼說，自二三十年代起，上海灘的名聲便一直弄得不太好。

上海灘的名聲不太好，上海人的名聲也不太好。余秋雨說：“全國有點離不開上海人，又都討厭着上海人。”（《文化苦旅》）這話說得不完全準確。準確的說法應該是：全國都離不開上海，又都有點討厭上海人；全國都嚮往着上海，又都有點忌恨上海人。“上海人”這個稱謂，在外地人心目中，有時簡直就是諸如小氣、精明、算計、虛榮、市儈、不厚道、趕時髦、耍滑頭、小心眼、難相處等等“毛病”的代名詞。常常會有這樣的情況：當人們議論某某人如何有着上述毛病極難相處時，就會有人總結性地發言說：“上海人嘛！”後面的話也就不言而喻，而聽眾也就釋然。似乎上海人就得有這些毛病，沒有反倒不正常。所以，如果一個男孩子或女孩子的戀人是上海人，親朋好友便會大驚小怪對他們的父母說：“他怎麼找個上海人！”

這當然並不公平，也不準確。事實上，上海人並不像外地人說的那麼“壞”，那麼讓人“討厭”。那些真正和上海人接觸多、對上海人瞭解多的人，都會覺得從某種意義上講，上海人其實是很好相處的，只要你也按上海人那一套作派和法則來處世就行。我女兒到上海上大學，去之前心裡也有點惴惴的（儘管我們事先也作了“正面宣傳”），但半年後回來，便興高采烈地說：“上海同學蠻好的呀！”當然“蠻好的”。上海人，本來就不壞。

但可惜，持這種觀點的人，似乎並不太多。

事實上，對上海人的反感和討厭，幾乎可以說是長期性的和普遍性的。正如全國各地都有“小上海”，全國各地也都有對上海人的“微詞”和關於上海人的“笑話”。在遠離上海的貴州省施秉縣（一個邊遠的小縣城，那裡有一條美麗的灘陽河可供漂流），旅行社的朋友一提起上海人，差不多每個人都有一肚子笑話可說。有一個笑話是這樣說的：一次漂流前，導遊交待大家，如果有貴重物品，務必交給護航員，以免丟失。然而一個上海人卻不肯。他把一疊鈔票含在嘴裡就下了水。結果，漂到半路，船翻了，上海人大喊救命。其實，漂流中翻船是在所難免和有驚無險的，甚至還能增加漂流的樂趣。因此，不少人還會故意把船弄翻，然後和護航員一起哈哈大笑。這個大喊救命的上海人當然很快就重新回到了他的船上，只是他那一疊鈔票，也就被河水沖得無影無蹤了。顯然，這個笑話並不“專屬”上海人，它完全可能發生在別的什麼地方人身上。但，不管是說的人，還是聽的人，大家都覺得只有說是上海人，才特別“像”。

關於上海人的笑話真是五花八門數不勝數。比方說，“上海的男人喝醪糟都上臉”，或“上海的女人買牙膏都要磅一磅，看看是買大支的合算，還是買小支的合算”等等。在一個小品節目中，一個北方籍的妻子就這樣數落她的上海籍丈夫：「那麼小一塊蛋糕，我睡覺前他就在吃，等我一覺睡醒來，他還在吃。」總之，這類笑話特別多，特別離奇，講起來也特別放肆，而別的什麼地方的人，是沒有也不可能有這麼多笑話的。比方說，我們就不大容易聽到北京人的笑話。北京人也不是沒有毛病，但北京人的毛病好像只可氣，不可笑。別的地方人也一樣。他們即便有笑話，流傳的範圍也有限，講起來也有顧忌。似乎偌大一個中國，惟獨上海人，是可以肆無忌憚任意加以嘲笑的一群，或者是特別值得笑話的一群。

這些笑話中當然難免誇大不實之詞，但也並非完全沒有道理。事實上，外地人討厭上海人的「理由」似乎很多。除了前面說那些「毛病」外，上海人讓人討厭的地方還很不少，比如自私、排外、對人冷淡等。在旅行途中，不顧別人是否要休息而大聲講話的，多半是上海人；在旅遊勝地，搶佔景點照相的，也多半是上海人。最可氣的是，他們搶佔了座位和景點後，還要呼朋引類（當然被呼叫的也是上海人），完全不把別人放在眼裡，似乎只有他們才最有資格享受這些座位和景點。上海人之最讓人討厭之處，往往就在這些場合。

不過，外地人討厭上海人的直接原因，還是他們說上海話。

這似乎沒有道理。上海人嘛，不說上海話說什麼話？再說，全國各地都有自己的方言，就連北京也有。為什麼別人說得，惟獨上海人就說不得？未必上海話是全中國最難聽的話不成？問題並不在於上海話本身，而在於上海人講上海話時那種「旁若無人」的態度。的確，最讓外地人討厭的，就是只要有兩個以上的上海人湊在一起，他們便會旁若無人地大講其上海話（而且往往嗓門還很大）。這時，被「晾」在一邊的外地人，就會向他們投去反感厭惡的目光，至少也會大皺其眉頭。可以肯定，當着外地人講只有自己才懂的話，確實是極不禮貌的行為。

但是，這種行為外地人也有。那些外地人湊在一起，也會講他們的本地話，也會忘掉旁邊還有別的地方人。為什麼外地人這樣做，就不會引起反感（至少不那麼讓人討厭），而上海人這樣做，就特別讓人不能容忍呢？

原因也許就在"有意"與"無意"之別。

一般地說，外地人都不大會說普通話。其中，水平最差的是廣東人。一個廣東地方官員陪同外地官員到城郊參觀，興高采烈地說："坐在船頭看郊區，越看越美麗"，結果外地官員聽成了"坐在床頭看嬌妻"，一個個掩嘴竊笑。因此有句俗話，叫"天不怕，地不怕，就怕廣東人說官話"。廣東人講普通話的那種彆扭，不但他自己講得費勁，別人聽得也難受。有個笑話是諷刺廣東人講官話的。那笑話說，一個廣東人到北京的餐館吃飯，問："小姐，水餃多少錢一碗？"結果服務員聽成了"睡覺多少錢一晚"，便憤怒地罵了一聲"流氓"。沒想到這個廣東人的普通話水平實在太差，竟高興地說："六毛？兩碗啦！"此外，四川人講普通話也比較困難，自然能不講，就不講。其他地方人，講不好或講不來的也大有人在。所以，他們講方言或不講普通話，就可以原諒。

上海人就不一樣了。他們語言能力都比較強（上海的英語水平普遍高於其他城市，就是證明），除浦東土著外，差不多個個都會說普通話。即便說得不太標準，也決不會像廣東人說官話那麼難聽，甚至可能還別有韻味。有此能力的還有廈門人，也是個個都會說國語。會說而不說，當然是"故意"的（閩南人語言能力又較上海人為低，則故意程度也略低）。何況，上海話和閩南話（廈門方言）又是中國最難懂的幾種方言之一。當着外地人講這種誰也不懂的"鬼話"、"鳥語"，不是存心不讓人聽、不把別人放在眼裡，又是什麼？

為什麼不把別人放在眼裡呢？因為上海人自認為是"高等華人"，

是全中國最優秀最高貴的人種。上海話，就是這個優秀高貴人種的標誌，也是和"低等華人"（外地人）劃清界限的重要手段之一。因此，只要有機會，他們就一定要說上海話，而且要大聲地、尖嗓門地、無休止地講。如果沒有這個機會，也要想辦法創造一個。

所以，上海人在外地，可能會比他們在上海還更愛講上海話。在上海，他們反倒有時是愛講講普通話的，因為那是一種"有文化"的表現。但到了外地，尤其是五湖四海雲集、三教九流混雜的地方（如火車上或旅遊區），他們就一定要講上海話。因為他們不能容忍當地人不加區別地把他們混同於一般的"外地人"，也不能容忍別的外地人不加區別地把他們"引為同類"，當然更不能容忍其他上海人把自己也看成了"外地人"。因此，只要有一個上海人開了頭，其他上海人便會立即響應，興奮而熱烈地大講其上海話。這種心態，老實說，已成為上海人一種"集體文化無意識"，以至於連他們自己，也不會覺得是"故意的"。

但在外地人看來，這就是"故意的"。你們上海人不是很"文雅"嗎？不是很"秀氣"嗎？不是連吃東西，都只吃"一眼眼"嗎？怎麼說起上海話來，就一點也不"文雅"，一點也不"秀氣"，不只說"一眼眼"就拉倒呢？還不是為了向世界向別人宣佈你們是"上海人"！

的確，上海人在內心深處，是不大看得起"外地人"。

在上海，"外地人"這個概念，顯然帶有貶義，或者帶有對其文化不以為然的意思，起碼也表現了上海人的一種文化優越感。1998年，我在上海博物館參觀趙無極畫展，中午出去吃飯，依例要在手上綁一根紙條。小賣部的店員一見大為驚詫，問其所以，我如實相告說這樣就能證明我是中途外出，再進門時就不用買票云云。於是這位女店員便回過頭去用上海話對店裡的人大發議論，無非說外地人到上海真是可憐，上海人如此欺負外地人也太不像話。其實，只要是中途外出，不論外地人還是上海人，一樣咯統統都要紮紙條的。上海博物館並無歧視外地人之意，這位店員的議論也未免有點無的放矢。但即便在這種對外地人最善意友好的態度中，我們仍不難體味到上海人不經意流露出的優越感。

這種優越感其實是顯而易見的。你想，如果大家都一樣，沒有高低貴賤之分，也沒有是非對錯之別，又有什麼必要區分本地外地呢？事實上，上海人確實往往是在表示鄙夷時才使用"外地人"這個概念的。它往往意味着戇大、洋盤、阿木林、十三點、豬頭三、拎不清、搞七廿三、脫藤落攀等等含義。比方說，上海人一般都會擠公共汽車（他們擠慣了），有一整套動作程序和坐站規矩。外地人當然不懂這些，上車之後，難免橫七豎八、磕磕絆絆。這時，上海人往往就會嘟囔一句："外地人。"這句嘟囔，就帶有鄙夷的味道。上海人文明，一般不會罵"他媽的"，則這時的"外地人"，也就相當於"他媽的"了。所以，在外地人看來，上海人嘴裡的"外地人"，就是罵人的話，至少也表現了上海人對外地人的鄙夷和不滿。

用"外地人"這個詞來"罵人"（其實不過是不大看得起罷了），這在全國可是絕無僅有。上海以外的其他地方，當然也有本地人外地人的說法。但那多半只是表明一種事實，不帶情感色彩，也不帶價值判斷，頂多有遠近親疏之別罷了。也就是說，他們可能疏遠外地人，卻一般不會鄙視外地人。即便鄙視，也只是鄙視某些外地人（比如武漢人之鄙視河南人），不會鄙視"一切"外地人，更不會把所有的外地人都看作低能兒或冤大頭，看作不可與言的"低等華人"。

在這一點上，和上海人多少有些相似的，是北京人和廣州人。

北京人和廣州人也都多少有點看不起外地人。不過，北京人，尤其是新北京人，一般都不大喜歡使用"外地人"這個概念，而更多地是稱他們為"地方上"。這當然蓋因北京位居"中央"，乃"首善之區"

故。北京既然是"中央"，則北京人，也就當然地成了"中央的人"。
"中央"要吹什麼風，首先就會吹到北京人那裡，而北京人當然也就
"得風氣之先"，至少也會聽到許多外地人不足與聞的"小道消息"。
這就足以讓北京人對"地方上"持一種"居高臨下"的態度。要言之，
北京人的"派"，主要是一種政治上的優越感，並不帶社區優越的性
質。所以，北京人一旦長期離開了北京，多半就不再有什麼優越感，反
倒會因為他們的豪爽大度，而和當地人"打成一片"。

　　廣州人同樣也不大使用"外地人"的概念，而往往稱他們為"北方
人"或"內地人"。其使用範圍，包括"五嶺"以北的所有地區，當然
也包括上海與北京。顯然，這首先是一個地理概念，其次是一個文化概
念。在使用這個概念時，廣州人顯然是不會把他們的廣東老鄉也納入其
範圍之中的。也就是說，他們更看重的是文化的認同，而非等級的高
卑。更何況，稱外地人為"內地人"，豈非自認"邊鄙"？可見，這一
概念，並無文化歧視的意味在內，甚至多少還有點自慚形穢。只不過，
這些年來，廣東較之內地，大大地富起來了。於是，廣東人嘴裡的"內
地人"或"北方人"，就多少有些相當於"窮人"的意思。總之，廣州
人或廣東人的"靚"，主要是經濟上的優越感，也不帶社區優越的性
質。

　　上海話中有許多歧視、蔑視外地人的專用詞彙和語言，其中又尤以
歧視、蔑視蘇北人為最，他們甚至被稱為"江北赤佬"（或小赤佬）、
"江北豬玀"（或豬頭三）。過去上海滑稽戲（這是上海市民特別喜愛
的一個劇種）的主要題材之一，便是諷刺嘲笑外地人、鄉下人到上海後
的種種"洋相"。上海人（當然主要是上海小市民）津津有味地觀看這
些"洋相"，並在哄堂大笑中充分地體驗自己的優越感。一來二去，
"外地人"在上海人的"圈子"裡，竟成了顯示上海人優越性和優越感
的"陪襯人"。

更何況，上海人對外地人的鄙夷和蔑視，幾乎是普遍性和不加區別的。比方說，一個上海人要對另一個上海人的"不懂經"、"拎勿清"或"不識相"表示憤怒和不可理解，便會怒斥或質問："儂外地人呀？"似乎只要是外地人，不管他是什麼地方的，都一樣低能。上海人對外地人的這種"一視同仁"，就特別容易激起那些也有自己優越感的某些外地人的勃然大怒。

於是，上海人就在無意之中把自己和所有的外地人都對立起來了。這就簡直無異於"自絕於人民"，當然會犯了"眾怒"。也許正是由於這個原因，外地人對上海人的反感程度，要遠遠大於他們之對廣東人。廣東人雖然也有"排外"的惡評，但廣東人與外地人交流，畢竟確有語言的障礙，況且廣東人雖"排外"，卻不"蔑外"，而上海人豈止是"蔑外"，有的時候，簡直是把外地人當作了麻風病人。否則，為什麼要用上海話把自己和外地人"隔離"開來？這就不能不引起外地人對上海人的反感和不滿，而這些反感和不滿久而久之便成了"積怨"。終於有一天，積怨爆發了。幾乎在一夜之間，舞台和熒屏上那些斤斤計較、小裡小氣、迂腐可笑、弄巧成拙的形象，青一色地操起了一口上海普通話。向以嘲笑"外地人"為能事的上海人，終於成為外地人共同嘲笑的對象；而歷來用於體現上海人社區優越性的上海話，則成了嘲笑諷刺上海人最得心應手的工具。

然而上海人對此似乎無動於衷。他們似乎並未勃然大怒，群起而攻之，就像當年揚州人攻擊易君左的《閒話揚州》一樣。當然，對於外地人的種種非難，上海人心裡是不服氣的：你們只知道說上海人精明、小氣，但你們知不知道我們上海人住得有多擠？一家幾口擠在一間房子裡，馬桶旁邊要吃飯的，不精明不小氣怎麼辦？不過，這些話，上海人也只是私下裡嘀咕，並不公開說出來。上海人似乎根本無意於和別人爭個是非高低，辯個你死我活。外地人對上海和上海人褒也好，貶也好，上海人都不會在乎。最後落了下風的，還是外地人。

　　於是外地人就更加想不通了。他們實在想不通上海人為什麼會有那麼強烈的社區優越感。一個有錢有勢有文化的上海人，固然會看不起沒錢沒勢沒文化的外地人（這好理解），而一個沒錢沒勢沒文化的上海人，也居然會看不起有錢有勢有文化的外地人（儘管勢利的上海人在表面上也會作尊重狀），而且其理由又僅僅只不過因為他是上海人。他們究竟有什麼本錢可以看不起一切外地人呢？又有什麼本錢可以對外地人的諷刺嘲笑無動於衷呢？

　　這正是外地人百思不得其解的問題，也是我們着力要弄清的問題。

二 上海人與上海灘

要弄清前面提出的問題，首先就得弄清什麼是上海人。

但這並不容易。

余秋雨說：“上海人始終是中國近代史開始以來最尷尬的一群”（《上海人》）。其尷尬之一，就是身份不明。什麼人是上海人？或者說，什麼人是最正宗、最地道，亦即最有資格看不起外地人的上海人？誰也說不清。因為認真說來，倘若追根尋源、尋宗問祖，則幾乎大家都是外地人，而真正正宗的上海人，則又是幾乎所有上海人都看不起的“鄉下人”。這實在是一件十分令人尷尬的事。如果說，上海是一個“出身曖昧的混血兒”，那麼，上海人便是一群“來歷不明的尷尬人”。

然而，恰恰是這些“來歷不明”的“尷尬人”，卻幾乎比其他任何地方的人，都更具有自己的特徵，而且這些特徵還十分鮮明。

的確，上海人和非上海人，幾乎是一眼就可以區分開來的。一個外地人一進上海，立即就會被辨認出來，哪怕他一身的海貨包裝。同樣，幾個上海人到了外地，也會為眾所矚目，哪怕他們穿當地服裝，也不說上海話。當然，其他地方人，也有容易辨認的，比如北京人和廣東人。但北京人幾乎總也改不掉他們說話的那種“京味兒”，而廣東人除了一

說話就 "露餡" 外，長相的特徵往往也很明顯。只有上海人，才既不靠長相，也主要不靠口音，而能夠卓然超群地區別於外地人。說得白一點，上海人區別於外地人的，就是他們身上特有的那種 "上海味"。這種味道，幾乎所有外地人都能感受得到，敏感的人更是一下就 "聞" 到了。

顯然，上海人的特徵，是一種文化特徵。或者用文化人類學的術語說，是一種 "社區性的文化特徵"。它表現為一整套心照不宣和根深蒂固的生活秩序、內心規範和文化方式，而且這一整套東西是和中國其他地方其他城市大相徑庭甚至格格不入的。事實上，不管人們如何描述上海或上海人的社區特徵，至少有一點是可以肯定的，那就是這些特徵十分鮮明，而且與全國其他地區相去甚遠。也就是說，與其他社區相比，上海社區的異質程度很高（另一個異質程度很高的城市是廣州）。唯其如此，上海人才無論走到哪裡都十分地 "扎眼"，與其他人格格不入，並且到處招人物議。坦率地說，我並不完全贊同對上海人的種種批評。我認為，這些非議和閒話，其實至少有一半左右是出於一種文化上的偏見，而且未見得有多麼準確和高明。說得難聽一點，有的甚至可能是 "以小人之心度君子之腹"，即以一種相對落後的文化觀念去抨擊上海人，或者對上海的先進與文明（比如上海人特有的 "經濟理性"、"個體意識" 甚至 "衛生習慣" 等等） "看不慣" 或 "看不起"。比方說，看不慣上海人的衣冠整潔、處處講究，就不一定有道理；看不起上海人喜歡把賬算得很清，也大可不必。

但是，無論外地人對上海人的抨擊和批判有理也好（上海人確有毛病），無理也好（外地人觀念相對落後），上海與全國其他社區之間差異極大，總歸是一個事實。上海固然完全不同於農村（因此上海人特別看不起 "鄉下人"），也總體上基本上不同於國內其他城市（上海人所謂 "外地人"，便主要指國內其他城市人）。這也是上海與北京、廣州的最大區別之一。北京模式是“天下之通則”，省會、州府、縣城，無非是縮小了和降格了的北京。它們當然很容易和北京認同，不會格格不入。廣州則介乎北京與香港之間，既可以與北京認同，又可以與香港認同，更何況廣州在嶺南地區，還有那麼多的“小兄弟”，何愁不能“呼朋引類”？

上海卻顯得特別孤立。它甚至和它的臨近城市、周邊城市如南京、杭州、蘇州、無錫也“不搭界”，儘管上海曾被稱為“小蘇州”，而無錫則被稱為“小上海”。但上海固然早已不是蘇州的縮影，無錫也決非上海的贋品。更何況，別的城市或許會仿效上海，上海卻決不會追隨他人。上海就是上海。

上海既然如此地與眾不同，則上海人當然也就有理由同其他地方人劃清界限，並把後者不加區別和一視同仁地都稱之為“外地人”。事實上，外地人如此地喜歡議論上海人，無非說明了兩點，一是上海文化特別，二是上海文化優越。北京優越但不特別，所以不議論北京人；雲南的摩梭人特別但不優越，所以也沒有人議論摩梭人。只有上海，既優越又特別，所以對上海人的議論也就最多。當然，也正是這些優越性和獨異性，使上海人在說到“外地人”時，會發自內心、不由自主甚至不加掩飾地表現出一種優越感。

也許，這便正是讓外地人受不了的地方。人都有自尊心。每個民族有每個民族的自尊，每個地區也有每個地區的自尊，當然也有每個地區相對其他地區的優越性（儘管可能會有點“自以為是”）和由此而生的優越感。但是，優越感不等於優越性。比方說，一個陝西的農民也會堅持說他們的文化最優秀，因為他們的油潑辣子夾饃是世界上最好吃的飯食，秦腔則是“世界戲劇之祖”，而信天遊又特別好聽等等。但是，恐怕不會有誰認為陝西農村就是最先進和最優秀的社區。要之，優越感是屬於自己的，優越性則必須要別人承認。

上海文化的優越性恰恰是被人承認的。儘管有那麼多外地人同仇敵愾地聲討、譏諷和笑話上海人，但決沒有人敢小看上海，也沒有人會鄙夷上海，更沒有人能夠否定上海。要言之，他們往往是肯定（儘管並不一定喜歡）上海，否定上海人。但上海人是上海文化的創造者和承載者，沒有上海人，哪來的上海文化？所以，上海人對外地人的譏諷和笑話根本就無所謂，當然也無意反駁。你們要譏諷就譏諷，要笑話就笑話，要聲討就聲討吧！“阿拉上海人”就是這種活法，“關儂啥事體”？況且，你們說完了，笑完了，還得到南京路上來買東西。

上海人如此自信，不是沒有道理的。我們知道，真正的自信心只能來源於優越性。沒有優越性做背景，自信就不過是自大；而區別自信與自大的一個標誌，就是看他敢不敢自己“揭短”。沒有自信心的人是不敢自己揭短的。他只會喋喋不休地擺顯自己或自己那裡如何如何好，一切一切都是天下第一、無與倫比。其實，他越是說得多，就越是沒有自信心。因為他必須靠這種不斷地擺顯來給自己打氣。再說，這種深怕別人不知道自己或自己那裡有多好的心態，豈非恰好證明了自己和自己那裡的“好”，並不怎麼靠得住，別人信不過，自己也底氣不足？否則，沒完沒了地說它幹什麼！

上海人就不這麼說。

當然，上海人當中也有在外地和外地人面前大吹法螺者。但對上海文化多少有些瞭解的人一眼就能看出，那多半是“下只角”的小市民。他們平常在上海不大擺得起譜，便只好到外地人那裡去找平衡。真正具有自信心的上海人並不這樣做，至少他們的優越感並不需要通過吹噓來顯示。相反，他們還會經常私下地或公開地對上海表示不滿。上海曾經深入持久地展開關於上海文化的討論，就是一個很好的證明。在那場討論中，向來愛面子的上海人，居然紛紛投書撰稿，歷數上海和上海人的種種不是，在上海的報刊上讓上海人的種種醜陋紛紛亮相，揭露得淋漓盡致，而從學者到市民也都踴躍參加議論和批判（當然也有認為上海人可愛者）。顯然，這種討論，在別的地方就不大開展得起來，比如在廈門就開展不了（廈門人懶得參加），在北京似乎也不大行（北京人不以為然），然而在上海，卻討論得轟轟烈烈。

上海人自己都敢揭自己的短，當然也不怕別人說三道四。我這本書的簡體中文版就是在上海出版的，我關於城市文化的一些文章也都在上海出版的《人民日報》（華東版）、《文匯報》和《解放日報》發表。上海人看了也許會有不同意見，但沒有人認為不該發表，更沒有人像當年揚州人對付我的同宗前輩易君左那樣，要和我對簿公堂。這無疑是一種有自信心的表現。那些沒有自信心的人，是不敢讓"醜媳婦"公開亮相的，也是容不得別人提一點點意見的。看來，除自稱"大上海"這一點較北京為"掉價"外，上海人從總體上看，應該說顯然是自信心十足。

的確，上海人對自己社區的優越性，似乎確信無疑。

除在北京人面前略顯底氣不足外，上海人對自己社區文化的優越性，幾乎從未產生過懷疑。一個可以證明這一點的眾所周知的事實是，上海人無論走到哪裡，都會充滿自信地把上海文化傳播到哪裡，而且往往能夠成功。

1949年以來，由於種種原因（支援邊疆、支援三線、上山下鄉等），上海人大批地走出了上海，來到北大荒、雲貴川、新疆、內蒙，撒遍九百六十萬平方公里的土地。他們在當地人那裡引起的，首先是新奇感，然後是羨慕和模仿。儘管他們當中不少人，是帶着"自我改造"的任務去那裡的，但他們在改造自己的同時，也在悄悄地改造着那裡，在普及小褲腳、茄克衫和奶油蛋糕的同時，也在普及着上海文化。改造的結果也是眾所周知的：上海人還是上海人，而一個個邊陲小鎮、內陸山城、鄉村社區卻變成了“小上海”。無疑，這不是因為某幾個上海人特別能幹，而是上海文化的特質所致。

上海文化這種特別能夠同化、消解異質文化的特質和功能，幾乎像遺傳基因一樣存在於每個上海人的身上，使他們甚至能夠“人自為戰，村自為戰”。結果自然是總有收穫：如果有足夠多的上海人，他們就能把他們所在的地方改造成“小上海”。如果人數不夠，則至少能把自己身邊的人（比如非上海籍的配偶）改造成半個上海人。比如，在雲南、新疆、黑龍江軍墾農場，無論是其他城市的知青，還是農場的老職工及其子弟，只要和上海知青結了婚，用不了多久，都會裡裡外外變得像個上海人，除了他們的口音以外。上海人（尤其是上海姑娘）就是有這種本事：如果上帝不能給他（她）一個上海人做配偶，他（她）就會自己創造一個。似乎可以這麼說，上海文化很像某些科幻影片中的外星生命體，碰到什麼，就把什麼變得和自己一樣。我們還可以這麼說，北京文化的特點是有凝聚力，上海文化的特點則是有擴散力。北京的能耐是能把全國各地人吸引到北京，在北京把他們同化為北京人；上海的能耐則是能把上海文化輻射出去，在外地把外地人改造為上海人。

顯然，這種同化、消解異質文化的特質和功能，是屬於上海社區的。

上海社區的一個重要特徵，就是上海人與非上海人之間的區別和差異，要遠遠大於上海人與上海人之間在身份、地位、職業和教養等等方面的區別和差異。在北京或其他城市，你多半可以很容易地大體上看出一個人是什麼身份，幹什麼的，或處於什麼階層，而在南京路上，你首先分辨出的，則是上海人和外地人。至於上海人，除了身着制服者外，你就很難再看出什麼名堂來了。他們幾乎都一樣的皮膚白皙、衣冠整潔、坐站得體、彬彬有禮，甚至連先前的人力車夫，也能說幾句英語

（儘管是"洋涇浜"的）。總之，他們都有明顯區別於外地人的某些特徵，即僅僅屬於上海社區的特徵，當然都"一樣咯統統阿拉上海人"。

可見，"上海人"這個概念，已經涵蓋和壓倒了身份、地位、職業的差異和區別，社區的認同比階級的認同更為重要。因為上海文化強大的同化力已經差不多把那些差異都消解了。結果，在外地人眼裡，上海就似乎沒有好人和壞人、窮人和富人、大人物和小人物、土包子和洋鬼子，而只有一種人——上海人。

當然，上海人並不這麼看。在上海人看來，"上只角"和"下只角"、"上等人"和"下等人"，還是有明顯區別的，只是外地人看不出。況且，上海的輿論導向，似乎也傾向於社區的認同，或致力於營造上海社區的情調和氛圍。最能體現上述傾向的是那份《新民晚報》。在國內眾多的晚報中，它是名氣最大風格也最為卓異的（另一份曾經差不多具有同等水平的是《羊城晚報》，不過現在《南方週末》似乎已後來居上）。外地人幾乎一眼就能看出它是上海的報紙，有着明顯的上海風格。但對上海人，它卻是真正地"有讀無類"，小市民愛看，大名流也愛讀。總之，它對於上海的讀者，也是"一樣咯"統統看作"阿拉上海人"的。它的"個性"，只是上海文化的個性。或者說，只是上海的社區性。

上海的社區性無疑是具有優越性的。

我們知道，文化的傳播有一個規律，就是"水往低處流"，亦即從相對比較先進文明的地區向比較落後的地區傳播，而同化的規律亦然。當年，清軍鐵馬金戈，揮師南下，強迫漢人易服，試圖同化漢文化，結果卻被漢文化所同化，就是證明。上海文化有這麼強的傳播力和同化力，應該說足以證明其優越性。

然而，這樣一種文化，卻只有短暫得可憐的歷史。

儘管上海人有時也會陶醉於春申君開黃浦江之類的傳說（上海的別號 "申城" 即源於此），但正如世代繁衍於此的 "正宗上海人" 其實是 "鄉下人"，上海作為現代都市的真正歷史，當始於1842年《南京條約》簽訂之後、1843年11月7日的正式開埠。在此之前，直至明末清初，上海不過 "蕞爾小邑"，是個只有10條巷子的小縣城。到清嘉慶年間，亦不過60條街巷，並以通行蘇州話為榮。可是，開埠不到二十年工夫，上海的外貿出口便超過了中國最早的通商口岸廣州。1861年，上海的出口份額佔據了全國出口貿易總額的半壁江山；九年後，廣州已不敢望上海之項背（上海63%，廣州13%）。難怪作為 "後起之秀" 的香港也被稱為 "小上海"，而不是 "小廣州"，儘管廣州在地理上要近得多，文化上也近得多。正如1876年葛元煦《遊滬雜記》所言： "向稱天下繁華有四大鎮，曰朱仙，曰佛山，曰漢口，曰景德。自香港興而四鎮遜焉，自上海興而香港又遜焉。"

　　以後的故事則是人所共知的：上海像巨星一樣冉冉升起，像雲團一樣迅速膨脹。1852年，上海人口僅54.4萬，到1949年，則已增至545.5萬。增長之快，雖比不上今天的 "深圳速度"，在當時的歷史條件下，卻已十分驚人。與此同時，上海的地位也在急遽上升。1927年7月，即南京國民政府成立三個月後，上海因其 "綰轂南北"、 "屏蔽首都" 的特殊地位而被定為 "特別市"，從此與縣城省治告別，成為完全意義上的城市型社區。它甚至被稱為 "東亞第一特別市"，成為當時國民政府的國脈所繫。與北京從政治中心退隱為文化本位城市相反，作為世界矚目的國際大都會和新興市民的文化大本營，上海開始在中國現代化進程中越來越多地發揮着舉足輕重和無可替代的作用。資產階級大財團在這裡崛起，無產階級先鋒隊也在這裡誕生；西方思想文化從這裡輸入，馬克思列寧主義也在這裡傳播。一切具有現代意義、與傳統文化截然不同的新東西，包括新階級、新職業、新技術、新生活、新思想、新觀念，甚至新名詞，差不多都最先發韌於上海，然後才推行於全國。一時間，上海幾乎成了"新生活"或"現代化"的代名詞，成了那些不安分於傳統社會、決心選擇新人生道路的人的"希望之邦"。

在上海迅速崛起為全國最大的工業、商貿、金融、航運中心，崛起為遠東首屈一指的現代化大城市的同時，它在文學藝術方面的成就也堪稱亞洲第一。事實上，從某種意義上說，上海也是中國新文化運動的發祥地。在這方面，它至少是可以和五四運動的策源地北京共享聲譽的。當北京大學、燕京大學的圖書館還不屑於收藏新小說時，上海卻已有了22種以小說命名的報刊（全國29種）。更不要說它還為中國貢獻了魯迅、胡適、陳獨秀、茅盾、巴金、郭沫若、瞿秋白、葉聖陶、郁達夫、徐志摩、戴望舒、林語堂、劉半農、陶行知、胡風、周揚、夏衍、田漢、洪深、聶耳、傅雷、周信芳、蓋叫天等（這個名單是開不完的）一大批文化精英和藝術大師。至於它所創造的"海派文化"，更是當時不同凡響，至今餘響未絕。

這真是令人歎為觀止。

哲人有云"人類是擅長製造城市的動物"，但上海的崛起似乎也太快了。事實上，上海文化在這麼短暫的時間內就成了"氣候"，而且是"大氣候"，這本身就是一個奇跡。上海社區文化性格的秘密，當從這一奇跡中去找答案。

三　上海灘與北京城

這個秘密，也許就在於上海是“灘”。

北京是城，上海是灘，這幾乎是並不需要費多少口舌就能讓人人都同意的結論。北京的城市象徵是城牆和城門，是天安門和大前門，上海的城市象徵則是外灘。正如不到天安門就不算到過北京，不到外灘也不算到過上海。那裡有一個英國猶太人用賣鴉片的錢蓋起的“遠東第一樓”（和平飯店），有最早的水泥鋼結構建築上海總會（東風飯店），有最早的西洋建築顛地洋行（市總工會），有中國第一家中外合資銀行華俄道勝銀行上海分行（華勝大樓），有外商銀行的巨擘匯豐銀行（原外灘市府大樓），有上海最豪華的旅館之一上海大廈，當然還有江海關、領事館、招商局。這些高低不齊風格各異的建築，默默無言地講述着近一百年來最驚心動魄的故事。當你轉過身來，又能看見蔚為奇觀的東方明珠電視塔，和浦東拔地而起巍峨壯觀的新大樓。外灘，既代表着上海的昨天，也代表着上海的今天。

一個知識女性這樣描述她對外灘的感受：“一面是中國流淌千年的渾濁的母親河，一面是充滿異國情調的洋行大廈群，外灘濃縮着十九世紀中葉開埠以來東西交匯、華洋共處的上海歷史，記載着這個如罌粟花一樣奇美的城市的血腥與恥辱、自由與新生。夜霧微浮的時候，看夠了江上明滅的燈火和遠處城鎮的輪廓，我常轉過身，伴着黃浦江上無止無息的濤聲和略帶苦澀的河風，觀望匆匆或悠閒的行人，猜度新月形的大廈群裡哪幢是上海總會，哪幢是日清輪船公司、大英銀行、意大利郵船公司……外灘，在我心中一直是上海最美麗的風景、最精緻的象徵。"（黃中俊《尋訪城市象徵》）

其實，外灘不但是上海的象徵，也是上海人的驕傲。正如陳丹燕所說："甚至在最為排外的五六十年代，上海出產的黑色人造革旅行袋上，也印着白色的外灘風景"（《上海的風花雪月》）。而那些介紹上海的小冊子，也總是拿外灘的風景照作封面。的確，對於上海這樣一個沒有多少風景可看的城市來說，被稱作"萬國建築博覽會"的外灘無疑是最好看的了。上海現在當然有了許多"更好看"的建築，但它們都太新了，很難讓人產生聯想。外灘就不。走在外灘，你常常會在不經意中發現說起來不算太老卻也沉睡了多年的歷史，看到一些字林西報時代的東西，就像走在北京的胡同和廢園裡，一不小心就會碰見貝勒或格格，甚至和明朝撞個滿懷一樣。

外灘確實是"石頭寫成的歷史"。那高低錯落沿江而立的上百棟西洋建築，那兩座大樓間沒有一棵樹的窄街，那一盞盞老式的鑄鐵路燈，那有着銅門和英國鐘的海關，還有那被陳丹燕稱之為"像一個寡婦一樣，在夜裡背時而抒情地站着"的燈塔，都讓你浮想聯翩。如果你多少知道一點歷史，又有足夠的想像力，你就不難想到，在大半個世紀以前，這些路燈下站着的是些什麼人，那些銅門裡出進的又是些什麼人。那是和北京城很不一樣的。那時，北京城裡皇城根下的各色人等，有前清王朝的皇族、旗丁、太監，北洋時代的軍閥、政客、幕僚，下野的政治家，退隱的官員，做過京官的士大夫，聖人一樣的教授學者，雍和宮的喇嘛，五台山的和尚，游方道士，算命先生，變戲法的，拉洋片的，串街走巷剃頭的，唱蓮花落要飯的，以及無所事事的胡同串子等等。

當然還有妓女。其中那些最體面的，"頭頂馬聚源，腳踏內聯陞，身穿瑞蚨祥"，出進茶館、戲園子和爆肚兒滿，喝茶、票戲、不着邊際地海聊。而在上海，在這個"十里洋場"的灘上，活躍的則是商業巨頭、大亨、大班，洋行裡的買辦和大小職員，律師、醫師、會計師、建築師、工程師，報館裡的編輯記者，靠稿費謀生的作家，裡裡外外都透着精明的賬房、夥計、學徒、侍應生，無處不在的捐客、包打聽和私人偵探，攪浪頭的阿飛、白相人和洋場惡少等等。當然也有妓女。其中那些最體面和裝作體面的人，便會西裝筆挺，皮鞋鋥亮，頭髮一絲不苟地梳着，走進外灘那些代表着工業文明雅致時代的建築，在生着火的壁爐前，品嘗風味純正的咖啡和葡萄酒，享用漂洋過海而來的雅致的生活。

於是你一下子就感到：上海，確實是和北京、和中國那些古都名邑全然不同的城市。

簡單地說：北京是城，上海是灘。

把上海稱之為灘，應該說是恰當的。

"灘，水濡而乾也。"它往往是河、海、湖邊淤積而成的平地。其中，因河流或海浪的衝擊而在入海處之所形成者，就叫"海塗"、"海灘"或"灘塗"。顯然，把上海稱為"灘"，是十分準確而又意味深長的。從地理上講，上海正是這樣一個生成於長江入海口的灘塗地帶；而從文化上講，上海則正是中西兩大文化浪潮衝擊積澱的產物。上海，當然是灘。

事實上，上海從來就沒有被當作"城"來建設。在古代中國，"城"的建立和建設，往往因於政治或軍事的需要。它們的命運，也總是和王朝的命運聯繫在一起。王朝興盛，則其城也立焉；王朝衰敗，則其城也毀焉。因為它們作為王朝全國性或地方性的政治軍事中心，總是會得到朝廷的行政扶植和財政支持，也總是會成為敵對勢力的重點打擊對象。結果,中國的"城",便不是成為改朝換代的幸運兒(如開封),就是成為政治鬥爭的犧牲品(如太原)。

上海的出現,卻與此無關。它的命運一開始就和中國的那些古城不一樣。因為水運和通商的緣故,唐天寶十年(公元751年),中央政府在今上海市松江故道以南設華亭縣,揭開了上海政區形成的帷幕;南宋咸淳三年(公元1267年),松江入海口滬瀆的上海浦設立鎮治,上海鎮成為華亭縣最大的市鎮;元至元二十八年(公元1291年),上海正式設縣,範圍包括今之上海市區和上海、青浦、川沙、南匯四縣,隸屬松江府。此後260餘年間,上海縣一直有縣無城。直到明嘉靖三十二年(公元1553年),為了抵禦倭寇的侵擾,上海才建築了城牆,但卻是圓的,與中國其他城市的正方形迥異。上海,似乎從根子上就和中國文化傳統格格不入。

然而,即便是這個怪模怪樣、不倫不類的城牆,也沒能存在多久。上海開埠以後,城牆之阻礙車馬行旅、金融商情,很快就成為幾乎全體上海人的共識。於是,在官紳士商的一致呼籲下,上海城牆被拆除。上海,幾乎成了中國歷史上建城最晚而拆牆最早的城市。

比起上海天翻地覆並極具戲劇性的變化,城牆的拆除也許不過小事一樁,但卻頗具文化上的象徵意義。因為沒有牆的城是不能算作城的。城也者,因牆而成者也。沒有了那個"土圍子",還能算是城嗎?事實上,上海從其歷史真正開始的那一天起,似乎就沒有打算成為什麼"城",當時的中國政府也沒有像建設其他城市那樣按照"城"的模式來對上海進行規劃,反倒把上海最好的地段拱手相讓。1846年,也就是上海開埠後的三年,英國人首先佔據外灘以西的一片土地,建立了英租界,首開租界之先河。此後二十年左右,中國歷史上特有的租界制度,便在上海得以確立,並整整存在了一個世紀,同時還波及到其他城市。這種事情,在北京顯然是想也不敢想的。天子腳下的首善之區,豈容

"化外之地"？然而上海卻可以。在當時的中國政府看來，上海無疑是微不足道的。上海既不產稻米，又不產絲綢，風水也不怎麼樣。鬼子們既然傻乎乎地看好那地方，那就賞給他們，隨他們折騰去，諒它也成不了什麼氣候。

現在看來，道光爺、咸豐爺們顯然是失算了。"千里之堤，潰於蟻穴。"口子一開，太平洋上強勁的海風，自然是長趨直入，何況又佔領了這樣一個灘頭地段？西學之東漸，自然便有了一個最為便當的跳板和基地。於是，為當時並不看好上海的人始料所不及，半個世紀之後，上海便出落成與北京迥異的國際化大都會，而且處處與北京作對。早在1917年，海上文人姚公鶴便指出："上海與北京，一為社會中心點，一為政治中心點，各有其挾持之具，恒處對峙地位。"（《上海閒話》）事實上也是如此。上世紀初，上海是資產階級民主革命派的大本營，公然與北京政府分庭抗禮；上世紀中，它又變成了"無產階級文化大革命"的策源地，公然"炮打"北京的"資產階級司令部"。至於文化上的南北之爭、京海之辯，自然也不在話下。

更何況，上海雖然搶了灘頭，卻也並非沒有後援。天津、漢口、廣州、廈門、寧波、香港，都在和上海桴鼓相應。其中，天津近在京畿，漢口深入腹地，意義尤其不同凡響。總之，山下之城，已難抵擋水邊之灘的挑戰。

當然，上海一開始並沒有想那麼多。

一個多世紀前的上海，最忙的事情是"擺攤"。

那都是些什麼樣的"攤子"啊！——江海關、跑馬場、招商局、巡捕房、交易所、禮拜堂、西菜館、拍賣行，全都見所未見，聞所未聞。那又是些什麼樣的"攤主"啊！——冒險家、投機商、殖民者、青紅幫、皮條客、拆白黨、交際花、維新黨，全都躊躇滿志，膽大妄為。城牆拆除了，心理框框也打破了；租界建立了，新的觀念也產生了。甚至幾千年來從未有過的職業也出現了：買辦、律師、記者、翻譯、經理、職員、會計、郵差，甚至還有"黃牛"、"包打聽"之類，當然還有產業工人。但無論何等人物，其謀生方式和消費方式，都大不同於傳統社會。上海，變成了地地道道的"新世界"。

這個新世界立即就對國人和洋人都產生了吸引力，而它也以一種來者不拒的態度對待外來者。很快，上海就變成了中國移民程度最高的城市。江蘇、浙江、安徽、廣東、湖北、山東等臨近省份的同胞大量湧入，英、法、美、日、俄、德、意、比、葡、奧、印度、丹麥、波蘭、捷克、西班牙等世界各國的洋人也紛至沓來，正所謂"人物之至者，中國則十有八省，外洋則廿有四國"。其中自然不乏社會名流、文化精英、前衛戰士、革命先驅。他們走進這並無城牆阻隔、一馬平川極為開闊的上海灘，各行其道，各顯神通，把上海的攤子越鋪越大。

上海文化正是這些移民們創造的。它當然只能是一種新的文化。甚至上海話，也是一種新方言，它不再是蘇州話，也不是上海的本地話（浦東話或崇明話）。上海話不但語音已和周邊地區不盡相同，而且擁有大量僅僅屬於上海市區的詞彙（有的則首先在上海流行，然後才傳播全國，如"沙發"）。總之，它已不再屬於某個省份或州縣，而只屬於上海這個新的社區。

在這裡，比較一下上海與北京，將是十分有趣的。

北京也是移民程度很高的城市。它的開放程度和兼容程度都極高，包容量和吞吐量也極大。所以，北京和上海都能吸引外地人才，吸收外來文化，終因兼收並容、吞吐自如、無所不包而蔚為大觀。但是，北京的吸收和包容卻不同於上海。北京是容量很大，再多也裝得下；上海則是攤子很開，什麼都能來。北京的吸收是有選擇的，上海的吸收則是自由化的。簡單點說，即北京實行的是"優選制"，能不能被接納，要看你進不進得了城；上海實行的是 "淘汰制" ，想來就來，悉聽尊便，至於來了以後能不能成氣候，甚至能不能生存，那它就管不着了。

於是，北京與上海的移民成分便大不相同。辛亥革命前，北京的移民主要是衝着皇帝來的。他們是新科進士和升遷官員，以及為皇帝和官員們服務的太監、宮女和僕人。國民政府定都南京後，北平的移民主要是衝着大學來的。當時全國最著名的高等學府雲集北平，吸引了天南地北的莘莘學子。新中國成立後，加入北京人行列的主要是兩種人：調進北京的幹部（多半是中高級的）和分進北京的大學畢業生（多半是較優秀的）。總之，北京的移民，總是圍繞着 "政治" 這個中心，或 "學術" 這個次中心；而北京的吸收，則總是以是否 "優秀" 、是不是 "精英" 為尺度。上海的移民在半個世紀前則有點魚龍混雜、泥沙俱下的味道。有來謀生的，有來投機的，有來避難的，有來享福的，有來求學的，有來創業的，也有胡裡胡塗跟着來的。五花八門，不一而足。上海灘畢竟很開闊，誰都可以來的。

移民的結果似乎也不同。北京的移民只是壯大了北京，豐富了北京，卻不能創造一個一體化的北京文化。北京沒有這樣一種一體化的文化，而只有各個不同 "圈子" 的文化（皇家官方文化、文人學者文化、市井平民文化等）。移民們也只是進入了不同的 "圈子" ，並與各自的 "圈子" 相認同。上海的移民雖然來路不同動機各異，卻共同創造了一體化的上海文化，並因為這種文化而統統變成了 "阿拉上海人" 。

北京與上海的這種區別，其實也正是 "城" 與 "灘" 的區別。

什麼是城？城就是 "圈子" ，而圈子是有大小、有品類的。大小品類，也就是尊卑貴賤遠近親疏。作為皇都京城的北京，它的城市規劃最集中地體現了中國傳統文化的思想：尊卑有序，等級森嚴。前已說過，明清的北京是三個一圈套一圈的城，最中心的是宮城即紫禁城，乃天子所居；次為皇城，是政府所在；最外圍是京城，其中緊靠皇城根兒是各部衙門，再外圍則是規劃整齊的街市。清代京城還有內城外城之別。內城是滿人的禁區，外城是漢人的地盤。站在景山俯瞰全城，金碧輝煌的宮殿樓閣與矮小灰暗的民居形成鮮明的對比，所謂“東富西貴，南貧北賤”，一目了然。不同身份地位的各色人等，便在這規劃好了的城區內各居其宅，各守其職。可以說，北京是做好了圈子往裡“填人”。北京人，當然不可能沒有“圈子意識”。

上海則不一樣。因為上海是灘。什麼是灘？灘不是圈子，而是一個開放的體系，因為它根本沒有什麼邊際，也沒有什麼界限。在這個開放的體系中，差不多每個人都是單獨的、個別的而且是出出進進的人，很難形成圈子。即便形成了，也只是鬆散的圈子，很游移，很脆弱，最終會被“灘”消解。因為“圈子”與“灘”是格格不入的。你什麼時候看見海灘上有圈子呢？沒有。即便有，也很鬆散。灘上的人，更多感受到的是海灘的開闊和自由，是個體與灘塗的直接認同和對話，而不是什麼小圈子的存在。上海人便正是這樣。他們的“圈子意識”遠遠弱於北京人。儘管他們也有圈子，但多半都很鬆散。更多的時候，還是“自管自，各顧各”。上海人的口頭禪“關儂啥事體”，便再明顯不過地表明了上海人的這種“灘塗意識”。

北京上海兩地的民居，也很能體現這兩種不同的文化特徵。北京最典型的民居是“四合院”。所謂“四合院”，就是一個用圍牆圈起來的家庭或家族的小天地。在某種意義上，它也可以看作是北京城的“縮微品”。因此它實際上就是一個大圈子中的小圈子。圈子裡面的人是一種群體的存在，卻未必能與外面的人認同。我常常懷疑，北京人的圈子意識，是不是多少與這種居住環境有關。何況北京除了大圈子（北京城）、小圈子（四合院）外，還有許許多多不大不小的“中圈子”。機關、學校、工廠、醫院，一律高牆大院，壁壘森嚴，自成系統。北京人，就生活在這些大大小小的圈子裡，自然而然就會產生“圈子意識”。儘管現在大圈子（北京城牆）拆掉了，小圈子（四合院）也漸次消失，但“圈子意識”卻已成為北京人的一種“文化無意識”，積澱在北京人的心理深層，甚至形成了北京人的一種文化性格。

上海最典型的民居則是所謂“石庫門”（尤其是“新式石庫門”）。它實際上是把許多差不多一樣的單體民宅連成一片，縱橫排列，然後又按總弄和支弄作行列式的毗鄰佈置，從而形成一個個社區。這種建築結構，顯然最明顯地體現了上海特有的文化模式——個體直接而不是通過圈子與社區認同。

事實上，上海雖然有所謂“上只角”和“下只角”之別，有花園洋房、公寓住宅、里弄住宅和簡易棚戶四類等級不同的民居，但這些民居的建設，大體上是“擺攤式”的，沒有北京那種從中央向外圍層層擴散、層層降格的佈局。甚至雜居的現象，也不是沒有可能。實際上，所謂“石庫門”里弄，便是雜居之地。那種住宅，只要付得起房錢，誰都可以來住，而居於其間者，事實上也五花八門，職業既未必相近，身份也未必相同。也可以這麼說，上海，是鋪開了攤子往裡“進人”。只要進來了，就屬於上海灘，而無論其身份地位高低貴賤如何。也許，作為大大小小“冒險家”的“樂園”和一個龐大的“自由市場”，它要問的只有一句：你是否有足夠的精明？如果有“精明”這張門票，你就可以在這個灘上一顯身手了。

因此，我們無妨說，北京人的“文化無意識”是“圈子意識”（城意識），上海人的“文化無意識”則是“灘塗意識”（灘意識）。

北京人和上海人“文化無意識”的體現，是隨處可見的。

記得有一年中央電視台的春節聯歡晚會上有個小品，叫《有事您說話》。郭東臨扮演的那個小夥子，逢人就問：“您有事嗎？有事您說話。"為了幫人辦事（當然也為了顯示自己"有能耐"），小夥子半夜三更跑到火車站去排隊買臥鋪票，實在買不到就貼了錢買高價的。結果事情越鬧越大，弄得他自己也收不了場下不了台。即使這樣，他見了人，還是忍不住要問一句："您有事嗎？有事您說話！"

這個小品自然有它自身的意義，這個小夥子也多少有點特別。但似乎可以肯定，這是一個北京人的故事，而決不會是上海人的笑話。在上海，是不可能有人沒事找事到處"找"忙幫的。上海人愛說的不是"有事您說話"，而是"關儂啥事體"。這句話，不但適用於素不相識者，也適用於親戚、朋友、熟人、同事，而聞者一般也都不會介意。它其實再明顯不過地表明了上海人的"灘塗意識"。當然，上海也有"朋友，幫幫忙"的說法，但，對不起，那多半是一種挖苦，或委婉的警示，有"少添亂"、"別做手腳"或"有沒有搞錯"的意思。比方說，你話說得太離譜，上海人就會笑起來，說："朋友，幫幫忙！"又比方說，到自由市場買東西，便最好能用上海話說一句："朋友，幫幫忙，儂勿要'斬'我。"似乎可以這麼說，一個"有事您說話"，一個"關儂啥事體"，就這兩句話，便把北京人和上海人鮮明地區分開來了。

這種比較對上海人頗為不利。因為它會給人以一種北京人熱情上海人自私的感覺，而"上海人自私"，又是許多外地人對上海人的共同看法。其實，上海人並不像許多外地人想像或描述的那麼自私，他們也是樂於助人的，而且其熱情有外地人不及之處。比方說，外地人在上海問路，便往往能得到熱情的回答，有的還會為你出謀劃策，告訴你乘哪趟車又在哪裡轉車較為簡便合算。這種對"不搭界"者的認真負責態度，在外地人看來就未免匪夷所思，所以常常大感意外。外地人尤其是北方人，卻往往只會對自己的"哥們"兩肋插刀，對陌生人可就沒有那麼周到，弄不好還會來個"關我什麼事"。

顯然，北京人熱情也好，不熱情也好，是"內外有別"的。比如前面說的那個小夥子，固然熱情得逢人就問："您有事嗎？有事您說話"，但所問之人肯定都是"熟人"、"自己人"。如果見了陌生人也這麼問，那他不是"瘋子"就是"傻子"。而且，當他站在櫃枱後，面對陌生的顧客時，沒準其服務態度會生硬得夠嗆（這種釘子我們在北京可是碰得多了）。上海人則相反。熱情也好，不熱情也好，是"一視同仁"的。他們會幫助求助於他們的人，但不會主動去問："您有事嗎？有事您說話！"而無論這人是"自己人"還是"陌生人"。同樣，如果涉及他自己個人的事，他也會毫不客氣地說："關儂啥事體"，也無論這人是"自己人"還是"陌生人"。

道理也很簡單，就因為"圈子意識"是一種"群體意識"，而任何群體都是有限度的。比如"一樣大塊吃肉，大碗喝酒，大秤分金銀"的，就只限於水泊中人，甚至只限於一百單八人。梁山圈子以外，對不起，就沒有了，而且弄不好還只有挨刀的份。這就叫"內外有別"。圈子外的人，可以無視其存在；圈子內的人，則必須"抱團兒"、"紮堆兒"，必須互相幫助，互相提攜，互相關照，包括時不時問上一句："您有事嗎？有事您說話！"

相反，"灘塗意識"則是一種"個體意識"。它強調的，是個體獨立人格的"不可入"和自由意志的"不可犯"。有句話說："上海人什麼衣都敢穿"，就因為在這個懂得尊重他人"隱私"（儘管不多），允許保留"私人空間"（儘管很小）的"灘"上，過多地干預他人的私生活是"可笑"甚至"犯規"的。上海當然不乏喜歡窺測他人隱私的小市民，而且人數比任何外地都多（原因以後再說）。但即便他們，也未嘗不知道這種"窺私癖"極為可鄙。所以，在外地，一個人的穿着如果"太出格"，就會遭人物議，他自己也得進行辯解，比如"這樣好看"、"穿着舒服"等等，更常用的辯護詞則是"別人也這樣穿"。然而在上海，就大可不必。只要一句"關儂啥事體"，便可斬斷一切爭論，讓人無話可說。

很難簡單地評說北京上海這兩種活法和意識的是非優劣。一般地說，外地人都認為，與北京人交朋友痛快，與上海人打交道輕鬆。如果你能進入北京人的"圈子"，成為他們的"哥們"，就可以同他們肝膽相照，榮辱與共，煙酒不分家，真格的"說走咱就走，你有我有全都有"（不過北京人現在也開始變得滑頭，真要這麼着，還得上山東）。與上海人交朋友卻不容易。他們多半客氣而不熱情，禮貌而不親切，很難掏心窩子說心裡話。因為他們都會有意無意地堅守個體意識的"不可犯"和"不可入"原則。所以，上海沒有"哥們"，只有"朋友"。哥們是相互依存的，朋友則是相互獨立的；哥們得親密無間，朋友則不妨情淡如水。更何況，上海人的所謂"朋友"，也未必真是什麼朋友，比如暗地裡磨刀霍霍準備"斬"你一記的小販就是。

不過，就我個人的傾向而言，我更喜歡上海人的處世哲學。不錯，上海人是有"各人自掃門前雪"的"毛病"，但如果每個人都把自家門前的雪打掃乾淨了，豈非就沒有什麼"瓦上霜"要別人來操心？相反，如果天天操心別人的事，則自己的事就未必做得好，比如那個逢人就問"您有事嗎？有事您說話"的小夥子便是。再說了，別人這麼關心你，你豈不也得"時刻準備着"，時不時地問別人一句："您有事嗎？"這麼活，太累了。何況，當你大包大攬地說了"有事您說話"的話時，萬一事情辦不成，又該怎麼辦呢？為了未雨綢繆，你就得事先"儲備"一批"哥們"，還得個個有能耐，比如能一下子批六張臥鋪票，而且還都是下鋪什麼的。

生活在上海人中間，就不會有這麼多事。事實上，不少外地人都有同感：你也許很難和上海人交朋友（但並非不可能，我自己就有不少上海朋友），卻不難和他們共事。上海人是比較計較，賬算得很清。但這在保護了他自己利益的同時，也保證了你的權益；在維護他自己人格獨立的同時，也尊重了你的獨立人格。至少，和他們交往時，你不必處處設防。這就輕鬆。你甚至不必太在意自己的形象和對方的態度。因為如果上海人對你大皺眉頭，你也可以回他一句"關儂啥事體"的。更何況，在現代社會交往中，"哥們"總是少數，更多的還是要面對"泛泛之交"。那麼，輕鬆一點，豈不好？

其實，困難並不在於如何評價這兩種文化以及如何與兩地人相處（最好的是，你在上海有合作夥伴，在北京又有"鐵哥們"），而在於如何解釋：恰恰是沒有多少圈子意識的上海人，卻比圈子意識特強的北京人，有着更明顯的城市社區文化特徵，這又是為什麼呢？

道理仍在於"城灘之別"。前已說過，所謂"城"，本身就是一個圈子，是一個把無數小圈子圈在一起的大圈子。而且，"城"越大，城內的小圈子就越多，人們的"圈子意識"也就越強。因為在這樣一種空間狀態下，任何人都只有進入一定的圈子，才會有安全感，也才會覺得與"城"協調。北京的圈子特別多，北京人特別愛"抱團兒"，就是這個道理。結果當然也是順理成章的："城"這個圈子本身越大，被它圈住的小圈子的"圈子性"也就越強。而小圈子的"圈子性"越強，則大圈子的"圈子性"也就越弱。這樣一來，當然也就只有城內各圈子的社區性（甚至沒有社區性只有圈子性），而沒有或少有全城的社區性或一體化文化了。

更何況，任何城都是要有牆的，而牆的文化功能，正在於分割空間。這種分割，可以從大到小、由外至內而層層推進。結果，如果城很大，城內圈子很多，那麼，生活在最內圈、最裡層的人，就不大能夠感覺到城的存在，而只能感覺到自己圈子的存在。

灘就不一樣。灘沒有空間阻隔，灘上的人也是個體的、只有鬆散聯繫的。用上海話說，就叫"不搭界"。既然人與人之間是相互"不搭界"的，則他們便只好和"灘"搭界。因此，個體的、單獨的、游移的人，反倒容易與"灘"認同，並通過與"灘"的認同，而與灘上其他人認同。所以上海人平時在上海可能"不搭界"，一到外地，卻很容易"紮堆兒"、"成氣候"。上海人比北京人社區特徵更明顯，到了外地也比北京人更"扎眼"，原因之一可能就在這裡。

所以，北京城與上海灘，就有着不同的文化品格。

北京文化是兼容的。官方體制文化、知識分子文化和民間民俗文化處於一種多層共生狀態，各拿各的號，各吹各的調。各類圈子，和平共處，相安無事，井水不犯河水，並無統一的社區性。如果說有什麼共同之處，那就是北京才有的"大氣"：大雅、大俗、大派頭。要之，北京是雅能雅到極致，俗也能俗到底俗到家。比方說，你能想像用諸如"臭皮"、"驢肉"或"小腳"、"褲子"之類的詞兒來作地名嗎？北京就能。北京不但有"臭皮胡同"、"驢肉胡同"，而且還有"母豬胡同"和"屎殼螂胡同"；不但有"小腳胡同"、"褲子胡同"，而且還有"褲襠胡同"、"褲腳胡同"。任誰也不敢相信這是皇上眼皮底下的地名兒。嫌俗？改了就是。比方說，把"灌腸胡同"改為"官場胡同"。這可真是只有北京才可能有的文化奇觀。

上海文化則是消融的。各色人等，自由發展，公平競爭，但最終卻把他們統一於上海的社區性。精英分子固然難免因此而有些"海派作風"，中小市民卻也會因此而多少有些體面和雅致。結果，上海人無論職業階層、社會角色如何，都會多少有些"上海味"。因為他們都生活在這個高度社會化和高度一體化的上海灘上。他們的生活方式大體相仿，他們的價值觀念和審美取向當然也就難免大體一致。甚至上海的街道名稱也沒有北京那麼五花八門，它們往往是真正的"地名"：東西向的多以城市命名，如南京路、北京路；南北向的則多以省份命名，如福建路、四川路；總弄支弄則標以數字，一看就知道是上海的地名。

　　總而言之，大氣的北京城城內有城，官、學、民三種文化各安其位，各守其本，形成一體化前提下的多層次；開闊的上海灘灘外有灘，五湖四海風雲際會，天南地北交互消長，形成多樣性前提下的一體化。北京與上海，是兩類不同的大城市，有着兩種不同的大手筆。北京"一體多層"，上海"多樣統一"。北京大氣，上海開闊。

　　同樣，北京人和上海人，也有着不同的文化特徵。

　　北京人是身份感比社區性更明顯（所謂"丟份兒"、"拔份兒"即含有注重身份的意思在內）。一個北京人，首先是官員、學者、平民，然後才是北京人。當然，所謂"身份感"，不一定就是職業、階級，也可能是指"品類"，即"君子"與"小人"、"高士"與"敗類"。不管什麼時候，北京人都不能丟了身份，這就叫"倒驢不倒架"。因為倘若丟了"份兒"，就沒人承認你是北京人了。豈止不是北京人，就連是不是人，只怕也還麻煩。

　　上海人則是社區性比身份感更突出。他們首先是上海人，然後才是商人、職員、自由職業者。上海學者余秋雨曾因不會說上海話而感到窘迫，上海市長徐匡迪也曾因不會講上海話而受到歧視。的確，在上海人看來，是不是上海人，比什麼都重要；而會不會講上海話，則往往決定着你在上海和上海人那裡所能享受到的待遇。在外地，一句上海話，往往就能引起上海人的驚喜："儂上海人呀？"接着就是用上海話熱烈地交談。至於對方是什麼職業身份，則往往不在考慮之列。我自己就曾用這種辦法"哄騙"過不少上海人。儘管最後不得不承認我的上海話是"洋涇浜"的，還是能贏得不少的讚許："'洋涇浜'儂也曉得呀！"

　　也許正是由於這個原因，才形成了這樣的現象：全國各地都有"小上海"，卻幾乎從來沒有"小北京"。因為北京人一到外地，首先是融入自己階層的圈子裡，官員歸官員，學者歸學者，當然也就不可能像上海人那樣，首先是上海人歸上海人，並一起傳播上海文化，把當地改造為"小上海"了。結果是，愛"抱團兒"的北京人，到了外地，便成了並無社區特性的散兵遊勇，而平時"各顧各"的上海人，在外地卻大成氣候，當然，不是某個上海人的氣候，而是上海文化的氣候。

也許，這就是上海灘，這就是上海灘的秉性和秘密。

弄清了這些秘密以後，我們似乎可以回答前面提出的問題了：什麼是上海人？上海人的社區文化特徵是什麼？他們究竟有什麼資格和本錢看不起外地人？

四 "城市部落人"

人的秘密，從來就是文化人類學的最高秘密。

許多學者都指出，上海人一直是中國一個非常特殊的群落。他們在中國，就像猶太人、吉普賽人在西方世界一樣扎眼醒目。無論走到哪裡，上海人往往都會一眼就被認出。他們身上那種"上海味"，幾乎是洗也洗不掉的。而且，正如猶太人、吉普賽人儘管失去了自己的家園卻仍能保持自己的文化特徵一樣，上海人在離開了上海以後，也仍是上海人。我們甚至可以斷言，如果哪一天，大上海真的"沉沒"了，上海人也不會因此而消失。

因為上海人是"城市部落人"。

"城市部落"是完全不同於傳統社會中國人的一個"族群"。在古代中國，隨着原始社會的解體和中央集權的封建大帝國的建立，原先屬於各個氏族、部落和部落聯盟的"原始族民"逐漸一體化，成為至尊天子屬下的"王朝臣民"。在這個漫長的歷史時期，中國雖然有城鄉兩大社區，但在本質上，它們卻並沒有多大區別。城市和鄉村基本上是同質的，市民和農民也基本上是同格的。因為"普天之下，莫非王土；率土之濱，莫非王臣"。如此，則城市鄉村皆為"天子治下"，市民農民都是"王朝草民"。鄉下的秀才可以進城做"京官"，城裡的老爺也樂意回鄉當"鄉紳"。中國古代的城市，似乎從來也不曾成為既吸引窮人又吸引富人的磁石。而且，除皇族外，從官宦、文人到小販，幾乎誰也不曾把城市當成自己的永久居留地。他們只要有幾個錢，就會想方設法在鄉下買幾畝地，隨時隨地準備回到鄉下去。當然，如果有足夠的資金，他們也會在城裡購置些房產，以供享樂和避難。但仍要在城裡修園林建別墅，讓自己覺得好像還生活在鄉下一樣。總之，他們總是游離於城鄉之間，把城市當作寄居之地，而在內心深處傾向於和眷戀着鄉村。事實上，中國古代的城市，往往不過只是鄉村社區的派生物和共同體。顯然，這樣的城市，並非真正的城市；這樣的市民，也非真正的市民。所以，我寧肯稱之為"城"和"城裡人"。

上海和上海人卻完全兩樣。

上海從來就不像中國那些古城一樣，是什麼鄉村社區的派生物和共同體，而是它的對立面（上海人特別看不起"鄉下人"，就是上海這種城市性質的心理體現）。作為鄉村社區的派生物和共同體，"城"只能是中央政府統治廣大農村的中心區域和派出單位。北京城是全國的政治中心，國內其他一些大城市，如南京、西安、杭州、成都、武漢、鄭州，都或者曾經是全國的政治中心，或者現在仍是區域性的政治中心。中國古代的城市，基本上都是這樣的"中心"。在十九世紀初，中國3000以上人口的1400個城市中，至少有80%是縣衙所在；而萬人以上的城市，則半數是府治和省治。在那裡，巍峨的城牆和高大的城樓，象徵着帝國的權威與尊嚴，也象徵着古老中國的封閉與保守。

上海卻從來就不是什麼"政治中心"。它也沒有什麼巍峨的城牆，而只有平坦開闊的灘塗。當然，它的城市規劃、建設和管理也迥異於北京等城市。它的經濟生活靠市場規律來運作，它的社會生活靠法制原則來治理，政治權威在這裡遠非是最重要的，而個人的聰明才智（或曰精明）反倒可能更有用武之地。上海人迥異於國內其他城市人的種種處世哲學和價值觀念，比如余秋雨、楊東平等學者都曾指出的不關心政治、缺乏政治熱情、不大看得起領導、沒有集體觀念、自由散漫、精明、會盤算、講實惠、守規矩、重理性、世俗、西化、商業氣息重、好訴訟而惡打鬥，以及“建築在個體自由基礎上的寬容並存”等等，無不根源於此。無論我們怎樣評價這些處世哲學和價值觀念，其與傳統中國格格不入，則毋庸置疑。一句話，上海是一個完全不同於中國傳統城市的新型城市，上海人也是頗異於傳統中國人的“都市新人類”。在古老的中國大地上，他們是一個新興的“部落”，一個不屬於森林、山野、鄉土、畜群，而只屬於城市的“部落”，——城市部落。

於是，我就只好把他們稱之為“城市部落人”。

“城市部落人”這個提法，可能會幫助我們揭開上海人文化特徵的秘密。

余秋雨曾談到上海人的“尷尬”：他們最看不起外地人，然而只要一查老底，卻又個個差不多都是“外地人”。因此他們是一群“來歷不明的尷尬人”。其實，這正是“城市部落人”的特徵。所謂“城市部落人”，就是只屬於城市這個“部落”，而不必講究其他的什麼“來歷”（比如“祖籍”）。這裡必須強調指出，所謂“屬於”，不是“戶籍”意義上的，而是“文化”意義上的。比方說，有的人，儘管在上海住了很久，卻仍與上海文化格格不入，就不算上海人。相反，一個人，哪怕只是剛剛遷入上海，只要他與上海文化心心相印，那就是上海人。這就好比一個本族人，如果沒有履行過“成年禮”的手續，就不算部落正式成員；而一個外族人，只要經過了部落的“成年禮”，就是這個部落的一員一樣。也就是說，一個人，不論祖籍哪裡，來自何方，只要進入上海，接受了上海文化的“洗禮”，在內心規範、行為方式和生活秩序諸方面都與上海文化相認同，那麼，他就是上海人，就是上海這個“部落"的"城市部落人"。

"城市部落人"正是上海人不同於中國其他城市（比如廣州）人的緊要之處。廣州也是中國異質程度很高的一個城市，廣州人也和外地人大不相同。但是，廣州與北京等地的差異，只有部分是城市性質不同所決定（北京是"城"，廣州是"市"，詳後），還有相當程度是地域文化不同所使然。所以廣州人與內地人雖然區別很大，和其他廣東人卻差別不多。內地人一般把他們統稱為"廣東人"，並不分門別類地叫做廣州人、汕頭人、湛江人。儘管他們之間確有差異，但廣東人與內地人的差異也確實大於他們之間的差異。甚至可以說，即便沒有廣州，廣東文化也依然存在。但沒有上海，也就不會有上海文化和上海人。上海人完全是上海這個城市造就的，因此只有他們才是地地道道的"城市部落人"。

"城市部落人"當然與傳統中國人頗多抵忤。

道理也很簡單：傳統中國是一個"鄉土中國"。農業生產是鄉土中國的主要經濟生活方式，中華文明主要是一種農業文明。農業文明形成的一系列價值觀念、道德規範、審美意識和生活方式，在傳統中國人心中，早已紮下根來，已經成為傳統中國人的"文化無意識"了。而"城市部落人"卻有着另外一整套全然不同的內心規範、行為方式和生活秩序，二者之間的格格不入，也就可想而知。外地人對上海人的種種"看不慣"，便多半因於此。

然而，城市文明畢竟要優於農業文明。上海人往往"看不起"外地人，原因就在這裡。也就是說，上海人足以自傲於國人的，不是權勢，也不是金錢，而是他們那一整套全然不同於農村文明的內心規範、行為方式和生活秩序，即可以稱之為"上海文明"亦即"城市文明"的東西。在他們看來，這些東西是明顯地優越於外地人那種農業文明生活方式的。事實上，在上海人那裡，"外地人"往往即等於"鄉下人"，而上海人的社區性強於身份感，原因也在這裡。他們很在乎是不是上海人，說到底，其實是更看重“城市人”或“城市部落人”的身份。因為只有這，才是能使他們自我感覺良好的“本錢”。

顯然，所謂“上海文化的社區性”，或“上海社區的文化特徵”，也就是“城市部落”的文化特徵。它既是現代城市的，又具有某些原始部落的特性。比方說，部落族民特別看重和自己部落文化的認同，有相當統一的文化習慣和行為方式，並很注意通過各種方式（圖騰族徽、服飾文身、語言手勢等）把自己和其他人區別開來。上海人也一樣。精明就是他們的圖騰，上海話則是他們的身份標誌，而上海人和外地人之間的界限也劃得很清。當然，上海人不是原始人。他們這個“部落”，比原始部落是先進多了。比方說，原始族民與部落之間的關係是人身依附關係，而上海人與“上海城市部落”之間的關係則是文化認同關係。而且，這種認同是發自內心的，不帶任何強制性。同時，上海人與上海人之間，也不存在人身依附關係，而是相對獨立、鬆散的“自由人”。因此，上海是一個“現代部落”，上海人則是“城市部落人”。

上海這個“城市部落”的形成，有着極為特殊的歷史原因。

上海城市文化性格的定型，大約是在上世紀前半葉。那時的上海，和今天的深圳頗有些相似之處。比方說，它們都是當時最年輕的城市，是現代化程度最高或最具現代性的城市；它們都由大量的移民構成，都引進外資搞市場經濟，與世界的聯繫最密切，最能自覺按照國際慣例辦事；它們也都是急遽上升的城市明星，都為世界和國人所矚目等等。有資料證明，從1930年到1936年（這也是舊上海的“黃金時代”），上海華界人口中比例最高的一直是21歲到40歲之間的青壯年，其比例高達38%左右；次為41歲到60歲、13歲到20歲兩個年齡段，分別為近20%和15%左右，而公共租界和法租界中青壯年人口比例還要更高。這也毫不奇怪。因為年輕人總是最不安分和最敢冒險，最少牽掛而最敢離鄉背井，最少成見而敢離經叛道，對本鄉本土的索然無味和外部世界的精彩新鮮最為敏感，最急於到具有誘惑力和刺激性的地方去釋放能量和一顯身手。當然，他們也最容易接受新鮮事物和新思想、新觀念、新生活方式，比如那些“和國際慣例接軌”的東西。因此，正如今天闖深圳的絕大多數是年輕人，當年闖上海的也多半是年輕人。年輕人朝氣蓬勃，極富創造性。當他們來到一個迥異於家鄉的地方，又接受了異質文化的薰陶時，就理所當然地會創造出一種新的文化來。

但是，當年的上海和今天的深圳卻有着根本的、本質性的區別，那就是：深圳的改革開放是主動的，是國民在政府的領導下對自己民族國家前途命運的一種自覺選擇。所以，深圳的每一進步，都易為國人所讚賞；深圳的每一成就，都易為國人所承認；深圳的每一變化，也都易為國人所認同甚至仿效。這樣，深圳雖然也是一個全新的城市，深圳人也是全新的一族，卻不會變成孤立的“城市部落人”。

上海誕生為一個新興城市卻完全是被動的。它的開放是被迫的，它的現代化也是被強加的。而且，上海的現代化進程越快，現代化程度越高，也就往往意味着其被強迫和強加的程度越高。儘管上海人從這種被強加的現代化中得到了好處和實惠，但也因此招來了鄙視和罵名，被看作“洋奴”、“西崽”、“假洋鬼子”，為較少被強迫現代化的內地人看不慣、看不起。因為所謂“上海文明”，所謂上海人的新生活方式，原本就和中國人過慣了的生活處處相悖，何況還是被鬼子們強加的？自然是反感之外又加屈辱，並因屈辱而更加反感。因此，當上海人因其現代化而看不起外地人，在外地人面前不免有點“趾高氣揚”時，外地人心裡便常常會響起這樣一個聲音：上海人，別忘了你們城市公園門口豎着的那塊牌子——“華人與狗不得入內”。

上海人確實應該記住這些國恥，否則，便會連吉普賽人也不如。

事實上，上海這個“城市部落”，本身就是一個悲劇性二律背反中誕生的歷史悖論。它一方面是民族的恥辱，另方面又是民族的新生；一方面光焰奪目，另方面滿目瘡痍。也許正是由於這一點，它的城市人格也是殘缺不全的，而且似乎也是一個悖論：一個唧接中國古今、吞吐世界風雲的大都市，居然有着那麼多的小市民。這些小市民的“小”，和大上海的“大”，實在不成比例。他們是那樣的“小氣”（或曰“小家子氣”），小氣得簡直沒有名堂。比方說，他們的看不起外地人，用大講上海話的方式來展示他們的自傲和滿足他們的虛榮，就是“小氣”的表現。中國人都是愛面子的，愛面子的人都難免有些虛榮，而大城市中人也多少會有些自傲。但是，別的地方人，即便是虛榮，也表現得大方、得體；即便很自傲，也傲得大氣、含蓄。似乎只有上海的小市民，才把虛榮表現得那麼淺薄、露骨，一眼就能看透；把自傲表現得那麼瑣碎、脆弱，簡直不堪一擊。最後的結果，往往是弄不清到底誰該看不起誰。於是，外地人就會納悶：不同凡響的海派文化和先進優越的上海文明，難道就是這些人創造的嗎？

　　當然是這些人創造的。只不過，他們在創造這些文明時，充滿了痛苦和矛盾。作為身在其中者，他們比外地人更能體會新文明的優越，也更能體會被強加的苦楚，這就使他們一方面因“城市化”和“現代化”而沾沾自喜，另方面又有點理不直氣不壯，十分尷尬。

　　上海人的這種尷尬，幾乎隨處可見。

　　比方說，當上海人把“外地人”統統看作“鄉下人”時，他們是不敢把北京人也歸進去的。北京怎麼好算“鄉下”呢？當然是城市。然而北京和上海的差異，相去又豈能以道里計！自30年代“京海之爭”起，討論北京、上海城市文化差異的文章著作（包括本書在內）即便不是汗牛充棟，至少也積案盈尺。我們無妨隨便從中拈出幾種說法，便不難看出“京海之別”究竟有多大。比如，北京是城，上海是灘；北京是都，上海是市；北京是官場，上海是商場；北京是傳統，上海是現代；北京是智慧，上海是聰明；北京是唯美，上海是管用；北京是文學，上海是數學；北京是哲學，上海是科學；北京是神聖的，上海是世俗的；北京是感性的，上海是理性的；北京是大氣的，上海是雅致的；北京是古典的，上海是摩登的；北京是翰林院，上海是跑馬場；北京是田園詩，上海是廣告牌；北京是超凡脫俗深奧難懂的，上海是貼近現實一目了然的；北京是深秋的太陽，美麗而遲暮，上海是初夏的雨，既悶熱惱人又清新可人；等等，等等。北京迥異於上海，已是不爭的事實。

相異倒也罷了，問題在於，正如上海人不大看得起“外地人”和“鄉下人”，北京人也不怎麼把上海人放在眼裡。不論是文壇上的京海之爭，還是生活中的私下議論，北京人“聲討”起上海人來，總是那麼理直氣壯咄咄逼人。北京的電視連續劇《渴望》中那個不怎麼討人喜歡的男主角被起名“滬生”，顯然並非“無意”和“碰巧”，多少是有點暗示意味的。因此它理所當然地引起了上海輿論的不滿，卻滿足了北京人的集體認同，甚至滿足了其他外地人的集體認同。外地人“幸災樂禍”地看着北京人奚落上海人，北京人則“義無返顧”地代表所有外地人宣洩着對上海人的不滿。儘管上海人在嘲笑和看不起外地人時，是小心翼翼地將北京人“計劃單列”的，然而北京人卻不領情，非要替所有外地人出氣不可。

事實上北京是中國幾乎所有古老城市的總代表。這些城市當然並非北京的翻版或縮影，它們也都有自己的個性。但有一點卻是可以肯定的，即它們和北京一樣，都和農業文明保持着天然的、千絲萬縷的聯繫，也都沒有或少有上海那一套可以稱之為“現代城市文明”的東西。所以，如果北京是城市，那麼其他城市也不能算是鄉下；如果其他城市都是鄉下，那麼北京最多也只能算是“鄉長”。“鄉長”當然不能眼巴巴地看着"鄉民"受欺負。至於北京人把外地人稱為"地方上"的,則是"鄉長"們正常的態度。

於是上海人就有點尷尬了。把北京看作"鄉下"吧,自己也覺得說不過去;認同那些"土得掉渣"的外地人吧,他們的內心規範、行為方式、生活秩序和"上海文明"(在上海人看來亦即"城市文明")又相去甚遠;把北京和其他城市區分開來對待吧,可偏偏北京又認這些"小兄弟"。當然要認的,因為它們原本就是同一類城市。

顯然,在大半個世紀以前,北京代表着眾多的城市,也代表着古老的傳統。這個傳統也曾經是上海人還沒有成為上海人時的傳統,是上海人不敢也不可以公開叫板公然冒犯的,同時也是上海人遲早要背離的。於是,變成了"城市部落人"的上海人便用他們對北京的特殊態度來表示他們對傳統的尊重,同時又用對其他外地人的歧視態度來表示他們對傳統的背叛。上海人對同是"外地人"的北京人和其他人竟會有不同的態度,原因也許就在這裡;北京人一般並不怎麼歧視外地人,惟獨特別看不起上海人,原因也大概就在這裡。

更何況,上海這個"城市部落"還有點"來歷不明"。所以,上海人最怕的,還是問他的"祖籍",因為沒有多少人經得起這一問。說祖籍上海吧,等於承認自己是"鄉下人";說出真正的籍貫吧,同樣可能也是"鄉下人",而且一不小心弄不好還是"江北人"。這大概是上海人特別愛講上海話的又一深層心理原因:只有講上海話,才能抹去或掩蓋"祖籍鄉下"造成的陰影,在外地人和其他上海人面前不至於尷尬。

五 在傳統與現代之間

其實，"城市部落人"的尷尬不僅僅在於"來路不明"，更在於他們被夾在傳統與現代之間，裡外不是人。因為他們身上的現代性很難為傳統社會中人所理解，而傳統社會賦予他們的劣根性又不可能完全被剷除。結果，不管在誰眼裡，上海人都很"壞"。

上海人壞嗎？不壞。即便某些人有點壞，也多半壞得有分寸，正如他們雖然精，卻多半精在明處一樣。精在明處，正是上海式精明的特點，也可以看作是對"精明"二字的又一種解讀。既然是精在明處，就不能說"很壞"了。至於上海人看不起外地人，也不能算作是"上海人壞"的依據。上海人是看不起外地人，可外地人也看不慣上海人。上海人只不過是在上海"欺負"外地人，外地人可是在全國各地"誹謗"上海人，誰更"壞"來着？

外地人與上海人的矛盾，說到底，其實就是傳統與現代的衝突。外地人看不起或看不慣上海人之處，歸結起來，主要無非三條：小氣、精明、自私。上海人有這些毛病嗎？有的。一般地說，上海人都比較"摳門"，不大方。要他們犧牲自己的利益幫助別人，有時比登天還難。比方說，在舊上海，吸煙的人向人借火，不能說"借"，得說"討"。如果說"借"，得到的回答便很可能是："借火！幾時還？"（徐國楨

《上海生活》）這就讓人覺得小氣。即便現在，上海人也不"爽"。不少上海小市民，還是摳摳搜搜的，斤斤計較，什麼賬都算得很精。誰要想佔上海人的便宜，也不比登天容易多少。楊東平講過一個在北京流傳甚廣的"經典笑話"：一個上海兒童花一分錢買了一根針，而針的價格是兩分錢三根，因此這個兒童拿了針以後還不肯走，對售貨員說："你還得找我兩張草紙。"這個笑話的真實性當然無從考究，但誰聽了都覺得"像"。

然而，並非所有的上海人都像外地人想像的那樣小氣、精明、自私。也許是"人以群分"的緣故，我的上海朋友就不這樣。他們有的豪爽，有的憨厚，有的還挺愛打抱不平。況且，就算上海人都小氣、精明、自私吧，又招誰惹誰啦？事實上，上海人雖然小氣，卻不貪婪；雖然精明，卻不陰險；雖然自私，卻不損人。那麼，為什麼外地人一提起上海人的小氣、精明、自私，就渾身氣都不打一處來？不為別的，就因為它們和傳統價值觀念衝突太大。傳統社會以豪爽為尚，自然鄙視小氣；以木訥為美，自然討厭精明；以謙讓為德，自然憎惡自私。更可氣的是，上海人不但有這些"毛病"，而且還要把這些"毛病"公開地、赤裸裸地表現出來，不以為恥，反以為榮，一點面子也不講。就拿"借火"一事來說，從理論上講，火當然是不能"借"的，因為"還"不了。但正如"光"不可"借"卻仍要說"借光"一樣，把"討火"說成"借火"，無非是有點人情味。一般地說，除借高利貸外，可以開口言借的，不是親戚、朋友，便是熟人、鄰居。如果說"討"，則不但自己變成了乞丐，雙方之間也顯得生分。然而上海人不管這一套，偏要認他那個商業社會的"死理兒"：借就是借，討就是討，有借有還，再借不難。既然根本"還"不了，就乾脆說討，別說什麼借不借的。如果是借，請問什麼時候還？有沒有利息？這就一點人情味也沒有了，而傳統社會是極其講究人情味的，結果自然是外地人特別討厭上海人。從道理上講，上海人並沒有什麼錯，但在感情上，卻讓人接收不了。

實際上，外地人尤其是北方人的豪爽，除部分出於天性外，也有一部分是出於人情世故的考慮。在外地人那裡，當有人開口言借或有求於你時，即便自己心裡不願意或其實辦不到，但為面子人情故，也得作豪爽狀，否則你今後就別想做人。不過，由於豪爽已成為北方人的"文化無意識"，大家也不會覺得自己是"做狀"。然而即便是真豪爽，也要有條件。中央電視台《實話實說》節目曾討論過這個問題。主持人崔永元問一位東北嘉賓：節目做完後，我們幾個一起去吃飯，誰買單？那個東北人說，當然我買單。主持人又問，如果在座的所有觀眾也一起去吃，您還買單嗎？大家一聽都笑了起來。可見豪爽也不是無條件的。既然有條件，不如先把條件講清楚。否則，咱們豪爽起來雖然比上海人可愛，卻未必比上海人的"小氣"真實。

對於傳統社會主張的木訥，同樣也要進行分析。

有三種木訥。一種是天生愚鈍，一種是憨厚謙和，還有一種是裝傻賣呆。天生愚鈍並不可取，當然也無可救藥，可取的是憨厚謙和。中國傳統社會是欣賞憨厚謙和的。一個憨厚謙和的人，在任何地方任何單位都會討人喜歡受到歡迎，得到諸如忠厚、老實、容易相處等好評。上海人卻很難給人這種印象。他們大多一臉的精明相，腦子轉得飛快，眼珠還沒轉完就完成了若干個運算程序，得出了"合算不合算"的結論。他們說起話來也飛快，像打機關槍連珠炮似的，裡裡外外都透着一股子精明。何況他們的話又那麼多，正所謂"上海鴨子呱呱叫"。這些都讓主張憨厚謙和，主張少說話多做事、"敏於行而訥於言"的人反感，心裡覺得不快。

可是，北京人話也很多呀！怎麼北京人就不讓人反感呢？的確，北京人的話是很多，而且比上海人更多。上海人一般只是在和上海人用上海話交談時話才多，要他們用普通話和外地人交談，有時反倒有點木訥，說不了多少話。北京人可不管談話對象是誰，一律口若懸河滔滔不絕。所以，在這方面，北京人也口碑不佳：誇誇其談，言不及義，愛耍貧嘴。但也僅此而已。因為北京人的"貧"，給人的感覺是"油"；上海人的"快"，給人的感覺卻是"精"。精明寫在臉上，露在話裡，是不會讓人賞心悅目的。油嘴滑舌雖然有些討嫌，卻不可怕。如果說的是閒話，則還有些喜劇性，就像聽相聲。再說，"大智若愚，大奸若忠"，耍貧嘴的人，一般都城府不深，沒什麼心眼，反倒有些缺心少肺的傻勁，讓人覺得其實是另一種憨厚。

但，正如豪爽要有條件，憨厚謙和也要有條件。這個條件，就是與世無爭。大家都不爭，也就容易憨厚謙和起來。這在自給自足的小農經濟條件下，是有可能做到的。不過也得是在所謂"太平盛世"，在那些"民風淳樸"的地方。一旦超出這個條件，則所謂憨厚謙和，也就往往與裝傻賣呆無異。裝傻賣呆也有兩種。一種是自我保護，免得名高招忌樹大招風，出頭的椽子先爛。另一種則是以退為進，表面上裝得傻呼呼的，其實心裡的算盤打得比誰都精。一旦大家都解除了戒備，他就會趁人不防悄然下手，為自己攫取利益，甚至不惜損害他人。所以老百姓說："悶頭雞子啄白米，啄的顆顆都是好米"，或"咬人的狗不叫，會叫的狗不咬"，也就是深知表面上的憨厚謙和，常常靠不住。

可見，傳統社會中人，也並非都木訥，都不精明。那些表面木訥內心世故的人，其實比滿臉精明樣的上海人更可怕。然而憨厚既然被肯定並討人喜歡，則精明也就必然會遭到批判並引起厭惡，何況上海人還"精在明處"？精在明處又有什麼不對呢？精在明處，就等於公開不把傳統的道德觀念和審美標準放在眼裡，這就會引起公憤，而公憤因為是"公"，也就不論對錯，都先有了三分道理。不信你看歷史上那些滿臉聰明相的人，幾個有好下場？

上海人也是從傳統社會過來的，他們不會不懂這個道理。但是上海人卻不能不精明。因為上海不是一個“與世無爭”的“世外桃源”，而是一個充滿競爭的現代社會。在這樣一個社會裡，未經算計的生活是沒有價值的，不會算計的人也是無法生存的。因此對於上海人來說，精明就不但是一種價值，一種素質，更是一種生存能力。生存能力是不能批評的，所以我們也不能批評上海人的精明。更何況上海人還精在明處，這總比精在暗處好。第一，他沒有做假，他是公開的對手。即便他會有損於你，也是公開宣戰，而非背後偷襲。第二，你和他是完全對等的。他有權精明，你也有權精明。如果你和他一樣精明，他就無損於你。如果你比他還要精明，他還會甘拜下風。也就是說，精明面前人人平等。這其實是一種有規則的遊戲和競技，比傳統社會的“無法之法”或“大智若愚”好對付多了。事實上，從某種意義上講，上海人其實是非常單純可愛的。他們崇拜精明，也只崇拜精明，因為精明是他們“部落”的圖騰，所以他們看不起“反應慢”、“拎不清”的外地人。但如果你的反應比他們還快，算計比他們還精，他們就會睜大眼睛以欣賞的目光看着你，不再把你當“外地人”。在這一點上，上海人其實比外地人更豁達。他們更看重文化的認同，而非地緣的認同。這也正是一個現代社區人的特點。

　　那麼，上海人的“自私”呢？也是現代社區人的特點麼？是的。

　　傳統社會中的中國人確實不太“自私”。因為中國傳統社會原本是“公私不分”的（請參看拙著《閒話中國人》），也就無“私”可“自”。傳統中國是“鄉土中國”，是一個以小農經濟為基礎、家庭組織為本位的社會。家固然是“家”，國同樣也是“家”。一家人，分什麼公私分什麼你我呢？然而市場經濟卻要求產權明晰，否則就無法進行商品交換。因此，一個按照市場規律來運作、依靠在它面前人人平等的法律來管理的社會，必然極其看重個人權利。這個個人權利，既要靠法律來保護，也要靠自己來保護。上海人的"自私"，很大程度上就是出於對個人權利的自我保護，包括"關儂啥事體"的口頭禪，也包括購物時的錙銖必較和挑三揀四。應該說，在這些場合被外地人視為小氣、精明、自私的行為，其實表現了一種維護消費者合法權益的法律自覺。儘管上海人做得有些"可笑"（比如一分錢買一根針還要找兩張草紙），然而權利再小也是權利。你可以放棄這個權利（因為這個權利是你自己的），但你沒有權利笑話別人的堅持和維護。難道因為權利太小就不該維護，放棄自己的權益就是大方、豪爽和大公無私？

當然，上海人也爭名奪利。但，請問哪個地方的人又全都淡泊名利？更何況，除野心極大者（這樣的人全世界都有）外，上海人一般只爭奪自己那一份，或他們認為是自己應得的那一份。比如擠公共汽車，或在地鐵一開門時就飛快地進去搶座位。這時，他們確實不會顧忌別人。因為在他們看來，每個人應得的那一份，應該由每個人自己去爭取，而不是由別人來謙讓。如果爭取不到，就只能怪你是"戇大"。你應得的那一份你自己都奪不來，別人又能怎麼樣？說不定，那一份原本就不是你應得的，否則怎麼奪不來？

所以，上海人與上海人之間，一般賬都算得很清。我不佔你的便宜，你也別想佔我的便宜。於是，就會出現這樣"可笑"的事：幾戶人家共用一個樓道，每家都安一盞路燈，開關各人自己掌握，用多用少，咎由自取。這在外地人看來就是"自私"或"小氣"，在上海人看來則是"大家清爽"，可以免去許多不必要的糾紛。生活原本已經不易，再為這些小事徒起糾紛，既傷和氣又費精神，是不合算的。當然，上海人當中，也有喜歡佔別人便宜的人。但因為各自界限分明，大家又都很精，要佔也不容易。

事實上，上海人雖然精明，卻並不主張佔便宜。上海人固然看不起太笨的人，把他們稱為戇大、洋盤、阿木林、十三點、豬頭三、冤大頭，卻也鄙夷精明過頭損人利己，對諸如掉包、掉槍花、耍滑頭、攢浪頭、開大興、搗漿糊、老門檻、不上路等等不以為然。上海社會的正面值是"精在明處"，是"利己不損人"，是"自私得合理"。這個"理"就是：你的權利是你的，我的權利是我的。你不願意損害你的權利，我也不願意損害我的權利，因此大家都別損害別人的權利。如果你能不損害別人的權利而獲得自己的利益，那就是你有本事，我也不能來干涉。但如果你損害了別人的權利，別人就會不答應，最後你自己也會倒霉。懂得這個道理的，就叫"拎得清"。否則，就叫"拎不清"。

拎不拎得清，是檢驗一個上海人是否"合格"的標準之一。這個標準有時比精明不精明還重要。一個人如果"拎不清"，那麼，哪怕他一口標準的上海話，或者顯得很精明，上海人也會從骨子裡看不起他。因為"拎得清"才是真精明，"拎不清"則是假精明。比如"吊車"就是。所謂"吊車"，就是當公共汽車上乘客已滿，上不了人時硬擠上去，致使車門關不上，車也開不走。這時，平時"自私"、不愛管閒事的上海人就會和售票員一起勸告或聲討那個吊車的人。原因很簡單：這個人已經損害了大家的權利，而他自己又得不到任何實際的好處，是典型的"拎不清"。對於這種"拎不清"的人，是沒有什麼客氣好講的。

顯然，上海人的"拎不拎得清"，是建立在個人權利和利益的認識之上的。上海人比任何地方人都更清楚地認識到，個人權利和利益不是孤立的東西，它只能存在於與他人、與群體的種種關係之中。要維護個人的權利和爭取自己的利益，就要理清這些關係，然後作出相應的判斷和決策。比方說，這件事該不該管，這個眼前的利益是不是應該先放棄等等。理得清這些關係的，就叫"拎得清"。否則，就叫"拎不清"。

仍以前舉"吊車"一事為例。"吊車"者的心理在上海是："你想走，我也想走。你們要想走，就得讓我上去。"在北京則是："我就要上來，你能把我怎麼樣？要走大家走，不走都不走！"結果當然是果真誰也走不了。北京的司機和售票員的心理是："走不了？我還不想走呢！等警察吧！警察來了，有你好看的！"乘客的心理則是："我是走不了，你小子也別想走！反正大家都走不了。想讓我給你讓個地方上來？沒門兒！"不難看出，北京人在考慮問題時，是以群體為本位，並作最壞打算的："了不起大家都不走！"上海人在考慮問題時，卻以個人為本位，並力爭最好的前途："不管這個'閒事'，我就走不了。大家都來管，大家都能走，包括我。"結果，"不自私"的北京人在放棄群體利益的同時也放棄了個人利益，而"自私"的上海人在維護個人利益的前提下也維護了群體的共同利益。

看來，上海人的"自私"也可能導致兩種不同的結果：當群體利益和個人利益不發生直接關係時，他們可能真是自私的。比方說，不管閒事，遇事繞着走，以免引火燒身等等。但當群體受損會直接導致個人利益受損時，他們也會挺身而出。比如需要較長時間排隊而秩序有可能紊亂時，就會有上海人主動出來維持秩序。因為自己來得早，只要大家好好排隊，該得的總能得到；秩序一亂，則倒霉的沒準首先就是自己。

同樣，上海人在於己無損的前提下，也會助人為樂。比方說，在公共汽車上為其他乘客和售票員傳遞錢票，上海人叫"擺渡"。在自動投幣的制度形成之前，"擺渡"是擁擠的公共汽車上售票的一種重要方式。在這種情況下，拒絕"擺渡"也是屬於"拎不清"一類的。因為"擺渡"對你並沒有什麼壞處，不過舉手之勞，如果也拒絕，就太不像話。再說，誰都有需要別人"擺渡"的時候，大家都不肯"擺渡"，大家都沒有車坐，其中也包括你。

上海人的這種"合理"有時也會變成"歪理"。楊東平談到過程乃珊講的一個故事：眾人排隊買法式麵包，一人不排隊入內購買。一排隊者不服，找經理反映"走後門"問題。經理拍着他的肩膀說："我認識他，所以他可以不排隊；如果我認識你，你也可以不排隊，可惜我不認識你。"這顯然是"歪理"，但大家卻可以接收。因為這種"不公平"後面也有"公平"：只要認識經理，大家都可以不排隊。既然如此，與其譴責"走後門"，不如多認識幾個經理。

這樣一來，傳統社會的某些東西就在上海留存了下來。但必須指出，它們是經過了上海文明的"包裝"和"洗禮"的。洗禮成功的也許很精彩，包裝失敗則可能很尷尬。如果既有傳統的一面，又有現代的一面，而且是其中不好或不那麼好的一面，就會糟糕透頂。上海小市民的毛病便多半如此。比方說，傳統社會注重群體生活，人與人之間互相關心，人情味很濃，但也不知道尊重他人隱私；現代社會尊重個人權利，反對干預他人私生活，但也容易造成人與人之間的漠不關心。上海小市民便恰好集兩方面缺陷於一身：既自私自利，小氣吝嗇，拔一毛利天下而不為，該管的公共事務能躲就躲能賴就賴；卻又愛窺人隱私，說人閒話，搖唇鼓舌，撥弄是非，你說討厭不討厭呢？這種人見人憎的"小市民氣"，只怕是連上海人自己也感到可鄙吧！

總之，上海人是一群在傳統和現代之間遊移着的"城市部落人"。他們的根在中國傳統文化，枝葉卻又沐浴着歐風美雨。這就使他們身上既有優勢互補的精粹，又難免不倫不類的尷尬。於是，當別人議論他們時，一旦事涉敏感之處，就會演出戲劇性的衝突來。

六 上海的男人和女人

　　1997年1月7日，台灣作家龍應台在《文匯報》發表了《啊，上海男人》一文。文中寫道："上海男人竟然如此可愛：他可以買菜燒飯拖地而不覺得自己低下，他可以洗女人的衣服而不覺得自己卑賤，他可以輕聲細語地和女人說話而不覺得自己少了男子氣概，他可以讓女人逞強而不覺得自己懦弱，他可以欣賞妻子成功而不覺得自己就是失敗。上海男人不需要像黑猩猩一樣砰砰搥打自己的胸膛、展露自己的毛髮來證明自己男性的價值。啊，這才是真正海闊天空的男人！我們20世紀追求解放的新女性所夢寐以求的，不就是這種從英雄的迷思中解放出來的、既溫柔又坦蕩的男人嗎？原來他們在上海。"

　　這篇龍女士自認為、我也認為是讚美上海男人的文章一發表，在上海立即就引起了軒然大波。據云："上海男人"紛紛打電話到報社大罵作者"侮蔑"上海男人，上海男人其實仍是真正的"大丈夫"云云。一些上海男人（也包括女人）也紛紛撰稿作文，起而應戰，歷數龍文的種種不是，力陳上海男人的種種委屈。還有上海男人遠隔重洋寄來信件，對龍應台表示最強烈的抗議，並株連到《文匯報》，揚言要在海外發起抵制《文匯報》的運動云云。委屈的龍應台驚詫莫名："我的文章引起辯論是常事，引起完全離譜的誤解倒是第一次。"其實，龍女士在上海遭到"群起而攻之",多少有點"咎由自取"。因為她在讚美上海男人時,實在不該用了一種調侃的語調,諸如什麼上海男人是"一個世界稀有的品種"啦,什麼上海男人"不以幫女人洗內褲為恥"啦,什麼"在20世紀末的中國上海,你說奇怪不奇怪,流言的主角竟是男人,被虐待的男人"啦等等,更不要說還有那麼多離奇的故事,比如上海男人因為怕老婆而不敢坐馬桶、只能蹲在馬桶上辦事,或每晚都被老婆強迫做愛等等。這話攤到誰頭上,誰都會惱火。

還應該承認,與龍應台商榷(也包括那些不一定是商榷、只不過是發發議論)的文章,也都有他們各自的道理。有些話說得十分在理,比如說男人下廚的根本原因,在於女子普遍就業且男女同工同酬,而且還同是"低酬",故既需同工於社會,又需同工於廚下,"否則,一頓晚飯吃到什麼時候去?"(馮世則《說"橫掃"》)有些話說得頗為俏皮,比如說古人是"女為悅己者容",如今則是"男為悅己者廚"(M.P《瑞典來信》)。有些話有點道理也有點俏皮:"不是每個上海男人都有跪搓板的經歷,深夜被趕出家門的男人也許正無憂無慮地走向情人的單身公寓,而家裡河東獅吼的女人正百感交集自歎命苦,卻死惦着灰溜溜走出家門的男人。"(張亞哲《亂談"上海男人"》)有些話可能是事實也可能不是,比如"上海不少把'怕老婆'掛在嘴上,或裝作'怕老婆'的男子,實際上是並不怕老婆的,這只是他們在夫妻關係中的一種善意的'謀略'。"(陸壽鈞《也說"上海男人"》)或者"上海男人是比較務實的,不為傳統觀念而硬撐,不為討好女人而強扭","以一顆平常心處世居家過日子,所以多數上海男人活得心安理得,一點也沒覺察到自己已變成世界稀有品種,奇貨可居。"(沈善增《捧不起的"上海男人"》)還有的則已不僅僅是替上海男人說話了,比如說大陸女人之難:"在搖晃擁擠的公共汽車上她得抱得動孩子;在丈夫不在的時候,她得扛得動煤氣罐。她溫柔不得,粗糙一點才做得了大陸女人。"大陸男人也難："本來分房子該排到他了,可又不知給誰的後門擠了下去。他也有氣啊!女人可以因此而罵他是窩囊廢,他卻不可以去罵單位領導是混賬東西王八蛋。""他又如何男子漢得起來!守大門的老頭同志,公共汽車上的售票員小姐,托兒所的小阿姨們,樓上樓下左鄰右舍,上級下級同事領導,他都小心翼翼得罪不起","一個關係處理不好他都會倒楣。夫妻關係上他不以退為進,再跟自家人過不去還有什麼意思?你讓他鼓着胸肌揍女人出氣以顯示男子氣概嗎?""事實上每日騎着單車、拎着帶魚回家的上海男人也根本沒有時間和精力去錘煉胸大肌,無法像衣食不愁的西方男人一樣拚命運動賣弄肌肉以顯示雄性魅力。上海男人知道壓在他們身上以及他們妻子身上的生活擔子有多重。"因此"心太軟"的上海男人不可能眼睜睜地看着他心愛的女人累死累活而袖手旁觀(唐英《上海男人,累啊》)。

這樣實在的話,誰讀了不會為之動容?

然而,問題並不在於龍應台有多少失誤而其他人有多少道理,而在於這件事為什麼會在上海引起那麼大的反響。要知道,上海人可是被"罵慣了"的,比如說"上海人自私"、"上海人小氣"等等。這些飛短流長閒言碎語全國各地滿世界都是,上海人早已充耳不聞滿不在乎。正如一位身居上海的北方女人所言:"報章雜誌及天南地北的雜談閒聊,時有對上海人、特別是對上海男人的評論,往往帶貶意的居多;但上海人一般不大把這當回事,很少有人起而辯解、駁斥。"(楊長榮《為上海男人說句話》)比如電視連續劇《渴望》有影射上海男人自私委瑣之嫌,《孽債》則被誤認為是說上海男人亂撒風流種子,"敢生不敢養",不負責任。兩劇雖在上海引起不滿,卻也未見"有什麼上海人跳將出來理論一番"。這一回卻是破了一個例。那麼,為什麼上海人在蒙受了那麼多"不白之冤"時都無動於衷,惟獨這一回龍女士只不過用調侃的語言讚美了上海男人，就讓上海人大為光火、惱羞成怒呢？莫非這次觸及到的是一個特別敏感的問題，而上海人又特別忌諱別人說他們怕老婆？

的確，男女關係確實是一個敏感問題，怕老婆也不怎麼體面。不過，怕老婆雖不體面，卻也不算太丟人。中國自古就有怕老婆的事，就連皇帝和宰相也有怕老婆的（請參看拙著《中國的男人和女人》），也沒聽說有多丟人。至少，怕老婆總不比自私、小氣丟人。何況上海人也並不諱言自己怕老婆。1991年，上海電視台播出名為《海派丈夫變奏曲》的系列小品，列舉圍裙型、夾板型、麻煩型、保駕型、私房錢型等十種類型，並唱道："男子漢哪裡有，大丈夫滿街走。小王拿牛奶呀，老趙買醬油。妻子一聲吼，丈夫抖三抖。工資獎金全上交，殘羹剩飯歸己有，重活髒活一人幹，任打任罵不還手。"其調侃性實不讓龍女士，上海人看了聽了卻哈哈大笑，也沒聽說有人要向電視台"討個說法"。

也許，問題就出在：怕老婆這事（也包括相關的其他事），上海人自己說得，別人就說不得，尤其龍應台說不得。因為上海男人"終究是男人，是中國的男人。儘管是不可多得的'稀有'，或'溫柔坦蕩'到'像個彎豆芽'"（胡妍《龍應台和"捧不起的上海男人"》）。哪個男人願意被說成是"不像男人"呢？沒有。如果被女人這樣說了，就更不行。何況龍應台又是個嫁了老外的台灣女人，同時又是一個著作等身的名女人，養尊處優，風花雪月，要啥有啥的，自然"站着說話腰不疼"，有什麼資格對被生活重擔壓彎了腰的上海男人說三道四？結果，上海的男人和女人"在眾目睽睽之下，無端地成了一盤烤得透紅的龍蝦"，而那位亂颳旋風的龍女士，卻"早已坐在瑞士美麗的家中，欣賞並記錄着她兒子安安的如珠妙語，我們這裡關於上海男人的喋喋不休，渾不關那個家中的痛癢"（李泓冰《龍應台與周國平》）。想想誰不生氣？

但，即便如此吧，似乎也犯不着那麼光火。要知道，龍應台畢竟沒有惡意呀！她也沒有挖苦或者嘲諷上海男人，只不過有點“困惑”又有點“調侃”罷了。

　　其實，事情壞就壞在那“調侃”二字上。你想吧，如果真心認為“最解放的男性就是最溫柔的男性”，而上海男人恰恰就是，那麼，你調侃什麼呢？還不是內心深處多少有些不以為然？這就讓人惱怒，而惱怒的深層原因則是被戳到了痛處。事實上，上海男人的形象問題一直是上海人的一塊“心病”。不知從什麼時候起，全國各地都有了一種“共識”，即：“上海男人最不像男人。”上海男人自己也知道這一點，並為此深感苦惱。上海男人也不是沒做過努力，比如也有人留髮蓄鬚，作“硬派小生”或“西部牛仔”狀，但給人的感覺卻是“不像”。因為“你無法設想一個濃鬚長髮的壯漢操一口綿軟的吳語與小販討價還價”（楊東平《城市季風》）。正因為上海男人心知肚明又無可奈何，因此特別怕別人說。現在龍女士卻把一般人認為“不像男人”的種種表現添油加醋地統統端了出來，還嚷嚷得滿世界都知道，這不是存心和上海人過不去嗎？這口氣無論如何也咽不下。對這種事情的不能容忍，可是全世界都“人同此心”的，不獨上海人如此。不過，上海人到底是上海人。在對龍女士的“回敬”中，儘管有些話也許沒說到點子上，但那態度，仍不失優雅體面，費厄潑賴。

　　於是我也想替上海男人說幾句話。

　　要說上海男人，還得先說上海女人。

　　說起來，上海的事情就是有點怪。比方說，大家都公認上海這個城市好，對上海人評價卻不高。上海人當中，上海男人歷來形象不佳，上海女人卻頗受好評（除特別反感她們的愛窺人隱私和愛說人閒話外）。平心而論，全國各地都有漂亮女人和優秀女人，上海女人並不是其中最漂亮和最優秀的。但，一個女人到了三四十、五六十歲，或者在惡劣條件下從事繁重的體力勞動，卻仍能有“女人味”的，則似乎非上海女人莫屬。可以說，上海女人是中國“最有女人味的女人”。

上海女人之所以特別有女人味，除南方女性原本比較嬌美，城市生活遠較農村優越外，更重要的，還是她們特別看重自己的性別特徵，有一種可以稱之為“女性養成教育”的傳統。她們從小就懂得女人應該是怎麼樣的，以及應該怎樣做女人。結果，即便她們本來不是最漂亮最出色的，也變成最漂亮最出色的了。這也正是上海這個城市特有的魔力。陳丹燕說：“上海是那樣一種地方，要是有一點點錢的話，它可以做出很有錢的樣子出來，它天生地懂得使自己氣派。”（《上海的風花雪月》）我們也可以說：上海女人是這樣一種人，要是有一點點漂亮一點點嬌嗲的話，她可以做出很漂亮很嬌嗲的樣子來，她們天生地懂得使自己有女人味。

上海女人的女人味，一言以蔽之曰：嗲。

“嗲”這個詞，是完全屬於南方的。北方人無論男女，往往不知“嗲”為何物。我在《中國的男人和女人》一書中對“嗲”有一個界說，認為它就是某些女孩子身上特有的、能夠讓男人心疼憐愛的“味道”。一個女孩子之所以能有這種味道，則多因身材嬌小、體態嫵媚、性格溫柔、談吐文雅、舉止得體、衣着入時，靜則亭亭玉立，動則娉娉嫋嫋，言則柔聲輕訴，食則細嚼慢嚥，從而讓男士們柔腸寸斷，疼愛異常，大起呵護之心。其中，除先天氣質外，後天修養也很重要，而以此征服男性之功夫，則是上海人之所謂“嗲功”。

但，如果你以為上海女性都是弱不禁風嬌生慣養的“嬌小姐”，那就大錯特錯了。上海女人不但嬌美，而且能幹。——中國女人都能幹，但在能幹的同時還能保有女人味，卻很難。在我的印象裡，城市女性中能做到這一點的，當首推上海和成都的女人。不過成都女人嘴巴太厲害，得理不讓人，也不夠嗲，則其女人味較上海女人又略遜一籌。

上海女人都是"專家"，——專門顧家。除個別人外，屬於市民階層的上海女人，一般知識面都不廣，對外面的世界知之不多，也沒有太多的興趣，但只要涉及家庭建設和家庭生活，則無所不知無所不精。在這方面，她們的學問往往超過她們的丈夫（她們的丈夫則超過外地男人），她們的精明也往往超過她們的丈夫（她們的丈夫則比外地男人精明）。因此，她們就理所當然地應該享有家庭的主導權和領導權，而她們的丈夫則同樣理所當然地應該去買菜、燒飯、洗衣、拖地板。當然，丈夫比妻子更精明能幹的也有。不過，在這樣的家庭中，做丈夫的往往不會反過來讓妻子當小工，而是"從奴隸到將軍"一人承擔。於是他們的妻子便可以繼續去當"嗲妹妹"，而那些能力明顯強於丈夫的則可能會由"嗲妹妹"變成"母老虎"。但一般地說，即便是"母老虎"，也是上海式的。她們能夠牢牢地掌握家政大權並使丈夫俯首帖耳，靠的不是河東獅吼，而是懷柔政策，即不是高壓，而是嗲功。因此，當男人發現"妻管嚴"原來是一種"甜蜜的痛苦"時，他們就會心甘情願地把這種"病"繼續得下去。

更何況，在男人買菜、燒飯、洗衣、拖地板時，女人也並沒有閑着。上海女人是閑不下來的。事實上讓男人累死累活女人卻袖手旁觀的，在上海並不多。更多的還是"夫妻雙雙把家建，你挑水來我澆園"（惟一弄不清的是上海人哪來那麼多家務要做）。上海女人在家裡差不多都是"身先士卒"的將軍。不管上海的男人如何被說成是"馬大嫂"，真正家務做得多的，多半還是女人。她們在控制了"治權"的同時也提供着最好的服務，讓丈夫穿得體體面面，把孩子養得白白嫩嫩。難怪有人笑言：要知道什麼叫"領導就是服務"，最好到上海人家裡去看。

看來，我們還應該說，上海女人是最好的女人，至少在她們家裡是這樣。

很難想像，與這些最好、最有女人味的女人廝守相伴的，竟是"最不像男人的男人"。

說"上海男人最不像男人"，理由似乎很多。首先，外形就"不像"。北方人一提起上海男人，第一印象往往就是"小白臉"和"娘娘腔"，即細皮嫩肉、奶聲奶氣（其實事實並非如此或並不完全如此）。較之"北方大漢"或"西部牛仔"，上海人確乎比較白嫩，上海話也確乎比較綿軟，給人陰柔有餘陽剛不足的感覺。但如果以此便斷言"上海男人最不像男人"，便未免膚淺可笑。難道真的要像打手一樣渾身肌肉、像土匪一樣滿臉鬍子才像男人？不至於吧！

上海男人的"不像男人"，更主要的，還是因為他們的生活方式和生活追求太像女人。在這方面，他們的趣味和品味甚至都和女人一樣。他們的做家務，已不僅僅是分擔勞苦或共建家庭，而是以此為"事業"，沉湎癡迷，樂此不疲。不少上海男人不但精於烹調料理，能燒一手漂亮的小菜（這在外地男人看來是可以理解和接受的），而且對服裝裁剪也十分在行（這就不可理解和接受了）。他們像女人一樣愛逛商店（男人不愛逛商店是世界性的），熟悉商品的行情，精通講價的技巧，善於識別面料的真偽，說起各種服裝的流行款式來如數家珍，有的還會織毛衣。這就實在太像女人了。哪有一個"大男人家"整天惦記着針頭線腦，念念不忘毛衣的針法和紐扣的搭配呢？上海男人就會。

上海男人還會像女人一樣絮絮叨叨、婆婆媽媽，熱衷於生活中上不了枱面的雞毛蒜皮，鄰里間說不清是非的磕磕碰碰。當然絕非所有上海男人都這樣，正如絕非所有上海男人都會打毛衣。而且，外地同樣也有這樣的男人。但在人們心目中，這樣的男人似乎以上海為最多、為最典型，甚至會認為上海男人"就是這樣的"。於是，在外地如果碰到這樣的男人，人們就會說：“他怎麼像個上海人？”

上海男人有這麼多“不像男人”之處，怕老婆早已不是什麼嚴重問題了。

我曾多次說過，在某種意義上，“怕老婆”其實是“封建殘餘”。只有在傳統社會才有“怕老婆”，也只有在傳統社會“怕老婆”才可笑。因為傳統社會的規矩是“男尊女卑”。本該威風八面的“大老爺們”居然怕起老婆來了，當然可笑。現代社會崇尚的卻是人格獨立、意志自由和男女平等，女人不該怕男人，男人也不該怕女人。“東風吹，戰鼓擂，現在世界上究竟誰怕誰？”恐怕是“誰也不怕誰”。上海人也一樣。上海家庭中的男人和女人，大多數恐怕還是“誰也不怕誰”的。女人也許會偏向娘家一些，但至少不會虐待丈夫；男人可能會孝敬丈母娘多一點，卻無妨看作是對妻子持家辛苦的一種變相酬勞，不好都算作是“怕老婆”的。至於分擔家務，則早已不限於上海。只不過北方男人的做家務，多限於換煤氣之類的“力氣活”或裝電器之類的“技術活”，不至於給老婆洗內褲。然而這並不等於說他們就有理由看不起上海男人。做家務嘛，還有什麼活幹不得不成？再說，人家願意，你管得着嗎？

更何況，上海女人是應該為上海男人的“不像男人”負責的。一方面，上海男人那種溫柔光潔、香噴噴甜膩膩的形象，是上海女人設計和塑造的。正如楊東平所說，她們總是喜歡按照“小家碧玉”的審美理想，仿照裁剪書上提供的模式，把自己的丈夫和兒子打扮成“漂亮的大男孩”（《城市季風》）。另方面，她們對家庭生活的過分看重，不斷與同事、女友攀比，務必事事不落後於人，也無形中給男人造成了負擔和壓力。前面說過，雅致是上海的空氣，上海人在家庭生活中也會追求雅致，這原本無可厚非。問題在於，對於大多數薪資不高住得又擠的工薪族來說，要過雅致的生活，就必須付出沉重的代價。這就是：夫妻雙方都必須把時間精力聰明才智投入到家庭建設中去，殫精竭慮，費盡心機，精打細算以求節省，想方設法以求精美。一個人，尤其是一個男人，如果在這方面花費太多的心思，就難免變得小氣瑣碎起來。女人小氣瑣碎一點是可以理解和原諒的（儘管並非所有女人都小氣瑣碎），男人小氣瑣碎就會被人看不起。這時，連同他的外形和語調，便都會被看作是"女人氣"的表現。

有着上述"特徵"的當然只是上海男人中的一部分。他們在上海男人中佔多大比例，也許是一個永遠無法得知的事情。而且，"女裡女氣"的男人外地也有，就連北方也不例外。所以，說"上海男人最不像男人"，是不公平的。這裡面有誤解，也有偏見。比方說，把所謂"怕老婆"以及主動承擔家務，買菜、做飯、幫老婆洗內褲等也算在"不像男人"的證據，就是傳統觀念所使然。其他如"像個彎豆芽"或"喝醬糟都上臉"等等，也不足憑。我在《中國的男人和女人》一書中說過，並非只有身材高大、肌肉發達、力大無窮才像男人。"男人的力量首先在於人格，人格的力量又在於一團正氣。"這樣的男人上海有沒有呢？我想是有的。

但，問題並不在於上海男人像不像男人，有多少人像多少不像，不像的又不像到什麼程度，而在於為什麼一說"上海男人不像男人"，就會有那麼多人認同，上海人自己則會特別敏感特別惱火？這個事實可是繞不過去的。比方說，龍應台那篇文章如果改名為《啊，北京男人》在北京的報上發表，會怎麼樣呢？肯定只會引起哄堂大笑，以為那不過是一個愚人節的玩笑。

其實，上海人也不該惱怒的。外地人是有些喜歡嘲笑上海男人，但他們卻並不嘲笑上海女人。不但不嘲笑，反倒還會在心裡給上海女人打高分。至少，絕不會有人說"上海女人最不像女人"。既然上海女人是最有女人味的，那麼，根據"男人的一半是女人"的原理，她們的男人也不該不像男人。

事實上上海女人的"軍功章"裡，確實既有"她的一半"，又有"他的一半"。正是由於上海男人的疼愛呵護，使她們有着遠比北方女人更好的生存環境和生活環境，她們才能夠在為人妻為人母後仍舊保持着讓人嘖嘖稱讚羨慕不已的"女人味"。上海男人是為他們的女人作出了犧牲的。要犧牲就犧牲到底吧！不要再為自己"像不像男人"而煩惱。更何況，某些被認為是"不像男人"之處，可能恰恰是一種進步。正如吳正所說，北荒南鄉之地某些"令上海男人瞠目之後外加搖頭"的"男子漢派頭"和"大老爺們作風"，"正是該類地區在能見的將來還不能那麼快地摘去貧困之帽的標幟之一"（《理解上海男人》）。進步是不需要辯解的。"大言不辯"。上海男人如果堅信自己是現代新男性，就用不着那麼迫不及待地出來為自己辯白。

也許，從總體上講，上海人還不是理想的、完整的、嚴格意義上的現代城市人（部分優秀分子除外）。他們確實較早地獲得了某些現代觀念，卻又同時留着一條傳統的辮子和尾巴。於是，當辮子被人揪住、尾巴被人踩住時，就會叫起來。至少，他們在面對傳統觀念的挑戰時多少顯得有點底氣不足。底氣不足的原因，除無法割斷歷史割斷傳統外，還因為自己也知道自己"毛病多多"，包括某些確實"不像男人"之處。這些毛病有的是上海扭曲畸形的歷史所造就，有的則是上海人自己檢點反省不足所使然。更何況，某些傳統美德如豪爽、謙讓等等也許已"不合時宜"，但畢竟曾經有過自己的合理性。因此，當堅信傳統美德合理性的人身體力行地堅持着這些道德規範，並因而覺得自己有資格批判上海人時，他們是理直氣壯、中氣十足的，而代表着"現代"的"城市部落人"，則會自慚形穢、語無倫次，甚至惱羞成怒。

實際上，上海人的內心深處充滿了矛盾，他們的日常行為也不乏悖論。比方說，上海灘原本是開放的。正是無拘無束的開放，造就了雄極一時的大上海。然而上海人的心靈卻很難對外開放。上海人謹言慎行，不多言，不妄交，絕無某些北方人"見面就熟，無話不說"的"豪爽"，奉行"害人之心不可有，防人之心不可無"的信條較之傳統社會中人為尤甚。這恰是當年"十里洋場"上爾虞我詐、一不小心就會上當受騙的教訓所致。結果，"不設防的上海文明終於滋生了處處設防的上海人"（余秋雨《寄情於上海文明的未來》）。正因為處處設防，所以尤愛窺私，因為要防備別人背後做手腳。大家都設防，大家又都窺私，每個人都既要窺人又要防人窺，結果自然是防範心更重，窺私心也更切，人人鬼鬼祟祟，個個皮笑肉不笑。這就難免讓外地人尤其是豪爽的北方人看着犯噁心。但上海人自己，卻又有說不出的苦衷。應該說，上海人是揹着沉重的心理負擔從傳統走向現代的。唯其如此，他們才會成為最招人物議的一族。

七　新上海人

然而歷史畢竟翻開了新的一頁。

新一代的上海人將如之何？"城市部落人"處於兩難之中。

也許，事情難就難在上海人是一個"現代部落"。"部落"這個概念，無論如何也是和"現代"相衝突的。但上海人如果不再是一個"部落"，那麼，上海人還會是上海人嗎？

其實，上海人之所以成為一個"部落"，主要原因就在於傳統中國從來沒有過上海這樣一種城市類型。這就使上海一開始便處於農業文明汪洋大海般的包圍之中，而上海人則不過是在這大海的灘塗地段一求生存。面對傳統力量的敵意和懷疑，上海人不能不通過強化自己的社區性，來保衛自己的新文明。這就使上海人成了一個極其看重自己文化特徵的"部落"，一個自戀而脆弱的"部落"。

現在的歷史條件顯然已大不同於前。上海不但不再孤立，而且反倒有些落伍（這也是近年來上海大颳懷舊風的原因之一）。中國的新型城市相繼崛起，而老城也在走向新型，從而形成一個"一元多樣"的新局面。所謂"一元"，就是"有中國特色的社會主義"；所謂"多樣"，就是除上海模式外，還有深圳模式、廈門模式、海口模式，以及近年來出現的重慶模式和"一國兩制"的香港模式等等。有這麼多的兄弟姐妹，上海不再孤獨。

上海不再成為一個"部落"，並不等於上海人將不再成其為上海人。因為上海文明中的核心內容和合理成分，恰恰是新時期的文化精神。比如被稱之為"上海文明的最大心理品性"的"建築在個體自由基礎上的寬容並存"，就和塑造具有獨立人格和自由意志的新中國人目標一致；而上海人百年來養成的敬業精神、契約觀念、合理主義等，也與發展市場經濟和走向世界相合拍。至於上海人的種種醜陋，則原本應該滌蕩一淨。實際上，上海人早就開始在做這個工作了。在某些城市尚陶醉於"表揚與自我表揚"時，上海卻高舉起"批評與自我批評"的旗幟，真誠地歡迎一切善意的批評。在這方面，向被視為"小氣"的上海人，卻比許多自以為豪爽大方的人要大度得多。

這就大有希望。兵法有云：知己知彼，才能百戰百勝。知彼固然不易，知己則更難，故曰"人貴有自知之明"。然而上海卻有條件。因為上海一直既是眾望所歸，又是眾矢之的。是眾望所歸就能知彼，是眾矢之的就能知己；是眾望所歸就能增強信心，是眾矢之的就能反思自省。所以，上海人大可不必為外地人的幾句閒話而不自在。如果說，上海人過去曾經一度是"最招人物議的一族"，那麼現在便不妨因勢利導，乾脆把自己變成"最敢於接受批評的一族"。苟如此，則上海人必將以全新的面貌和極高的素質讓世人矚目。

上海和上海人完全有可能做到這一點。因為上海文化中一直有一種順應形勢自我更新的機制。當歷史需要上海搞資本主義市場經濟時，它成功了；當歷史需要上海搞社會主義計劃經濟時，它又成功了。現在，上海已經積累了資本主義市場經濟和社會主義計劃經濟兩方面的經驗教訓，搞起社會主義市場經濟來，無疑是長袖善舞遊刃有餘；而一種新城市文化和新城市人格的塑造，則同樣是題中應有之義。事實上，社會主義市場經濟不僅是一種經濟模式，也是一種文化模式。它最終將造就既能繼承傳統美德又具有新觀念、新思想、新道德、新行為和新生活方式的一代新人。在這方面，上海比其他任何城市都得天獨厚。上海觀念比北京新，歷史比深圳久，比廣州大氣，比重慶雅致。更為可貴的是，上海還是一個有主見的城市。它知道它在世界上和歷史中的地位，知道自己該做什麼、能做什麼和必須做什麼。所以，即便在極左勢力最為猖獗的年代，一貫"膽小怕事"的上海人也仍在"四人幫"的眼皮底下悄悄地同時也頑固地堅持着他們認為應該堅持的東西，比如學文化、讀外語、不為進部隊文工團只為藝術修養學琴練琴等，而不像其他地方果真"與傳統觀念徹底決裂"，把寶貴的文化遺產毀於一旦。

的確，上海是這樣一個城市：它是開放的、兼容的、多元的、不設防的、泥沙俱下和魚龍混雜的，但不等於沒有選擇、不識好歹。作為"城市部落"，它總是會頑固地堅持着自己的社區性，而這種社區性又恰恰是指向現代指向未來的。於是上海人的性格（包括他們種種遭人非議的"毛病"）後面，便蘊含着尚未開發或不為人知的值得肯定的東西。一旦條件成熟，這些具有優越性的東西便會破土而出，上海人就會讓人刮目相看。

實際上，上海人的許多毛病（比方說"小氣"、"自私"）是被逼出來的。他們自己也知道這些毛病不好（所以一旦被批評就特別惱火），只不過要改也難。比如現在上海一些孩子，花起錢來倒是不小氣了（尤其是花父母或別人的錢時不小氣），卻比他們的父母更自私，在事涉多人時往往只顧自己不管別人。看來好的東西會變成傳統，壞的東西也會變成傳統，而一個東西一旦變成了傳統，就可能一代一代傳下去。這是要引起注意和警惕的。因此，上海人似應對"上海文化"進行一番梳理，揚其長而避其短，去其劣而存其優。上海人是能夠做到這一點的，因為上海人一直在對自己的文化進行自省，又有那麼多人在關注着這件事情。更何況，時代總在進步，社會總在發展，上海人的生活前景越來越好，他們實在不必再堅持那些毛病，而他們文化中那些具有現代性和優越性的東西，則無疑會在新的歷史條件下發揚光大、大成氣候。

何況上海灘又是何等的開闊啊！開闊是上海灘的品格。更為難得的是，上海不但開闊，而且雅致。這是不容易的。小城因其小巧而容易雅致（如蘇州），大城因其開闊則難免粗疏（如北京）。惟獨大上海，不但大，不但開闊，而且雅致。這說明上海的城市性格中有一種極為優秀的品質，這才能把開闊和雅致統一起來，就像北京能把大氣與醇和統一起來一樣。只是由於上海一度關上了大門，既不對外開放，也不對內開放（或只出不進），雅致的味道才變酸了。因為開闊既喪，則市民社會的雅致必然變成小市民的酸腐，正如醇和既喪，則大氣也就變成了霸氣和痞氣。但一個真正優秀的城市，它自身性格中的固有品質是不會輕易喪失殆盡的。可以肯定，這樣的一個城市，一旦全面進行改革開放，它的氣派，它的前景，它所能釋放出的能量，都將是無可估量的。

看來，我們似乎不必為新上海人和新上海文化作杞人之憂。

上海人仍將會是上海人，但卻會變得更可愛、更美好。他們從"最招人物議的一族"一變而為"最優秀的一族"，應該說指日可待。

第四章

廣州市

當然，作為一個成熟的市場，廣州不但有"新"，也有"舊"。追新的人可以去天河城。那裡薈萃了眾多的名牌時裝專賣店，其佈局和氣派已直追香港的太古廣場或置地廣場。懷舊的人則不妨去上下九。那裡不但有永安百貨、廣州酒家、清平飯店和蓮香樓等老字號，也有眾多的不起眼的小"士多"。在上下九街道兩旁的老騎樓下走過，老廣州那親切質樸的平民氣息就會撲面而來。

廣州是市。
廣州市很活很活。
廣州的活力讓人驚異。

　　用"生猛鮮活"四個字來概括廣州，應該說是恰如其分的。每個城市都有自己的個性和風格。這些個性和風格雖然不能測定和量化，卻可以體會和玩味，也大體上可以用幾個字來描述和傳達，儘管不一定準確。廣州的個性和風格當然也不例外。如果說，北京的風格是"大氣醇和"，上海的風格是"開闊雅致"，廈門的風格是"美麗溫馨"，成都的風格是"灑脫閒適"，那麼，廣州的風格就是"生猛鮮活"。

　　廣州是一個不知疲倦、沒有夜晚的城市。一年四季，一天二十四小時，都保持着旺盛的生命活力。無論你在什麼時候（白天還是晚上）、從什麼方位（空中還是陸地）進入廣州，都立即能觸摸到它跳動的脈搏，感受到它的勃勃生機。這種"生猛鮮活"是有感染力的。它能使你不由自主活蹦亂跳地投入到廣州一浪接一浪的生活浪潮中去。因此，第一次到廣州的人常常會睡不着，尤其是逛過夜市之後。廣州的夜生活是那樣的豐富，能睡得着嗎？

　　廣州確實是一個"不夜城"。它似乎並不需要睡眠。而且，越是別人需要睡眠時（比方說冬夜），它反倒越是"生猛鮮活"。因此，當歷史在中原大地上演着一幕一幕威武雄壯的活劇時，它多少有點顯得默默無聞。但，如果歷史想要抽空打個盹，廣州便會活躍起來。由是之故，"生猛鮮活"的廣州似乎只屬於中國的近現代。

　　的確，在中國近現代史上，廣州無疑是北京、上海之外的第三個重要角色。近一個半世紀的中國歷史，差不多有半數左右是由這三座城市書寫的。北京的一言九鼎當然毋庸置疑，異軍突起的是上海和廣州。廣州的歷史當然比上海久遠。至少，它的建城史，可以上推至二千二百多年前的秦代（其時秦將任囂在今廣州市中山路一帶建城）；它的得名也有一千七百多年的歷史，儘管那時的廣州並非一城一市之名，但好歹州治是在現在的廣州。不過，在相當長的時間內，廣州在"天朝大國"的版圖上，還是一個極不起眼的邊鄙小邑，是封建王朝鞭長莫及的"化外之地"，再了不起也不過一個"超級大鎮"而已。然而，隨着古老的中國開始面對世界，走向現代，廣州突然變得令人刮目相看。它甚至昂起倔強的頭顱，向着遙遠的北庭抗聲發言，乃至舉兵北伐。在清政府和北洋軍閥盤踞北京的時代，南海岸的廣州和東海口的上海，輪番成為顛覆北方政權的革命策源地。後來，它似乎一度"退隱"了，只留下"廣交會"這個小小的"南風窗"。上海以其不可替代的地位繼續起着舉足輕重的作用，廣州則變成了一個普普通通的省會城市。然而，"三十年河東四十年河西"。當上海成為"褪色的照片"而倍感陳舊落伍時，廣州卻重新顯示出它的"生猛鮮活"，而且勢頭正猛方興未艾。在短短十來年時間內，以廣州為中心，在整個珠江三角洲先後崛起了深圳、珠海、佛山、順德、江門、東莞、中山、南海等一大批"明星城市"，使這塊原先的"蠻荒之地"變成了整個中國城市化程度最高的地區，也成為"淘金者"趨之若鶩的"金山"或"寶地"。儘管這些新興城市有不少在經濟發展水平和城市公共設施方面已經超過了廣州，但廣州畢竟還是它們的"老大"，是它們的歷史帶頭人和文化代言人。顯然，要瞭解這個地區活力的秘密，還得從廣州讀起。

更何況，廣州自己，又有多少故事可說啊！

那麼，讓我們走進廣州。

一　怪異的城市

在中國，也許沒有哪個城市，會更像廣州這樣讓一個外地人感到怪異了。

乘火車從北京南下，一路上你會經過許多大大小小城市：保定、石家莊、邯鄲、鄭州、武漢、長沙、衡陽等等。這些城市多半不會使你感到奇異陌生，因為它們實在是大同小異。除了口音不大相同，飲食略有差異外，街道、建築、綠化、店面、商品、服務設施和新聞傳媒，都差不太多。只要你不太堅持自己狹隘的地方文化習慣，那麼，你其實是很容易和這些城市認同的。

然而廣州卻不一樣。

改革開放以前，外地人第一次進廣州，感覺往往都很強烈。第一是眼花繚亂，第二是暈頭轉向，第三是不得要領，第四是格格不入。你幾乎一眼就可以看出，這是一個對於你來說完全陌生的城市。它的建築是奇特的，樹木是稀罕的，招牌是看不懂的，語言更是莫名其妙的。甚至連風，也和內地不一樣：潮乎乎、濕漉漉、熱烘烘，吹在身上，說不出是什麼滋味。如果你沒有熟人帶路，親友接站，便很可能找不到你要去的地方。因為你既不大看得懂地圖和站牌，又顯然聽不明白售票員呼報的站名。也許，你可以攔住一個匆匆行走的廣州人問問路，但他多半會

回答說 "muji"，弄得你目瞪口呆，不明白廣州人為什麼要用 "母雞" 來作回答。即便他為你作答，你也未必聽得清楚，弄得明白。何況廣州人的容貌是那樣的獨特，衣着是那樣的怪異，行色又是那樣匆匆，上前問路，會不會碰釘子呢？你心裡發慌。

當然，最困難的還是語言。廣州話雖然被稱作 "白話"，然而一點也不 "白"，反倒可能是中國最難懂的幾種方言之一（更難懂的是閩南話）。內地人稱之為 "鳥語"，並說廣州的特點就是 "鳥語花香"。語言的不通往往是外地人在廣州最感隔膜之處。因為語言不但是人際交往的重要工具，而且是一個人獲得安全感的重要前提。一個人，如果被一種完全陌生的語言所包圍，他心裡是不會自在的。幸虧只是 "鳥語" 啊！如果是 "狼嚎"，那還得了？

廣州話聽不懂，廣州字也看不懂（儘管據說那也是 "漢字"）。你能認出諸如 "嘸"、"咁"、"嘅"，見過 "啫"、"叻"、"啱" 之類的字嗎？就算你認識那些字，也不一定看得懂那些詞。比方說，你知道 "士多"、"架步" 是什麼意思嗎？你當然也許會懂得什麼是 "巴士"，什麼是 "的士"。但懂得 "的士"，卻不一定懂得 "的士夠格"（決非出租車很夠規格的意思）。至於其他那些 "士"，比如什麼 "多士"、"卡士"、"菲士"、"波士"、"甫士"、"貼士"、"曬士" [①] 之類，恐怕也不一定懂。最讓人莫名其妙的是 "鈒骨"。前些年，廣州滿街都是 "鈒骨立等可取" 的招牌（現在不大能看見了），不明就裡的人還以為廣州滿街都是骨科大夫，卻又不明白療傷正骨為什麼會 "立等可取"，而廣州的骨傷又為什麼那麼多？其實所謂 "鈒骨"，不過就是給裁好的衣料鎖邊，當然 "立等可取"；而所謂 "又靚又平"，

---

① 士多，買香煙、水果、罐頭及其他零碎日用品的小商店。架步，比較固定的進行非法活動的地方。的士夠格，唱片夜總會或有小型樂隊伴奏的夜總會。多士，烤麵包片。卡士，演員表。菲士，面子。波士，老闆。甫士，明信片。貼士，小費。曬士，尺寸。

則是"價廉物美"的意思。然而廣州人偏偏不按國內通行的方式來說、來寫,結果弄得外地人在廣州便變成了"識字的文盲",聽不懂,也看不懂,"真係(是)蒙查查(糊裡糊塗)啦"。

結果,一個外地人到了廣州,往往會連飯都吃不上,因為你完全可能看不懂他們的菜譜:豬手煲、牛腩粉、雲吞麵、魚生粥,這算是最大眾化的了,而外地人便很可能不得要領。至於"蠔油"、"焗"、"焴"之類,外地人更不知是怎麼回事,因而常常會面對菜譜目瞪口呆,半天點不出一道菜來。有人曾在服務員的誘導下點了"牛奶",結果端上來的卻是自己不吃的"牛腩",其哭笑不得可想而知,他哪裡還再敢問津"瀨尿蝦"。

更為狼狽的是,外地人到了廣州,甚至可能連廁所也上不成。因為廣州廁所上寫的是"男界"、"女界"。所謂"男界",是"男人的地界"呢,還是"禁止男人進入的界限"呢?外地人不明所以,自然只能面面相覷,不敢擅入。

於是,外地人就會納悶:我還在中國嗎?

當然是在中國,只不過有些特別罷了。

的確,包括廣州在內,遠離中央政權的嶺南,歷來就是中原文化的"化外之地"。

有句話說:"千里同風不同俗",廣東卻是連"風"也不同的。大庚、騎田、萌諸、都龐、越城這"五嶺"把北方吹來的風擋得嚴嚴實實,而南海的風又吹不過五嶺。於是嶺南嶺北,便既不同風又不同俗,甚至可能不"同種"。嶺南人顴骨高,嘴唇薄,身材瘦小,膚色較深,與北方人在體質上確有較明顯的區別。再加上語言不通,衣食甚異,這就難怪北方人只要一踏上粵土,便會有身在異域的怪異之感了。

於是,在中原文化被視為華夏正宗的時代,嶺南文化當然也就會被視為"蠻族文化",嶺南人當然也就會被視為"蠻野之人"。直到現在，不少北方人還把廣東人視為茹毛飲血的吃人生蕃，因為據說他們嗜食活老鼠和活猴子，自然離吃人也不太遠。即便不吃人吧，至少吃長蟲（蛇）、吃蛤蟆（青蛙）、吃螞蚱（實為禾蟲）、吃蟑螂（名曰龍虱，實為水蟑螂），吃貓吃狗吃果子狸吃穿山甲，吃各種北方人不吃的東西。這就不能不使北方人把廣東人視為怪異而與之劃清界限。據說，當年六祖慧能向五祖弘忍求法時，弘忍便曾因他是"嶺南人"而不肯收留，說："汝是嶺南人，怎生作佛？"誰知慧能答道："人雖有南北，佛性本無南北。"一句話，說得湖北人（一說江西人）弘忍暗自心驚，另眼相看，不但收留了慧能，而且把衣缽也傳給了他。

慧能無疑是使北方人對嶺南人刮目相看的第一人。他得到禪宗衣缽後，連夜逃出湖北，回到嶺南，隱居十幾年，後來才在廣州法性寺（原制旨寺，今光化寺）脫穎而出，正式剃度受戒為僧，以後又到廣東曹溪開山傳教。不過，慧能開創的禪宗南宗雖然遠播中土，風靡華夏，成為中國佛教第一大宗，也使"嶺南人"大大地露了一回臉，但他傳播的，卻並不是"嶺南文化"。佛教和禪宗的主張，是"眾生平等，人人可以成佛"，怎麼會有"地域文化"的特徵？我甚至相信，慧能的弟子們到中原去傳教時，說的一定不是"嶺南話"。

嶺南文化的真正"北伐"，是在今天。

北伐的先遣軍雖然是T恤衫、牛仔褲、迷你裙以及唱碟、雪櫃等新潮商品，但讓文化人最感切膚之痛的還是那鋪天蓋地的粵語。今天，在中國一切追求"新潮"、"時髦"的地方，包括某些邊遠的城鎮，飯店改"酒樓"（同時特別注明"廣東名廚主理"），理髮店改"髮廊"（同時特別注明"特聘廣州名美容師"）已成為一時之風尚。在那些大大小小的"酒樓"裡，不管飯桌上擺的是不是"正宗粵菜"，人們都會生硬地扣指為謝，或大叫"買單"。"打的"早已是通用語言，"鐳射"、"菲林"、"派對"、"拍拖"等粵語音譯或廣東土著名詞也頗為流行。一些內地傳媒也開始頻繁使用"爆棚"、"搶眼"之類的字眼，並以不使用為落伍、為土氣。至於"芝士圈"、"曲奇餅"之類大人們不知為何物的食品，更早已成為"中國小皇帝"們的愛物。

一句話，過去的怪異，已變成今日之時髦。

當然，更重要的還在於行動。如今，廣州人或廣東人的生活方式和生存方式，已越來越成為內地人們的仿效對象。人們仿效廣州人大興土木地裝修自己的住房，用電瓦罉煲湯或皮蛋瘦肉粥，把蛇膽和蛇血泡進酒裡生吞，大大地抬起了當地的蛇價。這些生活方式當然並不一定都是從廣州人那裡學來的，但廣州的生活方式無疑是它們的"正宗"。總之人們的"活法"開始與前不同。除學會了喝早茶和過夜生活、跳"的士高"和說"哇"外，也學會了炒股票、炒期貨、炒"樓花"和"炒更"，自然也學會了"跳槽"，"炒"老闆的"魷魚"和被老闆"炒魷魚"，或把當國家公務員稱為"給政府打工"（廣州人自己則稱之為"打阿爺工"）。顯然，廣州文化或以廣州為代表的廣東文化對內地的影響已遠遠不止於生活方式，而已直接影響到思維方式和思想方法，其勢頭比當年上海文化之影響內地要大得多、猛得多。如果說，上海人曾在全國造就了許許多多"小上海"，那麼，廣東人卻似乎要把全國都變成"大廣州"。

似乎誰也無法否認，廣州和廣東文化已成為當代中國最"生猛鮮活"也最強勢的地域文化。

但顯然，它又遠非是"地域"的。

以"擋不住的誘惑"風靡全國的廣州廣東文化，其真正魅力無疑在於其中蘊含的時代精神，而不在其文化本身。人們爭相學說粵語，並不是因為他們突然發現粵語有多麼好聽；人們爭相請吃海鮮，也並非因為大家都覺得海鮮好吃，何況內地酒樓的海鮮也未必生猛。人們以此為時尚，完全因為這個地區在改革開放中"得風氣之先"，走在改革開放的前列，成了國人羨慕的"首富之區"，這才使它的生活方式和名詞術語沾光變成了時髦。因此，是改革開放成全了廣州廣東，而不是廣州廣東成就了改革開放。可以肯定，如果沒有改革開放，廣州仍將只不過是一個並不起眼的南國都市，頂多和武漢、成都、西安、鄭州、南京、瀋陽平起平坐罷了，儘管它有好看的花市、好喝的早茶、好吃的粵菜和好聽的廣東音樂。但，在改革開放前，有多少人真把它們當回事呢？

現在可就不一樣了。普天之下，真是何處不在粵語文化的浸淫之中！毫不奇怪，人們對於有着經濟優勢的地域及其文化總是羨慕的，而文化的傳播和接受又總是從表層的模仿開始的。當我們學着廣州人穿T恤、喝早茶、泡酒吧，大聲地歡呼"哇"時，我們不是在學廣州，而是在學"先進"。似乎只要兩指在桌上輕輕一扣，就成了服務員不敢慢待的廣東"大款"，也就加入了現代化的潮流。看來，一種文化要想讓人刮目相看、趨之若鶩，就得有經濟實力作堅強後盾；而粵語文化的大舉北伐並大獲成功，則又首先因於這個地區經濟上的成功。

然而，改革開放在廣東首先獲得成功，又仍有地域方面的原因。

1992年，鄧小平在他著名的南巡講話中曾感慨萬分地說，當年沒有選擇上海辦經濟特區是一大失誤。其實，這不但是時勢所使然，也是地勢所使然，甚至可以說是"別無選擇"。在當時的情況下，顯然只有廣東，才擔當得起這一偉大實驗的責任，也才有可能使這一實驗大告成功。不要忘記，我們是在一種什麼樣的歷史條件下開始進行改革開放的。在那種歷史條件下，全面啟動改革的進程是不可能的，以北京、上海為先行官也是不可能的。可以全面鋪開的只有農村的改革，而可以並應該對外開放的也只有廣東、福建兩個省份。這兩個位於東南沿海又相對貧困的農業省份，在國民經濟中所佔的比例不大，一旦失敗也不會影響大局，繼續閉關自守卻既不現實，也甚為可惜：港澳台的經濟繁榮近在咫尺，咄咄逼人，而且放棄與之合作的機會，放棄對其資金、技術、管理經驗的利用，也等於坐失良機。

結果是眾所周知的：廣東闖出了發達和繁榮，福建則要相對滯後一點。比如同期成為特區的廈門，其經濟發展速度就不如深圳（但廈門卻在精神文明建設方面獲得了成功）。究其原因，除台灣對廈門的作用和影響遠不如香港之於深圳外，廣東有廣州而福州遠不能和廣州相比，也是一個重要的因素。可惜，這個因素似乎沒有引起足夠的注意。事實上，如果沒有廣州，僅僅只有香港，深圳也不會如此成功。因為特區的成功不僅有經濟上的原因，也有文化上的原因，而廣東文化至少有一半以上是由廣州來創造和代表的。這是廣州和北京、上海、香港、台北的不同之處。北京、上海、香港、台北並不代表華北文化、江浙文化、廣東文化或閩台文化，它們有許多並不屬於這些文化的個性的東西。北京、上海、香港、台北的文化，是超越於華北文化、江浙文化、廣東文化或閩台文化的，甚至還有某些抵觸之處（比如南京人和杭州人就不喜歡上海人）。廣州卻是深深植根於廣東文化的。廣東人現在可以不喜歡廣州這個城市（太擠太嘈雜），卻不會不喜歡廣州文化。事實上，廣州代表的，是廣東文化中現在看來比較優秀和先進的東西，然而福建文化中的這些東西卻有不少要靠廈門而不是福州來代表。可以說，正是廣州，以其獨特的文化背景和文化氛圍，為整個廣東地區的改革開放奠定了堅實的基礎，提供了有力的支持。廣州的秘密，比深圳等等更值得解讀。

廣州，是連接過去（化外之地）和現在（經濟特區）的中介點。

因此，儘管它的"生猛鮮活"是屬於現在時的，它的故事卻必須從古代說起。

二　天高皇帝遠

廣州，從來就是一個"天高皇帝遠"的地方。

無論中央政府是在長安、洛陽、開封、南京或者北京，廣州都是一個邊遠的、偏僻的、鞭長莫及和不太重要的邑鎮。如果按照周代"五服"的規格，它顯然只能屬於最遠的那一"服"——"荒服"（天荒地老之服）。長江湘水之阻，衡山南嶺之隔，足以讓達官顯貴、文人墨客視為畏途。李白有"蜀道之難難於上青天"的感歎，然而從長安到成都，實在比到廣州近得多了。所以古人從未有過"粵道難"的說法，因為他們幾乎沒有到過廣州，也不大想到廣州。事實上，"蠻煙瘴雨"的嶺南，歷來就是流放罪犯的地方；而只要想想十八世紀清廷官方規定的標準行程，從北京到廣州驛站，竟要56天（加急為27天），則對於所謂"天高皇帝遠"，便會有一個感性的認識。想想看吧，將近一兩個月的"時間差"，多少事情做不下來？

廣州距離中央政權既然有這樣遠的路程，那麼，中央政府即便想要多管廣州，在事實上也心有餘而力不足，當然在大多數情況下，也就只好"睜一隻眼閉一隻眼"。同樣，習慣了中央政府這種態度的廣州人，當然也早就學會了"看一隻眼不看另一隻眼"，在政策允許的前提下，自行其事，先斬後奏，甚至斬而不奏。

這種文化心理習慣在改革開放時期就表現為這樣一個“廣東經驗”：對於中央的政策，一定要用夠、用足、用好、用活。具體說來，就是只要沒有明確規定不許做的，都可以做，或理解為可以做。所以曾經有人說，改革開放以來，由於提倡改革，允許實驗，允許失敗，中央對於許多地方許多省份，其實是“睜一隻眼閉一隻眼”的。廣東人看着的是那隻“閉着的眼”，福建人看着的是那隻“睜着的眼”，上海人琢磨下一回“哪隻眼睜哪隻眼閉”，北京人則在議論“應該睜哪隻眼閉哪隻眼”。結果廣東上去了，福建滯後了，上海在徘徊，北京則在不停地說話。看來，廣東成為改革開放的前沿陣地，並非沒有文化上的原因。

　　廣州離“皇帝”很遠，離“外面的世界”卻很近。

　　廣州臨南海之濱，扼珠江之口，對於吸收外來文化有着天然的優勢。禪宗祖師菩提達摩，就是於南梁武帝大通元年在廣州登陸，來到東土的。實際上，華南地區的出海口在晉時即已由徐聞、合浦一帶移至廣州。到了唐代，廣州便已以中國南海大港而著稱於世，成為“海上絲綢之路”的起點之一。這時，廣州已設立“蕃坊”，城中外僑雜居，其所謂“蕃邦習俗”，對廣州文化的形成，不能說沒有影響。可以說，從那時起，廣州人對於“蕃鬼”，便有些“見慣不怪”，習以為常。

　　不過那時的中國，的的確確是“世界第一”的泱泱大國。中國的文化，遠比世界上許多國家和民族的文化優越，尤其對於那時來華的“白蠻、赤蠻、大石、骨唐、昆侖”等國，就更是如此。總之，廣州人對外來文化的吸收，是以中國文化的優越感為“底氣”的。這也是廣州與上海的不同之處。廣州是在已有本土文化的前提下吸收外來文化，而上海則是在“一張白紙”的情況下開放和吸收。而且，到上世紀初，廣州與“外面世界”的聯繫已大不如上海：廣州進出口的噸位數只有上海的1/4，租界大小則只有上海的1/147。所以，上海的“西化”雖在廣州之後，卻比廣州“徹底”和“地道”。上海除人力車夫一類“苦力”說

"洋涇浜英語"外，一般來說只要肯學，英語說得都很好。廣州人卻喜歡把外來語言"本土化"，發明出諸如"打的"、"打波"之類"中外合資"的詞語，或諸如"佳士得"、"迷你"、"鐳射"之類中文色彩極濃的譯名。廣州給人的怪異感，有相當一部分是由這些話語的"不倫不類"引起的。

但這對於廣州人卻很正常。廣州人的"文化政策"，歷來就是"立足本土，兼收並容，合理改造，為我所用"。比方說，他們也用漢字，卻堅持讀粵音。當年，如果不是雍正皇帝下了一道嚴厲的命令，他們是連"國語"都學不會的。儘管如此，他們還是發明了一大堆只有他們自己才認識的"漢字"。廣州人對待中原文化的態度尚且如此，遑論其他？

其實，這也是"天高皇帝遠"所使然。

所謂"天高皇帝遠"，顯然包括兩方面的內容：一是中央政府不大管得了，二是中央政府不大靠得上。管不了，就可以自行其事；靠不上，就必須自力更生。所以，廣州人的自強精神和自主意識也就特別強。在漫長的歷史進程中，廣州和嶺南人民正是靠着自己的篳路藍縷、艱苦創業，才在極其困難的條件下，為自己闖開了一條生路，並創造了自己獨特的文化。這種獨創精神幾乎已成為他們的"文化無意識"。任何人只要稍加注意，就不難發現，廣州的文化，從飲食服飾、建築民居，到音樂美術、戲劇文學，都有自己的特色而與內地大相異趣。自唐以降，優秀的嶺南詩人，多能一空依傍，自立門戶；而近代崛起的"嶺南畫派"，更是銳意革新，獨樹一幟。嶺南畫派在繼承國畫傳統技法的基礎上，兼容西方攝影、透視等方法，終於形成自己獨特的風格；而廣東音樂則在運用民族樂器的基礎上大膽採用外來樂器，於是便以其寬廣豐富的音域和優美嘹亮的音韻深得人們喜愛，享譽海內外。

實際上，即便廣州普通民眾的生活，也相當隨意和注重個性。廣州菜餚、點心、粥麵品種之多，堪稱中國之冠。除嶺南物產豐富、粵人注重飲食外，要求"吃出個性來"，也是原因之一。廣州人的穿着，更是五花八門。或講面料，或講款式，或講名牌，或講新潮，但更多的還是自己覺得怎麼好看就怎麼穿，或怎麼舒服就怎麼穿，比如穿西裝不打領帶，穿皮鞋不穿襪子等（此為廣州與深圳之不同處）。相反，穿得過於一本正經，在廣州反倒會有怪異之感。一位廣州朋友告訴我，有一天，他們單位一個同事西裝革履地走進來，大家便開玩笑說："你什麼時候改賣保險了？"原來，在廣州，只有推銷員才會穿得一本正經，其他人都穿得隨隨便便。反正，在廣州，衣食住行均不妨個性化。不過有一點則似乎是共同的，那就是總和內地不一樣。內地人穿中山裝軍便服時，他們穿港式襯衫花衣服；內地人西裝領帶衣冠楚楚時，他們把西裝當茄克穿。內地人早上吃稀飯饅頭時，他們早上喝茶；內地人以"正宗粵菜生猛海鮮"為時尚時，他們卻對川菜湘菜東北菜產生了濃厚的興趣。這就使得外地人一進廣州，就覺得這地方吃也好，穿也好，都怪怪的。

其實說怪也不怪。廣州既然是一個遠離中原的地方，既然反正也沒有什麼人來管他們和幫他們，他們當然就會按照自己選擇的生活方式來生活，而不在乎北方人說三道四。事實上，即便有"北佬"評頭論足，廣州人也既聽不到又聽不懂。即便聽到了聽懂了，也"沒什麼所謂"。廣州人不喜歡爭論而喜歡實幹，而且喜歡按照自己的個性去幹。在廣州人看來，北京人爭得面紅耳赤的許多問題，都是"沒什麼所謂"的。或者借用一個哲學的說法，都是"假問題"。因為這些問題不要說爭不出什麼名堂，即便爭得出，也沒什麼實際效益。既然如此，爭論它幹什麼？顯然，廣州人廣東人的文化性格和改革開放的基本精神是一致的：改革開放的原則是"不爭論"，而廣州人也好廣東人也好，都不喜歡爭論。

但，這絲毫也不意味着廣州或廣東無思想。恰恰相反，在風雲變幻天翻地覆的中國近代史上，廣東有着“思想搖籃”的美稱。黃遵憲、康有為、梁啟超、孫中山，在這個“天高皇帝遠”的地方發出了震驚全國的聲音，其影響極為深遠。孫中山、毛澤東、鄧小平，這三個對本世紀中國的命運前途和思想文化產生了巨大影響的人物，一個出在廣東，一個出在湖南，一個出在四川，而不是出在北京、上海，是耐人尋味的。事實上，廣東不但出思想家，而且廣東的思想家，不是革命者也是革新者，沒有一個是保守派。這其實也正是廣東文化或曰嶺南文化的特點，即“生猛鮮活”。生猛鮮活是和枯朽陳腐完全相反的。生就是有生命力，猛就是有爆發力，鮮就是有新鮮感，活就是運動性。生則猛，鮮則活。相反，枯則朽，陳則腐。這也正是一個古老帝國的古老文化可能會要遇到的問題。看來，嶺南文化能夠具有生猛鮮活的風格，或許就因為它“天高皇帝遠”！

廣州與內地城市之最大區別，也許還在於其經濟生活方式。

中國傳統社會的內地城市，基本上是出於兩種目的而建立的，這就是“政治”和“軍事”。主要出於政治目的而建立的叫“城”，主要出於軍事目的而建立的則叫“鎮”。鎮，有重壓、安定、抑制、鎮服和武力據守等義。所以，重要或險要的地方叫鎮，在這些地方設立郡邑或派重兵把守也叫鎮。鎮以軍事而兼政治，城以政治而兼軍事，故北京是“城”，武漢是“鎮”。城講“文治”，鎮重“武備”，它們都不會把商業和商品生產放在首位。

廣州卻是另一種類型的城市。儘管廣州建城很早，且有“羊城”、“穗城”、“花城”等等別名，但廣州的城市性質，卻主要不是“城”，也主要不是“鎮”，而是“市”。由於“天高皇帝遠”，也由於歷代王朝對廣州實行特殊的經濟政策，廣州在中國城市發展史上，走的是與內地城市完全不同的另一條道路。它不像"城"或"鎮"那樣看重政治和軍事，卻頗為重視商業和商業性的農業、手工業。早在漢初，它就已是我國南方重要的港口城市；到唐代，已發展為全國最大的外貿港口；至宋時，則已成為世界著名港口之一。明清兩代，廣州作為中國重要的通商口岸和外向型農業、手工業基地，商品經濟和海洋經濟都得到了長足的發展，人口增多，市場繁榮，與海外交往頻繁。據統計，乾隆十四年至道光十八年這90年間，外輪抵港多達5130艘。鴉片戰爭時，廣州的進出口噸位數達28萬噸（同期上海只有9萬噸）。海洋經濟帶來的商業氣息，給廣州和整個嶺南地區注入了不可低估的經濟活力，造成了一種新的氣象。與之相對應，整個珠江三角洲"棄田築塘，廢稻種桑"，成為商品性農業生產基地；而廣州則成為商品性手工業的中心，並以工藝精美而著稱於世，有所謂"蘇州樣，廣州匠"之美名。

在商言商。廣州既然是"市"，則廣州之民風，也就自然會重財趨利。明清時有民謠云："呼郎早趁大岡墟，妾理蠶繅已滿車。記取洋船曾到幾，近來絲價竟何如。"可見亦農亦商、亦工亦商已成風尚，市場、價格、交易等等也已成為人們的日常話題。至於經商貿易，當然也是廣州人競趨的職業。

廣州的這種民風，歷來頗受攻擊。但這些攻擊，顯然帶有文化上的偏見。要言之，他們是站在"城"和"鎮"的立場來攻擊"市"。"市"確乎是不同於"城"和"鎮"的。不論"城"也好，"鎮"也好，它們都主要是消費性的城市，其財政開支主要依賴農業稅收，部分依賴商業稅收，生產者少，消費者多。即以清光緒三十四年（公元1908年）為例，是年北京70萬人中，不事生產的八旗子弟和士紳官員就有28萬人，佔總人口的40%。這些人不必躬耕於壟畝，叫賣於街市，自然可以高談闊論於茶座，淺吟低唱於青樓，大講"義利之辨"或"逍遙之道"了。然而"市"卻是生產性的。什麼叫"市"？"市，買賣之所也。"既然是買賣，就必須不斷地買進賣出，才叫"生意"。不做生意，錢放在家裡，自己不會生兒子，老闆也不會有飯吃。因此，一個"市"，只要它一天不從事商業生產和商業活動，便立即會喪失生命，失去存在的意義。生意生意，有"生"才有"意"。這就必須"生產"。生產，才有飯吃。所以，"城"與"市"的文化性格往往不同，而城裡的人和市上的人也多有差異。要之，城多靜而市多動，城多雅而市多俗，城裡的人多會說而市上的人多會做，城裡的人多務虛而市上的人多務實。究其所以，大約也就是後者必須自己謀生而前者大可不必之故。

於是，我們便大體上知道廣州人為什麼不喜歡爭論，為什麼自主意識特別強，以及廣州為什麼會有生猛鮮活的風格，而且總是和內地不一樣了。就因為廣州是"市"，是中國最老也最大的一個市場。上海也有"市"的性質。但上海主要是外國人做生意而中國人當職員，廣州卻是廣州人自己當小老闆。所以，當中國諱言"市場經濟"時，以職員為主體的上海人很快就適應了計劃經濟，廣州人血液中的商品經濟因子卻依然存在。結果，廣州和廣東人走在了改革開放的前列，上海人卻費了老半天才反應過來。廣州，畢竟是"老牌的市"啊！

三 廣州是個大市場

　　的確，從某種意義上說，廣州是個大市場。

　　與上海一樣，廣州在許多中國人的心目中，也是一個"買東西的地方"。在改革開放以前的那些年頭，甚至改革開放之初，中國人即便手上有一兩個小錢，也是買不到什麼東西的。那時，誰要想買點好東西，就得想辦法到上海或者廣州去。上海的好處是能買到國產的精品，廣州的好處則是能買到不多的一點新潮的進口貨，或者出口轉內銷的新產品，不過要用僑匯券或外匯券。外匯券是從1980年4月1日開始發行的，1995年1月1日起停止使用，現在已成了一種收藏品。那時，外匯券可是寶貝。有了它，就可以到友誼商店去買別人買不到的東西。不過，外地雖然也有友誼商店，東西卻沒有廣州的多；而在廣州，使用外匯券也不一定非得在友誼商店，其他某些商店如南方大廈也可以用。所以，外匯券真正的用武之地還是在廣州。1982年，廣州的親戚給了我們一點外匯券，我們捏在手裡半天不敢用，在廣州轉了好幾家商店，才給女兒買了一條裙子。總之，儘管上海和廣州都是當時中國人心目中的購物天堂，但性質卻是不一樣的。上海更像一家自產自銷的工廠，南京路、淮海路什麼的不過是它的門市部；廣州則更像一個討價還價的市場，街面後的城市只不過是它的大庫房。

最能體現出這一微妙差異的是兩條有名的街：上海的南京路和廣州的高第街。90年代以前，外地到上海或廣州購物的人，尤其是打算買點漂亮衣服或日用小百貨的人，幾乎都要到這兩條街上去逛一逛。但細心的人很快就會發現它們的不同：南京路上的商店主要是國營的，高第街上的攤檔則基本是個體的；南京路上出售的主要是上海國營工廠的產品，高第街上賣的卻不知是攤主們從哪裡倒來的“進口貨”。高第街是廣州一條商業街，早在清代就頗有名氣，當時主要經營日用品和工藝品，廣州的女人有事沒事隔三差五就要去光顧一番，因此又叫“女人街”。改革開放之初，它便更是領導着時尚領導着潮流，服務對象也不止於女人，還包括所有愛漂亮講時髦的小夥子。80年代中期，高第街共有640多個個體攤檔，出售各種新潮服裝和化妝品、小商品，甚至還有從海外帶來或走私進來的舊時裝。滿載着鼓鼓囊囊蛇皮袋的“雅馬哈”出出進進，而喇叭褲、牛仔褲、T恤衫、幸子衫等當時的時髦服裝，也就從這裡走向全國。可以這麼說，80年代初的中國人，是從高第街開始羞羞答答地改變着服飾，同時也悄悄地改變着生活觀念和人生態度的。

　　時過境遷，現在的高第街已不像當年那樣風光了。因為在廣州，這樣的街已越來越多越來越好越來越專業化，比如上下九的扣子一條街，大新路的鞋子一條街，康泰路的建材一條街，大南路的鮮花一條街，以及天河電腦城和海印電器城等。和二十年前相比，中國人的收入和生活水平都大大提高了，消費觀念和生活觀念也大不同於前。人們不再會去討論諸如“喇叭褲能否吹響‘四化’的號角”之類的問題，牛仔褲和T恤衫也不再是“時髦女郎”或“問題青年”的專利。全國各地都有緊跟潮流的服裝市場，犯不着再到高第街來湊熱鬧。現在，來廣州的外地人多半要去的地方，是大沙頭海印橋下的電器城。這裡雲集了1000多家商鋪，是國內最大的家用電器集散地。其特點是價格便宜，品種齊全，但凡你聽說過或想得到的家電，這裡都應有盡有，而且保證是最新潮的。

國外最新的家電產品剛一推出，這裡就會立即上市。這也正是廣州作為一個大市場的特徵所在：反應敏捷，確保滿足消費的需求。

當然，作為一個成熟的市場，廣州不但有"新"，也有"舊"。追新的人可以去天河城。那裡薈萃了眾多的名牌時裝專賣店，其佈局和氣派已直追香港的太古廣場或置地廣場。懷舊的人則不妨去上下九。那裡不但有永安百貨、廣州酒家、清平飯店和蓮香樓等老字號，也有眾多的不起眼的小"士多"。在上下九街道兩旁的老騎樓下走過，老廣州那親切質樸的平民氣息就會撲面而來。難怪這裡會闢為廣州第一條步行街了。的確，走在這條街上，你能找回許多關於老廣州的記憶和感覺。

逛上下九，最好能去吃一碗牛腩粉，或者飲一次下午茶。

廣州不但是一個"買東西的地方"，也是一個"吃東西的地方"，要不然怎麼說"食在廣州"呢？中國是一個飲食文化極為發達的國家，全國各地都有好吃的東西，並非只有廣州才是"食的天堂"。事實上，除"食在廣州"外，也還有"吃在成都"、"吃在揚州"等說法。但在我看來，成都、揚州等和廣州相比，還要略遜一籌。這不僅因為廣州的菜餚和點心內容豐富、品種繁多、做工精美、品味極高；也不僅因為廣州人什麼都吃，——"草原吃羊，海濱吃蟹，廣州人吃崩了自然界"；還因為只有廣州，才二十四小時都在吃。

吃的節目是從早上6點來鐘的"飲早茶"開始的。別看這時天還沒有大亮，開設早茶的酒樓卻已人聲鼎沸。經過多年粵文化的普及，內地人都已知曉，所謂"飲早茶"並不是喝茶，或並不只是喝茶，而是吃點心，如蝦餃、鳳爪、腸粉、春卷、牛肉丸、馬蹄糕，還有豬肝粥、魚生粥、皮蛋瘦肉粥等各種粥類和青菜。老廣州人是很看重早茶的，有"一盅兩件歎早茶"的說法。歎，在粵語中是"享受"的意思。清早起來，在街上溜達溜達，然後走進酒樓，挑一張桌子坐定，即有小姐來上茶。

再隨便要一兩樣點心，便可以邊吃邊聊直到早茶收檔，可真的稱得上是"歡世界"（享清福）啊！

早茶一般10點左右收檔。稍事整理後，午飯便開始了。廣州人中午在外吃飯的不多，一般在單位吃食堂或在公司吃便當。因為下午還有事，所以中午飯吃得都比較快，也相對比較簡單。2點一過，午飯結束，下午茶又開始了。午茶的內容形式與早茶沒有什麼兩樣，熱衷者也多為老廣州人。不過據我觀察（不一定對），飲早茶的似以老先生居多，飲午茶的則以老太太居多。大約因為老先生早上比較有閒（中午要午睡）而老太太下午比較有空（早上要買菜）吧！忙完了一天家務的老太太，正可以在這時邀幾位老姐妹，一起來"傾偈"（聊天）了。

午茶到5點便收檔，接着便是一天中食肆最旺的晚餐。晚餐是廣州人吃得最講究最排場的一餐。因為家人也好朋友也好，惟有此時才可能相聚，而且時間有保證，能夠盡興，不至於被公務打擾。即便是應酬，也顯得有誠意。因此一到華燈初上，廣州的酒樓便人滿為患。吃完晚餐，如果是老友相逢，則可能還要去飲晚茶。飲晚茶的，似以中青年居多。因為老先生也好老太太也好，這時都已吃完晚飯沖過涼，在家裡看電視或者搓麻將了。他們沒有太多的精神和胃口來應付晚茶，而對於精力充沛的中青年來說，真正的夜生活這時才開始。酒足飯飽之後，可以飲至深夜的晚茶是很好的放鬆和休閒。

如此一日三餐三茶之後，廣州人"食"夠了嗎？沒有。深夜，可以說才是"食在廣州"的高潮，廣州人稱之為"去宵夜"。廣州人原本就有過夜生活的習慣，近年來由於物質的豐富和收入的增加，宵夜的人越來越多，經營宵夜的食肆也越來越火爆。毗鄰海珠廣場的勝記大排檔、沙面的新荔枝灣、珠江北岸海印橋腳下的西貢漁港，都是宵夜的好去處。每到深夜時分，這裡便燈火輝煌，食客如雲，熱氣沸騰，構成獨特的"廣州風景"。宵夜一直要開到凌晨6點，接下來便是新一天的早茶。

這種二十四小時不間斷的餐飲接力賽，在內地尤其是在北方城市，不但罕見，而且不可思議。但這又恰恰是地地道道的 "廣州特色"。尤其是早茶、午茶、晚茶和遍佈廣州大街小巷的大排擋，最能代表廣州的城市風情。因此有人說，只有終日流連於這些地方的主兒，才能真正體會 "食在廣州" 的含義（《新週刊》1998年第5期安寧文）。

還有一點也不可不提，那就是 "食在廣州" 並不等於 "食廣州"，而毋寧說是 "食全國" 甚至 "食世界"。在廣州，只要有錢，沒有吃不到的東西。海南文昌雞、東北燉粉條、西安羊肉泡、成都酸菜魚之類自不必說，法國鵝肝、德國紅腸、韓國燒烤、日本刺身，也都絕對地道絕對正宗。廣州，就像是一座應有盡有的大酒樓。

其實，這正是市場的特點。

市場是幹什麼的？有人說市場就是花錢和賺錢的地方。這話並不全對。應該說，市場就是通過滿足人們的需求，讓一部分人心甘情願花錢，另一部分人心安理得賺錢的地方。因此，越是成熟的市場，就一定越能多層次全方位地滿足人們的需求。

廣州的好處也正在這裡。廣州允許 "擺款"（鋪張），也寬容 "孤寒"（吝嗇），而且擺能讓你擺個夠，省也能真讓你省下來。廣州有豪華氣派得讓一般人不敢擅入的大酒樓、時裝店、精品屋，也有遍地開花的攤點和大排擋。在廣州，花一萬塊錢買件衣服或者吃一頓不算什麼，只花十塊錢買件衣服或者吃一頓也很平常。那個在大排擋吃牛腩粉的可能剛做完一筆大生意，那個在街頭買削價商品的也可能剛花40萬買了一套房子。廣州允許不同的人有不同的活法，也允許同一個人有不同的活法。

但有一點則大體上是共同的，即廣州人都明白一個道理，那就是不管怎樣 "食"，歸根結蒂都是 "食自己"。因此，倘若自己並無可

"食"之處，那就誰也幫不了你啦！所以，比別的地方人愛吃會吃的廣州人，往往也比別的地方人肯做會做。的確，"市"上的人，要比"城"裡的人更懂得"民以食為天"的道理。廣州人有句經常掛在嘴邊的話，叫"搵食"，也就是"謀生"的意思。"搵"即"找"，"食"要自己去"找"，再明白不過地說明了"市"上的人，多半是自食其力者。對於他們來說，生活是實實在在的事情，也是必須付出勞動、智慧和時間的事情。如果你不能為此付出實實在在的代價，那麼，對不起，你就只好餓肚子、喝西北風，或者用廣州話說，只好"吊砂煲"了。

所以，為了"搵食"，廣州人便不怕忙得"滿天神佛"。"滿天神佛"是廣州人的一句口頭禪，意思是不可開交、難以應付。但廣州人再忙，也不會說"忙死"。因為"忙"，原本為了"搵食"，為了活得更好，怎麼能說"死"？沒法子，只好拿神佛來開開心，放鬆放鬆，調劑調劑。不過，神佛也幫不了太多的忙。搵食，還得靠自己。

同樣，為了"搵食"，廣州人便不惜把自己的時間也放進"鍋"裡去"炒"，叫做"炒更"（也就是業餘兼職）。落班放工以後，再打一份工，掙一份錢，辛苦是辛苦，可日子也就要好過得多。從某種意義上講，"炒更"的過程，也就是品味時間價值的過程，同時也是品味自身價值的過程。所以不少的廣州人都樂此不疲。這實際上也是只有"市"上才有的文化奇觀，"城"裡的人往往連想也不敢想（現在自然都已"見賢思齊"了）。在這裡我們似乎又可以看出"城"與"市"的區別："市"上的人要比"城"裡的人思想更活膽子更大。你想想看，廣州人連時間都能"炒"，還有什麼不能"炒"？廣州人連"更"都能"吃"，還有什麼不能"吃"？但"炒更"也好，"炒"別的什麼也好，總歸是"食自己"。單憑這一點，"吃別人"的人，尤其是吃着公款還要學着廣州人在飯桌上扣指為謝以為擺譜的人，就沒有多少資格來教訓他們。

一個辛辛苦苦在廣州"搵食"的人，當然也有資格"食在廣州"。其實，廣州有那麼多的"食府"和"食客"，歸根結蒂，就因為廣州是"市"，廣州人的生活已經市場化商業化了。生活在這樣一個城市裡的人，沒有興趣也沒有必要把時間都花費在做飯洗碗之類的事情上。一個人的時間精力總是有限的，它們應該用於兩件事情，一是"搏"（拚搏），二是"歎"（享受）。實際上，廣州人走進酒樓，並不完全是為了享受，不少人也是為了生存。因為，"在廣州，茶樓酒肆成了人們生活中的一部分。不進茶樓酒肆，是無法融入廣州的商業社會的。許多信息是從飯桌上聽來的，而要做成生意，喝茶吃飯更是少不了的節目"（《新週刊》1998年第5期周善文）。看來，吃飯有時也是找飯吃（搵食）。有多少人能夠"食穀種"（吃老本）呢？

這就是廣州，這也就是"市"。生活在這樣一個城市裡的人，自然會有些他人以為怪異的地方。

四 "市態"種種

"市態"？有沒有搞錯？

沒錯。廣州是"市"，廣州的"世態"，當然也就是"市態"。

"市態"的特點是商業性。

廣州話中有一個使用頻率很高的字——"抵"。抵，有忍受、忍耐的意思，如抵冷（耐寒）、抵力（費勁），抵肚餓（捱餓）等，但更多地還是表示"等值"。最常用的，是表示"划得來"、"花得值"。到酒樓美餐，吃得大快朵頤，叫"抵食"；到商場購物，買得稱心如意，叫"抵買"；到歌舞廳夜總會娛樂中心瀟灑一回，玩得興高采烈，叫"抵玩"。顧客滿意，老闆開心，看着大把的票子進賬，心裡暗叫"抵賺"。會賺錢的也會花錢，會花錢的多半也會賺錢，這就叫"抵手"（能幹、有本事）。如果沒有賺錢的能耐，那就只有坐以待斃，大約也就只好叫"抵窮"（活該受窮）乃至"抵死"（該死）了。廣州人的商業意識和價值觀念，由此可見一斑。

諸"抵"之中，最有意思的還是"抵錫"。錫，也就是吻。都說愛情無價，廣州人偏偏說有。價值幾何？也就"一錫（吻）"而已。深深愛着你的人為你奉獻一切，盡心盡力，總該有所回報吧？拿什麼回報？黃金有價情無價，還是道一聲"抵錫"吧！輕輕的一個吻，比什麼東西和多少錢，都 "抵" 。正如饒原生所說： "愛的奉獻最需要愛的回報"
（《粵港口頭禪趣解》）。

廣州人還有一個用得很多的詞，叫 "睇數" 。它的本義，是結賬、
算賬，而且主要指在食品店用餐後服務員來結算賬目。比方說，一個廣
州人小賺了一筆，高興了，要請朋友吃飯，便會說：呢餐我 "睇數" ！
但是，一個女孩子如果不慎婚前與戀人暗結珠胎，那麼，她的家人便會
找到那男孩，說：你應該 "睇數" 的！這就看不懂了。難道這種事情也
要結賬？原來，這裡的 "睇數" ，是 "負責" （當然也包括 "認賬" ）
的意思。所以，廣州人如果要表示對某件事負責，便會說： "我睇
數！" "負責" 要用 "埋單" 來表示，可見廣州之 "世態" 確實是 "市
態" 。

當然，廣州人也不會什麼事情都 "睇數" 的。睇，也就是看。一餐
飯吃完了，服務員把單拿來請你付賬，你當然要看看上面的數。正是由
於這個原因， "埋單" 才叫 "睇數" 。顯然， "睇數" 不 "睇數" ，要
看 "抵唔抵" （值不值）。 "抵" ，就 "睇數" ； "唔抵" ，當然也就
不 "睇數" 。此外，也還要看自己有沒有能力 "睇數" 。沒有能力，卻
隨隨便便表態 "我睇數" ，不是 "戇居" （傻瓜、笨蛋），便是 "大隻
講" （空口說白話，說話不算數的人）。遇到這樣的人，你千萬不要信
以為真，還是自己設法去 "埋單" 為好。

總之， "睇數" ，是做人的準則，尤其是在一個講究信譽、看重合
同、尊重契約的商業社會做人的準則。諸如此類表現商業社會性質的廣
州方言還有許多。比方說，一個老姑娘，拖到三十出頭了，還沒有嫁
人，便會被左鄰右舍三姑六婆說成是 "賣剩蔗" 。甘蔗被人挑來揀去，
挑剩下了，當然不大容易再賣。其實老姑娘的不嫁，原因很多，並非一
定是嫁不出去。倘若她根本就不想嫁人，則這些左鄰右舍三姑六婆，
便多少未免有些 "八卦婆" （多管閒事的女人，又叫 "八婆" 、 "八

妹"）的味道了。再說，把"嫁人"說成是"賣甘蔗"，也甚為不妥。不過，這句話，倒是十足的"廣州話"。廣州四鄉盛產甘蔗，而廣州人又愛把什麼都說成是做生意。

最有趣的也許還是廣州人的道謝。廣州人道謝，叫"唔該"。如果要加重語氣，則再加一個"曬"字，叫"唔該曬"。它不但有"謝謝"、"多謝"的意思，還表示"請"、"勞駕"、"借光"、"對不起"等等。比如"唔該借歪啲"（勞駕請讓讓），或"還番枝筆畀你，唔該曬"（這枝筆還給你，多謝）。既然要勞駕別人幫忙，或謝謝別人的幫助，為什麼還要說別人"唔該"（不應該）呢？原來，"唔該"（不應該）的不是別人，而是自己。意思是說，像我這樣的"小人"、"小店"和"小事"，實在是"唔該"勞您老人家"大駕"，或"唔該"被您老人家如此惠顧的。不過，"唔該"歸"唔該"，勞駕還得照舊勞駕。只不過自己得了實惠以後，道一聲"唔該曬"就好了。

顯然，這裡仍有某種商業氣息在裡面。因為所謂對方"唔該"（不該），其實是蓋因自己"唔抵"（不值）。雙方好像做了一筆不等價的買賣，當然要道謝了。

請求幫助和表示感謝的人既然自己認為"唔該"（不該）或"唔抵"（不值），被感謝的人當然也不能表示受之無愧，而必須說"濕碎"或"濕濕碎"。濕，也就是"濕柴"；碎，當然是"零碎"。濕柴燒不着，零碎不足道，一聲"濕濕碎"，也就抵消了對方的歉意。這意思無非是說：我這一點點"小幫小忙"、"小恩小惠"，實在"唔該"（不該）受此重謝。那意思，就好像只賣了一碗白粥卻收了十塊錢小費似的。這樣一來，雙方當然都很體面，也都很高興。所以，廣州人在要請別人幫忙或受惠於人時，總要說一聲"唔該曬"，而對方也多半會說"濕濕碎啦！"

這就頗有些像咱們"國語"中的"對不起"和"沒關係"。所謂"對",就是"面對"。既然是面對,那就要有"面子"。沒有面子,就不能面對,也就會"錯過"或"耽誤",這就是"錯誤"。所以,一個人,如果犯了錯誤,誤傷了別人的面子,就要說"對不起"。這意思是說,我原本也想"對"的,只是因為自己面子太小,想"對"而"對不起"。接受道歉的人當然不能公然承認對方的面子"對不起"自己的面子,便只好說"沒關係"。也就是說,咱們根本就沒有"面對"過,哪裡存在什麼"對得起"、"對不起"的事情?不過現在既然已經"對話"了,自然還是"對得起"。這樣一來,當然大家都有面子。

上述說法的共同特點,是貶低自己抬高對方。這也是咱們的"國風",禮儀之邦,抑己揚人。不過,"對不起"是貶低自己的"人格","唔該曬"和"濕濕碎"則是貶低自己的"價格"。因為所謂"濕柴",原本是指當年國民黨政府發行的那種不值錢的"金元券",而"碎"則有"碎銀子"之意。廣州是"市",當然說來說去,一不小心,就總會說到"錢"上去了。

看來,廣州人和北方人一樣,也是要念"面子經"的。只不過,北方人的"面子經",主要是"政治學"和"社會學"的;廣州人的"面子經",則更多了一些"經濟學"的內容。

廣州人的"面子",有一個洋名兒,叫"菲士",亦即"face"(臉)。一個廣州人,是不可以沒有"菲士"的,就像不能沒有臉一樣。穿名牌襯衣着名牌皮鞋戴名牌眼鏡,是為了"菲士";把家裡裝修得像"星級賓館",年節時婚禮上散發饋贈的"利市"(紅包)脹鼓鼓的,自然也是為了"菲士"。如果是未婚男女"相睇"(相親),或帶"小蜜"到咖啡廳"蜜斟"(密談),當然更要講究"菲士":地點須是"五星",出入自然"打的"(有私家車則更好)。至於"家底"如何,則又當別論。不管怎麼說,"唔可以沒曬菲士"的。

什麼人最有"菲士"？自然是"波士"。"波士"就是領導者、負責人、老闆、頭兒、上司。這些人，頤指氣使，說一不二，自然是派頭十足，"菲士"大大地有。更何況，廣州人的頭腦裡，既有傳統社會中的等級觀念，又有商業社會中的經濟意識，對於既有權又有錢的"波士"（老闆），當然至少是會客氣得很。

說起來，"波士"這個詞，倒也一語雙關，妙不可言。"波"這個詞，在廣州話中多半指"球"，比如籃球、排球、足球、乒乓球（但不包括網球、羽毛球、康樂球等）。所以，打球叫"打波"，看球叫"睇波"。如此，則"波士"豈非就是"球人"？饒原生《粵港口頭禪趣解》一書說，港人最早使用"波士"一說，可能是因為老闆的大腹便便而對"波"（球）產生了聯想。這當然只不過是有意的"趣解"。因為"波士"是"boss"的音譯，意謂總經理、大老闆、資本家，"波"則是"ball"的音譯，不搭界的。

不過，把老闆（波士）看作"球場上的人"，也沒有什麼不合適。因為商場如戰場，戰場亦如球場，都是群雄逐鹿心競力爭必須一"搏"的地方。同時，也正如饒原生所說，是"觀眾們的眼睛聚焦所在"。所以亦無妨視彼"波"為此"波"。況且，視商場或官場如球場，比起視之如戰場來，總多少要讓人覺得輕鬆一點。

也許，這又體現了廣州文化的一個特點，強調意念作用，講究心理調節。它的一個極端的表現，就是所謂"意頭"。

廣州人的講究"意頭"，在外地人看來，幾乎到了"神經病"的地步。公司開張、兒女婚嫁固然要"擇吉"，便是隨便吃點什麼東西，也要講"意頭"。廣州菜餚五花八門、豐富多彩、數不勝數，"意頭"也就講究得無奇不有。比如，髮菜蠔豉叫"發財好市"，髮菜豬手叫"發財就手"，髮菜香菇叫"發財金錢"，這些菜在喜宴上特別受歡迎。至於豬舌諧音"賒"，豬肝諧音"乾"（枯），絲瓜諧音"輸"，苦瓜有個"苦"字，當然叫不得，於是改叫"豬利"、"豬潤"、"勝瓜"、"涼瓜"。廣州姑娘愛吃一種名叫"士多啤梨"的水果，外地人還以為是什麼進口新品種。及至拿來一看，才恍然大悟："不就是草莓嗎？"廣州人一聽這話，立馬就會叫起來："衰過你把口！乜'霉霉'聲啊！"

這就未免讓人有動輒得咎之虞。事實上，外地人到廣州，常常被告誡說話做事要注意"意頭"。比方說，朋友結婚，斷然不可送鐘（終）、梨（離）之類，否則你花了錢還不落好。於是外地人只好苦笑：這算什麼事吧！也有人說：投機心理嘛！還有人解嘲似地說：廣州人反正"投資"、"投機"分不清。他們既然要"投資"，就免不了會要"投機"啦！

對於廣州人這種講究"意頭"的文化習俗和文化心理，我倒是主張無妨寬容一點。好歹這種講究並沒有什麼惡意。關鍵在於講究者們自己持一種什麼樣的態度。如果是真信那玩意，而且信到"執迷不悟"的程度，當然是"迷信"，既可笑，又不必。如果只是表達一種願望，說說而已，就沒有什麼非糾正不可的了。當然，其不宜提倡，也毋庸置疑，因為從人類學的角度講，這無非是一種"巫術遺風"。都什麼年頭了，還信巫術啊？

事實上，廣州人也並不認為"意頭"就是決定一切的。

廣州有這樣的話："唔好靠撞彩"，意思是要靠自己努力，不要靠碰運氣。如果只想碰運氣，那就會"望天打卦——沒着落"。"迷信"的廣州人，居然會說出這麼一句嘲諷算命先生的歇後語，想想真是好笑，卻也並非沒有道理。舊時廣州算命先生多，而廣州的天氣又多變。沒準那算命先生剛剛誇下海口，突如其來的一場大雨就會把他澆成個落湯雞。於是乎，丟了飯碗的算命先生，便只好"望天打卦"，給老天爺算命了。所以，當廣州人問起某件事是否落實時，往往就會詼諧地說上一句：“望天打卦啊？”

“望天打卦”靠不住，靠得住的便只有自己。

所以，廣州人極其看重一個“搏”字。中國第一位乒乓球世界冠軍容國團就說過：“人生能有幾回搏？”這正是“廣州精神”的一種體現。廣州方言中有不少表現這種拚搏精神的話，比如“照殺”、“擒青”、“搞掂”，甚至“搏晒老命”。“搏晒老命”當然是“拚了老命”，而“照殺”則是“下定決心”。比方說：“呢件事幾大都照殺”，就是“這件事無論如何也要完成”的意思。“下定決心”要用“照殺”這樣“殺氣騰騰”的詞來表達，無非表示了一種不是魚死就是網破的決心。有此決心，當然也就能把事情樣樣“搞掂”。為了“搞掂”，哪怕魯莽（擒青）一點，或被人視為“擒青”，也在所不惜。這是什麼精神？當然是拚搏精神。

有此精神，故廣州人不怕“食頭箸”，也就是“敢為天下先”。事實上，廣州和整個廣東地區的經濟騰飛，在很大程度上有賴於這種敢於“食頭箸”的精神。許多內地人連想也不敢想的事，廣州人和廣東人連想也不去想就做了。等到內地人醒悟過來，也照着廣東經驗來做時，其差距已不可以道里計。這，便正是“市”優於“城”和“鎮”的地方。因為“市”是以經濟活動為命脈的，而任何一個所謂“經濟人”都明白，商戰有如藝術，最忌諱跟在別人屁股後面跑。在激烈的商業競爭中，勝利的桂冠永遠只屬於敢於“食頭箸”的人。

廣州人敢於“食頭箸”，也敢“炒魷魚”。

炒魷魚，是粵港兩地的流行語，現在已為國人所熟知。它的意思，就是“丟飯碗”。因為廣州人炒魷魚多為炒魷魚卷而非炒魷魚絲。精巧的刀功加熱油武火，魷魚片就會捲曲起來，頗似丟了飯碗捲舖蓋走人之狀。不過我們說廣州人敢於"炒魷魚"，卻不是指老闆敢"解僱"，而是指員工敢"跳槽"，——"炒"老闆或單位的"魷魚"。正如"個體戶"最早出現在廣州，"炒魷魚"也最早是在廣州成為風氣。當許多內地人還戀戀不捨於"大鍋飯"、"鐵飯碗"，不願告別"單位"，擔心可能"下崗"時，廣州人早就在"跳來跳去"了。在今日之廣州，至少有兩件事是大家都習以為常的：一是"炒更"，即業餘兼職；二是"跳槽"，即另謀高就。也許，除深圳這個經濟特區外，廣州"炒更"和"跳槽"的人是最多的，空間也是最大的。在廣州，換了職業換了單位，比換了老婆更不值得大驚小怪。沒有人會在乎你跳來跳去，也沒有人會指責你心無定性。對於生活在一個最大市場中的人來說，這和貨物的出出進進、商品的花樣翻新沒什麼兩樣，也和公司商店的關門開張一樣正常。

於是，我們在廣州看到的，便不僅是"怪異"，更是"活力"。

活，正是"市"的特徵。因為所謂"市"，就是以商品的流通為存在依據的地方，講究的就是一個"活"字。所謂"無商不活"，即此之謂。事實上，正是商品生產和商業活動，造就了廣州的"生猛鮮活"；也正是商品生產和商業活動，成就了廣州的"生猛鮮活"。請回想一下，在改革開放以前，在建立起"社會主義市場經濟"的觀念以前，有誰感受到廣州的"生猛鮮活"呢？也就是感到怪異吧！

問題是，這種活力究竟能維持多久？正是在這一點上，我們為廣州和廣東感到擔憂。

已經有人指出，廣州這個城市"總是起模範帶頭作用，而且每次都來勢兇猛，但往往都是虎頭蛇尾"（蕭森林《最說不清的城市：廣州》）。比如康梁維新和國民革命都是。北伐軍從廣州出發，浩浩蕩蕩一路乘勝前進，然而一打到上海，就沒廣州什麼事了。這當然與廣州的地理位置和歷史地位有關，——遠在南海一隅的"化外之地"豈能號令全國？但與廣州的城市性格也未嘗無關。廣州的風格是"生猛鮮活"，而"生猛鮮活"者往往不能"深入持久"，就像短跑運動員並不適合跑馬拉松一樣。那麼，這一回，再一次走在中國革命前列，為中國的改革開放貢獻了個體戶、鄉鎮企業、"三來一補"和"先富起來"經驗的廣州和珠江三角洲，在改革開放全面鋪開、上海和長江三角洲迅速崛起的今天，還能保持"生猛鮮活"的勢頭嗎？我們不免有杞人之憂。

有人認為，在經歷了多年改革開放之後，廣州和廣東作為"探險隊"的歷史使命已經完成，作為"先行官"的特殊角色也即將結束。廣東將歸於平靜和平常，廣州也將重新成為一個普普通通的省會城市。從某種意義上講，這話並不錯。自古以來，就有"風水輪流轉"的說法，何況是在這個"各領風騷三五年"的時代？沒有哪個城市應該總是成為矚目的中心，廣州也一樣。但，每次都衝鋒陷陣在前的廣州，敢於"食頭箸"、敢為天下先的廣州，以自己上千年商業傳統為其他兄弟姐妹們"摸了石頭"的廣州，難道就該這樣悄然退場？她難道就不該在這個最適合自己發展的時代，創造出一種更輝煌的新文化？

因此，我們還想多說幾句。

五　多說幾句

廣州文化要想走向大氣磅礡、燦爛輝煌，並不容易。

廣州廣東的崛起，無疑是一得天時（改革開放），二得地利（毗鄰香港），三得人和（廣東人原本就是 "經濟人"），但自身的文化準備卻明顯不足。不能不承認，廣州文化也好，廣東文化也好，基本上是一種褊狹的地域文化。廣州文化不如北京、上海之大氣，恐怕也是不爭之事實。隨便舉個例，一件名牌西裝，穿在廣州人身上，也許只能穿出闊氣；穿在上海人身上，便可能穿出教養。穿衣尚且如此，更遑論思想學術、文學藝術了。文化的建設畢竟是一件需要長期積累的事情，不可能 "生猛鮮活" 地一蹴而就。歷來只有經濟上的 "暴發戶"，卻從來沒有文化上的 "暴發戶"。但如果沒有文化的建設作後盾，則經濟上的 "生猛鮮活" 又能維持多久，也就是一個值得懷疑的問題。

看來，廣州是必須認真考慮一下自己的城市文化建設問題了。

城市文化建設的中心任務，是城市的文化性格和市民的文化心態。這不是一個容易解決的問題，許多經濟發達國家和地區就未能很好解決。但它又不是一個不能解決的問題，上海的經驗就值得借鑒。上海了不起的地方，就在於她的歷史雖然很短，卻能在經濟和文化兩方面都取得舉世矚目的大成就。正如一位美國政治學家所指出："上海的顯赫不僅在於國際金融和貿易，在藝術和文化領域，上海也遠居其他一切亞洲城市之上”（白魯恂《中國民族主義與現代化》）。可見經濟建設與文化建設並不矛盾，而唯其兩者並行，上海才成了眾所公認的“大上海”。

在某種意義上講，上海和廣州有許多相似之處。比方說，它們都不是“城”，而是“市”。也就是說，都是靠經濟建設“起家”的。而且，老實說，廣州的文化條件比上海要好得多。上海畢竟是新興城市。偌大一個上海，什麼都不缺，卻難得找到歷史悠久意味深厚的文化景觀。在這方面，廣州比上海可就強多了。七星崗、五仙觀、越王墓、石門泉、光孝寺、六榕寺、懷聖寺、先賢墓、海神廟、鎮海樓，廣州人說起來如數家珍。比起它們來，上海的城隍廟就太可憐了。但是沒什麼“家底”的上海人卻比廣州人幹得出色，而廣州人的得意之筆則是把文化也變成了商業。其代表作就是“花市”和“早茶”。賞花和飲茶原本是廣東人的一種文化生活，但一進廣州，也就“入鄉雖俗”，變成了商業行為。這當然並沒有什麼不好，事實上它們還可以看作文化與商業相結合的成功範例。問題在於既然有本事把文化變成商業，那麼，也就應該有能力把商業也變成文化。苟如此，則廣州的文化豈非也就不讓於上海了？可惜並非如此。

也許秘密就在於上海是“灘”，是一個移民城市。因此，它就沒有廣州那種根深蒂固的狹隘的地域文化偏見，也就能夠不但以政治上的寬鬆氛圍而且也以文化上的寬鬆氛圍吸引全國各地的精英人才，從而創造出獨具一格又蔚為大觀的“海派文化”。所以上海人沒有什麼“鄉土觀念”，而只有“社區觀念”。“鄉土觀念”是對封閉保守的“土著文化”的認同，“社區觀念”卻是對開放兼容的“城市文化”的認同，這便正是上海人比廣州人棋高一着的地方。

確實，廣州文化建設的最大障礙，就是廣州人那種過分地以“純種廣東土著"為自豪的呆氣。我們不否認廣東人確有值得自豪的地方。他們畢竟在歷代王朝不那麼關心過問的情況下，創造了自己獨特的文化，也確實在經濟上走在了全國的前列。但如果竟把這些成功歸功於自己鄉土的"風水"或"方言"，並自我陶醉到執迷的程度，就未免荒唐可笑和小氣呆氣了。可惜廣東人似乎確有些這種呆氣。據說他們當中某些老派的人物，在美國居留三代，還只會說一種被美國人譏為"破碎英語"的蹩腳英語，不會說甚至聽不懂國語，更不足為奇。這就與同為古代"百越文化區域"的福建廈門一帶以說普通話為有文化、有教養的標誌，實大相徑庭；也與廣州廣東地區將要爭取的歷史地位大相矛盾。因為如前所述，一個城市的真正城市化水平，是與它的開放程度和兼容程度成正比的，其中，就包括語言的開放兼容程度。廣州要成為"大廣州"，就必須創造一個與這一歷史地位和光榮稱號相適應的文化環境和語言環境。這是廣州走向全國的前提條件，也是廣州容納全國尤其是容納全國精英人才的前提條件。更何況，不首先打破自己心理上狹隘的地域文化偏見，又怎麼談得上走向世界走向未來？

因此我以為，廣州的文化建設，也許當從推行普通話開始。

"點睇"（你以為如何）？

第五章

厦門島

的確，凡是到過廈門的人，差不多都會認同這個城市是一座 "海上花園" 的說法；而來到廈門的外地人，差不多都能體驗到一種家庭式的溫馨感。事實上，所謂 "海上花園" 或 "風景港口"，其涵義並不僅僅只限於自然風光。廈門的自然風光無疑是美麗的。但廈門之所以美麗可人，恐怕還在於她很小、很安靜、很清潔、很溫馨。

廈門是島。
廈門島很美很美。
廈門島的美麗舉世聞名。

　　中國以島為市的城市並不太多，最有名的也就是香港和廈門。香港的有名是因為它的繁華，廈門的有名則是因為它的美麗。海邊的城市多半美麗，如大連、青島、煙台、珠海，廈門則似乎可以看作它們的一個代表。凡是初到廈門的人，幾乎無不驚歎她的美麗。這裡陽光燦爛，海浪迷人，好花常開，好景常在。128平方公里的一個小島，到處飛紅流翠、燕舞鶯歌。可以毫不誇張地說，廈門人整個地就是生活在一個大花園和大公園裡，至少鼓浪嶼必須整島地看作一個花園或一個公園，而廈門的那些學校，從廈門大學到雙十中學，也都是大小不等的公園和花園。即便在那個"不愛紅裝愛武裝"的年代裡，全身披掛的廈門也仍不失其少女的嫵媚。詩人郭小川就曾這樣描述他對廈門的感受："真像海底一般的奧秘啊，真像龍宮一般的晶瑩"，"真像山林一般的幽美啊，真像仙境一般的明靜"；"鳳凰木開花紅了一城，木棉樹開花紅了半空"，"榕樹好似長壽的老翁，木瓜有如多子的門庭"；"鷺江唱歌唱亮了漁火，南海唱歌唱落了繁星"，"五老峰有大海的迴響，日光岩有如鼓的浪聲"。詩人甚至稱頌廈門是"滿樹繁花、一街燈火、四海長風"，有着"百樣仙姿、千般奇景、萬種柔情"（《廈門風姿》）。可以說，從那時起，廈門島的美麗，便聞名遐邇。

　　郭小川說這些話，是在數十年前。他讚美的廈門，是作為"海防前線"的廈門，而不是作為"經濟特區"的廈門。這麼多年過去了，廈門的變化，已非詩人當年所能想像。但不管怎麼變，廈門島美麗如故，溫馨如故，嫵媚如故，靈秀如故。豈止是"如故"，而且"更上一層樓"。今日之廈門，不僅是走在改革開放前列的經濟特區，是外向型經濟格局基本形成、經濟增長速度最快的城市之一，而且還是"國家級衛生城市"、"國家級園林城市"和"國家級環保城市"。走在廈門島上，你會驚異其潔淨；深入廈門生活，你又會驚異其文明。的確，廈門不但美麗而且潔淨，不但潔淨而且文明。它的街道是潔淨的，看不到果皮紙屑；它的空氣是潔淨的，聞不到廢氣粉塵；它的聲音是潔淨的，聽不到噪音喧囂，也少有污言穢語。一個北京的朋友在秋冬之際來到廈門，幾天住下來，竟發現襯衫的領子依然乾乾淨淨，覺得實在是不可思議。更讓許多外地人感到高興的是，廈門的窗口行業大多有着溫和的態度和良好的服務。你不會像在北京那樣弄不好就被損挨訓，不必像在上海和廣州那樣擔心自己是外地人，也不用像在武漢那樣隨時準備吵架，因為根本就無架可吵。

所有這些，無疑都源自廈門人民的愛美之心。廈門人民是愛美的，因為他們生活在一個"海上花園"之中。耳濡目染，潛移默化，其心靈自然會變得美麗起來。因此，當市委市政府提出要把廈門建設成"社會主義現代化國際性風景港口城市"的奮鬥目標時，便得到了市民們的一致贊同。可以說，"廈門必須建設得更美麗"，已成為全體廈門人民的共識。

到這樣一個美麗的小島城市去走走，當然會是一件賞心悅目的事。

但，要說清廈門的文化性格和文化特徵，就不那麼容易了。

一　解讀廈門

　　解讀廈門，的確比較困難。

　　廈門給人的第一印象和最深的印象，是它的美麗。但美麗似乎不好算作是一個城市的文化性格和文化特徵。前已說過，海邊的城市多半美麗。美麗是這些城市的共性，而不是其中某一座城市的個性。況且，廈門的文化性格和文化特徵，也並不同於大連、青島、煙台、珠海這些海濱城市。看來，美麗並非解讀廈門之門。

　　廈門也沒有多少歷史文化遺產。在這方面，它遠不如它的兩個近鄰泉州和漳州。泉州和漳州都是國務院公佈的歷史文化名城，廈門卻不是。在歷史上，廈門原本是下屬於泉州府同安縣的。只是由於近一百多年來中國歷史的風雲變幻，廈門才異軍突起，後來居上。1842年《南京條約》的簽訂，使廈門和廣州、福州、寧波、上海一起，成為對外開放的五個通商口岸之一。1949年後，打開了一百年的大門重新關閉。通商口岸變成了海防前線，連天炮火取代了過往帆檣。又過了30年，干戈化玉帛，刀劍鑄犁鋤，海防前線又變成了經濟特區。這些戲劇性的變化，使廈門聲譽鵲起，也給廈門蒙上了神秘的面紗。

　　解讀廈門不易，解讀廈門人也難。同北京人、上海人、廣州人相比，廈門人的文化性格和文化特徵可以說是很不明顯。一個上海人到了外地，往往會顯得十分"扎眼"；而一個北京人或廣州人到了外地，也比較容易被辨認出來。同樣，一個外地人到了北京、上海和廣州，也會有一種"異樣感"。如果是到了上海，還會被上海人一眼就認出是"外地人"。然而，一個外地人進了廈門，除標誌鮮明的"觀光客"外，大都很難被廈門人認出。我自己多次遇到廈門人試圖用閩南話與我交談的事，就是證明。同樣的，一個廈門人到了外地，也不會像上海人那樣"醒目"，甚至還可能會根據他不那麼標準的普通話，而視之為"廣東人"。當然，廈門人沒有北京人、上海人、廣州人或廣東人那麼多，那麼有名，那麼被人瞭解，也是一個重要原因。但廈門人的文化性格和文化特徵不那麼明顯，恐怕也是不爭之事實。

一個似乎可以用來作為證據的事實是：中國歷來就有不少描述各個地方人文化性格和文化特徵的順口溜，比如"京（北京）油子，衛（天津）嘴子，保定府的狗腿子"；"天上九頭鳥，地上湖北佬"；"無紹（紹興）不成衙，無寧（寧波）不成市，無徽（徽州）不成鎮"；"山東出響馬，江南出才子，四川出神仙，紹興出師爺"等等，描述廈門人的卻似乎沒有。也許，我們只能從下面這句順口溜裡品出一點點滋味："廣東人革命，福建人出錢；湖南人打仗，浙江人做官。"不過，這裡說的是福建人，而不是廈門人。儘管廈門是福建的一部分，但此說至多說出了福建人的共性，卻未能說出廈門人的個性。事實上，廈門人的文化性格和文化特徵究竟是什麼，只怕連廈門人自己也說不大清。如果你拿這個問題去問廈門人，保證連他自己也張口結舌，說不出個子丑寅卯、周吳鄭王來。

其實，就連"廈門人"這個說法都成問題。人們一般並不使用這個概念，而稱之為"閩南人"。外地人這麼說，廈門人自己也這麼說。這固然是習慣所使然（廈門人原本是閩南人之一分子），但同時也說明廈門的城市人格和文化性格還不那麼鮮明，廈門人還不像上海人那樣明顯地不同於江浙人，當然也就不大說得清了。

說不清當然並不等於沒有，只是有些含糊而已。何況廈門的歷史再短，也短不過深圳；而廈門人與泉州人、漳州人的區別，也還是看得出的。事實上，一百多年的風雲變幻，已使廈門明顯地不同於閩南的其他城市，也使廈門人與其他閩南人多有不同之處，只是少有人認真進行一番剖析研究罷了。

總之，解讀廈門是多少有些麻煩的。所以，為了說清廈門的城市人格和廈門人的文化特徵，我們就只好拿北京、上海和廣州來做一個比較。

廈門多少有點像上海。

廈門與上海相似的地方很多。比方說，它們都不是什麼古都、古城、古郡、古邑，而是近現代以來才興起的新型城市；它們都遠離中央政權，偏於東南一隅；它們都面對大海，被海風吹拂，海浪衝擊；它們也都在國內較早地接收西方文化，較早地成為洋行職員和海外華僑的培養基地等等。上海和廈門，都是沒有多少傳統文化而更多現代文化，沒有多少本土文化而更多外來文化，沒有多少政治文化而更多經濟文化（或消費文化）的地方。

因此，廈門人和上海人，至少有一點是相近的，即他們對待外來文化的心理比較平衡，對待國際社會的態度比較正常。比如說，在上海和廈門，就很少發生圍觀、尾隨外國人的現象。他們不會對外國人點頭哈腰，也不會吐唾沫扔石頭，既不稱他們為"蕃鬼"，也不稱他們為"老外"。又比如說，在上海音樂廳或鼓浪嶼音樂廳演奏西洋音樂，觀眾一般都會遵守演出時不出入、演奏中不鼓掌之類的規矩，很少會發生讓音樂家們感到聽眾"太沒教養"的事。再比如說，無論上海人還是廈門人，西裝穿在身上，一般都會感到得體、自然，"像那麼回事"，不像某些地方人，西裝穿在身上，別人看着"不對頭"，自己也覺得"挺彆扭"。當然，無論上海人還是廈門人，穿西裝的次數也會比內地人多得多，而他們吃西餐也像廣東人吃早茶一樣自然。他們好像生來就適應西餐的口味，從小就懂得西餐的禮儀，一般不會出洋相。所以這兩市的西餐店，總是生意興隆，而不會像成都那樣門可羅雀（成都人對川菜和火鍋的酷愛是壓倒一切的，不過近年來成都的兒童已開始對麥當勞和肯德基發生興趣）。甚至在重視子女教育，尤其是重視英語教育和鋼琴、小提琴的教育方面，廈門人與上海人也不乏共同之處。這恰恰都是兩地較多較早地接受了西方文明的表現。

廈門和上海的關係也很密切。廈門人喜歡到上海購物（如果他們要到外地購物的話），上海人也喜歡到廈門旅遊（廈門的外地遊客以上海人居多）。廈門的孩子如果一定要到外地上學（多半不會），那麼，上海往往是他們首選的城市。凡此種種，除廈門上海兩地交通較為便利外，文化上的接近，也是原因之一。

但是，如果你公然提出"廈門人像上海人"的看法，一定會遭到廈門人的斷然否定："決不相同"，"根本兩碼事"，廈門人會如是說。隨便舉個例：你到廈門人家去做客，主人會熱情接待你，泡茶、遞煙、留飯，把自己的床讓給你睡，自己去睡地板。到上海人家裡做客，情況恐怕就會兩樣了。主人的態度多半會是"客氣而不熱情"，而客人的感覺則多半會是"拘謹而又彆扭"。余秋雨在講到"上海朋友交不得"時，便特別指出這一點："到他們家去住更是要命，既擁擠不堪又處處講究。這樣的朋友如何交得？"（《上海人》）楊東平則講了一個"不是笑話"的笑話："上海人待人真熱情，快到吃飯的時候，他告訴你附近有一家價格便宜實惠的飯館。"（《城市季風》）僅此一條，你還敢說廈門人像上海人麼？

對於上海人的這種種說法無疑帶有外地人的文化偏見。不錯，上海人待人的確不像外地人要求的那樣 "熱情"。因為上海人講究 "紳士風度"，彬彬有禮的同時，便難免讓人覺得格格不入。此外，上海人的不輕易留客吃飯，也不一定就是 "小氣"，多半還有怕傳染疾病（上海人特別講究衛生）的原因在內。但這並不等於說上海人就不會款待朋友（我以為上海人的態度更符合 "君子之交淡如水" 的交友之道），更不等於上海人待人不熱情。

當然這已是題外話。總之，廈門人和上海人，並不一樣，不好相提並論的。

廈門也有點像廣州。

廈門像廣州的地方不少。比方說，兩地都是中國近代史上開埠最早的通商口岸（廣州又更早），都與海外尤其是南洋關係密切，都有許多華僑在海外大展宏圖並回國回鄉捐資投資等等。甚至兩地的建築也不乏相同之處，比如廈門中山路、思明路一帶就和廣州一樣，也是 "騎樓" 式的建築。

在生活習慣方面，兩地相似之處也不少（比如兩地菜餚在口味上相對比較接近而大不同於內地，唯廣州菜更為精緻講究），至少是都愛泡茶。所不同的，大約僅在於廣州人更愛出去喝茶（吃早茶或吃晚茶），而廈門人更愛在家裡泡茶（廈門街面上似少見茶館，近兩年才和國內其他城市一樣興起了茶藝館、紅茶坊）。茶是中國人的愛物，中國人少有不愛喝茶的，但把喝茶當作一件事來做的，大約只有廣州（或廣東）、廈門、成都幾個地方。廣州人雖非每天，但至少隔三差五就要去喝早茶的，成都則滿街都是茶館（與之相配套的則是公共廁所也比廈門多得多）。成都人愛泡茶館，原因之一，誠如余秋雨所言，是成都文化積累豐富，話題甚多，無妨將歷史與種種小吃一併咀嚼，細細品嘗，然後用一杯又一杯的花茶沖下肚去。廈門沒有那麼多的歷史，沒有那麼多的話題，自然也就沒有那麼多的茶館。真不知廈門人在泡茶時，都說些什麼。喝茶的方式，成都廈門兩地當然也迥異。成都人用帶蓋的碗，謂之"蓋碗茶"。茶博士手提長嘴大銅壺，穿梭於茶客之間，不斷地添加滾水。茶客們則把這些滾燙的茶水連同各種街談巷議一齊吞下去，時光也就這樣流水般地打發。廈門人則和廣州人一樣，茶杯比酒杯還小，倒茶的時間比喝茶的時間還多。他們實際上是把茶當作酒來品味，或者說，是把茶當作生活來品味的。廈門人和廣州人一樣，似乎更看重人情味極濃的世俗生活。所以他們寧願用小小的杯子一小口一小口地細細品嘗，而不願端起茶缸"牛飲"。

的確，廈門和廣州，這兩個遠離京都的南國花城，其花香與茶香要遠比政治空氣來得濃烈。在廈門的街頭巷尾，你很難聽到北京街頭處處可聞的那麼多的小道消息、政治笑話和政治民謠。甚至哪怕軍事演習就發生在家門口，廈門人也很少會去議論它。日子照過，茶照泡，依然一派鳥語花香。不過，廣州人不談政治，是因為他們喜歡談錢；廈門人不談政治，卻似乎也並不談錢。他們喜歡談什麼呢？這一點我還沒搞清楚。廈門人，似乎沒有什麼特別喜歡談的事情。

更何況，廣州人雖然似乎不那麼關心政治，但廣州畢竟與中國近現代的政治風雲關係密切瓜葛甚多。從戊戌變法到北伐戰爭，廣州在中國近現代政治史上的地位可謂舉足輕重。廈門可從來沒有、也不可能有這樣重要的地位。

甚至即便是花與茶，廈門與廣州也不盡相同。比方說，廣州年年都有規模盛大的花市，廈門有麼？廣州處處都有人滿為患的茶樓，廈門有麼？一個花市，一座茶樓，就把同樣愛花愛茶的廣州人和廈門人區別開了。再說，廈門也沒有廣州那麼多的讓外地人讀不出音也不解其意的古怪漢字，沒有那麼多一半英語一半粵語的"中外合資"的名詞。在這方面，與廣州相比，廈門更像一個普普通通的內地城市。一個外地人來到廈門，不大會有到了廣州的那種怪異感。

更重要的，也許還在於廈門沒有廣州的那種活力。如果說廣州的風格是"生猛鮮活"，那麼，廈門的風格便是"不緊不慢"。不要說帶動全省、影響全國，便是在閩南三角洲當"老大"，前些年泉州漳州還不怎麼服氣。廈門的商場、市場更不能和廣州相比：品種少，規模小，缺少名牌。廈門叫得響的名牌產品據說只有一個"鼎爐牌六味地黃丸"，可以拿出去送人的則只有一個"魚皮花生豆"，再加"鼓浪嶼餡餅"，真是說來讓人慚愧。比起廣州市場的琳琅滿目、品種齊全、質量優良、服務周到，廈門市場確實相形見絀，比如買菜就遠不如廣州方便。廈門的菜市場，無論淨菜、半成品，還是代客加工，都不如廣州。廣州畢竟是一個最市場化的城市。在這方面，不是特區的廣州，反倒比廈門更像特區。

廈門和北京的差異，也許更大。

廈門和北京當然是不可同日而語的。北京是元明清的帝都和新中國的首都，廈門則不過是遠在東南一隅的一個小小島城。無論地盤、人口，抑或歷史、地位，廈門都無法望北京之項背。兩地的文化性格、風土民情，當然也相去甚遠。北京大氣磅礴，威武雄壯；廈門小巧玲瓏，溫馨文雅。廈門的街道、建築、城市風貌，總體上說是幽雅秀麗，溫馨可人，沒有北京的驚人氣派，也沒有北京的逼人氣勢。如果說，走進北京會有"朝聖"的感覺，那麼，來到廈門就會像是"回家"了。至少，在廈門購物，要比在北京愉快得多。即便買了東西要退貨，也能受到和氣禮貌的接待，並歡迎你下次再來。即便到小餐館就餐，服務也很不錯。一口氣把你要的幾瓶啤酒啪啪啪統統打開一走了之的事情，是不會有的（這在北京、上海至今仍很"正常"）。同樣，走半天找不到一部電話機，等半天等不來一輛公交車的事，也是不會有的。可以說，北京是"氣象非凡，諸多不便"，廈門則是"平易近人，諸多方便"。

廈門不同於北京，廈門人也不同於北京人。

北京人和上海人、廣州人一樣，也是文化性格和文化特徵極其鮮明的一群。你在北京人身上，或者可以嗅到老舍、鄧友梅、汪曾祺筆下的"京味"，或者不難體味到王朔式的"痞勁"。北京人，是"雅"也雅得出品位，"痞"也痞得出名堂，這可是廈門人"望塵莫及"的。

兩地人的性格也頗不相同。比方說，廈門人就不像北京人那麼愛說話，愛高談闊論，也沒有北京人那麼"貧"。廈門人總體上說不善言詞。與廈門人聚餐聚會，常會有"席間無話"之感，和在北京有聽不完的"段子"迥異。當某些人（一般是外地人）口若懸河時，他們多半會友善溫和、面帶微笑地予以傾聽（認不認同則是另一回事），但主動"發表演說"的不多。也許，這與語言習慣有關。和廣州是"白話世界"相反，廈門基本上是"國語天下"。除個別從閩南鄉下遷入廈門的老年婦女外，廈門市民大多會說普通話，但也多半說不標準（某作家譏為"地瓜普通話"）。這對於他們的表達無疑會造成一定困難。當然，更重要的，可能還在於廈門人不喜歡誇誇其談。他們更喜歡實實在在做些事情，或者不做什麼事情，反正沒必要費那麼多口舌說那麼多話就是。

然而，廈門人與北京人，卻又有某些相似之處。比方說，廈門人是比較豪爽、大度的。他們對於錢財不很在意，並無通常認為南方人都有的那種"小氣"。在廈門，出門"打的"是很平常的事。到菜市場買菜，小販也不會為幾個小錢和你過不去。如果缺個一毛兩毛，或錢找不開，他們多半會說"慶蔡（隨便）啦！"不會一定要你掏出那一兩毛錢來，或者把買好的菜減去一點。年輕人結伴出去玩，總會有人主動買單（但一般不會讓女孩子買）。節假日，廈門的青年學生會成群結隊到海邊燒烤，每個人都會從家裡帶來好吃的東西，舉行楊東平所說的那種北京人最喜歡的"不分你我的共產主義式的野餐"。

又比方說，他們對待新鮮事物，也有北京人那樣一種見慣不怪，滿不在乎的派頭。老外來了不圍觀，歌星來了不追逐，隨便什麼事在廈門都形成不了熱潮，球迷們包一架飛機跟着球隊到處看球賽的事在廈門簡直難以想像。然而北京人的這種派頭是可以理解的。北京畢竟是中國的政治文化中心，各種各樣的活劇都要在北京的舞台上演出，北京人可真是什麼樣的世面沒見過，什麼樣的場面沒上過？但即便是北京，也可能有這樣那樣的"熱"，廈門卻沒有。儘管廈門並沒有多大的天地，廈門人也沒有見過多大的世面，但這絲毫也不妨礙他們自以為是的信念。當一個外地人向廈門人講述"外面的世界"時，廈門人會寬容而耐心地予以傾聽，然後再總結性地說這不過是什麼什麼罷了。當老師在課堂上講雪花的六角形美麗形狀時，廈門的孩子們會大度地付之一笑，以為那不過是在講童話故事。這樣一種心態實在是耐人尋味的。它常常會使我們這些外地人覺得廈門人簡直就是一個謎。奇怪，他們的這種心態究竟是從哪裡來的呢？

顯然，要回答這個問題，就必須先來看看廈門是一個什麼樣的城市。

二 最溫馨的城市

在我看來，廈門，也許是中國最溫馨的城市。

1998年，廣州的《新週刊》策劃編輯出版了"中國城市魅力排行榜"專輯，其中廈門一篇就是我寫的，而我那篇文章的題目，就是《最溫馨的城市：廈門》。此說一出，便得到了相當普遍的認同。廈門有線電視台的一位記者告訴我，說許多人都在傳閱這篇文章，或在傳講這個說法。後來我也發現不少人在這麼說，可見這或許是多數人的共識。

的確，凡是到過廈門的人，差不多都會認同這個城市是一座"海上花園"的說法；而來到廈門的外地人，差不多都能體驗到一種家庭式的溫馨感。事實上，所謂"海上花園"或"風景港口"，其涵義並不僅僅只限於自然風光。廈門的自然風光無疑是美麗的。但廈門之所以美麗可人，恐怕還在於她很小、很安靜、很清潔、很溫馨。舊城小巧，新區精緻，有着南方沿海城市特色的街道和建築，都收拾得非常乾淨漂亮。地方就那麼大，上哪兒都不遠，商店什麼的安排得都很緊湊，沒有北方某些大城市難免的"大而無當"，辦起事情來也就方便。城裡人就那麼多，看上去彼此就像街坊鄰居似的，打起交道來也就隨和。況且，廈門人的性格，總體上說是比較溫和；廈門人的作風，總體上說也比較文明。到廈門的商店購物，基本上不必考慮"照顧"營業員的情緒或者顧忌要看他們的臉色，哪怕你是去退貨。我們在廈門一家電器店退過兩次貨，因此與營業員相識。以後再去她們櫃枱，還會過來打打招呼。在內地一些城市時有所見的那些現象，比如兩軍對峙破口大罵，或者成群結夥地在街頭打群架、發酒瘋等等，在廈門街上也不易看到。倒是常常可見少男少女們聲音低低的在街頭沒完沒了地打磁卡電話，女的嬌聲嗲氣，男的黏黏乎乎。公共汽車來了，大家平靜而有秩序地前後門上中門下，上了車也不搶座位。既不會像前些年在武漢那樣，小夥子吊在車門上隨車走，門一開就把老人小孩擠下去；也不用像在上海那樣，必須分門別類地排好"坐隊"和"站隊"，請退休工人來當糾察隊員。

說起來，閩南人的性格原本是比較豪爽的。難得的是廈門人在豪爽的同時還有溫和。不知從什麼時候起，廈門市民開始覺得大聲吆喝不太文明，也覺得不該給這個城市製造噪音。因此他們學會了小聲說話，也較早地在島內禁止鳴笛。所以廈門島內總體上是比較安靜的，尤其是在鼓浪嶼。白天，走在鼓浪嶼那些曲曲彎彎、高低起伏的小路上時，幾乎聽不到什麼聲音，有時則能聽到如鼓的濤聲。入夜，更是闃然無聲萬籟俱靜，惟有優美的鋼琴聲，從一些英式、法式、西班牙式的小樓裡流溢而出，在小島的上空飄蕩，使你宛若置身於海上仙山。

有此溫馨美麗的並非只有鼓浪一嶼，而是廈門全島。如果說，鼓浪嶼是廈門島外的一座海上花園，那麼，這樣的花園就散落在廈門島內各處。漫步廈門街頭（新開發尚未建成的街區除外），你常常會在不經意中發現某些類似於公園的景觀：茂密的林木，裸露的山石，可以拾級而上的台階。住在這種環境中的人家，幾乎每天都能聽到鳥兒的歌唱，聞到窗外清風送來的植物的味道。而那些住在海邊的人家則有另一種享受：隨便什麼時候推開窗戶，一眼就能看到湛藍的天空和湛藍的大海。

當然不是每家每戶都有如此福份。但，即便在自己家裡看不到大海、聽不到鳥鳴，也沒什麼要緊，因為你還可以出去走走。廈門可以休閒的地方之多，是國內許多城市都望塵莫及的。尤其是秋冬之際，黃河南北冰雪覆蓋，長江兩岸寒風瑟瑟時，廈門市民卻可以穿着薄薄兩件休閒服，從廈門大學淩雲樓出發，翻過一座小山，不幾步便進入萬石山植物園，然後便可在濃蔭之下綠茵之上，盡情地享受暖風和陽。當然，也可以騎自行車沿環島路直奔黃厝、曾厝垵海灘，看潮漲雲飛，帆逝船來，在金色的沙灘上留下自己的腳印。玩累了，帶去的食品也吃完了，那麼，花上十來塊錢，便可以很方便地"打的"回家。我相信，每到這時，無論你是從什麼地方遷入廈門的，你都會由衷地發出一聲感歎：

啊！廈門，我溫馨美麗的家園！

的確，廈門最溫馨之處，就在於她像一個家。

一般地說，廈門的人際關係，相對而言是比較和睦的。學校裡，單位上，師生、同學、同事之間，相處也比較融洽。儘管"窩裡鬥"是咱們中國的"特產"，矛盾哪兒都有，但在通常情況下，廈門人大體上還能相安無事，而且也多少有些家庭般的溫馨感。比方說相互之間的稱呼，除必須加以頭銜的外，一般都稱名而不稱姓，比如"麗華"、"勇軍"什麼的，宛如家人。無論老頭子，抑或小夥子，都可以這樣親切而自然地呼叫自己的女同事，而毋庸考慮對方是一位小姐，還是一位夫人。反過來也一樣。女士小姐們也可以這樣呼叫自己的男同事男同學。這在外地人看來也是匪夷所思的。因為在外地，尤其是在北方，即便夫妻之間，也不能這樣稱呼，而要叫"屋裡頭的"或"孩子他爹"。同學之間，即便是同性，也要連名帶姓一起來，否則自己叫不出口，別人聽着也會嚇一跳。同事之間，當然更不能只叫名不叫姓，至少要在名字後面加"同志"二字，比如"麗華同志"、"勇軍同志"。除此之外，則不是"老張"、"小李"，便是"劉處長"、"王會計"了。所以外地人到了廈門，便會對這種"家庭感"印象深刻，並欣然予以認同。我自己便已習慣了廈門人的這種稱謂方式，因此如果聽到有人連名帶姓叫我，弄不好就會嚇一跳，不知出了什麼事情。

這種家庭式的人際關係無疑是能給人以溫馨感的，而只有熱愛自己家庭的人才會熱愛自己的城市。事實上，廈門人也確實比較看重自己的家庭生活。有句話說："北京人的面子在位子，廣州人的面子在票子，上海人的面子在褲子，廈門人的面子在房子。"一個廈門人，哪怕只是在單位上分得一間臨時過渡的陋室，也一定要大興土木，把它裝修得溫馨可人。所以又有一句話："廣州人把票子吃進肚子裡，上海人把票子粘在屁股上，廈門人把票子花在牆壁間。"我雖然沒有深入過，但猜想廈門人的家庭生活，一定大多比較溫馨，人情味很濃。否則，廈門人為什麼那麼不願離家，即便離開了也要千方百計再回來？

戀家並非廈門人的專利，而是人類一種普遍的情感，更是咱們中國人的一種普遍的情感。難得的是廈門人不但自己戀家，而且還能設身處地地設想別人也是會眷戀家園嚮往天倫的。於是，逢年過節，家在廈門的學生，便會把自己班上的外地同學請到家裡來圍爐。如果來的人太多，做父母的還會讓出自己的房間。廈門大學的許多老師也會這樣做，如果他當之無愧地是一個廈門人的話。一個真正的廈門人，是不會讓自己的同學、同事、學生到了"年關"還"無家可歸"的。這幾乎已成為廈門島一條約定俗成的規矩。不信大年三十下午你到廈大門前一條街去走走看，保證你只能看到幾個僧袍飄逸的"出家人"（南普陀寺在廈大校門旁）。

同樣，裝修自己的住房，廈門人也並非全國之最。但同樣難得的是，廈門人甚至在建設自己的城市時，也像在建設自己的家。廈門市的決策者和建設者們有一個共識，就是不能以犧牲環境求得經濟的發展。因為廈門是廈門人民共同的家園，不能為了眼前的一點經濟利益毀了自己的家。在廈門人大會堂周圍，原本打算要建的大樓取消了，留出了大片的綠地讓市民休閒。在美麗的環島路上，筆直的大道某處會拐一個小彎，因為那裡有一棵榕樹需要保留。大道兩旁沿着海岸線，是草坪、花壇和建築小品，還精心設計了停車的泊位。於是一條原本用於改善交通的道路，同時也變成了一個開放的公園。

廈門的生活環境也像家庭。在廈門，出門、乘車、購物、打電話，都極其方便，而且車費和電話費也不很高。廈門的公交車數量多、車況好，多數情況下都不擠。如果想"打的"，也花不了很多錢。即便是外地人到了廈門，也不必有"行路難"之虞。因為各個路口，都豎有設計精美圖文並茂的路牌，告訴你到某某地方去應該如何行走，而這某某地方也許不過近在咫尺。這說明廈門市的管理者們，其實是很能為自己的市民着想的。同時也使得我們出門上路，就像在自己家裡走動。

廈門的溫馨，還得益於她精神文明的建設。

可持續發展，是人類共同關注的一件事情；而精神文明，則是城市建設中不可回避的一個問題。廈門的做法有一個特點，就是說實話，辦實事，讓市民們通過精神文明的建設過上好日子。老百姓是很實在的。當他們在市委市政府出台的一系列政策和舉措（比如整治交通、整治環境、整治市場）中，切切實實地體會到好處時，不用動員，不用號召，他們自己就成了積極的參與者和主力軍。事實上，廈門市精神文明建設最主要的成就，不在市容，而在民心。這就是把精神文明的種種要求變成了人們自身的內在素質，變成了人們自覺自願的行為。因此，在廈門，講文明，守公德，已成為許多人的習慣。在公共汽車上讓座，在一米線後排隊，幾乎不用提醒，不用疏導。一個合格的廈門市民，甚至到了外地，也能自覺做到不在公共場所吸煙和大聲喧嘩，不隨地吐痰，不亂扔果皮紙屑。如果找不到垃圾箱，他們就會把這些東西捏在手上，直到找到垃圾箱為止。

正是由於廈門市上上下下的同心同德和齊心協力，廈門變得更美麗、更溫馨、更可愛了。這又反過來使得廈門人更愛廈門。於是，廈門市的精神文明建設就形成了一種良性循環。這種循環一旦形成，就有一種自運行功能，而無待於外力的作用。所以，廈門的經濟建設和城市建設雖然成就斐然，廈門人卻並不累。廈門人在奮鬥的同時，活得悠哉樂哉。

　　然而，作為一個文化學者，我更關心的並不是廈門人民和廈門市委市政府做了些什麼和怎樣做，而在於他們這樣做時的那種心態。許多作家（比如福建作家孫紹振）都注意到，廈門人無論是在建設自己的城市，還是在維護自己的城市時，態度都十分自在、自如、自然，就像是在裝修和打掃自己的小家和住房。這種從容乃至安詳無疑來自只有廈門人才有的對自己城市的“家園之感”。正是這種“家園之感”，使得他們不必依賴於糾察隊或罰款員的監督而能自覺保持街道的潔淨如洗和車站的秩序井然。也正是這種“家園之感”，使他們像德國人服從內心道德律令一樣，不做有損自己城市形象的事情。於是，“廈門是我家，環保靠大家”，在廈門就不是一句空話，而是實實在在的行動。

　　的確，這種把自己城市當作自己小家來看待的“家園情愫”，也許就是廈門人有別於其他城市（比如福州）人的緊要之處，是廈門最突出的城市社區特徵。我們知道，對自己家鄉的尊崇和偏愛，大約是人類一種共同的情感。許多地方都有“惟我家鄉獨好”的說法。但似乎只有廈門人，才把“惟我廈門獨美”的情緒表現得那麼隨便，那麼自然，那麼漫不經心，那麼理所當然。因為廈門的美麗是真實的，廈門人的“家園之感”也是真實的。真實，就不必刻意；真實，就沒有做作。因此，儘管中國人常常會有誰的家鄉更好一類的爭論，但面對廈門人，人們往往會打消爭論的念頭。

　　更何況，廈門島在事實上又是多麼溫馨可人舒適方便啊！於是，外地人來到廈門，便會有一種"賓至如歸"的感覺。久而久之，便會愛上廈門。改革開放以來，廈門的外來人口逐年增加，其中既有從全國各地乃至世界各國引進的人才，也有鄰近省份其他地市的外來妹、打工仔。總體上說，廈門的大門是向他們敞開的。儘管難免有人對此不以為然，也有極個別雞腸小肚的人會利用職權有意無意地刁難一下，但並不能形成強大的"排外"勢力。也許，這裡面有一個文化上的原因，那就是：包括廈門人在內的閩南人，原本就是"歷史移民"。他們是在一千多年前，從中原遷入閩南的。所以，直到現在，閩南話中還保留了不少中原古音（比如把"無"讀作"摩"）。顯然，如果閩南人也公然排外，便難免"數典忘祖"之嫌。

那麼，祖上來自中原大地、有着長途遷徙歷史的廈門人，為什麼會把自己的城市建設成溫馨家園，並創造了不同於當今中原文化的另一種文化呢？

也許，原因就在於廈門是島，而且是一個美麗的小島。

三　島與人

　　美麗小島廈門，是祖國母親的嬌女。

　　廈門位於中國東南海域，是一個三面大陸環抱、一泓碧波蕩漾的海灣中的小島。她很像我們祖國母親的一個美麗而嬌嗲的小女兒，一面偎依在媽媽的懷抱裡，一面伸出兩隻小腳丫去戲水。與西安、太原、南京、武漢這些大哥大姐相比，廈門的地位和命運有些特別。她既不是洛陽、江陵、蘇州、曲阜那樣的古都名邑，也不同於深圳等新興的"明星城市"。她在中國古代史上名不見經傳，在近現代史上卻榜上有名。1842年，她被列為五大通商口岸之一。1949年以來，她既沒有像上海那樣，充當溫順的"老大"，承擔起養家口、供養弟妹的責任；也不曾像廣州一樣，做一個敢於外出冒險、為別的兄弟姐妹一探道路的"老三"。當然，她也決不會有北京那樣父母般的權威。她更多地還是像所有那些小女兒一樣，嬌嗔而又乖巧，閒不下也累不着。可以說，在整個中國近現代史上，廈門都既不那麼寂寞冷清，也不那麼非凡出眾。五口通商有她，五大特區也有她，但她從來也不是當中最冒尖、最突出的一個。甚至正式被稱為"廈門市"，也是1933年的事。那時，上海可早就變成"大上海"啦！是啊，廈門太小了。祖國母親甚至不忍心讓她挑起過重的擔子，卻又從來不曾冷落過她。

難怪有人說，廈門是純情少女，而且似乎還情竇未開。

的確，與北京的風雲變幻、上海的滄海桑田、廣州的異軍突起相比，廈門的近代化和現代化歷程雖然充滿戲劇性，卻奇怪地缺少大波瀾。從海島漁村到通商口岸，從海防前線到經濟特區，如此之大的變化，如此強烈的反差，卻似乎並未引起什麼大的震盪。廈門人似乎不需要在思想上轉什麼大的彎子，就自然而然地接受了所有這些突變和滄桑。廈門，就像一個天真活潑的小姑娘，漫不經心地就度過了"女大十八變"的青春期。

於是，廈門人的文化性格中，便有太多的矛盾，太多的不可思議和難以理解。

比方說，廈門人是保守呢，還是開放呢？便很難說。一方面，廈門人的確很保守，很封閉。他們消息不靈通，而且似乎也並不想靈通起來。儘管廈門有着相當好的通訊系統和網絡，但在特區建設中卻並未很好地把信息當作資源來開發和利用。廈門過去不是、現在也仍未成為各類信息的集散地。廈門街頭的早點小吃，幾十年一貫制地只是麵線糊、花生湯、沙茶麵那麼幾種，遠不如上海和廣州豐富，更遑論引進新品種。風行全國的川菜只是靠着外來人口的增加費了九牛二虎之力才打進廈門，西安餃子宴則終於落荒而逃。直到近兩年，才開始有了北方飯店湘菜館之類，而且和廣州相比，生意還不怎麼樣。這並不能完全歸結為口味（怕麻辣）問題，事實上許多吃過川菜的廈門人也完全能夠予以接受。問題在於許多人根本就沒有想到要去嘗試一下。不敢，或不願，或不屑嘗試新口味（包括一切新事物），才真正是廈門的"問題"。

但是，另一方面，廈門人又是非常開放的。在同等規模的城市中，廈門大約最早擁有了自己全方位開放的國際機場。這一點直至今天仍為許多省會城市所望塵莫及。麥當勞、肯德基、比薩餅一進廈門，就大受歡迎，生意做得紅紅火火。看來，在廈門，對外開放比對內開放更容易，接受西方文化比接受中原文化更便當，這可真是怪事！

又比方說，廈門人是膽大呢，還是膽小呢？也很難說。一方面，廈門人常常會給人以“膽小”的印象。“北京人什麼話都敢說，上海人什麼國都敢出，廣東人什麼錢都敢賺，東北人什麼架都敢打，武漢人什麼娘都敢罵”，甚至連那些同在閩南地區的石獅人或晉江人，也還有“什麼私都敢走”或“什麼假都敢造”，廈門人敢什麼？好像什麼也不敢。但是，另一方面，廈門人的膽子又並不小。兩岸對峙時，炮彈從屋頂飛過，廈門人照樣泡茶，你說這是膽小還是膽大？

依我看，廈門人並不缺乏“膽量”，但缺乏“闖勁”；並不缺乏“定力”，但缺乏“激情”。甚至連廈門人自己也承認，“愛拼才會贏”的閩南精神不屬於廈門，而是閩南其他地區如晉江人、石獅人的精神。廈門人的精神，恐怕只好說是“愛泡精神”。他們實在是太愛泡茶了。“愛泡”遠遠超過“愛拼”，以至於廈門醫院的病房裡會貼出“禁止泡茶”的告示，而一位廈門作家也會激憤地說：“別的地方是‘玩物喪志’，我們廈門是‘泡茶喪志’！”小小一杯茶，當然泡不掉闖勁和激情，但如此地鍾愛泡茶，豈非證明了他們多少缺乏一點闖勁和激情？

總之，廈門人的“膽小”不是“膽小”，而毋寧說是“慵散”；他們的“膽大”也不是“膽大”，而毋寧說是“無所謂”。也許，他們看慣了潮漲潮落、雲起雲飛、斗轉星移，深知“任憑風浪起，穩坐釣魚船”的道理，變得什麼都無所謂了。我不知道廈門人那種見慣不怪、處變不驚、滿不在乎的心態是不是這樣形成的。反正，不管有多少風雲變幻，鼓浪嶼琴聲依舊，廈門島濤聲依舊，廈門人也泡茶依舊。“悠悠萬世，惟此為大，泡茶。”深圳飛躍就飛躍吧，浦東開發就開發吧，不起眼的溫州、張家港要崛起就崛起吧，廈門人不否定別人的成績，但也不妄自菲薄或自慚形穢，當然也不會有太多的緊迫感，覺得這些事有多麼了不起，而只是平靜地看他們一眼，點點頭，然後低下頭去喝他們的茶。

也許，這都因為島城廈門實在是太美麗、太溫馨了。

美麗無疑是一種良好的品質。有誰不希望自己美麗一些呢？但是，對自己美麗的欣賞，卻很可能由自戀發展為自滿，又由自滿發展為自足。同樣，小巧也不是什麼壞事。正如"大有大的難處"，小也有小的便當。大與小的優劣，從來就是辯證的。小城好規劃，好建設，好管理，但也容易造就眼界不高視野不闊心胸不開朗。溫馨當然也很好。溫馨如果不好，難道劍拔弩張、殺氣騰騰，或者冷若冰霜、水深火熱就好麼？但是，生存和發展的辯證法卻又告訴我們："不冷不熱，五穀不結"，過於溫馨，會使人心酥腿軟，豁不出去，當然也就難得大有作為。其實，在許多方面，成都與廈門不乏相似之處。成都號稱"天府之國"，一馬平川的肥沃土地上，清泉流翠，黃花灼眼，金橘燦燦，綠竹漪漪。遠離戰火的地帶，四季如春的氣候，豐裕繁多的物產，富足安逸的生活，再加上千百年文化的薰陶，使成都出落得風流儒雅。但是，成都人卻並不滿足於安逸和溫馨。在走不出去的情況下，他們就用麻辣來刺激自己，以防在溫馨安逸中泯滅了生命活力。所以成都人（廣義一點，四川人）一旦走出三峽，來到更廣闊的舞台上，便會像北京人、上海人、廣州人、湖南人、山東人一樣，幹出一番大事業來。廈門人，能行麼？

廈門人常常會自豪地宣稱：廈門是中國最好的地方。我願以一個外地人的身份，證明此言不誣。可不是麼？北京太大，上海太擠，廣州太鬧，瀋陽太髒，南京太熱，天津太冷，成都太陰，三亞太曬，貴陽太閉塞，深圳太緊張，而別的地方又太窮，只有廈門最好。我來廈門後，不少親朋故舊來看我，都無不感歎地說：你可真是給自己找了個養老的好地方。

的確，廈門確實是養老的好地方，卻很難說是幹事業的好地方。不少有志成就一番事業的年輕人來到廈門後，終於憋不住，又跑到深圳或別的什麼地方去了。平心而論，廈門人的事業心的確並不很強。他們眼界小，野心小，膽子小，氣魄也小。心靈的半徑，超不過廈門60平方公里的市區範圍：考大學，廈大就行；找工作，白領就行；過日子，小康就行；做生意，有賺就行。廈門籍的大中專畢業生，最大的理想也就是回到廈門，找一份安定、體面、收入不太少的工作，很少有到世界或全國各地去獨闖天下，成就一番轟轟烈烈大事業的雄心壯志。甚至當年在填報志願時，他們的父母首先考慮的也是能否留在或回到廈門，而不是事業上能否大有作為。總之，他們更多追求的是舒適感而不是成就感，更多眷戀的是小家庭而不是大事業，更為看重的是過日子而不是闖天下。

　　因此，當廈門人自豪地宣佈："廈門是中國最好的地方"時，他無疑說出了一個事實，同時也不經意地暴露了自己的問題和缺點。試想，當一個人認為自己已經"最好"了，他還會有發展，還能有進取麼？

　　實際上，廈門不如外地的地方多得很。

　　比如說，廈門就沒有北京大氣和帥氣。北京雄視天下，縱覽古今，融會中外文化，吞吐世界風雲，那氣魄、那氣派、那氣度、那氣象，不但廈門永遠都望塵莫及，而且生活在這美麗溫馨小島上的廈門人，即便到了北京，面對燕山山脈、華北平原，也未必能真正深刻地體驗到這些。他們多半只會挑剔些諸如北京的風沙太大、出門太難、"火燒"（一種餅）太硬、"豆汁"太難喝、到八達嶺玩一回太累之類的"毛病"，然後嘟囔一句"還是廈門好"便回家。認為什麼地方都沒有廈門好，這正是廈門人的不是。

　　廈門沒有北京大氣帥氣，也沒有廣州生猛鮮活。廣州好像是一個精力過剩的城市，永遠都不在乎喧囂和熱鬧，永遠都沒有睡眠的時候。一進廣州，一股熱潮就會撲面而來。當然，廣州的擁擠和嘈雜也讓人受不了。但廣州的活力卻令人嚮往。更何況，廣州人拿得起放得下。要革命便北伐，北伐失敗了便回來賞花飲茶。廈門人放倒是放得下，可惜不大拿得起。要他們北伐一回，準不幹。所以廣州（也包括廣東）可以一次次走在前面，廈門卻一回回落在後面。難怪魯迅先生當年在廈大沒呆多久，便去廣州了，其中不是沒有原因和道理的。

廈門不如上海的地方也很多，因為上海畢竟是"大上海"。儘管上海人被譏為"大城市、小市民"，也儘管廈門人出手比上海人大方，待客比上海人熱情，但並不因此就成為"大市民"。廈門人在上海人面前多少會顯得"土氣"，露出"小地方人"的馬腳（比方說那一口閩南牌的普通話就帶有"地瓜味"），就像菲律賓、新加坡見了大英帝國一樣。小平同志南巡時曾感歎於當年未把上海選作特區，但不是特區的上海卻並不比早是特區的廈門差，而近幾年來浦東開發的速度又讓廈門望塵莫及。這不能簡單地歸結為"瘦死的駱駝比馬大"，仍應從兩地的文化和兩地人的素質去找原因。總之，不管上海的市民是如何地"小市民"，再大度的廈門人，卻也無法使廈門變成"大廈門"。

其實，廈門和廈門人不如外地和外地人的地方還多得很。比方說，廈門不如西安古老，不如深圳新潮，不如武漢通達，不如成都深沉，不如天津開闊，不如杭州精細。又比如，廈門人不如東北人剽悍，不如山東人豪爽，不如河北人開朗，不如湖南人厚重，不如陝西人質樸，不如江浙人精明，不如四川人灑脫，不如貴州人耿直。即便美麗溫馨，也不是廈門的專利：珠海、大連、蘇州，美麗溫馨的小城多着吶！甚至如福建的長汀、湖南的鳳凰，雖不過蕞爾小邑，上不了中央電視台的天氣預報節目，其獨特的風情和韻味，也不讓於廈門。

如此這般說來，廈門人，你還能那麼怡然自得、滿不在乎、自我感覺良好麼？

　　事實上，有可能會阻礙廈門發展的，便正是廈門人那種根深蒂固的
"小島意識"。島原本具有開放和封閉的二重性。因為島所面對的大
海，既可能是暢通無阻的通道，又可能是與世隔絕的屏障。只要想想英
倫三島、日本列島上人和塔西提島、火地島上人的區別，便不難理解這
一點。廈門島上的人當然不是塔西提島、火地島上的人，但也不是英倫
三島、日本列島上的人，總體上說他們是既開放又封閉。其封閉之表
現，就是抱殘守缺於一隅，自我陶醉於小島。廈門人有一種奇怪的觀
念，就是只承認島內是廈門，不承認島外轄地（如集美、杏林）是廈
門。最奇怪的，是對島內的廈門大學，也不承認是廈門。廈大的人進
城，要說"到廈門去"，則所謂"廈門"，便只不過島內西南一小角
了。至於鼓浪嶼上人，則堅決否認自己是"廈門人"，而堅持說自己是
"鼓浪嶼人"。看來。越是"島"，而且越"小"，就越好。這可真是
地地道道的"小島意識"。這樣狹窄的眼界，這樣狹小的胸襟，是很難
能有大氣派、大動作、大手筆的。

　　顯然，要想把廈門建設得更好，要想創建能夠面向世界面向未來的
新文化，我們就必須走出廈門看廈門。

四　走出廈門看廈門

　　走出廈門看廈門，就是要跳出小島，放開眼界，以比較超脫的態度和比較開闊的視野來看待廈門的成就、問題和前景。"不識廬山真面目，只緣身在此山中。"局促於一角，局限於一地，豈能有高屋建瓴的認識？《廈門日報》曾以"跳出廈門看廈門"為題展開討論，想來用意也在於此。但我之所以說"走出"而不說"跳出"，則是因為只有"走"，只有腳踏實地的一步一步地走，才能真有感受，真有體驗。

　　然而，廈門人最大的問題，恰恰又在於他們總是走不出去。

　　在全國各城市的居民中，的確很少見到像廈門市民這樣不願出門的人了。中國人安土重遷，好靜不好動，終身不離故土的人不在少數。但就大多數人而言，尤其是就當代有文化的青年人而言，他們倒更多地是"出不去"，而不是"不想出去"，或者自身的條件限制了他們不敢去想，"想不到"要出去。像廈門這樣，公路鐵路、海運空運齊全，手頭又比較寬裕，卻仍然拒絕出門的，倒真是少數。不少廈門人終身不離島，許多廈門人不知火車為何物。廈門的旅行社都有這樣一個體會：組團出廈門要比組團進廈門難得多。不要說自己掏錢去旅遊，便是有出差的機會，廈門人也不會多麼高興。如果去的地方差一些，還會視為"苦差"而予以推託。這顯然完全是錯誤觀念在作祟。一是認為天下（至少中國）沒有比廈門更好的地方，到哪裡去都是吃苦；二是認為外地怎麼樣，與我沒有關係，看不看無所謂，看了也白看。所以，廈門人即便到了外地，也看不出什麼名堂來。除了"還是廈門好"以外，他們再也得不出別的結論。

到外地出差、旅遊尚且如此之難，要他們到外地工作、上學，就更難了。每年高考，廈門成績好一點的考生，往往會一窩蜂地報考廈門大學，連清華北大都不願去，更不用說別的學校了。他們其實也知道，比如西安交大這樣的學校是非常好的，但他們就是不想去，因為他們不願意離開廈門。如果廈門沒有好學校倒也罷了。既然有一所全國重點大學，為什麼還要到外地去？他們想不通。一位家長曾瞪着眼睛問我："到外地上學又怎麼樣？畢業後還不是要回廈門工作！"我不懂她所說的"還不是"有什麼根據。誰規定廈門的孩子畢業後就該在或只能在廈門工作，就不能到別的什麼地方工作呢？"青山處處埋忠骨"，"天涯何處無芳草"，誰說只能在廈門工作來着？看來還是自己"劃地為牢"。

其實，世界大得很，世界上的好地方也多得很，並非只有廈門。廈門再好，也不能把世界之好都集中起來吧？不但世界上、全中國還有比廈門更好的地方，即便總體上不如廈門的地方，也會有它獨特的好處。我們實在應該到處走一走，到處看一看，各方面比一比，才會開闊我們的眼界，也才會開闊我們的胸襟。自得其樂地死守一個地方，無異於"安樂死"。安樂則安樂矣，生命的活力卻會磨損消沉。更何況，到處走一走，看一看，本身就是一種人生的體驗。因此即便是到貧窮落後的地區去，倘若把它看作一種體驗，也就不會白去。人生百味，苦也是其中一種。在廈門這個美麗溫馨大花園裡長大的孩子，更該去吃點苦頭，否則他的人生體驗就太單調了，他的心靈也就難得豐富起來。

的確，人有時是需要"生活在別處"，過一過"別樣的生活"的。

見多才能識廣，少見必然多怪。廈門人既然那樣地熱愛自己的城市自己的家園，就更應該出去走走看看，就像到別人家去串串門，以便把自己家建設得更好一樣。當然，我們無意要求廈門也變成北京、上海，或者變成廣州、深圳。沒有這個可能，也沒有這個必要。坦率地說，城市太大，其實不好。廈門的城市規模現在正合適。而且，廈門現在也正處於良性發展階段。其他大城市面臨的許多問題，如環境污染、交通堵塞、住房緊張、水資源恐慌等等，廈門都沒有。但小城也有小城的麻煩和問題。小城之大忌，是小家子氣和小心眼。補救的辦法，就是經常出去走走看看。因此，我們應該鼓勵廈門人走出廈門，甚至應該規定廈門的大中專生必須到外地學習或工作若干年後，才准其回廈門工作。我們當然也應該有選擇地從全國各地引進人才，改變廈門的市民結構。苟能如此，則廈門這道“門”，就不會變成閉關自守劃地為牢的小門，而能夠確保成為兼容各種文化、吐納世界風雲的大門。

第六章

成都府

也許，這就是成都了：樸野而又儒雅。這就是成都人了：悠閒而又灑脫。因為成都是“府”，是古老富庶、物產豐盈、積累厚重的“天府”。遠在祖國大西南群山環抱之中，躲避了中原的兵荒馬亂，卻又享受着華夏的文化福澤。那崇山，那峻嶺，那“難於上青天”的蜀道，並沒有阻隔它與全國各地的聯繫，也沒有使它變得褊狹怪異，只不過護衛着它，使它少受了許多磨難少吃了許多苦頭。那清泉，那沃土，那一年四季溫柔滋潤的氣候，則養育了一群美滋滋樂呵呵的成都人。老天爺之於成都，實在是厚愛有加。

成都是府。
成都是天府。
天府的人好安逸。

　　府，原本是儲藏文書或財物的地方，也指管理文書或財物的官員。周代官制，設有“天府”一職，“掌祖廟之守藏，與其禁令”，看來是給周天子守庫看家的。所以後來，天府也泛指皇家的倉庫。天子富有四海，富甲天下，皇家的倉庫通國庫，自然是要什麼東西就有什麼東西，要什麼寶貝就有什麼寶貝。由此可知，一個地方，如果被冠以“天府之國”的稱號，當然也就是天底下最好的所在了。《戰國策》云：“田肥美，民殷富，戰車萬乘，奮擊百萬，沃野千里，蓄積饒多，地勢形便，此所謂天府”；《漢書·張良傳》也有“金城千里，天府之國”的說法。不過，兩書所說的“天府”，都不是指成都，也不是指四川，而是指關中地區。後來，成都平原的優勢明顯超過關中平原，“天府之國”的頭銜，便幾乎成了成都和成都平原的專利。

　　說起來，成都號稱“天府”，是當之無愧的。這裡冬無嚴寒，夏無酷暑，年平均氣溫約攝氏17度，平均降水量約980毫米，氣候之好，是沒說的了；一馬平川，良田萬頃，草木常青，渠水長流，地勢之好，也是沒說的了。至於物產之豐富，生活之便利，在咱們中國，更是首屈一指。民諺有云：“吃在廣州，穿在蘇州，玩在杭州，死在柳州”，無非說的是廣州菜餚好，蘇州絲綢好，杭州風景好，而柳州棺木好。但要說都好，還是成都。廣州、蘇州、杭州、柳州的好處，成都都有，卻無其不足。成都地方比蘇州大，氣候比杭州好，好玩的地方比廣州多，好吃的東西比柳州多，何況夙產蜀錦、號稱“錦城”，還怕沒有好衣服穿？

吃好了，穿好了，玩好了，便是死在成都，也是"快活死"、"安樂死"，是"死得其所"吧？

更何況，成都的文化積累又是何等厚實啊！兩漢的司馬相如、揚雄不消說了，唐宋的李白、三蘇也不消說了，王維、杜甫、高適、岑參、孟浩然、白居易、元稹、賈島、李商隱、黃庭堅、陸游、范成大，哪一個和成都沒有瓜葛，哪一個沒在成都留下膾炙人口的詩章？武侯祠、薛濤井、百花潭、青羊宮、文殊院、昭覺寺、望江樓、王建墓、杜甫草堂，哪一個不是歷史的見證，哪一個沒有"一肚子的故事"？有如此之多文化積累的城市，天下又有多少？也就是北京、西安、南京幾個吧？

這就是成都。誠如王培荀《聽雨樓隨筆》所言："衣冠文物，儕于鄒魯；魚鹽粳稻，比于江南。"成都，確實是我們祖國積累文化和物產的"天府"。

物產豐富，吃食就多；文化豐盈，話題就多。於是，成都人的一張嘴，就怎麼也閒不下。成都人能吃也會吃，能說也會說，吃能吃出花樣，說能說出名堂，而最能體現成都和成都人這一特色的，便是成都的茶館。

一　成都的茶館

有句老話：北京衙門多，上海洋行多，廣州店舖多，成都茶館多。

這也不奇怪。北京是城，而且是京城。天子腳下，首善之區，國脈所繫，中樞所在，自然衙門多。上海是灘，開埠早而攤子大，首屈一指的國際化大都市，五湖四海風雲際會，歐風美雨浪打潮回，洋人多自然洋行也多。廣州是市，以商為本，以賈為生，一天不做生意，就一天也活不下去，店舖能不多嗎？可見，衙門多也好，洋行多也好，店舖多也好，都是北京、上海、廣州的城市性質所使然。

成都就不一樣了。成都不是京城，用不着那麼多衙門；沒有外灘，也用不着那麼多洋行。成都當然也有店舖，但多半是飯舖、衣舖、雜貨舖，少有廣州那種財大氣粗的銀行、商號和當舖。因為成都畢竟不是廣州那樣的"市"，不想做也做不了廣州那麼大那麼多的生意。成都是府，是富饒豐足的天府，而且"養在深閨人未識"，深藏在祖國大西南群山環抱之中，只有聚集沒有耗散，只需享用無需奔忙。如果說，上帝虧待武漢人，有意安排武漢人吃苦（詳見《武漢三鎮》一章），那麼，他就厚愛成都人，有意安排成都人享福。成都和武漢一樣，都是那種不東不西不南不北的城市：依長江劃線，它在北；以秦嶺為界，它居南；和武漢在同一緯度，離拉薩和上海差不多遠。然而，兩地的自然條件卻差得遠。武漢是冬天奇冷夏天酷熱，兼東西南北之劣而有之；成都則冬無朔風勁吹，夏無烈日曝曬，兼東西南北之優而有之。它的天是溫和的，它的地是滋潤的，它的物產是極為豐富的，而這些物產的價格又是非常便宜的。生活在這塊風水寶地上的成都人，自然也就用不着操那麼多心，費那麼多力，做那麼多事情，只要消消停停悠悠閒閒地過日子就行了。

那麼，怎麼過才消停、才悠閒呢？當然是泡茶館。

說起來，茶，原本是中國人的愛物。東西南北中，工農商學兵，只要是中國人，很少有不愛喝茶的。不過，最愛喝茶的，又數成都人，至少成都人自己是這麼認為的。不錯，江浙有綠茶，雲貴有沱茶，廣東有早茶，西北有奶茶，閩南有烏龍茶，北京有大碗茶，但成都人都看不上：綠茶太淡，沱茶太粗，奶茶是以茶代飯，工夫茶是以茶代酒，早茶是以茶為配角，大碗茶則只能叫"牛飲"，只有成都人的蓋碗茶，才既有味，又有派。有味，是因為成都的花茶，又香又濃又經久，一碗茶沖七八遍水也無妨；有派，則因為它是茶碗、茶蓋、茶船三件頭俱全的"蓋碗茶"，而且是在茶館裡喝的。在茶館裡喝茶，和在家裡泡茶，大不一樣。在家裡泡茶，誰不會呢？顯然，只有愛上茶館，才真正算得上是愛茶。

成都人愛上茶館。可以說，成都人是把"愛茶主義"理解為或者表現為"愛茶館主義"的。事實上成都的茶館也多得有如雨後春筍。據《成都通覽》載，清末成都街巷計516條，而茶館即有454家，幾乎每條街巷都有茶館。1935年，成都《新新新聞》報載，成都共有茶館599家，每天茶客達12萬人之多，形成一支不折不扣的"十萬大軍"，而當時全市人口還不到60萬。去掉不大可能進茶館的婦女兒童，則茶客的比例便無疑是一個相當驚人的數字。況且，十二萬人進茶館，一天下來，得喝掉多少茶葉，多少光陰？有如此之多的茶館和茶客，成都，實在應該叫做"茶館之都"才好。

其實，即便在今天，成都的茶館恐怕也仍是四川之最，中國之最，世界之最。在成都，鬧市有茶樓，陌巷有茶攤，公園有茶座，大學有茶園，處處有茶館。尤其是老街老巷，走不到三五步，便會閃出一間茶館來，而且差不多都座無虛席，茶客滿棚，生意好得不敢讓人相信。究其所以，也無非兩個原因：一是市民中茶客原本就多，二是茶客們喝茶的時間又特別長，一泡就是老半天。一來二去，茶館裡自然人滿為患。難怪有人不無誇張地說，成都人大約有半數左右是在茶館裡過日子的。至於另外一半，則多半進了火鍋店。看來，正如北京的城門是解讀北京的"入門之門"，成都的茶館也是解讀成都的一把鑰匙。

茶館其實是茶客造就的。

成都的茶客，不但人數眾多，堪稱世界第一，而且，正如成都的球迷有資格自認為（同時幾乎也被公認為）是中國最好的球迷，成都的茶客也有資格自認為是中國第一流的茶客。不錯，中國人都愛喝茶，有茶館的也決不僅止於成都一地。但似乎只有成都人，才那麼酷愛茶館，才那麼嗜茶如命。對於他們來說，"柴米油鹽醬醋茶"這七個字，是要倒起來念的。正宗的老成都，往往是天一麻麻亮，便打着呵欠出了門，衝開濛濛晨霧，直奔熱氣騰騰人聲鼎沸的茶館。只有到了那裡，他們才會真正從夢中醒過來；也只有在那裡，先呷一小口茶水漱漱嘴，再把滾燙清香的茶湯吞下肚去，才會覺得迴腸盪氣，神清氣爽，遍體通泰，真正活了過來。

或許有人會說，這也算不了什麼。廣州人和揚州人也一樣愛吃早茶。正宗的揚州人更是和成都人一樣，天一亮就直奔茶館去過早茶癮。可是，廣州人也好，揚州人也好，吃早茶時居然要吃那麼多的點心，這就搞不清他們究竟是吃早茶，還是吃早點。何況廣州人的早茶，居然還是在飯店酒樓裡吃；而揚州人則只有早上才“皮包水”（泡茶館），一到下午便改為“水包皮”（泡澡堂）了，哪像我們成都人，從早到晚，都對茶館情有獨鍾，忠貞不貳。

也許，正因為成都人是如此地摯愛他們的茶館，古樸的、傳統意義上的茶館，才不至於在中國絕跡。可不是嗎？老舍筆下作為老北京象徵的茶館，如今早已銷聲匿跡了，北京的“茶文化”已經變成了“大碗茶文化”。上海的茶館，據說也只剩下老城隍廟湖心亭一處以為點綴，還不知光景如何。各地現在當然也都有一些新的所謂“紅茶坊”或“茶藝館”，但大多裝修豪華，設施考究，珠光寶氣，高深華貴，且多半有幾個所謂“小姐”在那裡表演來路不明的所謂“茶道”或“茶藝”，收取價格驚人的“茶錢”。至於老茶館的那種氛圍和情趣，當然是半點也沒有的。說白了，它們不過只是“蒙”老外的旅遊景點而已，而且很可能還是“偽劣產品”。

然而成都卻很不一樣。成都現在雖然也有高檔豪華、專供大款們擺闊的新茶館，但同時也保留了不少質樸簡陋、專供市民們休閒的老茶館。這些老茶館，或當街舖面，或巷中陋舍，或河畔涼棚，或樹間空地，三五張方桌，十數把竹椅，再加上老虎灶、大鐵壺（或大銅壺）、蓋碗茶具，也就成了市井小民的一方樂土。

環境場地如此簡陋、質樸，又有什麼好處呢？正如林文詢《成都人》一書所言：“環境隨意，場地簡單，來往之人也就隨意。”三教九流，會聚一堂，不講等級，勿須禮儀，大家便都很自在：或喝茶聊天，亂擺一氣；或讀書看報，閉目養神，互不干擾，各得其所。話可以隨便說，水可以儘管添，瓜子皮不妨滿地亂吐，想罵娘就大罵其“龜兒子”，豈不快哉！

這其實便正是成都老茶館大得人心之所在。本來嘛，喝茶，又不是上朝，何必要那麼一本正經，行禮如儀？茶客進茶館，原本是為了放鬆放鬆，休閒休閒，正所謂"忙裡偷閒，吃碗茶去；悶中取樂，拿支煙來"。你弄些迎賓女盛裝接送，服務生恭立伺候，害得茶客們眼花繚亂，手足無措，嘴上怕出錯，心裡怕挨宰，哪裡還能放鬆，又哪是什麼休閒？而成都的老茶館，可以說好就好在"隨意"二字，因此為成都市民所鍾愛。即便發了財，當了"大款"，也仍有不少人愛進那簡陋的、廉價的、不起眼的小茶館。

不過，成都茶館的氛圍雖然是隨意的，沏起茶來，可是一點也不隨意。第一，茶具一定得是茶碗、茶蓋、茶船三件頭，謂之"蓋碗茶"。三件頭好處不少：茶碗上大下小，體積適中，便於沖茶；茶蓋保溫透氣，攪水隔葉，便於飲茶；茶船穩托碗底，隔熱免燙，便於端茶。三件頭的設計，可謂用心良苦。第二，倒水一定得是燒得鮮開的滾水，頭道水只盛半盞，叫"養葉子"。等到乾乾的茶葉滋潤舒展開了，才沖第二道。這時，滾燙的開水從長嘴大茶壺中飛流直下，舒眉展臉的茶葉在開水的衝擊下翻身打滾，再沉於盞底，一盅茶湯，便黃綠噴香，誘人極了。這，就是成都茶館的功夫，成都茶館的藝術。可見，成都的茶館並非不講服務，而是服務得十分到位，沒有一點虛套套。

有如此享受，又十分隨意，這樣的茶館，誰不喜歡？

但，這還不是成都人愛進茶館的全部原因。

我總以為，成都人之所以愛進茶館，主要還因為在那裡可以大擺其"龍門陣"。成都人和北京人，大概是中國最愛說話的兩個族群。有人說，只要是幹活溜嗖、說話噎人、背書不打奔兒、一坐下來就神聊海哨胡掄的，一準是北京人。至於那些既愛吃又愛說，說不耽誤吃，吃不耽誤說，走到哪兒就吃到哪兒說到哪兒的，則多半是成都人。反正不管北京人也好，成都人也好，都是一天不說話就沒法過日子的"話簍子"。有趣的是，他們也都愛喝茶，而且獨鍾花茶。這也不奇怪。因為吹牛聊天，斷然少不了茶。沒有茶，說得口乾舌燥，興味便會大減，甚至聊不下去。有了茶，可就大不一樣了。茶既能解渴生津，又能健腦提神，一盞清茶下肚，頭腦也靈光了，舌頭也靈便了，那原本就說不完的話，也就更加滔滔不絕。

所以，北京和成都的茶館，在中國也就最有名。

然而奇怪的是，北京的茶館終於衰落了（這是讓許多熱愛老北京文化的人痛心疾首卻又無可奈何的事），而成都的茶館卻久盛不衰（這是讓許多鍾愛老成都文化的人竊喜慶幸卻又提心吊膽的事），這又是為什麼呢？我想，也許就因為北京人和成都人雖然都愛說，但說什麼和怎麼說，不大一樣吧！怎麼個不一樣呢？要而言之，大體上是北京人侃，成都人擺，北京人說大話，成都人說閒話。

侃，有三個意思：剛直、和悅、戲弄。所謂"侃侃而談"，就有剛直、和悅的意思；而所謂"調侃"，則有戲弄的意思。這三種意思，在北京人所謂"侃大山"中都有，即理直氣壯、從容不迫和滑稽幽默。事實上，只有那些滿腹經綸、口若懸河而又風趣俏皮者，才有資格當"侃爺"；也只有那些高屋建瓴、滔滔不絕而又妙趣橫生笑料迭出者，才有資格叫"侃山"。這其實也正是北京這座城市的性質所使然。北京是京城，是首都，北京的市民，也就差不多是半個政治家。政治家嘛，一要眼界高，居高臨下；二要城府深，沉得住氣；三要口才好，能言善辯。居高臨下，便理直氣壯；沉得住氣，便從容不迫；能言善辯，自然風趣幽默。有此氣勢、涵養和水平，當然連山也"侃"得倒，所以"侃大山"又叫"砍大山"。可以這麼說，愚公移山，靠的是鋤頭；侃爺移山，靠的就是舌頭了。

顯然，砍大山也好，侃大山也好，要緊的是一個"大"字，也就是要說"大話"。"話"怎樣才能"大"呢？當然首先必須"話題"大，而最大的話題又莫過於政治。實際上，北京人所謂"侃大山"，便多半

圍繞着政治這個中心來進行，只不過態度也多半有些調侃罷了，比如
"十億人民九億侃，還有一億在發展"之類的"段子"，便最能體現
"侃大山"的特徵。

這樣的話，當然並不一定非得到茶館去說不可。

事實上，北京茶館的漸次消亡，與北京說話的地兒越來越多不無關
係。你想，現如今，北京有多少學會、協會，沙龍？有多少報告、講
座、研討會？這些社團大多被北京人戲稱為"侃協"，自然都是"侃大
山"的好去處。運氣好一點，沒準還能到中央電視台"實話實說"或其
他什麼節目的演播室裡，去當一名嘉賓或能插上一嘴的觀眾，那可比上
茶館過癮多了，也比在茶館裡更能指點江山，激揚文字。況且，這些地
方、場合，一般也都備有茶水，或能自帶茶水，而北京人對於茶水的質
量和沏茶的方式又沒有那麼多的講究，不一定要"三件頭"或"鮮開
水"，自然也就並不一定非上茶館不可。再說了，茶館裡五湖四海三教
九流，哪能保證一定會碰上"可侃"之人呢？

更何況，能侃善侃喜歡侃的北京人，是有本事把所有的地方都變成
或視為茶館的。比如"的士"司機的茶館，就是他的小車。茶嘛，他自
己隨身帶着；座兒，當然更不成問題；而上上下下往來不絕的乘客，便
是他的聽眾和茶客，只是不供應茶水而已。"鐵打的營盤流水的兵"，
他這個小茶館裡，永遠都不愁沒有"山"可"砍"，哪裡還用得着再上
茶館？

成都人可就沒有那麼便當。他們的"侃協"，永遠都設在茶館裡，
也只能設在茶館裡。為什麼呢？因為成都人不是"政治家"，而是"小
市民"，並不像北京人那樣，自以為"一身繫天下安危"，可以"一言
興邦"。他們要說愛說的，是"閒話"而不是"大話"。即便世界風
雲、國家大事，也只是當作閒話來講，過過"嘴巴癮"就算了。閒話是

上不了枱面的，愛說閒話的成都人也同樣有點"上不了枱面"。大多數成都人，別看平時能說會道，一張嘴比刀子還快還鋒利，吵起架來天下無敵手，但真要讓他上台演講，便多半會結結巴巴，顛三倒四，這個那個，不得要領。到電視台去做嘉賓就更成問題：用四川話說吧，似乎"不對"（哪有電視台說四川話的）；用普通話說吧，又難免"椒鹽"（成都人從來就說不好普遍話）。別人聽着彆扭，自己也說不順溜，哪有在茶館裡說得隨意，說得自在，說得開心，說得過癮？

電視台去不得，的士裡也說不得。《成都人》一書的作者林文詢曾比較過北京、廣州、成都三地的"的士"司機，結論是十分有趣的：北京的司機喜歡和乘客說話，成都的司機喜歡和自己說話，而廣州的司機則幾乎不說話。

廣州的司機為什麼不說話呢？我想可能有以下原因：一，廣州人本來就不愛說話，沒有北京人嘴那麼貧，成都人嘴那麼油；二，廣州人說普通話比較困難，而乘客中外地人又多，交流不便，也就興趣索然；三，廣州交通擁擠，司機開車必須全神貫注，早已養成遵守交通規則，開車時不說話的職業習慣。但我以為最重要的，還在於廣州是市，是商業性的國際化城市。生活在這座城市裡的人，早已習慣了依照契約原則來處理人際關係，也深知必須兢兢業業做好工作才能很好生存的道理。司機與乘客的契約，是安全快捷地送達目的地，而不是閒聊天。況且，上班時說閒話，是違反勞動紀律的，也不符合敬業精神。既然如此，說那麼多話幹什麼？

北京的出租車司機可就沒有這些觀念了。他不願意把自己和乘客的關係簡單地看作僱傭關係，更不願意把乘客當貨物運。如果一路同行半句話都不說，那多沒有"人情味"？所以，他寧肯把汽車當作茶館，把乘客當作茶友，而且"腰裡掖着一副牌，見誰跟誰來"。更何況，北京的市民都是"半個政治家"。政治家麼，自然不會放過"做思想政治工作"或"發表政見"的機會。即便不談政治,說點別的也行。開車又不用嘴巴,一張嘴閒着也是閒着,隨便說點什麼,好歹大家都能解悶兒。

上海的出租車司機大體上介乎二者之間:乘客不想說話,他也一言不發;乘客想說點什麼,他也對答如流(但一般不談政治)。上海是一個有着優質服務傳統的城市,應乘客的要求與之對話,大約被看作了服務的附加內容之一,就像顧客買好了東西要代為捆紮包裝一樣。問題是乘客有無此項要求。如果沒有,上海的司機一般也不會沒話找話,多嘴多舌。

耐人尋味的是成都的出租車司機。

成都的出租車司機既不願意像廣州司機那樣把乘客當作僱主或貨物,也不願意像北京司機那樣把乘客當作茶客或哥們,而他又憋不住要說話,沒法等乘客主動搭腔。於是他便打開對講機,和他的師兄師弟師姐師妹們窮聊個沒完,或者靜聽師兄師弟師姐師妹們"開空中茶館","打嘴巴官司",等於自己和自己說話。願意和乘客們聊天的,為數極少。這也不奇怪。"宰相門前七品官",天府之國的司機嘛,誰還稀罕伺候你幾個"打的"的主?

說來也是,開車畢竟是工作,不是休閒;的士畢竟是工具,不是茶館。只有茶館,才如賈平凹所說,是一個"忘我的境界"(《入川小記》)。成都的茶館,即便是最低檔的那種,也都有幾分清新(我懷疑來自那竹几竹椅和清水清茶)。坐在那茶館裡,捧一杯清茶,聽四面清談,滿口清香,滿耳清音,便沒有談興也想說點什麼了。

總之,只有茶館,才是成都人的講壇。只有在那裡,愛說會說的成都人才如魚得水,能夠充分地展示自己的"口才",把"龍門陣"擺得威武雄壯,有聲有色。

那麼,龍門陣究竟是什麼玩意,它又為什麼要到茶館裡去擺?

二　龍門陣

俗話說，樹老根多，人老話多。老人之所以話多，除老來有閒和害怕孤獨外，也因為老人閱歷廣，見識多，有一肚子話要說、可說。同樣，一個城市如果也很古老，話也會多起來。

話多的人多半愛上茶館。更何況，成都人的說話，不是說，也不是侃，而是擺。

擺，也就是"鋪開來說"的意思。"擺"這個字，原本就有鋪排陳列之意。比如擺攤、擺席、擺譜、擺闊、擺架子、擺擂台，都非鋪陳排比不可。蜀人司馬相如和揚雄，便是鋪陳排比的老手。他們的作品，叫做"賦"。賦這種文體，後來不行時了，但它的精神，卻為成都人所繼承，並在"龍門陣"這種民間形式中得到了發揚光大。

龍門陣就是成都市民的"賦"。據說，它得名於唐朝薛仁貴東征時所擺的陣勢。明清以來，四川各地的民間藝人多愛擺談薛某人的這一故事，而且擺得和薛仁貴的陣勢一樣曲折離奇、變幻莫測。久而久之，"龍門陣"便成了一個專有名詞，專門用來指那些變幻多端、複雜曲折、波瀾壯闊、趣味無窮的擺談。

顯然，龍門陣不同於一般聊天、侃山、吹牛的地方，就在於它和"賦"一樣，必須極盡鋪陳、排比、誇張、聯想之能事。但作為市民的

"賦"，則還要鬧熱、麻辣、繪聲繪色、有滋有味，而且還得沒完沒了。即便普普通通的一件小事，也要添油加醋，擺得七彎八拐。這樣的"作品"，當然不好隨便在諸如出租車之類的地方向乘客們"發表"。至少是，短短那麼一點時間，是擺不完的；而擺不完，則不如不擺。總之，擺龍門陣，非得上茶館不可。

事實上，成都茶館的魅力，便正在於那裡有龍門陣。龍門陣之所以必須到茶館裡去擺，則因為只有在茶館裡，頂尖高手們才有用武之地，聽講的人也才能真正一飽耳福。茶館日夜開放，茶客多半有閒，時間不成問題，此為"得天時"；茶館環境寬鬆，氛圍隨意，設備舒適，可站可坐可躺，時時茶水伺候，擺者不累，聽者不乏，此為"得地利"；茶客多為龍門陣之"發燒友"，目標一致，興趣相同，擺者有心，聽者有意，一呼百應，氣氛熱烈，此為"得人和"。天時、地利、人和三者兼得，龍門陣自然百戰百勝，越擺越火。

龍門陣的內容五花八門無奇不有："既有遠古八荒滿含秘聞逸事古香古色的老龍門陣，也有近在眼前出自身邊頂現代頂鮮活的新龍門陣；有鄉土情濃地方色重如同葉子煙吧噠出來的土龍門陣，也有光怪陸離神奇萬般充滿咖啡味的洋龍門陣；有正經八百意味深沉莊重嚴肅的素龍門陣，也有嬉皮笑臉怪話連篇帶點黃色的葷龍門陣"（林文詢《成都人》）。不消說得，新聞時事自然也是龍門陣的重要內容之一。新聞時事從哪裡知曉？一是電視，二是報紙。新聞時事既然為成都人所關心，則成都的報業也就當然興旺發達。有人說，成都有三多：小吃店多時裝店多報攤子多。這是一點也不奇怪的。成都人好吃，則小吃店多；成都人愛美，則時裝店多。至於報攤子多，則因為成都人喜歡擺龍門陣，很需要報紙來提供談資。

成都人確實是很愛看報的。成都街頭報攤多、報欄多，成都的報社也多。大大小小各種日報週報、晚報晨報、機關報行業報，林林總總據說有數十家之多。成都人看報，又不拘本地外地，全國各地的老牌名報，在成都也都擁有自己的讀者和市場。成都的報欄（包括各報社門前的報欄）也沒有“地方主義”思想，一視同仁地將外地報紙和本地報紙一字兒展開，讓成都人大過其報癮。所以，每天一早，報欄前就總是圍滿了成都人。

過完了報癮，就該過嘴巴癮，擺龍門陣了。上哪裡去擺最過癮？當然是茶館。因為在報欄前擺，時間有限；在家裡面擺，聽眾有限；在單位上擺，影響工作倒在其次，不能盡興才是問題。還是茶館裡好。茶館是成都市民的“政協”，每個人都可以參政議政、發表高見的。高見發表完了，手邊的一張報紙正好用來蒙臉，呼呼大睡。反正議論時事的目的是過嘴巴癮，剩下的事情也就管不了那麼多。可以說，北京人愛談新聞時事是為了表現自己的政治才能，成都人愛談新聞時事則是為了擺龍門陣。

那麼，成都人又為什麼如此熱衷於龍門陣呢？

一個簡單的解釋，自然是成都人愛說也會說。“重慶崽兒砣子硬（重慶人敢打架），成都妹娃嘴巴狡（成都人會吵架）”，成都人的嘴巴功夫是全國有名的。

在成都，嘴巴功夫最好的，不外乎兩種人，一是小商販，二是女娃娃。成都小商有句行話，叫“賺錢不賺錢，攤子要扯圓”。攤子怎樣才能“扯圓”？當然是靠嘴巴吆喝：“耗兒藥，耗兒藥，耗兒一吃就跑不脫”；“買得着，划得着，不買你要吃後悔藥”。你說是買還是不買呢？女娃子也好生了得。你不留神踩了她的腳，她會說：“咦，怪事，你是三隻腳嗎咋個？牛都過得倒你過不倒？”她要是踩了你的腳，也有說法：“擠啥子擠啥子，進火葬場還要排隊轉輪子的麼，瓜不兮兮的，出得倒門出不倒門？”你說是和她吵還是不和她吵呢？

的確，成都人好像天生就會說話，天生就會“涮壇子”（開玩笑）、"沖殼子"（吹牛皮）、"展言子"。其中，"展言子"最具特色。所謂"展言子"，就是說話時講幾句諺語歇後語，而且藏頭藏尾，讓你去猜去想，在心領神會中獲得樂趣。比如事情有點玄，就說是"癩蛤蟆吃豇豆"，意謂"懸吊吊的"；而你如果說話離譜，他則會評論說："你咋個吃苞穀麵打呵欠"，意謂"盡開黃腔"。諸如此類的說法，可真是"和尚敲木魚"，——多多多。

於是，簡簡單單一件事，到了成都人的嘴裡，就會變得有聲有色，有滋有味。即便罵人的話，也是一套套的。比如某人智商較低，或做事欠考慮，成都人不說他傻，而說他"瓜"。其實，這"瓜"不是冬瓜西瓜南瓜葫蘆瓜，而是"傻瓜"。因為要"展言子"，便略去"傻"而稱"瓜"。由此及彼，則又有"瓜娃子"、"瓜兮兮"乃至"瓜眉瓜眼"等等。說一個人"瓜眉瓜眼"，顯然就比說他"呆頭呆腦"或"笨手笨腳"要有意思多了，也有味道多了。

又比方說，弄虛作假，在成都人那裡，就叫做"水"。其起源，我想大約與酒有關。因為賣酒要做手腳，無非就是摻水。所以，日常生活中，便多用"水貨"這個詞來指偽劣產品。推而廣之，則一個人說話不算數，或做事不到位，成都人便說他"水得很"。由此及彼，則又有"水客"、"水功"、"水垮垮"、"水漉兒"等說法。再比方說，一件事情沒有辦成，就叫"黃"或"黃了"，其他地方的說法也是這樣。但成都人則進而發展為"黃腔"、"黃棒"、"黃渾子"、"黃蘇蘇"，甚至還有"黃師傅"和"黃手黃腳"等等。

看來，成都人對待話語，就像廣東人對待中央政策，講究"用好用活用夠用足"。成都人說話，是十分"到位"甚至不怕"過頭"的。比方說，紅，要說"緋紅"；綠，要說"翠綠"；白，要說"雪白"；黑，要說"黢黑"；香，要說"噴香"；臭，要說"滂臭"。總之，是要把文章做足，才覺得過癮。

過什麼癮？當然是過嘴巴癮。事實上，成都人說話，除了有事要說外，更多是說着玩，頗有些"為藝術而藝術"的派頭。後面我們還要講到，成都人是非常愛玩的。在成都，熟人見面，除問"吃了沒有"外，多半也會問"到哪兒去耍"。但成都人的"玩"或"耍"，又有一個重要特點，那就是必須同時伴以"吃"和"說"。不管是郊遊遠足，還是遊園逛街，都必須有好吃的，也必須一路說將過去。到了地方或走在半路，還要泡泡茶館。如果走了一路，居然無話，那就只能算是"趕路"，不能叫做"耍"了。如果居然又沒吃沒喝，那就無異於"苦差"，更不能算是"玩"。所以，無論什麼豪華新鮮的場合，如果沒有茶喝，沒有好東西吃，不能盡興聊天，成都人就不屑一顧。反之，只要能大擺其龍門陣，那麼，不拘到什麼地方，也都可以算是"耍"。事實上，說起"到哪兒去耍"，在成都人那裡，也就多半是到哪兒去喝茶聊天的意思。總之，說話，是成都人玩耍的重要內容，甚至直接地就是玩耍。正如林文詢所說，成都人的說話，"更多地是說着玩，把話語在舌頭上顛來顛去地品味，欣賞，展示。猶如綠茵場上的好手，把一顆皮球在腳尖頭頂顛來顛去顛出萬千花樣來一般"（《成都人》）。

於是，我們便大體上知道成都人為什麼愛說會說了：好玩嘛！

成都人確實愛說話玩兒。對於成都人來說，最愜意的事情，除了上茶館擺龍門陣，就是酒足飯飽之後，在自家當街門口，露天壩裡，拖幾把竹椅，擺一張茶几，邀三五友人，一人一支煙，一杯茶，前三皇后五帝，東日本西美國，漫無邊際地胡扯閒聊，直到興盡茶白，才各奔東西。至於談話的內容，從來就沒有一定之規。想說什麼就說什麼，碰到什麼就是什麼，就像成都菜一樣，隨便什麼都能下鍋，隨便什麼都能下嘴。因為說話的目的不是要研究什麼問題解決什麼問題，而是要玩。因此，只要說得開心，說得有趣，就行。

既然是玩耍，就要好玩，不能像白開水，得有味道，有名堂；而玩得多了，自然能玩出花樣，玩出水平。成都人說話特別有味道：形象生動，節奏鮮明，尤其注重描述事物的狀態。比如一個東西很薄，就說是"薄飛飛"的；很粗，就說是"粗沙沙"的；很脆，就說是"脆生生"的；很嫩，就說是"嫩水水"的。又比如一個人很鬼，就說是"鬼戳戳"的；很呆，就說是"木癡癡"的；很兇，就說是"兇叉叉"的；很軟，就說是"軟塌塌"的。至於傻，則有"憨癡癡"、"瓜兮兮"和"寶篩篩"三種說法。總之，文章都會做得很足。

　　注重狀態就必然注重表情，而最富於表情的眉眼也就當然是大做文章之處。所以，成都人說話，一說就說到眉眼上去了。比如：賊眉賊眼（賊頭賊腦）、鬼眉鬼眼（鬼鬼祟祟）、瓜眉瓜眼（傻裡呱嘰）、假眉假眼（虛情假意）、爛眉爛眼（愁眉苦臉）、懶眉懶眼（懶洋洋地）、詫眉詫眼（怯生生地）、直眉直眼（發愣）等等；而吝嗇、愛喳呼和沒味道，則分別叫做"嗇眉嗇眼"、"顫眉顫眼"和"白眉白眼"。看着這些詞，我們不難想見成都人說話時的眉飛色舞。

　　總之，成都人說話，就像他們喝酒吃菜，講究勁足味重，兇起來兇過麻辣燙，甜起來甜過三合泥。講起怪話來，更是天下無敵手，相當多的人，都能達到"國嘴"級水平。比如"文革"中流傳甚廣，諷刺當時沒有什麼電影可看的"段子"："中國電影，新聞簡報；越南電影，飛機大炮；朝鮮電影，哭哭笑笑；羅馬尼亞，摟摟抱抱；阿爾巴尼亞，莫名其妙；日本電影，內部賣票"，據說"著作權"便屬於成都人。還有那個諷刺公款吃喝的"段子"："過去我們說，革命不是請客吃飯，現在我們說，革命不是請客，就是吃飯"，據說"著作權"也屬於成都人。不信你用成都話說一遍，保管別有風味。

　　的確，成都人是很會損人的。這一點很像北京人。不過，兩地風味不同。成都人損起人來，要"麻辣"一些，比如把執勤隊叫做"二公安"，把某些喜歡趕時髦的人稱作"業餘華僑"就是。當華僑沒有什麼不好，但"業餘華僑"則有假冒偽劣之嫌。成都人天性中有率真爽直的一面（儘管他們也要面子愛虛榮講排場），因此特別討厭裝模作樣。一個人，如果在成都人面前裝模作樣，而這個成都人對他恰恰又是知根知底的，就會毫不客氣地說："喲，雞腳神戴眼鏡，裝啥子洋盤嘛！"雞腳神不知是什麼神，但其所司不過雞腳，想來也級別不高。如果居然也來擺譜，當然也就可笑。所以，跟在後面的往往還有一句："不曉得紅苕屙肩乾淨了沒得。"

成都人當然並非只會損人。他們也會誇人、捧人、鼓勵人，會替別人辯護，或者聲張正義打抱不平。比如"吃酒不吃菜，各人自己愛"，或"大欺小，來不倒（要不得）"什麼的。反正不管說什麼，成都人都是一套套的。而且，這些套套還能不斷創新，比如"你有'飛毛腿'，我有'愛國者'，小心打你個薩達姆鑽地洞"之類。

這就是功夫了。功夫是要有人欣賞的，嘴上功夫也不例外。武林中人要別人欣賞自己的武功，就擺擂台，開比武大會；成都人要別人欣賞自己的嘴功，就擺龍門陣，而茶館則是他們顯示嘴功的最佳場合，所以成都的茶館便久盛不衰。顯然，擺擂台也好，擺龍門陣也好，都是一種展示，一種顯擺，也是對自己活法的一種欣賞。

那麼，成都人又是怎樣一種活法呢？

三　小吃與花會

成都人的活法，一言以蔽之曰：安逸。

和前面說過的廈門一樣，成都也是中國少有的幾個特別好過日子的城市之一。除了氣候溫和、物產豐富外，成都還有兩大優點：服務周到和物價低廉。因為成都東西多，人也多。東西多，物價就低；人多，勞動力就便宜。所以，成都人花不了多少錢，就能買到很好的東西和服務。這些都比廈門強。再說，廈門畢竟還有颱風，成都有什麼天災呢？沒有。

因此，成都人也和廈門人一樣，活得舒適而又悠閒。而且，他們也都嗜茶，都愛把自己的光陰泡在茶裡。更有趣的是，他們也都和"蟲"有些瓜葛：廈門屬閩，是"門中之蟲"；成都屬蜀，是"腹中之蟲"。三國時，蜀臣張奉出使東吳，在孫權舉行的宴會上出言不遜，東吳這邊的薛綜便諷刺說：先生知道什麼是"蜀"嗎？"有犬為獨，無犬為蜀，橫目苟身，蟲入其腹。"這當然是笑話，因為"蜀"的本義並非"腹中之蟲"，而是"葵中蠶也"。但不管怎麼說，廈門人的確比較"戀家"（與門有關），而成都人則比較"好吃"（與腹有關）。

成都人的"好吃"，是連成都人自己也不諱言的。你和成都人聊天，只要說到吃，即便再木訥、再疲憊的人，也會立馬來了精神，眉飛色舞，如數家珍，而且恨不得立即拉你上街去吃，或者立即做出來給你吃。的確，成都街面上飯館小吃店之多，簡直多如牛毛；成都人烹調手藝之好，也可謂舉世無雙。如果說同樣"好吃"的廣州人"人人都是美食家"，那麼，"會吃"的成都人便"人人都是烹調家"。成都的家庭主婦，幾乎無不人人做得一手好菜，男人們則往往也有一兩手"絕活"。因為在成都，一個人，尤其一個女人，如果居然不會做菜，那是很丟人的；而如果手藝出眾，技壓群芳，則足可引為自豪。我曾在成都人家做客。女主人每天上班前，都要為我們做好早飯，餐餐四菜一湯一點心，而且一個月下來，居然天天不重樣，讓我感動之餘，也歎為觀止。早飯尚且如此，其餘可想而知。一家一戶如此，其餘也可想而知。

事實上，成都人的家常飲食是毫不馬虎的。他們可不會像北京人那樣一包方便麵兩根火腿腸就打發一餐。上班族的早餐午飯可能要將就一點，但晚飯決不將就。而且，正因為早餐午飯湊合了（也就是成都人自認為湊合而已，其實並不會太差），晚飯就更不能含糊。"堤外損失堤內補"嘛！所以，一到夕陽西下華燈初上，家家戶戶就會鍋盆齊響菜香四逸。

這還不說。他們隔三岔五還要上街去"打牙祭"。"打牙祭"原本是貧窮困難時期的事。那時，難得有點肉吃。天天蘿蔔白菜、白菜蘿蔔，嘴裡都要淡出鳥來，無用武之地的牙齒也有意見，因此得弄點魚肉，祭一祭它。然而現在成都人的愛上餐館，卻純粹是"好吃"。在他們看來，家裡飯菜再好，也比不上餐館（否則要餐館幹什麼）。餐館裡，花樣多、品種多、水平專業，價錢又不貴。如果不隔三岔五進去吃吃，就對不起自己，也對不起餐館。

所以，成都人便總能為自己找到進餐館的理由：下班晚了啦，忘了買菜啦，逛街逛累了啦，甚至懶得做飯啦，都行。如果來了客人，那就更要到餐館請吃了。人家好不容易才來成都一次，不陪人家去吃吃，怎麼說得過去？

　　由是之故，成都的酒樓、飯館、小吃店、火鍋舖，便總是生意興隆，人滿為患。對於成都人來說，吃，早已不僅是生存的需要，更是一種生活享受和生活方式。因此，不能僅僅滿足於吃飽，也不是一般意義上的吃好。成都人的所謂 "吃好"，至少包括以下幾點：內容豐富，品種繁多，風味獨特，花樣翻新。只吃一種東西是不能算吃好的，只在一個地方吃也是不能算吃好的。這就非上街滿城去吃不可。甚至不少人即便在家吃過了飯（當然一般是指晚飯），也仍要上街去，隨便買點零嘴，弄點小吃，或者坐到街邊店的攤攤上，燙他幾把竹籤穿着的 "串串香" 吃吃。可以說，愛不愛上街吃，是區別成都人和非成都人的緊要之處，而最正宗的成都人，則還會在家吃了也上街。他們上街，也許原本只不過隨便逛逛。但只要上了街，就會忍不住吃點什麼。這也不奇怪。"吃在成都" 麼。在成都，不吃，又幹什麼？

　　吃在成都，也可以理解為 "在成都吃"。

　　在成都吃，確乎是一件愜意的事情。一是方便。成都的大街小巷，到處是酒樓、飯館、小吃店，隨便走到哪兒都不愁沒有吃的。二是便宜。花不了多少錢，就能吃飽吃好，真真正正的 "豐儉由人"。三是精美。成都的菜餚也好，小吃也好，都相當地講究滋味和做工，並非一味以麻辣刺激舌苔。成都的廚師，心靈手巧，善於思索，勇於借鑒，肯下功夫，做出來的吃食自然精美異常。光是湯菜，就有 "無雞不鮮，無鴨不香，無肚不白，無肘不濃" 的講究。最講究的餐館，則不但講究 "美食美器"，而且講究 "美景美名"。坐落在成都西門外三洞橋旁的 "帶江草堂"，小橋流水，翠竹垂柳，竹籬茅舍，野趣盎然。其名，係取自杜詩 "每日江頭帶醉歸"；其餚，則有浣花魚、龜鳳湯、軟燒子鱔等等。坐此堂，臨此景，食此餚，真會頓生 "天子呼來不上船" 之意。

當然，在成都吃，並不一定非上這些名店不可。成都可去的地方是何其之多，好吃的東西又是何其之多啊！光是小吃，就品種繁多，數不勝數：油茶、麻花、饊子，涼粉、肥腸、醪糟，擔擔麵、銅鍋麵、師友麵，蛋烘糕、蒸蒸糕、豌豆糕，三大炮、葉兒粑、鮮花餅，珍珠丸子、小籠包子、糖油果子，你便渾身是嘴，也吃不過來。

　　更何況，這些吃食的內容又是何等豐富啊！比如蛋烘糕，用糖就有白糖、紅糖、蜂糖幾種，包餡則有芝麻、核桃、花生、櫻桃、肉、菜等多種。所以，光一種蛋烘糕，就夠你吃一陣子的了。而且，即便是小吃，製作也十分講究和精美。比如春熙路龍抄手，就有原湯、燉雞、海味、清湯、紅油多種，而擔擔麵則需用紅油、花椒、芽菜、蔥花、醬油、味精、醋等作調料，再加“餡子”，好吃極了。“錦城小吃甲天下”，這話一點也不假。

　　成都的吃食，除小吃極多外，還有一個重要特點，就是講究字號和品牌。成都有不少老字號，各有各的拿手好戲，比方說洞子口涼粉，銅井巷素麵，矮子街抄手，金玉軒醪糟，三義園牛肉焦餅，長順街治德號小籠蒸牛肉等。人們要吃這些東西，多半會認準了這些字號。即便不過是小吃，也有品牌，比如龍抄手、韓包子、譚豆花、郭湯圓、二姐兔丁、夫妻肺片等。有的在品牌之前，還要再加上街名地名店名字號，以示正宗和鄭重，如總府街賴湯圓，荔枝巷鍾水餃，耗子洞張鴨子等。似乎如果不是“張鴨子”而是“李鴨子”，或這“張鴨子”不是“耗子洞”的而是“貓兒洞”的，就吃不得。顯然，只有成都人，才會吃得這麼仔細、認真。

　　值得注意的是，成都吃食的品牌，多以創作者、發明者或製作最精美者的姓氏來命名。比如赫赫有名的“麻婆豆腐”，就是一位臉上微麻的陳姓婦女所發明；而“夫妻肺片”，則是郭朝華、張田正夫婦所創製。此外如鄒鰱魚、賴湯圓，也因鄒瑞麟師傅烹製的鰱魚、賴源鑫師傳製作的湯圓特別精美而得名。當然，別的地方，也講字號，比如北京有全聚德烤鴨，上海有杜六房醬兔。但以廚師姓氏來做品牌的，似乎只有成都。這說明什麼呢？說明成都人既好吃，又講義氣。因為好吃，所以精於辨味；因為重義，所以不忘人恩。可以這麼說，不管是誰，只要他為成都人發明了製作了好吃的東西，好吃而又重義的成都人都不會忘記他的功勞，都要充分肯定他們的"發明權"和"著作權"，而無論其名氣的大小和地位的高低。比如"東坡肘子"和"宮保雞丁"的始作俑者一個是大文豪（蘇東坡），一個是大官僚（掛"宮保"銜的四川總督丁寶楨），而"麻婆豆腐"和"夫妻肺片"的創製人卻是普普通通的平民，發明"龍眼包子"的痣鬍子廖永通和發明蛋烘糕的師老漢，也是普普通通的平民。這又說明成都人更看重的，是一個人的聰明才智，而不是他的社會地位，至少做到了"味道面前人人平等"。

成都人是講吃的，成都人是懂味的，成都人也是尊重廚師勞動的。

成都人好吃，也愛玩。

成都人的愛玩好耍，在歷史上是有名的。史書上屢有成都人"勤稼穡，尚奢侈，崇文學，好娛樂"，或"好音樂，少愁苦，尚奢靡，喜虛稱"的記載。陸游詩云："當年走馬錦城西，曾為梅花醉似泥，二十里中香不斷，青羊宮至浣花溪。"所寫即成都人遊春之事。可見成都人春來踏青的傳統，也是古已有之。成都人喜歡戶外活動。他們甚至是會把自家屋裡的飯桌都開到露天壩裡來的。至於郊遊，便更是一件重要的事情。

成都人既然一年四季都愛戶外活動，風和日麗的春天，自然不可放過。據史載，每年春夏之際，光是游江，就要遊兩次。第一次是二月二，俗稱"踏青節"。屆時，由成都最高行政長官領頭，率官吏幕僚眷屬，分乘彩船數十艘，以樂隊船為前導，浩浩蕩蕩，順江而下，城中士女雲集圍觀，號稱"小遊江"。第二次時為四月十九，係"浣花夫人"生日。是日成都官民，傾城而出，自浣花溪乘彩船，順流而下至望江樓，上下穿梭，往來如織。錦江之上，"架舟如屋，錦似彩繪，連檣街尾，蕩漾波間"，簫鼓弦歌，不絕於耳，號稱"大遊江"。不難想見，那可真是"人民大眾開心的日子"。

正因為成都人愛玩好耍，所以他們為自己設計的娛樂遊玩的節目也特別多。即以正月為例，就有雞日（初一）遊廟，牛日（初五）送窮，人日（初七）遊草堂，十六遊城牆等說法。正所謂"說遊百病免生瘡，帶恩拖娃更着忙，過了大年剛十六，大家邀約上城牆"。最熱鬧的則是正月十五。這一天，是中國傳統的元宵節。"正月十五鬧元宵"，舉國同慶，成都人自然不會放過，便在青羊宮大辦其"燈會"。成都的燈會，自唐代起便很有名，至清代更是盛況空前。清人李調元詩云："元宵爭看採蓮船，寶馬香車拾墜鈿，風雨夜深人散盡，孤燈猶喚賣湯圓"，活靈活現地勾勒出成都燈會這樣一幅民俗風情畫。

有如此之多的節目，於是一個"正月"，便幾乎成了"玩月"。但成都人還嫌不過癮，又在一個月以後的二月十五，以這一天是百花生日（俗稱"花朝節"）為由，大辦其"花會"。"百花生日是良辰，未到花朝一半春，紅紫萬千披錦繡，當勞點綴賀花神"（清人蔡雲詩）。有此"正當理由"，再加上這一天"碰巧"又是道教始祖老子的生日，成都人便比自己過生日還要高興，一個個都興高采烈喜氣洋洋地直奔那兩神並祭的青羊宮而來。

這似乎有點像廣州人。和成都人一樣，廣州人也講吃、嗜茶、好玩、愛花，因此廣州也有早茶和花市。廣州的花市和成都的花會，無疑都體現了兩地市民對生活、對春天、對美好事物的熱愛，但又多有不同：廣州的花市在春節前，成都的花會則在二月份；廣州人赴花市的目的主要是看和買，成都人趕花會的目的則主要是吃和玩。所以廣州的花市是花兒們唱主角，成都的花會卻是"百花搭台，吃玩唱戲"。盆栽根雕、花種草籽、竹編泥塑、糖馬麵人，紛紛登台獻藝；三大炮、拌涼粉、鹵肉夾鍋盔、芥末涼春卷，樣樣美味誘人。臨近縣份的名小吃，如崇慶黃醪糟，郫縣唐場鴨，雙流腸腸粉，懷遠葉兒粑，新都桂花糕，灌縣丁丁糖，也都趕來湊熱鬧。成都人在這花會上，邊逛邊看邊吃邊玩邊擺龍門陣。吃夠了，玩夠了，說夠了，再每人買一個風車車帶回去，實在是愜意極了。

這可真是所謂"借花獻佛"了，只不過這"佛"就是成都人自己而已。事實上，在吃與玩兩件事上，成都人是從來不會虧待自己，也從來不會落於人後的。許多外地人都發現，成都市內和周邊，都有不少好玩可玩值得一玩的地方。這些地方其實都是成都人開發出來的，而且成都人還在繼續開發。這似乎也是當今中國的一個"時尚"，——發展"旅遊事業"。但是，別的地方開發旅遊景點，主要是為了吸引外地遊客，賺外地人的錢；而成都人開發旅遊景點卻首先是為了滿足本地需求，賺本地人的錢，因為沒有哪個地方的人比成都人自己更愛玩。那麼，管他賺錢不賺錢，咱們自己先玩一把再說。

的確，玩，在成都人的生活中，是相當重要甚至不可或缺的。可以說，成都人大多是些"頑童"和"頑主"。為了生存，他們當然也要工作。而且，和大多數四川人一樣，成都人既聰明能幹，又勤勞肯幹。幹出來的活，就像他們做出來的菜一樣，既中看，又好吃。但是，在成都人當中，卻很難找到什麼"工作狂"。要他們像日本人那樣為了工作而放棄娛樂，那可比登天還難。他們寧肯少賺錢甚至不賺錢，也要玩。如果你一定要他們工作，則他們便很可能把工作也變成了玩。

事實上，成都人是有本事把幾乎一切事情都變成玩的。比如辦喪事，在別的地方是很苦的事，在成都人這裡卻是好玩的事。靈堂，一定要扯到露天壩裡；音樂，自然是不可或缺；因為守靈要熬夜，便"只好"多開幾桌麻將；因為弔喪太辛苦，"當然"要備酒答謝，而且還要開"流水席"。於是，成都人的喪事，便在鞭炮聲中、麻將聲中、猜拳勸酒聲中和"哥哥妹妹"的情歌聲中，辦得紅紅火火熱熱鬧鬧，比過年還熱鬧，還好玩。

又比如炒股，也被成都人當作玩：賺了錢趁機擺宴請客大吃一頓，賠了本便把自己的遭遇當作龍門陣拿到茶館裡去擺，反正賠了賺了都好玩，也就不玩白不玩。事實上成都人的熱衷於炒股，也因為好玩。據林文詢《成都人》一書云，成都的股市，最早設在一條名叫"紅廟子"的小街，其景觀有如集貿市場，鬧哄哄的，極不正規。但惟其如此，才格外吸引成都人。更何況街兩邊都被街坊們改造成了臨時茶館，股民們在這裡一邊喝茶，一邊聊天，一邊觀賞股事風雲，快活死了。後來，證券交易所正式建成，炒股成了正兒八經的事，不好玩了，據說股市便冷清了許多。看來，股市，在成都人眼裡，也不過是一種特殊的"花會"而已。

這就實在頗有些"成都特色"了。有誰會把炒股當作好玩的事呢？成都人就會。在成都人看來，賺錢固然重要，卻不是最重要的，更不是生活的目的。成都人總愛說："錢是賺得完的麼？"當然賺不完。然而日子卻是過得完的。誰也不可能真的"萬壽無疆"，有限的光陰顯然比賺不完的錢更值錢。因此，應該抓緊時間享受生活，而不是抓緊時間賺錢。錢嘛，有一點夠用就行了，享受生活則沒有夠，因為那要到生命結束的一天。

所以，為了玩，成都人捨得搭上時間，也捨得花錢。一個成都人對我講，有一次他們幾個成都人到上海去，看了外灘又想看浦東，便去"打的"。沒想到的士司機說，到浦東用不着打什麼"的"的，擺渡過去就好，省錢多了。上海的這位的士司機顯然是一片好意，可成都人卻不領情：“安心耍耍，省啥子錢麼？”

　　於是我們一下子就看出了兩地文化性格的差異：上海人精明，成都人瀟灑。這其實也是兩地城市性質的差異所致。成都是一個閒適的城市。成都平原很富庶，所以赤貧者不多；四川盆地很閉塞，所以暴富者也不多。成都的消費主體，是一些不太富也不太窮的小市民。他們不用費太大的勁，就能賺到幾個小錢，過上還算過得去的小日子，當然也就希望不必傷太多的腦筋費太多的事，就能享受生活。這正是那些成都小市民雖然賺錢不多，卻仍要光顧茶館火鍋店的原因。在他們看來，賺了錢就要花，花完了再去賺就是。但只要夠花了，就行，不能為了賺錢耽誤享受，也不能為了享受丟掉瀟灑。因為瀟灑和閒散，才是真正的享受。

　　因此，我們在成都，常常不難看見滿街都是閒人，至少是讓人覺得滿街都是閒人。因為走在街上的人都是步履悠閒的。他們一邊走着，一邊聊着，一邊有一搭沒一搭地四周看着，不時在衣店鞋攤摸摸翻翻，在雜食店小吃攤買些零嘴吃着。總之，這個城市的節奏是慢悠悠的，和同為川中的重慶正好相反。成都人總是這麼嘲笑重慶人：“翹屁股螞蟻似的，急急忙忙跑來跑去，不曉得忙些啥子！”在成都人看來，人生就像是踏青，不能“一路上的好風景沒仔細琢磨”，而應該“慢慢走，欣賞啊”！如果說，武漢人是把他們的艱難人生變成了“生命的勁歌”（詳下章），那麼，成都人則是把他們的閒適人生，變成了可以一路走一路看，值得慢慢欣賞仔細琢磨的“生命的畫廊”。

　　他們當然也會把股市變成花會了。

四 樸野與儒雅

　　對於成都的花會，《成都人》一書的作者林文詢有相當精到的分析。他認為成都之所以有花會，就因為"成都人喜歡都市的熱鬧，也留戀鄉野的清新，花會恰恰將這相悖的兩方面融成了一片，自然能恒久地討人喜歡"。說起來，成都人的這種性格，其實也正是成都的城市性格。成都是一個"田園都市"和"文化古城"，因此成都的民風，誠如萬曆九年的《四川總志》所言，是"俗乃樸野，士則倜儻"。也就是說，既樸野，又儒雅，既平民化，又不乏才子氣。

　　我們不妨再比較一下成都與廣州。

　　成都與廣州，大概是中國最講究吃的兩個城市，因此有"食在廣州"和"吃在成都"兩種說法。不過兩地的吃法並不相同，甚至大相徑庭，各有千秋卻又都登峰造極。大體上說，廣州菜重主料而成都菜重佐料。廣州菜對主料的選擇是極為講究的：一是貴，鷓鴣、乳鴿、鵪鶉、豹狸、石斑、鱸魚、龍蝦、對蝦，什麼稀貴來什麼；二是廣，禾花雀、果子狸、過樹榕、金環蛇，什麼古怪來什麼；三是鮮，講究"吃魚吃跳，吃雞吃叫"，各大酒樓、賓館、飯店、攤檔，都在鋪面當眼處養着各種活物，即點即宰即烹。因此，廣州的名菜，不少既名亦貴，如膠筍皇、滿壇香、一品天香、鼎湖上素、龍虎鳳大燴、菊花三蛇羹，光聽菜名就覺好生了得。有的用料也許並不一定很貴，但一定很新鮮。廚師的功夫，也主要體現在保持優質原料本色原味上，要求做到清而不淡，鮮而不俗。另一點也很重要，那就是哪怕很普通的菜，菜名也多半很堂皇。比如所謂"大地豔陽春"，就不過是生菜膽燒鵪鶉蛋而已。

成都的名菜就樸實得多，通常不過東坡肉、鹹燒白，甚或回鍋肉、鹽煎肉，普通極了，也好吃極了。貴重一點，亦不過紅燒熊掌、乾燒魚翅、蟲草鴨子、家常海參之類。可以說，大多數成都菜，主料都不稀貴。然而，配料、做工，卻毫不含糊。比如鹽要井鹽，糖要川糖，豆瓣要郫縣的，榨菜要涪陵的。而且，用法也頗為多樣，光是辣椒，便有青辣椒、乾辣椒、泡辣椒、渣辣椒、辣椒油、辣椒麵等多種。因此，成都菜的滋味，極為豐富多彩，據說竟有鹹甜、麻辣、椒鹽、怪味、酸辣、糖醋、魚香、家常、薑汁、蒜泥、芥末、紅油、香糟、荔枝、豆瓣、麻醬等二十多種，真是極盡調和五味之能事。有人甚至不無誇張地說，你就是給他一塊乾木頭，成都的廚師也能做出一道有滋有味的好菜來。

顯然，廣州菜多清淡，成都菜多濃郁；廣州菜較華貴，成都菜較樸實；廣州菜更排場，成都菜更實惠；廣州菜主要"為大款服務"，成都菜主要"為大眾服務"。在廣州，無論你開多大的價，廚師都能給你開出席來；而在成都，則無論你的錢多麼少，小吃也能管飽。當然，廣州也有面向大眾的大排檔，但只有成都，才把小吃做成了套餐，當作宴席來擺。也只有在成都，你能大快朵頤卻又花費不多。因為成都菜的特色，主要不在選料而在烹調。比如人人愛吃的"夫妻肺片"，主料不過是牛心、牛肺、牛腸、牛肚、牛蹄、牛舌、牛頭皮等"下腳料"；而赫赫有名的"麻婆豆腐"，則用的是最便宜又頗有營養的豆腐，卻又是席上珍饈。所以，外地人一般都有一個共識：講排場請吃粵菜，講實惠請吃川菜。

這其實也是兩地城市性質所使然。廣州是"市"，是"市場"。

廣州的吃食菜餚，不可能不商業化，也不可能不奢侈豪華。成都是"府"，是"天府"。成都的市民，大多是沒有多少錢也懶得去賺錢卻又窮講究的"天府閒漢"，當然就只好在配料做工上多做文章了。

的確，成都人的生活是相當平民化的。比如他們最愛吃的"回鍋肉"，便是典型的平民菜餚。回鍋肉味重，好下飯；油膩，易飽肚；煮肉的湯加上蘿蔔白菜又是一吃，實惠極了。然而平民百姓愛吃，達官貴人也愛吃。當年四川總督岑春暄在接風宴上品嘗回鍋肉，就曾引出一段故事，成都不少人都會擺這段龍門陣。即便是一些名貴菜餚，成都人也不給它起什麼嚇死人的菜名。比如成都最有名的餐館"榮樂園"有一道做工極其講究的名湯，菜名竟然就叫"開水白菜"。試想，天底下還有比開水白菜更普通的嗎？可又偏偏是名餚。

不過，最能體現成都人生活平民性的，還是火鍋。

中國人都愛吃火鍋，而成都火鍋品種之多，實在令人瞠目。什麼羊肉火鍋、海鮮火鍋、雞肉火鍋、藥膳火鍋、黃辣丁火鍋、酸菜魚火鍋、啤酒鴨火鍋、花江狗肉火鍋等等，不一而足。當然，和四川各地火鍋一樣，也少不了"麻辣燙"。你不可小看這麻辣燙。有此特別刺激味覺的麻辣燙，便一俊遮百醜，什麼都可以燙來吃。有錢的，不妨燙山珍海味，黃喉鱔魚；沒錢的，則可以燙蘿蔔白菜，豬血豆腐，反正都一樣麻辣燙，都一樣好吃。這樣一來，貴賤賢愚、貧富雅俗，在麻辣燙面前，也就"人人平等"；而生活中的喜怒哀樂、苦悶煩惱，也就在唇麻舌辣中統統消解了。

認真說來，麻辣燙火鍋並非成都特產，它是從重慶傳過來的。其實，重慶也未必就是火鍋的發源地。據我猜想，它多半是川東一帶山民的愛物，只不過當初比較簡陋，是重慶人讓它登上了大雅之堂。山地寒冷潮濕，須用滾燙來祛濕禦寒；山民生活貧困，要靠麻辣來刺激味覺；而麻辣燙又有去除野物腥味的功能；雜七雜八一鍋煮，也較為簡單易行。事實上川黔一帶的山地邊民都吃火鍋，只不過四川多麻辣，貴州多酸湯而已。總之，嗜吃火鍋，實不妨看作樸野民風的一種體現。李劼人謂吃火鍋"須具大勇"，便正是道出了麻辣燙火鍋的"野性"。

不過，成都菜雖然樸素、實惠，卻並不簡陋、粗俗，而頗為講究甚至還有幾分儒雅。成都的菜館，就更是儒雅得好生了得，比如"小雅"、"朵頤"、"味之腴"、"不醉無歸"等。這些店名不少都有來歷。比如"盤飧市"，取自杜詩"盤飧市遠無兼味"；"錦江春"取自杜詩"錦江春色來天地"；"壽而康"取自韓愈文"飲其食兮壽而康"。坐在這樣的飯店菜館裡，你無疑會有一種"吃文化"的感覺。但如果你認為這都是高檔飯店，那就錯了。其實，"盤飧市"不過是華興街上一家買醃鹵熟食的館子，而"不醉無歸"則是"小酒家"。

這其實也是成都店名的特色。成都不少店舖，店名都頗為儒雅。比如有浴室名"沂春"，顯然典出《論語》："暮春者，春服既成，冠者五六人，童子六七人，浴乎沂，風乎舞雩，詠而歸。"又有茶館名"漱泉"，名"枕流"，則典出《世說新語》。據《世說新語·排調》載：晉代名士孫楚（子荊）年少時想隱居，便對王濟（武子）說"當枕石漱流"，結果不小心說成了"漱石枕流"。王濟便反問他："流可枕，石可漱乎？"孫楚將錯就錯，借題發揮，說："所以枕流，欲洗其耳；所以漱石，欲礪其齒。"一句錯話，竟反倒成了名言。成都人以此作為茶館之名，自然儒雅得很，也符合成都人閒散灑脫的性格。

成都有的店名，表面上看似頗俗，其實俗極反而大雅，比如"姑姑筵"即是。所謂"姑姑筵"，也就是"擺家家"。成都俗云："小孩子請客，辦姑姑筵。"然而這"姑姑筵"卻是首屈一指的大酒家。後來，"姑姑筵"老闆的弟弟得乃兄真傳，也開了一間酒店，竟然乾脆取名"哥哥傳"，同樣俗極反雅，頗受好評。更為難得的是，有這樣雅號的，不少是小店。比如"稷雪"是做點心的，"麥馨"是買麵點的，

"惜時"是一家小鐘錶修理店，"世味"則是專賣胡椒花椒的調味品店。調味品店可以叫"世味"，則照相館便真可以叫"世態"了。最絕的是一家專賣牛羊肉泡饃的回民清真館，竟名"回回來"，既有"回民來吃"之義，又有"每回都來"之意，一語雙關，妙不可言。還有一家小吃店，店名竟是三個同音字："視試嗜"，意謂"看見了，嘗一嘗，一定喜歡"，亦可謂用心良苦。

更可人的是，這些市招，又多為名家墨寶。比如東大街的"老胡開文筆墨莊"是譚延闓的字，三倒拐的"靜安別墅"則為岳寶琪所書。即便普普通通的小店，那市招也多半是一筆好字，甚至帖意盎然。一些並不起眼的夫妻店，也每每弄些字畫來掛在店裡，雖不多好，也不太俗，多少有些品味，裡裡外外地透出成都人的儒雅來。

這便是成都：能雅能俗，又都不乏巧智。

如果說"麻辣燙"表現了成都人樸野的一面，那麼，"粑耳朵"則無妨看作是儒雅的一種變異或延伸。粑這個字，是成都方言，音"趴"（pā），原本用於烹調，指食物煮至爛熟軟和但外形完整之狀。比如湯圓煮熟了就叫"煮粑了"，紅薯烤熟了就叫"粑紅苕"。引而申之，則軟和就叫"粑和"，軟飯就叫"粑飯"，柔軟就叫"粑瀡瀡"。用到人身上，則有"粑子"、"粑疲"、"粑蛋"、"粑粑兒"等說法。"粑子"係指得了軟骨病的人，"粑蛋"則指軟殼蛋，而以強凌弱，也就叫"半夜吃桃子，按倒粑的捏"。

不過，"粑耳朵"，卻是一個專用名詞，特指怕老婆的人。有道是："成都女人一枝花，成都男人耳朵粑"，成都男人的怕老婆，也和成都的茶館一樣有名。成都男人怕老婆的故事之多，在中國大約數一數二，而且是成都人擺龍門陣的重要內容之一。更重要的是，別的地方雖然也愛講這類故事，但多半是講別人如何怕老婆，而成都人擺起龍門陣來，則多半講自己如何怕老婆。不但講的人爭先恐後，而且往往還會為爭當“妃協主席”而吵得面紅耳赤，比西方人競選議員還來勁。因為在他們看來，“怕老婆”在本質上其實是“愛老婆”、“疼老婆”。這是一件光榮的事，當然非炫耀不可。

其實，“妃耳朵”這個詞，和“氣管炎”（妻管嚴）、“床頭櫃”（床頭跪）之類，意思是不盡相同的。“氣管炎”等等重在“怕”，“妃耳朵”則重在“妃”，即成都男人在老婆面前心酥骨軟的那種德性。這種德性，骨子裡正是對女人的心疼憐愛，是那種恨不得含在嘴裡捧在手心百般呵護的心疼勁兒。這種心疼勁兒，實在只能名之曰“妃”。

成都男人的妃（或曰愛老婆、疼老婆），並非只是嘴上功夫，其實還有實際行動。其中，最能集中體現成都模範丈夫愛心的，就是滿街跑的一種車子。車很簡單，不過自行車旁邊再加一個車斗罷了，本應該叫“偏斗車”的。但因為這車的發明，原本是為了太太舒服省力，那舒適風光的偏斗，也只歸太太享用，於是成都人便一致公認，應美其名曰“妃耳朵車”。這種車極為靈巧方便，一馬平川的大街可走，曲裡拐彎的小巷也能串。所以有人便用它來當出租車用。這樣一種平民化的出租車，就理所當然地叫做“妃的”。據說，“妃的”現在已被取締了，但專供太太們使用的“妃耳朵車”，則仍在通行之列。

看來，成都男人的怕老婆或疼老婆，是頗有些水平的了。這也不奇怪。因為成都人原本就有幾分儒雅，或者說，有些才子氣。才子麼，多半憐香惜玉，心疼女人。不信你看戲曲舞台上那些才子，哪一個在女人面前不是“妃溜溜”的？不過，成都的這些“才子”們是平民，大多不會吟風弄月，卻也不乏創造性。“妃耳朵車”，便是他們憐香惜玉的智慧體現。

成都男人如此之妃，自然因為成都女人在他們的眼裡可愛之極。天生麗質的女嬌娃，原本就是成都這個城市的"蓋面菜"（成都人把席間最端得上桌的菜和家庭群體中最能光耀門庭的人稱作"蓋面菜"）：白淨水靈，婀娜秀麗。做了少婦之後，有男人的愛滋潤呵護，便更是出落得風情萬種，嫵媚百般。不過，成都嬌娃是"嬌而不嗲"，反倒有些"麻辣"。尤其一張嘴，伶牙俐齒，巧舌如簧，得理不讓人，不得理也不讓人，常常是不費吹灰之力，嘻嘻哈哈輕鬆撇脫地就能把人"涮了火鍋"，真是好生了得。這種嘴上功夫，是要有練兵場所和用武之地的。其最佳選擇，自然是她們的男人。她們的男人，也樂意做她們的"槍靶子"。在成都男人看來，自己的女人既然"不愛紅裝愛武裝"，那就隨她們去好了。嬌小玲瓏柔美秀麗的女人有點"麻辣"，不但無損於她們的可愛，反倒能增添幾分嫵媚。

成都女人既然已經選擇了"麻辣"，成都男人就不好再"麻辣"了。如果老公老婆都"麻辣"，豈不真成了"夫妻肺片"？於是成都男人便只好去做"賴湯圓"：又甜又圓又ㆍ。再說，成都妹娃雖然嘴巴厲害，心裡面其實是很ㆍ和的，怎麼捨得對她們大喊大叫？家庭畢竟不是戰場，實在也用不着叱咤風雲。所以，ㆍ耳朵先生們的ㆍ，便不是窩囊，而毋寧說是儒雅。

成都這個城市，確實是很儒雅的。成都人呢，儘管開口"龜兒"閉口"狗日"頗有些不那麼文明禮貌，也不乏儒雅的一面。成都人愛玩風雅。琴棋書畫，彈唱吹拉，養鳥種花，都是成都人愛做的事情。在成都，凡有人家的地方就有花草，就像凡有人群的地方就有火鍋一樣。庭院裡，陽台上，到處是幽蘭芳竹、金桂紅梅，使人覺得成都到底不愧為"蓉城"。成都人就是這樣，用自己愛美的心靈和勤勞的雙手，把這個城市打扮得花團錦簇。

成都的街道和建築也潔淨可人。漫步成都街頭，在綠樹婆娑、飛翠流花之中，常常會閃出一間間優美精緻的小屋，那就是成都的公共廁所。不少外地人都誤以為那是街頭的園林建築小品。我就曾把其中的一個誤認作人民公園的側門。後來，每到一間廁所，我女兒都要笑着說"我爸的人民公園到了"。公共廁所修得這麼雅致，真讓人對成都人的愛美之心肅然起敬。

廁所尚且如此，則真正的公園便可想而知。成都的公園，不但園林清幽，風景別致，而且有着獨特的歷史淵源和文化蘊涵，如文殊院、昭覺寺、青羊宮。尤其是武侯祠、草堂寺和薛濤井所在之望江公園，更是裡裡外外都透着儒雅。杜甫草堂有聯云："詩有千秋，南來尋丞相祠堂，一樣大名垂宇宙；橋通萬里，東去問襄陽耆舊，幾人相憶在江樓。"望江公園內虛擬之"薛濤故居"也有聯云："古井冷斜陽，問幾樹枇杷，何處是校書門巷；大江橫曲檻，占一樓煙月，要平分工部草堂。"詩聖與武侯"一樣大名垂宇宙"，薛濤與杜甫"平分秋色在成都"。成都人的風流、儒雅，由此也可見一斑。成都，實在也應該叫做"文化之都"的。

成都擁有這樣一份儒雅，是一點也不奇怪的。巴人尚武，蜀人重文，何況成都歷來就是一個出大詩人和小皇帝的地方。詩人大而皇帝小，自然豪雄霸氣不足，風流儒雅有餘。這也是成都這個城市的特性。成都在歷史上確實很出過幾個自封的皇帝，卻幾乎從來沒有成過氣候。他們的後代，包括只會種花的孟昶和什麼都不會的劉禪，就更是成不了器。孟昶投降後，趙匡胤問他的愛妃花蕊夫人何以被俘，花蕊夫人當場口占一絕云："君王城上豎降旗，妾在深宮哪得知。二十萬人齊解甲，更無一個是男兒。"成都這地方，似乎從來就陰盛陽衰。

的確，成都這個城市，是沒有什麼帝王氣象的。我們總是很難把它和王氣霸業之類的東西聯繫起來。有人說這是因為成都這地方實在太安逸了。不管是誰，只要得到了成都和成都平原，就會安於樂蜀，不思進取。此說似可聊備一格。反正，當我們漫步在成都街頭，看着成都人不緊不慢的步履和悠閒安詳的神情，就會覺得這裡不大可能是什麼翻天覆地革命造反的策源地。

成都沒有王者氣象，卻不乏畫意詩情和野趣村風。成都這個城市的最可人之處，從來就不是過去的殿堂廟宇，今天的大廈高樓，而是和城外千里沃野縱橫田疇相映成趣的小橋流水、市井里巷、尋常人家。成都最誘人的吃食也不是酒樓飯店裡的高檔宴席，而是民間小吃和家常菜餚，如乾煸豆角回鍋肉、夫妻肺片葉兒粑，還有那遍佈成都大街小巷的火鍋和“串串香”。所謂“串串香”，就是用一根根竹簽將各類葷素食品串起來，像燙火鍋一樣放進紅紅的辣椒鍋裡燙着吃。一串食物，有葷有素，價錢便宜，愛吃多少吃多少，愛吃多久吃多久。成都人三五成群坐於街頭，七嘴八舌圍定火鍋，不必正襟危坐，無需相敬如賓，飲者豪飲，吃者猛吃，不知不覺百十串下肚，酒足興盡快意而歸，把這個城市的樸野風格揮灑得淋漓盡致。

成都就是這樣一個城市。如果說，北京是帝王貴胄、文人學者、市井小民共生共處的地面，那麼，成都則更多的是平民的樂土。在成都，往往能比在別的地方更接近平民貼近自然。成都人民是那樣地熱愛生活和善於生活。他們總是能把自己普普通通的生活變得意趣盎然。聽聽成都的竹枝詞吧：“桃符半舊半新鮮，陰曆今朝是過年。鄰女不知春來到，寒梅來探依窗前。”（貼春聯）“把戶尊神氣象豪，雖然是紙也勤勞。臨年東主酬恩德，盡與將軍換新袍。”（換門神）“梅花風裡來春陰，盡向公園品碧沉。人日好尋香黶在，環肥燕瘦總留心。”（遊草堂）“青羊宮裡似星羅，乘興家家載酒過。小妹戲呼阿姊語，今年人比去年多。”（逛花會）“龍舟錦水說端陽，艾葉菖蒲燒酒香。雜佩叢簪小兒女，都教耳鼻抹雄黃。”（過端午）“九日登高載酒遊，莫辭沉醉菊花秋。鬧尋藥市穿芳徑，多買茱萸插滿頭。”（度重陽）無疑，這裡面難免有文人的加工和想像，但那濃郁的生活氣息仍撲面而來。這些既有幾分樸野又有幾分儒雅的竹枝詞，難道不正是成都和成都人生活的真實寫照嗎？

五 成都，雄起

　　也許，這就是成都了：樸野而又儒雅。這就是成都人了：悠閒而又灑脫。因為成都是"府"，是古老富庶、物產豐盈、積累厚重的"天府"。遠在祖國大西南群山環抱之中，躲避了中原的兵荒馬亂，卻又享受着華夏的文化福澤。那崇山，那峻嶺，那"難於上青天"的蜀道，並沒有阻隔它與全國各地的聯繫，也沒有使它變得褊狹怪異，只不過護衛着它，使它少受了許多磨難少吃了許多苦頭。那清泉，那沃土，那一年四季溫柔滋潤的氣候，則養育了一群美滋滋樂呵呵的成都人。老天爺之於成都，實在是厚愛有加。

　　於是，成都便成了一個標本，一個在農業社會中生成的"田園都市"的標本。北京雖然也有"田園都市"的性質，但北京並不適合作這個標本。北京的地位太特殊，也太政治化了，而西安又多少有點"垂垂老矣"。西安總讓人覺得是"過去時"的（儘管事實上並非如此）。半坡、秦俑、碑林、城牆、大雁塔、華清池，離現在最近的事情也在唐朝。何況西安的"王氣"太重。濃濃的王氣籠罩在西安的上空，揮之不去，很難讓人把它看作一個"平民的都市"（儘管事實上西安其實是不乏平民風情的）。做過古都的都不宜做這樣一個標本，包括南京、杭州，而揚州等等雖然在歷史上也曾繁華一時，可惜又"好景不長"。其他城市，或太窮，或太小，或者並非“田園都市”。只有成都，才既大且新、既繁華富庶又保持着樸野的民風。看看成都妹子吧，不管怎麼新潮洋派，也仍不失村姑本色，有着村野的清純。看來，只有成都，由眾多小壩子、小院落、小家庭、小作坊、小攤點、小飯舖、小茶館和小生產者、小生意人組成的小橋流水的大成都，才能讓我們領略到農業社會中的市民生活。

然而成都的問題也許正在這裡。儘管成都現在已經有了日新月異的變化，自北向南延伸的人民路和一環路兩側建起了許多摩登高樓，老店林立的春熙路也翻修一新，城市規模更是擴大了許多，但文化心理的改變卻不是一日之功。畢竟，成都歷來就是一個富庶安逸的城市，成都人也歷來就是自得其樂過小日子的人。道路的拓寬和高樓的崛起並不能改變這個城市悠閒安逸的氣質，正如新潮的服飾和豪華的裝修並不能掩蓋其樸野粗爽一樣。面對似乎好得無可挑剔的成都，我們總覺得它缺了點什麼少了點什麼。當然，它沒有北京大氣，也沒有北京醇和；沒有上海開闊，也沒有上海雅致；沒有廣州生猛，也沒有廣州鮮活。不過這些也原本就不是它該有的。除了這三個城市獨一無二的特殊氣質外，“中華文明所有的一切，成都都不缺少”（余秋雨《文化苦旅》）。那麼，它到底缺少什麼呢？

也許，它其實就是少了點苦難缺了點磨洗。磨洗是最好的教育而苦難是人生的財富。受過這種教育和沒受過這種教育，擁有這份財富和不擁有這份財富，是完全不一樣的。成都缺少的正是這個。它實在是太安逸了。只要拿成都和南京、武漢比較一下，就會覺得它們的分量很不一樣。南京、武漢是沉甸甸的，成都就輕了點。其實，論城市大小，論人口多少，論歷史長短，論積累深厚，三地都差不太多。成都之所以較南京、武漢為“輕”，就因為成都少了點南京的苦難，缺了點武漢的磨洗。南京是屢遭血洗劫後餘生的，武漢是艱難困苦生存不易的。惟其如此，它們才有了一種特殊的氣質。南京有一種悲壯情懷，蒼桑感特別強，武漢則有一種"不信邪"的精神。因此，走進南京，你會肅然起敬；久居武漢，則會變得硬朗。那麼在成都呢？剛開始自然是"樂不思離蜀"（不是"樂不思蜀"）。但住久了，就會被瀰漫於這座城市的悠閒舒適氣氛所陶醉，覺得連骨頭都矲了。

幸而成都人自己對此也有警覺。他們用麻辣來刺激自己，用足球來激勵自己。成都的球迷無疑是中國第一流的。成都人對足球的癡迷，真稱得上是"人無分男女，地無分南北"，不管哪裡有球賽，成都的男男女女老老少少都會全身心地投入進去。他們甚至還會組織團隊包了專機到外地、到外國去為四川隊吶喊助威。這實在是一種豪舉。成都人吶喊助威的方式也與眾不同，不是喊"加油"，而是喊"雄起"。所謂"雄起"，據流沙河考證，係與"雌伏"相對應者，並非一般人望文生義的那個意思。但不管怎麼說，總歸是陽剛氣十足吧！因此，當球迷們站在看台上大喊"雄起"時，我們依稀感到了成都的雄風。

然而看球畢竟不是踢球。儘管足球是最男性化的運動，但城市並不是足球。何況，如果僅僅只是愛看，也還是愛玩，只不過玩得比較有氣勢罷了。

成都人，什麼時候能把自己的城市也變成球場，把自己由觀眾變成球員呢？

換句話說，成都人能不能在活得悠閒自在的同時，有更多的積極進取呢？

因此，我們很想說一句：成都，雄起！

第七章

武漢三鎮

現在幾乎可以肯定，當年上帝創造武漢三鎮時，如果不是頭腦發昏，便一定是別有

用心。因為他為武漢選擇或者說設計了中國最好同時也是最壞的地形和地理位置。

這種“最好同時也最壞”可以概括為這樣幾句話：左右逢源，腹背受敵，亦南亦

北，不三不四。這樣一種“最好同時也最壞”的地形和地理位置，也就暗示了武漢

將會有中國最好但也可能最壞的前途。

武漢是鎮。

武漢有三鎮。

武漢三鎮很難評說。

　　這當然並非說武漢是一個“最說不清的城市”。沒有什麼城市是
“說不清”的，武漢就更是“說得清”，只不過有些“不好說”，有點
“小曲好唱口難開”而已。因為武漢這座城市確實有些特別。現在幾乎
可以肯定，當年上帝創造武漢三鎮時，如果不是頭腦發昏，便一定是別
有用心。因為他為武漢選擇或者說設計了中國最好同時也是最壞的地形
和地理位置。這種“最好同時也最壞”可以概括為這樣幾句話：左右逢
源，腹背受敵，亦南亦北，不三不四。這樣一種“最好同時也最壞”的
地形和地理位置，也就暗示了武漢將會有中國最好但也可能最壞的前
途。武漢現在便正在這兩種前途之間徘徊，害得研究武漢文化的人左右
為難。

　　的確，無論從哪方面說，武漢都是一個矛盾體。它甚至無法說是
“一個”城市或“一座”城市，因為它實際上是“三座”城市，——武
昌、漢口、漢陽。三城合而為一，這在世界範圍內，恐怕也屬罕見。
而特快列車在一市之中要停兩次（直快則停三次），恐怕也只有武漢一
例。這曾經是武漢人引以為自豪的一件事（另一件讓武漢人引以為自豪
的事則是在武漢架起了長江第一橋），並認為據此便足以和其他城市
“比闊”。事實上武漢也是中國少有的特大城市之一，它是上海以外又
一個曾經被冠以“大”字的城市。“保衛大武漢”，就是抗戰時期一個
極為響亮的口號。事實上那時如果守住了武漢，戰爭的形勢是會發生一
些變化的。不過，當時的國民政府連自己的首都南京都守不住，又哪裡

守得住武漢？

　　但不管怎麼說，武漢的“大”，是毋庸置疑的。它是國內不多的幾個可以和北京、上海較勁比大的城市。可惜，“大武漢”似乎並未幹出很多無愧於這一稱號的“大事業”。它的成就和影響，不要說遠遠比不上北京、上海，便是較之那個比它邊遠比它小的廣州，也差得很遠。甚至在省會城市中，也不算十分出色。在過去某些時期，武漢一直沒有什麼特別“拿得出手”的東西。既沒有領導消費潮流的物質產品，也罕見開拓文化視野的精神產品。除街道髒亂、市民粗俗和服務態度惡劣外，在全國各類“排行榜”上，武漢似乎都難列榜首（不過近幾年來武漢的城市建設和城市管理已大為改觀，尤其市內交通的改善已今非昔比，市民的文明程度也有所提高）。這就使得武漢在中國城市序列中總是處於一種十分委屈的地位，也使武漢人極為惱火，甚至怨天怨地、罵爹罵娘，把一肚子氣，都出在他們的市長或外地來的顧客頭上。

　　無疑，武漢不該是這樣。它原本是要成為“首善之區”的。

一　差一點成為首都

武漢的地理位置得天獨厚。

武漢的地理特徵可以概括為這樣幾句話：一線貫通，兩江交匯，三鎮雄峙，四海呼應，五方雜處，六路齊觀，七星高照，八面玲瓏，九省通衢，十指連心。其中，"一線"即京廣線，"兩江"即長江、漢水，"三鎮"即漢口、漢陽、武昌，"五方雜處"則指"此地從來無土著，九分商賈一分民"（《漢口竹枝詞》）的武漢市民構成。其餘幾句，大體上是說武漢地處國中，交通便捷，人文薈萃，具有文化上的特殊優勢云云。

具有這樣地理文化優勢的城市，原本是該當首都的。

《呂氏春秋》說："古之王者，擇天下之中而立國。"如果不是用純地理的、而是用文化的或地理加文化的觀點來看問題，那麼，這個"天下之中"，就該是武漢（從純地理的角度看則是蘭州，所以也有主張遷都蘭州者），而不是北京。無論從地理上看，還是從文化上看，北京都很難說是中國的中心。它偏在所謂"十八行省"的東北一隅，遠離富庶的南方經濟區，對於需要嚴加防守的東海、南海、西北、西南又鞭長莫及。無論從政治（統領控制）、經濟（賦稅貿易）、文化（傳播交流）哪方面看，定都北京，都不怎麼方便。惟一的好處似乎是相對安全，但也未必。一旦“拱衛京畿”的天津衛失守，皇上和老佛爺也只好趕忙到西邊去打獵（當時把光緒和慈禧的倉皇出逃稱為“兩宮西狩”）。看來，元、明、清三朝的定都北京，都多少有點“欠妥”。然而元主清帝係從關外而入主中原者，北京更接近他們民族的發祥地，而明成祖朱棣的封地原本就是北京。他們的定都北京，可以說是理所當然。何況北京也有北京的優勢。它“北枕居庸，西恃太行，東連山海，南俯中原”，在這裡可以遙控東北，兼顧大漠，獨開南面，以朝萬國，從某種意義上講，也確實是理想的帝都。

新中國的定都北京當然經過了周密的考慮，而武漢也曾經是北京、南京之外的首選。南京的落選自不難理解，而北京的當選也在情理之中。——在大多數中國人看來，只有北京才“最像首都”。定都北京，至少是順應民心的。至於定都北京後的種種不便，則為當時人們始料所不及。現在，這種種不便隨着國家的建設和社會的發展，已越來越明顯。於是，遷都的問題，也就開始不斷地被人提起。

武漢就沒有那麼多麻煩。

除了“不像首都”外，武漢的條件確實要好得多。最大的優勢，就在於它是真正的“國之中”。中國最主要的省份和城市，全都在它周圍。南有湖南、江西，北有河南、陝西，東有安徽，西有四川，此為接壤之省份，而山西、河北、山東、江蘇、浙江、福建、廣東、貴州甚至甘肅，距離亦都不遠，則“十八行省”得其大半矣。從武漢北上京津，南下廣州，西去成都，東至上海，大體上距離相等。到長沙、南昌、合肥、南京、杭州、鄭州則更近。何況，武漢的交通又是何等便利！揚子江和京廣線這兩條中國交通的主動脈在這裡交匯，“九省通衢”的武漢佔盡了地利。東去江浙，南下廣州，不難走向世界；北上太原，西入川滇，亦可躲避國難。正所謂“進可攻，退可守”，無論制內禦外，都長袖善舞，遊刃有餘。

其實，從地理地形上看，武漢也未必"不像首都"。"茫茫九派流中國，沉沉一線穿南北"，毛澤東這兩句詞，寫盡了大武漢吞吐山河的氣勢。有此氣勢的城市在中國並不太多。鄭州太開闊，成都太封閉，而杭州又太秀氣。南昌、長沙、合肥也氣象平平，深入腹地或偏於一隅的貴陽、昆明、蘭州、太原、濟南、福州更難有提綱挈領、睥睨天下的氣勢。然而武漢卻有。大江東去，兩山雄踞，雖不及北京的山川拱衛，南京的虎踞龍蟠，卻也龜盤蛇息，得"玄武之象"。"煙雨莽蒼蒼，龜蛇鎖大江"，這種雄渾氣象，不也天下少有、他處罕見嗎？總之，由於武漢地處華中，也許無法成為"坐北朝南"的帝都，卻未必不能做新中國的首都。不要說它那"九省通衢"的交通便利更有利於國家的管理（包括政令通達和調兵遣將），至少也不會像北京那樣發生水資源危機，要興修"引灤入京"的大工程。

　　所謂武漢"不像首都"，一個重要的原因，大約就是它那三鎮鼎立的格局。

　　在傳統的觀念看來，首都應該是中心，應該像北京那樣，呈中心向外輻射狀。如果像武漢那樣三鎮鼎立，豈非暗示着"分裂"？此為大不吉利。再說，三鎮一起來當首都，怎麼安排呢？似乎也不好擺平。

　　其實，按照現代科學的觀點，這種格局，才是首都的理想狀態。綜觀世界各國，首都作為一種特殊的城市，無非兩大類型。一種是單純型的，即政治中心與經濟、文化中心疏離。首都就是首都，不承擔別的任務，不具備別的功能，如美國首都華盛頓、加拿大首都渥太華、澳大利亞首都堪培拉、巴西首都巴西利亞。另一種則是複合型或綜合型的，即政治中心與經濟中心或政治中心與文化中心相重疊，或者既是政治中心，同時又是經濟中心和文化中心，如日本首都東京、法國首都巴黎、俄國首都莫斯科、意大利首都羅馬、埃及首都開羅。如果選擇前一種類型，自不妨另選區位適中、氣候宜人、風景秀麗而又易於重新規劃建設的小城。如果選擇後一種類型，則武漢實為首選之地。以武漢為首都，可以將工商業基礎較好的漢口發展為經濟中心，將文教業基礎較好的武昌發展為文化中心，而在原先基礎較為薄弱、易於重新規劃的漢陽建設政治中心。三個中心同在一市而分居三鎮，能進能退，可分可合，既可以相互支持、補充，又不會相互干擾、牽制，豈非"多樣統一"，合乎"中和之美"？

何況武漢還有那麼多自然景觀和人文景觀，決非那些乾巴巴光禿禿的工商業城市可比。東湖秀色，珞珈青巒，琴台遺韻，紅樓倩影，既有歷史遺產，又有革命傳統。登黃鶴樓遠眺，江城景色一覽無遺。晴川閣下，新枝歷歷；鸚鵡洲上，芳草萋萋。一橋飛架南北，三鎮通達東西。大江東去，浪淘盡千古風流人物；紫氣南來，雲集了四海英雄豪傑。登此樓，觀此景，你會感歎：江流浩蕩，大地蔥蘢，湖山俊秀，人文斐然，天下之美，盡在於此矣！這樣地靈人傑的地方，不是正好做首都嗎？

武漢的文化地位也不一般。從歷史和地域兩個角度看，中國傳統文化大略可以分為北方文化和南方文化兩大系統。北方文化又稱中原文化，細說則有齊魯文化、燕趙文化、秦晉文化等。再往遠說，還應該包括西域文化、蒙古文化。南方文化則包括荊楚文化、吳越文化、巴蜀文化，以及後來發展起來的嶺南文化、滇黔文化和閩台文化等。其中，影響最大者，也就是中原、荊楚、吳越、巴蜀。這四大文化，氣質不同，風格各異，精神有別，既對峙衝突，又滲透交融。武漢恰恰是東西南北四大文化風雲際會的交鋒點。一方面，它是由長江連接貫通的荊楚、吳越、巴蜀三大文化的中間地段；另方面，它又是南方文化"北伐"的先頭部隊和北方文化"南下"的先開之門。不難想像，武漢一旦獲得了北京那樣可以在全國範圍內廣納精英延攬人才的文化特權，也一定能創造出前所未有的氣勢恢弘的嶄新文化。

　　事實上，武漢文化早就不是純粹的荊楚文化。它已經具有某種綜合、融合的性質。有一個笑話也許能說明這一點。這笑話是武漢人說的。他們說，就像武漢本來要定為首都一樣，武漢話本來也是要定為普通話的。道理也很簡單：中國人是"漢人"。"漢人"不說"漢話"，說什麼？這話的可笑之處，在於把"武漢話"簡化為"漢話"，又把"漢話"等同於"漢語"。不過武漢人並不把它當笑話講，我們也不把它當笑話聽。因為武漢話確實有點"普通話"的意味。它是北方語系，南方口音，兼有南北方言的某些共同特徵，而且很容易向北方方言過渡（漢劇極其接近京劇就是證明）。北方人聽得懂，南方人也聽得懂；北方人容易學，南方人也容易學。除不太好聽外，並無明顯缺陷，定為普通話，也就沒有什麼不妥。

　　這就是武漢了。它是"七星高照"的地理中心，"九省通衢"的交通樞紐，文化上"四海呼應"，軍事上"六路齊觀"，經濟上"八面玲瓏"，和全國各地都"十指連心"。

　　看來，武漢還真有資格當首都。

　　可惜，歷史好像不太喜歡武漢。

　　事實上，武漢曾經好幾次差一點就當成了首都，至少曾短時間地當過首都。按照多少可以給武漢人一點面子的說法，第一次大概是三國時期。當時東吳的孫權打算遷都武昌，卻遭到臣民們的反對，道是"寧飲建業水，不食武昌魚"。結果，弄得武漢在人們的印象中，好像就只有一樣"武昌魚"可以稱道，而且還不如人家的"建業水"。更何況，那"武昌"還不是這"武昌"，——孫權擬遷都者，其實是湖北鄂城，而不是現在武漢三鎮中的那個武昌。1926年，北伐軍攻克江夏，改江夏縣為漢口市，隨後中央政府即由廣州遷都武漢，武漢成為首善之區。

1927年，寧漢分裂，汪精衛在武漢和蔣介石唱對台戲，可惜並未弄成氣候，南京獨佔鰲頭，而武漢僅僅只弄到了一個“特別市”的頭銜。抗戰期間，武漢又曾當了幾天戰時首都。然而武漢很快就失守，重慶成了陪都。南京、重慶和武漢同飲一江水，結果人家一個當了首都，一個當了陪都，只有武漢夾在當中，兩頭不沾邊，實在夠窩囊的了。

武漢，可以說是“得天獨厚，運氣不佳”。

甚至直到現在，武漢的“運氣”仍不能說是很好。歷史沒有給它很好的機遇，它自己似乎也沒有很好的作為。據方方說，曾經一度有人將武漢（主要指漢口）稱作“東方芝加哥”，謂其繁華其現代和美國那“哥們”差不多。可惜“叫了幾次沒什麼人反應，也就沒有叫開來”（《武漢這個地方》）。方方熱愛武漢，很想為武漢人爭面子，就說沒叫成也不壞，因為叫成了也只是個“二哥”。但她仍堅持說武漢的知名度“恐怕僅次於北京、南京、西安、上海、天津、廣州六城”，而且還很為武漢排在第七不平。然而在我看來，只怕連“老七”的排名似乎都樂觀了一點。武漢的知名度確實曾經是很高的。只不過那多半是老皇曆。比如湖南搞農民運動時，便有地主逃難“一等的跑上海，二等的跑漢口，三等的跑長沙”之說。可惜現如今“人心不古”了。人們提起武漢，已不再肅然起敬，不怎麼把它當了不起的大城市看。當然，知道武漢的人還是很多。但他們的“有關知識”卻少得可憐：一是武漢熱，是“三大火爐”之一；二是武漢人惹不起，是“九頭鳥”。——都不是什麼好詞兒。

說起來，武漢是有點委屈有點窩囊。它在中國歷史上可是作過大貢獻有過大功勞的。可現在呢？它似乎不那麼風光。當廣州和珠江三角洲迅速崛起，以其雄厚的經濟實力進行“文化北伐”時，它瞻前顧後（看北京，看廣州）；當上海以浦東開發為契機，成為長江流域經濟建設的“龍頭老大”，而重慶也在一夜之間成為中國第四個直轄市時，它東張西望（看上海，看重慶）。它看到了什麼呢？它看到東（上海）南（廣州）西（重慶）北（北京）都在發展，而自己夾在當中，卻大大落伍。有着辛亥首義之功的武漢，有着能當首都條件的大武漢，現在卻只有一個"大而無當"的大城市框架，而且"高不成，低不就"，既大不起來，又小不下去。

也許，事情到了這個份上，武漢人就不該抱怨運氣，埋怨別人，而該好好想想自己了。長年在外工作、對各大城市市民習氣領受頗多的武漢市人大代表王新國就曾很有感慨地說："武漢人愛到處晃，幹事也晃晃，'荷花'晃掉，'鶯歌'晃啞。我幾次看到在街頭喝汽水的小青年，喝完了把瓶子砸在馬路上。這連小市民都算不上。至於過完早亂扔碗，隨便過馬路、吵架、抖狠，都不是現代化大都市應有的現象。"（1999年2月2日《新聞信息報》）無疑，武漢沒當上首都也好，不那麼風光景氣也好，都不該由武漢市民來負責。——這裡面有極其複雜的多種原因，不是哪個人負得了責的。但武漢人的性格沒幫上什麼忙，甚至幫了倒忙，卻也是事實。比如，在武漢生活，隨時都要準備吵架；而在武漢的國營大商場購物，也很少有心情愉快的時候。"售貨員們永遠惡劣的態度和永遠懶散的作風，使你覺得他們站在那些櫃枱裡所要做的事情基本上就是讓你滿心不快地走出他們的店門"（方方《在武漢購物》）。久而久之，人們就習慣了這種惡劣，對那些態度好得出奇的商店反倒起疑，懷疑他們要推銷假冒偽劣的產品。很多人都說，武漢人的性格就是這樣的，其實他們人很好。我也認為武漢人很好，甚至很可愛，然而卻讓外地人受不了。於是，我們就想問一句：武漢人的性格究竟是怎麼搞的？

二 武漢人的性格

"天上九頭鳥，地下湖北佬。"武漢人的名聲似乎不好。

這有點像上海人。不過，上海人名聲不好，是因為他們自視太高，看不起人；武漢人名聲不好，則是因為他們火氣太大，喜歡罵人。

說起來，武漢人罵人的"水平"，大概算得上全國第一。本書前面引用過的民謠裡，就有"武漢人什麼娘都敢罵"這一句。武漢市的"市罵"很多，最常用和最通用的主要是"婊子養的"（次為"個板馬"），使用頻率比咱們的"國罵"（他媽的）還高。武漢並非中國妓女集中的地方，不知為什麼會有這麼多"婊子養的"？真是怪事！

其實，這句話，有時也不一定是、甚至多半不是罵人，只不過表示一種語氣，甚或只是一種習慣用語，什麼意思也沒有。比方說，武漢人稱讚一本書或一場球賽好看、一場遊戲或一件事情好玩，就會興高采烈地說："個婊子養的，好過癮呀！"誇獎別人長得漂亮或事情做得漂亮，也會說："個婊子養的，好清爽呀！"甚至當媽媽的有時也會對子女說："你個婊子養的"；或者說到自己的兄弟姐妹，也會說"他個婊子養的"。池莉小說《不談愛情》中吉玲的姐姐們就是這樣相互稱呼的。每到這時，吉玲媽就會不緊不慢滿不在乎地提醒一句："你媽我沒當過婊子。"想想也是，武漢人這樣說話，如果認真算來，豈非自己罵自己？不過武漢人既然"什麼娘都敢罵"，當然也就敢罵自己的娘。一個連自己的娘都敢罵的人，當然也就所向無敵，沒人敢惹。

這就和上海人很有些不一樣。上海人是"派頭大，膽子小"。平常沒事的時候，一副"高等華人"的派頭，不把外地人放在眼裡，一旦外地人兇起來，"乖乖隆地洞"，立刻就"退兵三舍"，聲明"君子動口，不好動手的嗻"。武漢人可沒有這麼"溫良恭儉讓"。他們不但敢"動口"，而且也敢"動手"。武漢人到上海，看上海人吵架，常常會不耐煩："個婊子養的，吵半天了，還不動手！"他們覺得很不過癮。

的確，武漢人的敢動手，也是全國有名（但仍遜於遼寧人）。"文革"中，他們可是連江青的特使都打了。因此，正如全國都有點討厭上海人（但不害怕），全國也都有點害怕武漢人（但不討厭）。討厭而不害怕，所以諷刺上海人的笑話小品不少；害怕而不討厭，所以諷刺武漢人的笑話小品不多，儘管背地裡也不少嘀咕。

其實，武漢人不但火氣大，而且"禮性"也大。武漢人說話，一般都會尊稱對方為"您家"（吵架時例外），相當於北京人的"您"，實際上也是"您"字的音變，讀作"nia"，和"nin"非常接近（武漢話之屬於北方語系，此即證明）。不同的是，武漢話的"您家"還可以用於第三人稱，比如"他您家"，相當於"他老人家"。同樣，一句話說完，也總要帶一個"您家"，作為結尾的語氣並表示尊敬，也相當於北京人的"您哪"。北京人講究禮數，開口閉口，每句話後面都得跟個"您哪"："多謝您哪！回見您哪！多穿點衣裳別着了涼您哪！"武漢人也一樣："勞為（有勞、偏勞、多謝）您家！好走您家！明兒再來您家！"你說禮性大不大。

不過，在北京人那裡，"您"是"您"，"您哪"是"您哪"，一用於稱呼，一用於後綴，不會混亂。而武漢人則不論是"您"還是"您哪"，通通都是"您家"。結果就鬧出這樣的笑話來。一個武漢人問：

"您家屋裡的豬養得好肥呀，麼時候殺您家？"對方答："明兒殺您家。"兩個人都很客氣、講禮，但結果卻好像兩個人都挨了罵。

只要使用"您家"，不管是用於稱呼，還是用於後綴，都是"敬語體"。這一點和北京話大體上一樣。但如果長輩對晚輩說話也用起"您家"來了，則可能會有挖苦諷刺之意。當然，北京人在"損人"時也會使用"您"這個字。比如買東西嫌貴，賣主白眼一翻："您哪，自個兒留着慢慢花吧！"這種用法武漢也有："不買就算了吶！您家們味兒幾大？！"但不難聽出，北京人的話裡透着股子蔑視，武漢人的話裡則是氣哼哼的了。

所以，武漢人雖然也會"損人"（準確地說是"挖苦"），卻更喜歡痛痛快快地罵人。罵人多過癮呀！不用"您家"長"您家"短的，一句"婊子養的"，就什麼意思都清楚了。

武漢人雖然十分講禮（只限於熟人），卻並不虛偽。相反，他們還極為憎惡虛情假意、裝模做樣的做派，稱之為"鬼做"，有時也叫"啫"（音zě）。"啫"這個字，字典上沒有，是武漢獨有的方言。它和上海話中的"嗲"有相近之處又大不相同。上海話中的"嗲"，至少並不都是貶義，比方說"老嗲咯"就是"非常好"的意思。武漢人之所謂"啫"卻絕無"好"意，最多只有"嬌嗲"的意思。比如一個有資格撒嬌的兒童（一般限於女孩）十分嬌嗲可愛，武漢人也會讚賞地說："這伢好啫呀！"而極盡撒嬌之能事，則叫"啫得滂醒"。但更多的用法，卻是對"撒嬌"、"發嗲"的一種輕蔑、諷刺和批判，尤其是指那些根本沒有資格撒嬌、發嗲或擺譜，卻又要裝模做樣、扭怩作態者之讓人"噁心"、"犯酸"處。遇到這樣的情況，武漢人就會十分鄙夷地說："你啫個麼事？"或"闖到鬼了，屁大一點的辦事處，他個婊子養的還啫不過！"看來，武漢人之所謂"啫"，大概略似於台灣人所謂

"作秀"。所以武漢人也把"啫"和很啫的人叫做"莊秀梅",也是有"作秀"的意思。不過,"作秀"作的都是"秀","啫"作的卻不一定是"秀",甚至根本"不是東西";"作秀"雖然假,卻或者有觀賞性,或者能糊弄人,"啫"卻既無觀賞性,也不能糊弄人,只能讓人噁心。所以,說一個人"啫裡啫氣",絕非好評。

武漢還有一句罵人的話,叫"差火"。所謂"差火",也就是不上路、不道德、不像話、不夠意思、不懂規矩、不好說話、愛挑毛病、做事不到位等意思的一種總體表示。因為做飯如果差一把火,就會煮成夾生飯,所以差火又叫"夾生",也叫"半調子"。在武漢話裡,"他個'板馬'蠻夾生"、"他個'板馬'蠻差火",或"莫差火"、"你個婊子養的夾生麼事"等等,意思都差不多。夾生飯不能吃,半調子不好聽。一個人,如果不好說話,不好相處,不夠意思,就會被認為是差火、夾生,他在武漢人中間也就很難做人。

那麼,什麼人或者說要怎樣做才不"夾生"或不"差火"呢?

第一要"仗義",第二要"大方",第二要"到位"。武漢人很看重朋友之間的友誼,真能為朋友兩肋插刀。一個人,一旦有難,找武漢的朋友幫忙,多半能夠得到有力的幫助。如果你是他們的"梗朋友",則能得到他們的拚死相助。武漢人所謂"梗朋友",相當於北京人的"鐵哥們"。"梗"這個字,有人認為應該寫作"耿",即忠心耿耿的意思。我卻認為應該寫作"梗"。因為武漢話中的"gěng",首先有"完整"之意。比方說一個東西要保持完整,不能掰開、折斷、切碎,武漢人就會說:"莫掰,要'gěng'的"。查遍同音字,也只有表示植物之根、枝、莖的"梗"字約略近之。植物的根、枝、莖在被折斷掰斷之前,當然是"梗的"。所以,"梗"在武漢話中,又有"地道"之意。比如某個人不折不扣地是個糊塗蟲,武漢人就會說:"這個老幾'活梗地'是個'糊溏'(關於"糊溏",以後再解釋)。"所謂"活梗地",也就是地地道道地、不折不扣地。"鐵哥們"當然是地地道道、不折不扣的朋友,也是沒有半點含糊、一點也不夾生的朋友,同時還是可以把自己完整地、全身心地交付出去的朋友,因此是"梗朋友"。

和武漢人交"梗朋友",說易不易,說難不難。說不難,是因為武漢人對朋友的要求並不高。他們一不圖名,二不圖利,只圖對脾氣、夠意思。說不易,則因為人家是"梗的",你也得是"梗的"。在武漢人看來,交朋友就得"一根燈草點燈——沒(讀如"冒")得二心",不能"碼倒搞"(做假)、"詐倒裹"(吹牛),更不能"抽跳板"。"抽跳板"也叫"抽跳"。它有"過河拆橋"的意思,但比"過河拆橋"內容更豐富。"抽跳"一般有兩種情況。一是朋友搭好了跳板,因為講義氣,讓你先上,然而你上去後卻把跳板抽走了,害得朋友上不來;二是你答應給朋友搭跳板,甚至已經搭了,但臨到朋友準備上時,你卻把跳板抽走,害得朋友希望落空,而且想補救也來不及。顯然,無論哪一種,都是差火、夾生、半調子,簡直不是東西。嚴格說來,"抽跳"已是背叛。如果竟然出賣朋友,則叫"反水",那就會成為一切朋友的公敵,最為武漢人所不恥,連"婊子養的"都不如了。

照理說,武漢人這個要求並不高。

不錯,不吹牛、不扯謊、不抽跳、不反水,這些要求是不高,只能算作是交朋友的起碼道德要求。而且,不但武漢人會這樣要求,其他地方人也會這樣要求。所以,能做到這些,還不能算是"梗"。所謂"梗",就是完整地、全部地、無保留地把自己交給朋友,包括隱私。這就不容易了。但武漢所謂"梗朋友"是有這個要求的。至少,當你的"梗朋友"有事來找你幫忙時,你必須毫不猶豫和毫無保留地全力以赴,連"哽"都不打一個。

打不打"哽"，是看一個朋友"梗不梗"的試金石。所謂"打哽"，原本指說話卡殼。一個人，如果有所猶豫，說話就不會流暢。所以，打不打"哽"，也就是猶豫不猶豫。不猶豫就不打哽，也就不啫。反之，則是啫。一個小女孩啫一下沒有什麼關係，如果一個大男人也啫，就會遭人恥笑，因為那往往也就是"不夠意思"的意思。如果朋友來找你幫忙，你居然還"啫不過"，那就不但是"不夠意思"，而且是"差火"到了極點，簡直就是"婊子養的"。

不"打哽"，也就是"爽朗"，武漢話叫"唰喇"。對於一個武漢人來說，"唰喇"與否是極為重要的。它不但意味着一個人夠不夠意思和有沒有意思，而且甚至決定着一個人會不會被人看得起。比如你對一個武漢人介紹另一個人說"那個人一點都不'唰喇'"，這個武漢人的眼裡馬上就會露出鄙夷蔑視的目光。

"唰喇"的本義是"快"。比如要求動作快一點，武漢人就會說"搞'唰喇'點"。要求決定快一點，也會說"搞'唰喇'點"。如果如此催促還不"唰喇"，那就是"啫"了。顯然，這裡說的"快"，還不是或不完全是"快捷"，而是不要拖泥帶水、猶猶豫豫，是心理上的快而非物理上的快。所以"唰喇"就是"爽朗"、"爽快"。武漢人讀作"唰喇"，不知是爽朗、爽快一詞的音變，還是一個象聲詞，——書翻得很快，唰喇；箭射得很快，唰喇；衣襟帶風，出手很快，也唰喇。不過，從武漢人"該出手時就出手"的性格看，我懷疑那是拔刀子的聲音。

快則爽，叫"爽快"；爽則朗，叫"爽朗"。爽朗是武漢人性格的核心。也就是說，如果要用一兩個字概括武漢人的性格，那就是"爽朗"。爽朗之於武漢人，猶如精明之於上海人。精明是上海人的族徽，爽朗則是武漢人的旗幟。上海人崇拜精明，因此有一系列鄙夷不精明者的詞彙，如戇大、洋盤、阿木林、豬頭三、脫藤落攀、搞七廿三等。

武漢人崇尚爽朗，也有一系列批判不爽朗者的詞彙，如夾生、差火、半調子、啫不過等都是。此外還有"扳俏"。所謂"扳俏"，也就是北方人說的"拿把"，亦即沒來頭和沒道理地擺譜拿架子。別人給他四兩顏色，他就當真開個染房。朋友有事來找他，也要打官腔，或者扭捏拿把不肯痛痛快快答應。這時，武漢人就會既憤怒又輕蔑地說："老子把他當個人，他倒跟老子扳起俏來了。"

扳俏不可取，嘀哆也要不得。所謂"嘀哆"，也就是嘮叨、囉嗦、黏乎、婆婆媽媽、拉拉扯扯，有時也包括瞻前顧後、想法太多等等，總之是不爽快。比如你做一件事情半天拿不定主意，武漢人就會說："莫'嘀哆'，搞'唰喇'點。"又比如到有關部門去辦事，辦事人員又看材料又看證明還要盤問半天，武漢人也會評論說："這個人蠻'嘀哆'。"顯然，這裡的"嘀哆"，已不是"嘮叨"了。不過，就批判譴責的程度而言，"嘀哆"要較"差火"為輕。嘀哆是性格問題，差火是道德問題；嘀哆讓人不耐煩，差火則簡直不是人。

屬於不爽朗的還有尖、漚氣、憔氣等。漚氣和憔氣都是生氣，但不是一般的生氣，而是憋在心裡生悶氣。因此會漚出病來，使人憔悴；而"憔氣古怪"則指心胸狹窄、想不開、小心眼兒、愛耍小脾氣等毛病。這也都是不夠爽朗的意思。"尖"則是小氣。武漢人要嘲笑一個人小氣，就會說："這個人尖死！"外地人往往弄不清武漢話裡的這個"尖"字，以為是"奸"，其實不然。武漢人把"奸滑"叫做"拐"，"尖"則是小氣、吝嗇。因為爽朗者都大方，不爽朗則小氣。小而至於"尖"，可見小氣到什麼程度。

除為人"唰喇"外，做事到位也很重要。因為差火的本義就是"不到位"；而做事"不到位"，也很容易把事情弄"夾生"。這樣一來，弄不好就會把人得罪到家，後果也就可想而知的嚴重。要知道，武漢人可是連罵人都十分到位的。不信你去聽武漢的潑婦罵街，那可真是淋漓盡致，狗血噴頭，什麼話都罵得出來。所以，你如果做人做事不到位，夾生半調子，那就一定會挨罵，而且會被罵得十分"到位"。

於是武漢人做事就會"鉚起搞"。比如"鉚起寫"、"鉚起講"、"鉚起吃"等等。有人把"鉚起"寫成"卯起"，是不確的。方方說"鉚起"的意思是"使勁"、"不停"、"沒完"（《有趣的武漢話》），也沒說全。"鉚起"最重要的意思，是死死咬住、不依不饒，就像被鉚釘鉚住一樣，因此是"鉚起"而不是"卯起"。如果僅僅只是"不停"，則叫"緊"。比如，"你緊搞麼事吵！""緊搞"只是不停地搞，"鉚起搞"則還有一股韌勁，其程度較"緊搞"為重。

武漢人的"鉚起"也不同於成都人的"雄起"。"雄起"即勃起、堅挺，"鉚起"則有堅持不懈、堅韌不拔之意。"雄起"乃勃然奮起，"鉚起"乃力求到位。這也是兩地人性格不同所致：成都人炴，故須"雄起"；武漢人燥，故須"鉚起"。比方說："醒倒媒。"

從某種意義上講，"醒倒媒"也是"鉚起搞"之一種，是一種特殊的"鉚起搞"。醒，也許應該寫作"擤"。方方說，"醒"有"痞"的意思。其實，"醒"這個字在武漢話中意思非常複雜微妙。比如"滂醒"是"厲害"（如"啫得滂醒"就是"啫得厲害"），"醒黃"則是"扯淡"（如"鬧醒黃"就是"胡日鬼"，就是哄人騙人）。"醒裡醒氣"雖然就是"痞裡痞氣"，卻不是一般的"痞"，而是那種涎着臉、賴着皮、糾纏不休又嬉皮笑臉的"痞"，有點擤鼻涕的味道。

倒，在武漢話中是一個常用的助詞。說的時候，要讀輕聲。它的意思，相當於"什麼什麼樣地"，如"詐倒裹"、"碼倒搞"等等。碼，有做假、裝門面等意思。比如一個人其實貨色不多，便只好把全部貨色都碼起來充大。所以，"碼倒搞"就是假模假式、虛張聲勢地搞。"詐倒裹"，則是自吹自擂、狐假虎威地"裹"。裹，在武漢話裡有糾纏、理論、撕擄、摻和等多種意思。比如糾纏不清就叫"裏不清白"。詐倒裏，也就是冒充什麼什麼的來摻和。由此可知，"醒倒媒"就是厚着臉皮沒完沒了地來糾纏。媒，應寫作"迷"。武漢人讀"迷"如"媒"。比如舞迷就叫"舞媒子"，戲迷就叫"戲媒子"。迷，可以是迷戀，也可以是迷惑。"醒倒迷"中的"迷"，當然是迷惑。因其最終是要達到某種目的，也可以諧其音寫作"媒"。方方寫作"醒倒媚"，似可商榷。因為"媚"非目的而是手段，其意已含在"醒"字之中；目的是拉扯、糾纏，故應寫作"迷"或"媒"。

崇尚"唰喇"的武漢人最受不了"醒倒媒"。不理他吧，糾纏不休；發脾氣吧，拳頭又不打笑臉。最後只好依了他拉倒。當然也有先打招呼的："莫在這裡'醒倒媒'，（東西）不得把（給）你的。"但如果堅持"醒倒媒"下去，則仍有可能達到目的。所以方方說"醒倒媒"是武漢人的一種公關方式，這是不錯的。武漢人脾氣硬，不怕狠，卻對牛皮糖似的"醒倒媒"無可奈何。其實，"醒倒媒"恰恰是武漢人性格的題中應有之義。因為武漢人的性格不但包括為人爽朗，仗義、大方，還包括做事到位。要到位，就得"鉚起搞"，包括"鉚起醒倒媒"。所以，武漢人還不能不吃這一套。

總之，武漢人的性格中有韌性、有蠻勁，也有一種不達目的決不罷休的精神。這種精神和爽朗相結合，就形成天不怕地不怕的性格。武漢人的這種性格甚至表現於他們的生活方式。他們是在三伏天也要吃油炸食品的。在酷熱的夏天，武漢人依然排隊去買油餅油條。廚師們汗流浹背地站在油鍋前炸，食客們則汗流浹背地站在油鍋前等，大家都不在乎。有個笑話說，一個人下了地獄，閻王把他扔進油鍋裡炸，誰知他卻泰然自若。閻王問其所以，則答曰"我是武漢人"。武漢人連下油鍋都不怕，還怕什麼？

他們當然"什麼娘都敢罵"了。

三　生命的勁歌

　　武漢人敢罵，也敢哭。

　　我常常懷疑，武漢人的心理深層，是不是有一種"悲劇情結"。因為他們特別喜歡看悲劇。楚劇《哭祖廟》是他們鍾愛的劇目，而他們喜歡聽的湖北大鼓，我怎麼聽怎麼像哭腔。認真說來，楚劇不是武漢的"市劇"，武漢的"市劇"應該是漢劇。然而武漢人似乎更愛聽楚劇。除嫌漢劇有點正兒八經（漢劇近於京劇）外，大約就是楚劇哭腔較多之故。

　　武漢人的這種"悲劇情結"是從哪裡來的呢？也許是直接繼承了屈騷"長太息以掩涕兮"的傳統吧！然而同為楚人的湖南人，卻不好哭。有一次，我們為一位朋友送行，幾個武漢人喝得酩酊大醉，然後抱頭痛哭，而幾個湖南人卻很安靜和坦然。湖南人同樣極重友情，卻不大形於顏色。他們似乎更多地是繼承了楚文化中的玄思傳統、達觀態度和理性精神，把人生際遇、悲歡離合都看得很"開"。要之，湖南人（以長沙人為代表）更達觀也更務實，湖北人（以武漢人為代表）則更重情也更爽朗。所以，武漢人辦喪事，往往哭得昏天黑地，而長沙人卻會請了管弦樂隊來奏輕音樂，好像開"舞會"。"舞會"開完，回家去，該幹什麼，還幹什麼。

因此，務實的長沙人不像武漢人那樣講究"玩味兒"。"玩味兒"是個說不清的概念，但肯定包括擺譜、露臉、愛面子、講排場等內容在內。說到底，這也是咱們中國人的"國癖"。但凡中國人，都多多少少有些愛面子、講排場的。但似乎只有武漢人，才把它們稱之曰"味"而視之為"玩"。武漢人喜歡說"玩"這個字。比如談戀愛，北方人叫"搞對象"，武漢人則叫"玩朋友"。這話叫外地人聽了肯定不自在，武漢人卻很坦然，誰也不會認為是"玩弄異性"。

這就多少有些"藝術性"了。實際上，武漢人的"玩味兒"是很講究可觀賞性的。比方說，大操大辦婚禮就是。婚禮的大操大辦，同樣也是咱們的"國癖"，不過武漢人卻別出心裁。他們的辦法，是僱請"麻木的士"遊街。所謂"麻木的士"，其實也就是三輪車。因為駕車者多為喝酒七斤八斤不醉的"酒麻木"，故美其名曰"麻木的士"。舉行婚禮時，就由這些"麻木的士"滿載從冰箱彩電到澡盆馬桶之類的嫁妝，跨長江，過漢水，浩浩蕩蕩遊遍武漢三鎮，成為武漢市一大"民俗景觀"。之所以要用"麻木的士"而不用汽車，是因為"麻木的士"有三大優點：第一，載物較少，用車較多，可以顯得浩浩蕩蕩；第二，車身較低，便於觀看，可以盡情擺闊；第三，車速較慢，便於遊覽，既可延長遊街時間，又便於路上閒人一飽眼福。總之是極盡表演之能事。在武漢人看來，只有這樣，"味兒"才玩得過癮，玩得足。

不過，雖然是"玩"，武漢人卻玩得認真。因為誰也不會覺得那"味兒"是可要可不要的東西。所以，當一個武漢人在"玩味兒"的時候，你最好去捧場。即便不能捧場，至少也不要拆台。否則，武漢人就會視你為"不懂味"。而一個"不懂味"的人，在武漢人眼裡，就是"夾生半調子"，甚至"差火"到極點，不和你翻臉，就算對得起你了。

事實上，武漢人的討厭"啫"，也多半因於此。在武漢人看來，一個人要想"玩味兒"或"要味兒",就不能"啫";而一個人(尤其是男人),如果居然"啫不過",就肯定"不懂味"。什麼是"玩味兒"?"玩味兒"就是"派",就是"唰唰",怎麼能"啫"?啫、尖、癟腔(貪生怕死),都是"掉底子"(丟臉)的事。所以,為了面子,或者說,為了"玩味兒",武漢人就往往不惜打腫了臉來充胖子,甚至不惜吵架打架。比方說,一個人在另一個人面前"抖狠"(逞兇、找碴、耀武揚威或盛氣凌人,也是"要味兒"的方式之一),這個人就會跳將起來說:"麼事呀!要味要到老子頭上來了!"後面的事情,也就可想而知。

武漢人的"玩味兒",還有許多難以盡說的內容。甚至他們的罵人,沒準也是"玩味兒"或"要味兒",正如舊北京天橋"八大怪"之一的"大兵黃",坐在酒缸沿上"開罵"和"聽罵"也是"一樂子"一樣。事實上,罵人也不易。一要敢罵,二要會罵。如果有本事罵得淋漓盡致,聲情並茂,誰說不是"味兒",不是"派兒"?

武漢人這種文化性格的形成,有着歷史、地理、文化甚至氣候諸方面的原因。

武漢的氣候條件極差。上帝給了它最壞的地形,——北面是水,南面是山。夏天南風吹不進來,冬天北風卻順着漢水往裡灌。結果夏天往往持續高溫,冬天卻又冷到零下。武漢人就在這大冷大熱、奇冷奇熱、忽冷忽熱中過日子,其生活之艱難可想而知,其心情之惡劣可想而知,其脾氣之壞當然也可想而知。

所以,武漢人有句口頭禪,叫"煩死人了"。當一個武漢人要訴說一件不太開心的事,或要表示自己的不滿時,往往會用這句口頭禪來開頭。比如等人等不來,就會說:"煩死人了的,等半天了,這個鬼人還不來!"要表示討厭某人,也會說:"這個人蠻煩人。"不過這些話也可以反用。比如一個妻子也可以這樣誇獎她的丈夫："他這個鬼人，曉得有幾（多麼）煩人啊！"或："你說他嘀哆不嘀哆，非要我把那件呢子衣服買回來穿，煩死人了！"這裡說的"煩"，其實就是樂了。嘴巴上說"煩死人了"，只怕心裡倒是"不厭其煩"呢！

看來，武漢人是和煩惱結下不解之緣了：好也煩，壞也煩，樂也煩，煩也煩，反正是煩。說起來也是不能不煩。多年前，武漢市人大代表因《新週刊》說武漢是"最市民化的城市"曾引發了一場討論。江岸區人大代表王丹萍說："天熱太陽大，外面髒亂差，怎麼會有好心情？人說女人一白遮百醜，武漢女人難有這福分，動不動就灰頭灰臉，跟進城的農民似的。"的確，氣候的惡劣，條件的艱苦，生存的困難，都很難讓人心情舒暢。難怪武漢街頭有那麼多人吵架了，煩嘛！

事實上武漢人也確實活得不容易。武漢的自然環境極其惡劣，武漢的生活條件也相當糟糕。冬天，北方有暖氣，南方有豔陽；夏天，北方有涼風，南方有海風。武漢夾在中間，不南不北，不上不下，什麼好處都沒有。別的地方，再冷再熱，好歹還有個躲處。武漢倒好：夏天屋裡比外面還熱，冬天屋裡比外面還冷。冬天滴水成冰，夏天所有的傢具都發燙，三台電風扇對着吹，吹出來的風都是熱的。那麼，就不活了麼？當然要活下去！冬天在被窩裡放個熱水袋，夏天搬張竹床到街上睡。於是，一到盛夏之夜，武漢的街頭巷尾，便擺滿了竹床，男赤膊女短褲，睡滿一街，成為武漢一大景觀。

在如此惡劣條件下挺熬過來的武漢人，便有着其他地方人尋常沒有的"大氣"和"勇氣"。你想想，武漢人什麼苦都吃過，什麼罪都受過，什麼洋相都見過（包括在大街上睡覺），差一點就死了，還怕什麼？當然連"醜"也不怕。因為他們赤膊短褲地睡在街上時，實在是只剩下最後一塊遮羞布了，那麼，又還有什麼好遮掩的呢？

所以，武漢人最坦誠、最直爽、最不矯情、最討厭"鬼做"。

"鬼做"這個詞是十分有趣的。它表達的似乎是這樣一種人生觀:是"人",就不必"做",只有"鬼"才"做"。既然不必"做",那就有什麼說什麼,想什麼幹什麼,而不必顧忌別人怎麼想、怎麼看。即便有人不以為然,他們也不會在乎,而只會大罵一句:"闖(撞)到鬼了!要啫,到你自己屋裡啫去!"

同樣,最坦誠、最直爽、最不矯情、最討厭"鬼做"的武漢人,也有着不同於北京人的"大氣"。如果說北京人的"大氣"主要表現為霸氣與和氣,那麼,武漢人的"大氣"便主要表現為勇氣與火氣。北京人的"大氣"中更多理性內容,武漢人的"大氣"則更多情感色彩。他們易暴易怒,也易和易解;能憎能愛,也敢憎敢愛。他們的情感世界是風雲變幻大氣磅礴的:大喜大悲、大哭大笑,甚至大喊大叫。而且,愛也好,恨也好,哭也好,笑也好,都很唰喇,都很到位:哭起來銒起哭,笑起來銒起笑,吵起來銒起吵,罵起來銒起罵,真能"愛你愛到骨頭裡",恨你也"恨到骨頭裡",一點也不"差火"。這實在因於他們生存的大起大落,九死一生。武漢人生命中"墊底的酒"太多,生活中"難行的路"也太多,他們還有什麼樣的酒不能對付,還有什麼樣的溝溝坎坎過不去呢?

武漢人確實是天不怕地不怕的。因為武漢是"鎮"。

鎮,重兵駐守且兵家必爭之天險也。武漢之所以叫"鎮",就因為它地處北上南下、西進東征的咽喉要道。由於這個原因,武漢歷來就是兵家必爭之地,戰爭的陰雲總是籠罩在武漢人的頭頂上。所以武漢人"戰備意識"特別強。他們好像總有一種好戰心理,又同時有一種戒備心理。在與他人(尤其是生人和外地人)交往時,總是擔心對方佔了上風而自己吃了虧。公共汽車上磕磕絆絆,買東西出了點小問題,雙方往往都立即會拉開架式,準備吵架,而且往往是理虧的一方以攻為守先發制人，擺出一副好鬥姿勢。結果呢？往往還是自己吃虧，或兩敗俱傷。不信你到公共汽車上去看，擠撞了別人或踩了別人的腳，武漢人很少有主動道歉的。不但不道歉，還要反過來攻擊別人：“你麼樣不站好吵！”或：“怕擠就莫來搭公共汽車！”這種蠻不講理的態度當然很難為對方所接受，而對方如果也是“九頭鳥”，則一場好戲當然也就開鑼。武漢街頭上吵架的事特別多，商店裡服務態度特別壞，原因大約就在這裡。外地人視武漢人為“九頭鳥”，認為他們“厲害”、“惹不起”，原因多半也就在這裡。

上海人就不會這樣。上海的公共汽車也擠。但上海人擠車靠“智”，佔據有利地形，保持良好體勢，則擁擠之中亦可得一方樂土。武漢人擠車則靠“勇”，有力便是草頭王，老人、婦女和兒童的權益往往難以得到保障，而雙邊磨擦也就時有發生（這種現象因近年來武漢大力發展公交事業而已逐漸成為歷史）。細想起來，大概就因為上海主要是“市場”，而武漢長期是“戰場”。“上戰場，槍一響，老子今天就死在戰場上了！”林彪的這句話，道出了“九頭鳥”的野性與蠻勁。敢鬥者自然也敢哭。“老子死都不怕，還怕哭麼！”難怪武漢人愛看悲劇和愛聽哭腔了。

所以，武漢人特別看不起膽小怕事（北京人叫“松貨”）、逆來順受（北京人叫“軟蛋”）和優柔寡斷（北京人叫“面瓜”）。所有這些“德行”，武漢人統稱之為“癱腔”。不過，“癱腔”與“松貨”、“軟蛋”、“面瓜”有一點不同，就是可以拆開來講。比如：“別個（別人）還冒（沒）吼，他就先癱了腔。”這樣的人當然沒人看得起。正如方方所說：“一個人遇事連‘腔’都‘癱’了的話，也就沒什麼好說的了”（《有趣的武漢話》）。因此，不但不能“癱腔”，而且還得梗着脖子死硬到底：“不服周（服輸）！就是不服周！老子死都不得服周！”

吃軟不吃硬，寧死不服周，這大概就是"九頭鳥性格"了。這種性格的內核，與其說是"匹夫之勇"，毋寧說是"生命的頑強"。因為所謂"九頭鳥"，也就是生命力特別頑強的意思。你想，一鳥而九頭，砍掉八個，也還死不了，等你砍第九個時，沒準那八個又活了過來。事實上武漢也是"大難不死"。日本鬼子飛機炸過，特大洪水淹過，"十年動亂"差點把它整得癱瘓，但大武漢還是大武漢。的確，"不冷不熱，五穀不結"。過分的舒適溫馨可能使人脆弱綿軟，惡劣的生存條件也許反倒能生成頑強的生命力。

生活在惡劣環境中的武漢人不但有頑強的生命力，也有自己獨特的人生觀。這種人生觀用武漢作家池莉的話說，就是："熱也好，冷也好，活着就好"（這是池莉一篇小說的標題）。這無妨說也是一種達觀，但這種達觀和北京人不同。北京人的達觀主要來自社會歷史，武漢人的達觀則主要來自自然地理。北京人是看慣了王朝更迭、官宦升遷、幫派起落，從而把功名富貴看得淡了；武漢人則是受夠了天災人禍、嚴寒酷暑、戰亂兵燹，從而把生存活法看得開了。所以北京人的達觀有一種儒雅恬淡的風度，而武漢人的達觀卻往往表現為一種略帶野性的生命活力。武漢的小夥子不像北方漢子那樣人高馬大、魁偉粗壯，卻也相當地"野"：敢打架，敢罵娘，各種衝動都很強烈。他們酷愛一種能夠顯示生命活力的、緊繃在身上的紅布三角游泳褲。他們也往往會在炎熱的夏夜赤膊短褲，成群結隊地在街上走，大聲吼唱各種歌謠，從"一個伢的爹，拉包車"直到種種流行歌曲，以宣洩他們過剩的生命活力。

事實上，武漢人不達觀也不行。

從某種意義上講，惡劣的生存環境和生存條件已經把武漢人逼到牆角了：躲沒處躲，藏沒處藏，就是想裝孫子也裝不了，再不達觀一點，怎麼活？所以，凡事都最好搞喇喇點，凡事也都最好能要點味。生活已經不易，再不搞唰唰點，不是自己煩自己嗎？生活已經缺油少鹽，再不要點味，還能過下去嗎？

　　什麼是味？"味"這個字，在武漢話裡有極為豐富的含義。除前面說的面子、排場、風光、體面等等外，還有"規矩"的意思。比如"不懂味"，有時也指"不懂規矩"。不過，當一個武漢人指責別人"不懂味"時，他說的可不是一般的規矩，而是特指"捧場"的規矩，即在一個人"要味"時讓他覺得"有味"的規矩。懂這個規矩並能這樣做的，就叫"就味"；不懂這個規矩和不能這樣做的，則叫"不就味"。就味不就味，也是衡量一個武漢人會不會做人的重要標準。因不懂而"不就味"，尚可原諒（但也不招人喜歡）；如果"懂味"而"不就味"，那就是"差火"了。這時，"要味"者就會視對方為故意冒犯或有意挑釁，因而反目翻臉，甚至大打出手，因為那個"婊子養的"實在"太不夠意思"。

　　所以，味，又有"意思"的意思。要味，也叫"要意思"；就味，也叫"就意思"。如此，則"有味"就是"有意思"，"冒得味"就是"沒意思"了。人活在世界上，如果一點"意思"都沒有，那還能活下去嗎？當然不能。因此不能不要"味"。顯然，武漢人之所謂"味"，說到底，就是讓人覺得活着有意思的那個"意思"。

　　武漢人是很看重這個"意思"的。雖然說"熱也好，冷也好，活着就好"，但如果活得有意思，豈不更好？於是，武漢人就往往會把沒意思的事變得有意思。我就曾在醫院裡遇到過一個典型的武漢人。這個武漢小夥子大概初為人父，看什麼事都新鮮。看到護士給嬰兒洗澡、打包，也覺得好玩，興高采烈地對我說："好過癮呀！洗毛毛（嬰兒）像洗蘿蔔，包毛毛像疊'撇撇'。" "撇撇"是每個武漢小男孩都玩過的一種自製玩具，由每個人自己用香煙盒疊成，技巧純熟者可以疊得很快。把包嬰兒說成是疊撇撇，既有贊其"技巧純熟"的意思，也有言其

"不當回事"的意思。婦產科的護士一天不知要包洗多少嬰兒,自然見慣不怪,不怎麼當回事,但讓這個小夥子這麼一說,一件本來沒什麼意思的事情,也就頗有點意思了。

武漢人是很能把沒意思的事變得有意思的。比如武漢的夏夜是很難熬的,因為一到下午六點,老天爺就會準時停風。曝曬了一天的街道餘熱經久不散,沒有一絲穿堂風的室內更是酷熱難當。要熬過這樣一個長夜,是一件很沒有意思的事情。然而武漢人卻能把它變得有意思。太陽一下山,他們就開始往地上潑水,然後搬出自家的竹床,擺出清爽的小菜和綠豆稀飯,一家人吃得"歡喜流了的"。吃完飯,收拾了碗筷,洗個澡,街坊鄰居都到露天地裡來乘涼。打牌的打牌,下棋的下棋,看電視的看電視,更多的人則是"嘩天"。嘩,音"kuá",讀平聲,是個象聲字,即"幾里呱拉"的意思。武漢人說話節奏快,頻率高,因此不能叫"聊天",只能叫"嘩天"。武漢人嘩呀嘩呀,嘩得星星都"笑眯了眼",一個難熬的長夜也就意趣盎然了。

武漢人確實很愛說話,也很會說話。一件稀鬆平常的事,到了武漢人嘴裡,往往就會變得有聲有色。比如一件東西或一個地方被弄髒了,武漢人不說"太髒",也不說"髒死了",而說:"喲,麼樣搞的吵,搞得灰流了!"灰而至於"流",可見有多髒。誇獎一個人漂亮,也可以這樣說:"喲,好清爽呀,清爽流了!"清爽,也就是漂亮、派頭、美。一個人的漂亮都"流溢"出來了,可見漂亮之至。又比如"抖狠",是耀武揚威的意思,卻比說"耀武揚威"生動得多。你想,一個人把"狠"都"抖"出來,是個什麼樣子?有點像全身的毛都乍了起來的好鬥公雞吧?再說,一個人的"狠"(厲害)要"抖"出來後別人才知道,則其"狠"也有限。所以"抖狠"這個詞是略帶貶義的,情感色彩很濃,形象也很生動。其餘如把孩子長個叫做"抽條",把東張西望叫做"打野",把趁機下台叫做"轉彎",把死不認錯還要倒打一耙叫

做 "翻翹" ，都十分形象、生動，富有動感。

　　這也不奇怪。武漢人是 "要味" 的人，武漢話也就必然是 "有味的話" 。

　　的確，武漢話和北京話一樣，都具有藝術性和戲劇性。如果說有什麼不同，那就是：聽北京話像聽相聲，怎麼聽怎麼可樂；聽武漢話則像聽戲，有板有眼，鏗鏘有力。事實上武漢人的人生觀中也確實有一種 "戲劇性情結" 。在他們看來，人生就是一場戲，就是一場自編自演又可供觀賞的戲。演戲就是 "玩味" ，看戲就是 "要味" ，會看戲就是 "懂味" ，不會看戲就是 "不懂味" ，而不會演戲則是 "冒得味" 。因此，他們主張人生在世，應該活得有板有眼。有沒有板眼是很重要的。在武漢人那裡，一個人有本事、有能耐、有辦法，就叫 "有板眼" ；而不知搞什麼名堂就叫 "搞麼板眼" 。所謂 "搞麼板眼" ，也就是 "演什麼戲" 的意思。顯然，武漢人之所謂 "板眼" ，也就是戲曲中的節拍，就像 "癲腔" 的 "腔" 是戲曲中的唱腔，"醒黃" 的 "黃" 是戲曲中的皮黃（聲腔）一樣。醒，有 "假" 的意思。比如 "醒倒迷（媒）" 就不是真迷（真喜歡對方），只不過 "醒倒迷" 罷了。"醒黃" 也一樣。一個人，一本正經地上台了，大家都以為有什麼好段子聽。聽了半天，卻發現原來不是皮黃，而是 "醒黃" 。所以，武漢人便把 "胡日鬼" 、"瞎胡鬧" 之類稱作 "鬧醒黃" 。

　　"鬧醒黃" 也好，"有板眼" 也好，都是演戲。戲演砸了，就叫 "癲了腔" ；演假了，叫 "鬧醒黃" ；不按角色行當台詞劇本演，信口開河，胡說八道，則叫 "開黃腔" 。"鬧醒黃" 是 "詐倒裏" ，"開黃腔" 是 "碼倒搞" ，都是 "不懂味" （不懂規矩）。這是不會有人捧場的。不但沒人捧場，沒準自己還會 "掉底子" 。

　　"掉底子" 之於武漢人，是一件極為嚴重的事情。所謂 "掉底子"，也就是"穿梆"、"露餡"。這當然是一件丟臉的事，所以"掉底子"即等於"丟面子"。不過，說"掉底子"可比說"丟面子"生動，也比說"丟面子"嚴重。因為"面子"是要安裝在"底子"上的。如果連"底子"都掉了，那還有"面子"嗎？我在《閒話中國人》一書中說過，面子即面具，而面具是用來演戲的。既然是"演戲"，就得把"面子"裝嚴實了，不能"露餡"。一旦露了馬腳，那就不是"丟面子"，而是"掉底子"了。所以，一個人，在粉墨登場表演人生時，如果把"戲"演"砸"了，武漢人就會哄堂大笑："好掉底子呀！"

由是之故，心直口快的武漢人並不喜歡"岔把子"。所謂"岔把子"，就是說話不知輕重不看場合的人。遇到這樣的人，武漢人就會說："他是個'岔把子'。"或"這個人'岔'得很。"一個人如果被認為是"岔得很"，他在武漢人中間同樣是吃不開的。因為"岔把子"最不"懂味"，常常在別人"要味"的時候掃別人的興：或者是半路"岔"了進來，害得"要味"的程序不能順利進行；或者是把老底也端了出來，害得別人大掉其底子。但因為"岔把子"都是有口無心的，你心裡有氣還發作不得，所以很有些討人嫌。

比"岔把子"更討厭的是"夾生苕"。所謂"夾生苕"，也就是又"夾生"又"愚蠢"的人。武漢人把傻叫做"苕"。苕，也就是紅薯、地瓜。紅薯烤熟蒸熟了，就是"糊"（武漢人讀如"戶"）的，也就是"糊塗"。所以，武漢人說一個人稀裡糊塗，就會說："他'糊'得很"，或"這伢麼樣是個'糊'的？"又因為熟紅薯不但"糊"，而且"溏"，因此又把糊塗蟲叫做"糊溏"。"岔把子"雖然"岔"，卻不"糊"；"夾生苕"則不但"夾生"，而且"苕"。"苕"則"蠢"，"夾生"則"岔"，簡直不可理喻。如果和他理論，非把你的底子掉光不可。

"岔把子"和"夾生苕"的共同特點，是"不夠意思"。甚至也不是"不夠意思"，而是根本就"沒意思"。然而武漢人是不能"沒有意思"的。他們不會像北京人那樣"找樂子"，也不會像上海人那樣給自己來點"小樂惠"。他們的活法，是向生活"要意思"，把單調枯燥的生活變得有滋有味，把艱難困苦的人生變得其樂無窮。

於是，武漢人便把生活變成了藝術。或者說，把他們九死一生的艱難人生和不太順心的煩惱人生，變成了有板有眼、有腔有調、值得"鉚起唱"的生命勁歌。

四　可愛的武漢人

　　如此說來，武漢人還真可愛。

　　其實，武漢人是非常可愛的。外地人害怕武漢人，是因為他們不瞭解武漢人。

　　武漢人有武漢人的優點。

　　武漢人最大的優點是直爽。愛罵人，就是他們直爽的一種表現。儘管表現得不太文明，但卻至少也說明他們喜怒哀樂膽敢形之於色，骨子裡有一種率真的天性。這種天性使他們極其厭惡"啫"，厭惡"鬼做"，同時也就使他們不太注意修養，給人一種"少有教養"的感覺。武漢人說話直統統的，很少拐彎，也不太注意口氣和方式。比方說，到武漢的機關單位去辦事，門房會問："搞麼事的？"而不會問："您是哪個單位，有什麼事嗎？"甚至做生意，他們也不會說："你看我們怎麼合作？"而會說："你說麼樣搞吵！"這種說話方式，就很讓外地人受不了。

　　更讓人受不了的，則是他們表示不同意見的時候。一般地說，中國人說話比較委婉。即便要發表不同意見，也要先作鋪墊，比如"閣下所言極是，只不過"云云。武漢人可沒有那一套。如果他不同意你所說的，那麼，對不起，你的話還沒說完，他就會一聲斷喝："瞎款！"所謂"瞎款"，也就是"胡說"、"亂講"、"扯淡"的意思。但如果你親耳聽過武漢人說這兩個字，就會覺得它要比其他說法生硬得多。

這其實也是直爽的一種表現，即因直而爽，因爽而快，其結果便是快人快語了。武漢人肚子裡沒有那麼多"彎彎繞"，喜歡當面鑼當面鼓，最痛恨"陰倒搞"（背地裡搞小動作）。"陰倒搞"也叫"戳拐"，一般指背後告刁狀，也指說壞話、散佈閒言碎語等。與之相配套的另一個詞是"找歪"，也就是找岔子、找麻煩、找不自在的意思。所以，一個武漢人如果發現有人"戳拐"，就會找上門去，毫不客氣地說："麼樣，想找老子的歪？"這個"戳拐"的人也就只好躲起來。因為一個喜歡"戳拐"的人，在武漢是不會有容身之地的。

武漢人痛恨"陰倒搞"，所以他們有什麼不同意見，也要痛痛快快地當面說出來，包括說你"瞎款"。這好像有點奇怪。武漢人不是挺講究"就不就味"的嗎？怎麼能這樣不給人面子呢？也許，武漢人並不認為這是"不就味"吧！至少，我在武漢生活多年，還沒見過因說"瞎款"而翻臉的。相反，如果一個武漢人會當面說你"瞎款"，則多半是把你當作了自己人。因為這說明他和你之間沒有芥蒂，沒有隔閡，可以隨便說話，包括說你"瞎款"。

同樣，說話"帶渣滓"，也不會引起太多的麻煩。所謂"帶渣滓"，也就是說話時帶出罵人的話，又叫"帶把子"。把，要讀去聲。方方說"帶把子"就是"話中有話夾槍帶棍的意思"（《有趣的武漢話》），其實不然。所謂"把子"，就是男性生殖器。因此"帶把子"便有"見誰操誰"的意思。罵人的話，常常與"性"有關，這也是天下之通則。比如"他媽的"，就略去了後面"兒童不宜"的一個字。"個板馬"，後面也省掉了兩個字，也是"兒童不宜"的。所以，說話"帶渣滓"、"帶把子"，不太文明。

一般地說，和長輩說話，或者和重要人物（比如領導）說話，是不

能 "帶渣滓" 的。不但不能 "帶渣滓" ，還得 "您家" 長 "您家" 短。吵架時最好也不要 "帶渣滓" ，因為那會擴大事態。如果是平輩朋友熟人間說話，那就滿口是 "渣滓" 了。而且，越是關係親密， "渣滓" 就越多。比方說兩個好朋友見面，一個說： "你個婊子養的，這幾時跑哪裡去了？" 另一個就會說： "找你老娘去了。" 這實在很不像話，卻沒有武漢人會計較。

另一件常常讓外地人受不了的事是喝酒。武漢人極重友情，而且把喝酒看作是衡量友情深淺的試金石，謂之 "感情淺，嘗一點；感情深，打吊針；感情鐵，胃出血。" 武漢人酒量並不是最大的，難對付的是他們勸酒的方式。比方說，如果你不肯和他們一起大碗喝酒，他們就會不以為然地說： "又不是姑娘伢，啫個麼事！" 絲毫也不考慮對方聽了以後，臉上是否 "掛得住" 。這就頗有些北方漢子的味道，大大咧咧，"缺心少肺" 。

的確，一般地說，武漢人心眼不多，至少不像上海人那樣精於算計，事事精明，或像福州人那樣深於城府，處處周到。他們甚至常常會做蠢事，而且不講道理。比方說，你到武漢的商店去買東西，問價的時候，如果碰巧那售貨員心裡不太痛快，便會白眼一翻： "你自己不曉得看！" 這是一種很沒有道理的回答，也是一種很不合算的回答。因為假設這件商品價值十元，回答 "十塊" ，才說兩個字；回答 "你自己不曉得看" 卻是七個字。多說了五個字，還不落好。可武漢人不會去算這筆賬。他們寧肯不落好，也要毫不掩飾地表現自己的不耐煩。

所以，如果你瞭解武漢人，又不太計較他們 "惡劣" 的態度，那麼，你就會發現他們其實是極好相處的。因為他們骨子裡有一種率真的天性，有時甚至會有點像孩子（用他們自己的話說，就是 "像小伢" ）。或者更準確一點說，像那種被慣壞了的驕橫無禮的孩子。孩子總是比大人好相處一些。要緊的是以心換心，打成一片。如果你真的和他們成了"梗朋友"，那麼，不也可以拍着他的肩膀揪着他的耳朵叫他"婊子養的"嗎？

武漢人也像孩子一樣愛玩。不過，武漢人的愛玩，又不同於成都人的愛耍。成都人的愛耍，是真的去玩，武漢人則往往把不是玩也說成是玩，比如"玩味"、"玩朋友"、"玩水"。玩水其實就是游泳。全國各地都有愛游泳的，但把游泳稱之為"玩水"，好像只有武漢。武漢夏天時間長、氣溫高，江河湖泊又多，玩水遂成為武漢人的共同愛好。武漢人"玩水"的高潮或者說壯舉是橫渡長江。這件事是毛澤東帶的頭。毛澤東不但開橫渡長江之先河，還寫下了"萬里長江橫渡，極目楚天舒"的名句，使武漢人大得面子，也大受鼓舞。於是橫渡長江便成了武漢市每年一度的大事。不過這事可真不是好玩的，非水性極好不可。但武漢人卻樂此不疲。因此我常想，幸虧武漢人只是愛"玩水"。要是愛"玩火"，那還得了？

武漢人像孩子的另一表現是不太注意吃相。他們吃起東西來，往往"直呵直呵"地。尤其是吃熱乾麵。熱乾麵是武漢特有的一種小吃，一般做早點，也有中午晚上吃的。做熱乾麵工序很多。先要在頭天晚上把麵條煮熟，撈起來攤開晾涼，拌以麻油。第二天吃時，燒一大鍋滾水，將麵放在笊籬裡燙熱，再拌以芝麻醬、小麻油、榨菜丁、蝦皮、醬油、味精、胡椒、蔥花、薑米、蒜泥、辣椒（此為最正宗之做法，現在則多半偷工減料），香噴噴，熱乎乎，極其刺激味覺。武漢人接過來，稀稀唆唆，吧答吧答，三下五去二，眨眼工夫就下了肚。第二天，又來吃，永遠不會細嚼慢嚥地品味，也永遠吃不膩。所以有人說，愛不愛吃熱乾麵，是區分正宗武漢人和非正宗武漢人的試金石。文革中，許多地方的知識青年都有自己的"知青之歌"，其中以南京的最為有名，詞曲都有些傷感，作者也因此而遭通緝和批判。武漢的"知青之歌"卻不傷感，也沒有遭批判。因為武漢的“知青之歌”竟是：“我愛武漢的熱乾麵。”愛熱乾麵，是不好算作“修正主義”的，也扯不到“路線鬥爭”上去。

愛吃熱乾麵，我以為正是武漢人性格所使然：爽快而味重，乾脆而利落。他們處理人際關係，也喜歡像吃熱乾麵一樣，三下五去二，不嗜，不嘀哆，也不裝模作樣。的確，正如方方所說：“武漢人特別的真。”心直口快的性格使他們即便要說假話，也不那麼順當。尤其是，“當他認定你這個人可以一交時，他對你是絕對掏心掏肺地真誠。他為你幫忙不辭辛苦也不思回報，當然他可能在辦事過程中大大咧咧、馬馬虎虎，但真誠之心卻是隨處可見的。”（《武漢人特別的真》）當然，武漢人並不“苕”（愚蠢），他們也欣賞“賊”（聰明）。比方說，他們要誇獎一個孩子，就會說：“呀，這伢好‘賊’呀！”當然要“賊”的，如果不“賊”，何以叫“九頭鳥”？不過，一般地說，武漢人的“賊”，大多“賊”在明面上，一眼就能看穿。他們也會耍點小心眼，做點小動作，玩點小花招，在掏心掏肺的時候打點小埋伏，但往往一不小心就露出馬腳來。因為他們的天性是率真的。所以，儘管他們也想學點狡滑，玩點深沉，無奈多半學不像玩不好，反倒被人罵作“差火”鄙作“苕”。

武漢人的好相處，還在於他們沒有太多的“窮講究”，——既不像北京人那樣講“禮”，又不像上海人那樣講“貌”。如果說要講究什麼的話，那就是講“味”。武漢人的“味”確實是一種講究：既不能沒有或不懂，也不能太多或太大。“冒得味”是遭人痞的，“不懂味”是討人嫌的，而“味太大”則又是會得罪人的。“你這個人還味大得很呀”，也就無異於指責對方端架子擺譜，不夠意思。

由此可見，武漢人的處世哲學比較樸素，而且大體上基於一種“江湖之道”。武漢人的確是比較“江湖”的。他們遠不是什麼“最市民化”的一族。儘管武漢建市已經很久，武漢人也都多少有些市民氣，但他們在骨子裡卻更嚮往江湖，無妨說是“身處鬧市，心在江湖”，與北京人“身居帝都，心存田野”頗有些相似。這大約因為北京周邊是田園，而武漢歷來是水陸碼頭之故。碼頭往往是江湖人的集散地，江湖上那一套總是在碼頭上大行其道。久而久之，江湖之道在武漢人這裡就很吃得開，武漢人也就變得有點像江湖中人。比如“拐子”這個詞，原本是江湖上幫會中用來稱呼“老大”的，武漢人卻用來稱呼自己的哥哥：大哥叫“大拐子”，二哥叫“二拐子”，小哥就叫“小拐子”。又比如“葉子”，也是江湖上的語言，指衣服。衣服穿在身上，一如葉子長在樹上，關乎形象，也有裝飾作用。由是之故，武漢人又把手錶叫做“叫葉子”。因為手錶也是有裝飾作用的，但又有聲音，因此是“叫葉子”。對於這些帶有江湖氣的話，武漢人都很喜歡，流傳起來也很快。

武漢人也像江湖中人一樣有一種“四海之內皆兄弟也”的觀念。比如他們把所有結過婚的女人統統叫做“嫂子”，這就無異於把她們的丈夫統統看作哥哥了。他們當然也像江湖中人一樣愛“抱團兒”。這一點也和北京人相似。不過北京人的圈子和武漢人的圈子不大一樣。北京人更看重身份和品類，武漢人則更看重恩怨。“有恩報恩，有仇報仇”是武漢人的信念。在他們看來，一個分不清恩怨的人，也一定是分不清是非的人。

所以武漢人極重友情。重友情的人都記恩怨、講義氣、重然諾。這些特點武漢人都有。為了哥們義氣，他們是不憚於說些出格的話，做些出格的事，甚至以身試法的。比如先前武漢街頭常有的打群架就是。至於商店裡服務態度惡劣，則因你不是他的朋友。如果你是他的朋友，那就不一樣了。店裡來了價廉物美的東西，他一定會告訴你。如果你一時沒法來買，他會給你留着，並以惡劣的態度拒不賣給別人。反正，武漢人一旦認定你是朋友，就特別幫忙，特別仗義，不像某些地方的人，沒事時和你套近乎，一旦有事，就不見蹤影。他們也不像某些地方的人，看起來"溫良恭儉讓"，一團和氣，滿面笑容，心裡面卻深不可測。武漢人是愛憎分明的。他們的喜怒哀樂、臧否恩怨都寫在臉上。這就好打交道。所以，不少外地人初到武漢時，多對武漢人的性格不以為然，難以忍受，但相處久了，卻會喜歡武漢人，甚至自己也變成武漢人。

總之，武漢人是很可愛的。他們為人直爽，天性率真，極重友情。要說毛病，除愛罵人外，也就是特別愛面子，要味。所以，和武漢人打交道，一定要面子給足，順着他的毛摸。苟能如此，你就會在他們粗魯粗暴的背後體會到溫柔。

武漢人也基本上不排外。除不大看得起河南人外，武漢人很少以"大武漢"自居。對於外地文化和外來文化，武漢人的態度大體上比較開明。不排外，也不媚外，不妄自尊大，也不妄自菲薄。海貨、港貨和漢貨一樣平等地擺在櫃枱上賣，京劇、豫劇、越劇和漢劇、楚劇一樣擁有大批的觀眾，不像河南、陝西那樣是豫劇、秦腔的一統天下。甚至武漢的作家們也不像湖南、四川、陝西那樣高舉"湘軍"、"川軍"、"西北軍"的旗號在文壇上張揚。武漢，總體上說是開放的，而且歷來是開放的。這種開放使得武漢人"既有北方人之豪爽，亦有南方人之聰慧"。或者說，"既有北人之蠻，亦有南人之狡"（方方《武漢人的性格是怎麼搞的》）。這就無疑是一種文化優勢了。有此文化優勢，豈能不大展鴻圖？

五 優勢與難題

　　武漢的確應該大有前途。因為武漢雖然自然氣候極差，歷史氣候不佳，文化氣候卻不壞。

　　這無疑得益於武漢的地理位置。它的北邊，是作為中國政治文化中心的北京；南邊，是屢次成為革命策源地、如今又是經濟活力最強的廣州和珠江三角洲；東邊，是標誌着中國近代化歷程的上海；西邊，則有得天獨厚、深藏不露的成都。東西南北的"城市季風"，都會吹進武漢。哪怕只是吹過武漢，也"水過地皮濕"，多少會產生一定的影響。更何況，武漢不但是兵家必爭之地，也是商家必經之水陸碼頭。各路貨物固然要從這裡出進，各種文化也會在這裡駐足，從而使武漢人的文化性格變得複雜起來。

　　事實上，武漢人的文化性格中，確有周邊四鄰的影響。比方說，西邊巴人好鬥，南邊湘人倔強，武漢人就有點又沖又犟。所以，維新和革命的領導者雖然是廣東人康有為、梁啟超、黃遵憲、孫中山，首義第一槍卻打響在武昌城。不過，武漢人雖然又好鬥又倔強，卻不是"沖頭"和"傻冒"，林語堂謂之"信誓旦旦卻又喜歡搞點陰謀詭計"。武漢人很會做生意，生意場上公認"九頭鳥"不好對付，這似乎有點像廣州人和上海人；而武漢人之會做官、會做學問，則接近於北京人。至於"白雲黃鶴”的仙風道骨，又頗似“多出神仙”的四川人。

的確，武漢文化東西結合、南北雜糅的特徵十分明顯。即以飲食為例。武漢人嗜辣似川湘，嗜甜似江浙，清淡似閩粵，厚重似徽魯，其代表作“豆皮”即有“包容”、“兼濟”的文化特點。武漢人在體格、性格上也兼東西南北之長。他們比南方人高大，比北方人小巧，比成都人剽悍，比上海人樸直，比廣東人會做官，比山東人會經商，比河北人會作文，比江浙人會打架。總之是能文能武，能官能商。

武漢三鎮的城市格局，也是官商並存，文武兼備。

三鎮中市區面積最大、人口最多的漢口，是長江流域最重要的通商口岸之一，而且也和上海一樣，曾經有過租界。它是我國中部地區對外開放的重要窗口和接受外來文化的主要門戶。作為一度獨立的城市，它也是以上海為代表的一類新型城市中重要的一員，在中國城市的近代化和現代化進程中得風氣之先。相對遜色的漢陽，則有着中國最早的軍事工業，漢陽兵工廠生產的“漢陽造”，也曾名馳一時。至於“文昌武不昌”的武昌，歷來就是湖北甚至中南地區的政治文化中心。湖廣總督府曾設立於此，湖北省政府也至今設立於此。在武昌，還集中了眾多的高等學府，無論數量還是水平都居於全國前列，而且名牌大學就有好幾所。珞珈山上的武漢大學，是中國最早的幾所國立大學之一，其樸素學風，素為學術界所看重。其他幾所理工科大學，在各自的領域內，也都卓有盛名。武漢的學術事業，尤其是人文學科，曾號稱與北京、上海成“鼎足之勢”。一個老資格的開放口岸，一個高水平的文化重鎮，再加上一個前途無量的後起之秀，武漢三鎮，難道不是一種最佳的城市組合？這樣美妙的組合，國內又有幾個？

更何況，武漢的“運氣”也並不那麼壞。內陸開埠、辛亥革命、北伐戰爭、國共合作、抗日救國、解放中原，在中國近現代史上的許多關鍵時刻，武漢都扮演過重要角色。1949年後，它成為中國最重要的工業基地之一；改革開放時期，它又理所當然地成為內陸開放城市。此之謂"得天時"。地處國中，九省通衢，此之謂"得地利"。集三鎮優勢，合四海人文，此之謂"得人和"。天時地利人和盡佔，武漢應該成為文化上的"集大成"者。

然而事實卻並不像我們想像的那麼美好。

正如武漢原本可以成為首都卻終於沒有當上一樣，武漢的學術文化事業也未能領袖群倫。豈但未能領袖群倫，連十分出色也談不上。它的學術研究成就一般，文藝創作也成績平平。人們像朝聖一樣湧進北京，像觀風一樣看着上海，對南京也另眼相看，卻似乎不大把武漢放在眼裡。武漢的學術研究和文藝創作從來沒有成為過全國的中心，甚至哪怕是"熱點"。

武漢的學術文化事業只不過是武漢城市文化建設和城市人格塑造的一面鏡子。它映照出的是這樣一個事實：武漢的城市文化和城市人格缺少自己的特色。北京有"京派文化"，上海有"海派文化"，南京、成都的文化特色也都十分明顯，廣州便更是特色鮮明，就連一些不怎麼樣的小城鎮也不乏獨到之處。請問武漢文化有什麼特色呢？似乎誰也說不出。它"雅"不夠，"俗"也不夠，既不新潮，也不古樸，似乎什麼味道都有一點，卻又什麼味道都沒有。武漢人自嘲兼自慰的說法，叫"以無特色為特色"。然而如果表現不出特色來，豈非"不出色"？

事實上，武漢文化原本是應該"出色"而且也不難"出色"的。這個特色，就是前面說的"集大成"。這無疑需要大眼界、大氣魄、大手筆，然而武漢人似乎胸襟不大，魄力不夠，底氣不足，手腳放不開。結果，東西南北的"城市季風"吹進武漢，只不過"吹皺一池春水"，卻不能形成"扶搖羊角"，讓武漢如鯤鵬般"直上九萬里"。

最不喜歡"差火"的武漢人，在建設自己的城市文化和塑造自己的城市人格時，似乎恰恰"差"了一把"火"。

這是武漢文化之謎，也是武漢城市文化建設和城市人格塑造的難題。

　　這個謎得靠武漢人自己去解。

　　這個難題也得靠武漢人自己去解決。

　　而且，一旦解決，武漢便會讓北京、上海、廣州都刮目相看。

責任編輯　　　蔡凌志
裝幀設計　　　吳冠曼

書　　名　　**讀城記**
著　　者　　易中天
出　　版　　三聯書店（香港）有限公司
　　　　　　香港鰂魚涌英皇道 1065 號 1304 室
　　　　　　Joint Publishing (H.K.) Co., Ltd.
　　　　　　Rm. 1304, 1065 King's Road, Quarry Bay, Hong Kong
香港發行　　香港聯合書刊物流有限公司
　　　　　　香港新界大埔汀麗路 36 號 3 字樓
台灣發行　　聯合出版有限公司
　　　　　　台北縣新店市中正路 542-3 號 4 樓
印　　刷　　深圳市德信美印刷有限公司
　　　　　　深圳市福田區八卦三路 522 棟 2 樓
版　　次　　2007 年 4 月香港第一版第一次印刷
　　　　　　2007 年 6 月香港第一版第二次印刷
規　　格　　16 開（170×240 mm）328 面
國際書號　　ISBN 978 · 962 · 04 · 2659 · 9
　　　　　　© 2007 Joint Publishing (H.K.) Co., Ltd.
　　　　　　Published in Hong Kong

本書原由上海文藝出版社以書名《讀城記》出版，經由原出版社授權本公司
在除中國內地以外全世界地區出版發行。